# TODO LO QUE GANAMOS CUANDO LO PERDIMOS TODO

EDUARDO VERDÚ

# TODO LO QUE GANAMOS CUANDO LO PERDIMOS TODO

PLAZA JANÉS

Papel certificado por el Forest Stewardship Council®

MIXTO
Papel procedente de
fuentes responsables
FSC® C117695
www.fsc.org

Primera edición: enero de 2018

Printed in Spain – Impreso en España

IISBN: 978-84-01-02075-9
Depósito legal: B-22.958-2017

Compuesto en M. I. Maquetación, S. L.

Impreso en Cayfosa (Barcelona)

L 0 2 0 7 5 9

Penguin
Random House
Grupo Editorial

*Para mi padre*

# Nuestra verdad

Murió mi tío Paco en Alicante. Un gran médico consagrado a su profesión, a su familia, al cristianismo y a los cactus. Así que mi padre y yo cogimos un AVE para asistir a su funeral en un caluroso mes de marzo de 2013.

En el tren leí un texto en *El País* escrito por José Manuel Comas desde Berlín hablando de «El Beckenbauer del Este». Se cumplían entonces treinta años de su caso. En la foto en blanco y negro que ilustraba la publicación un futbolista guapo y de blanco se zafaba, con el balón controlado, del marcaje de un rival cayendo a su espalda. A medida que me adentraba en el artículo crecía mi fascinación. En apenas cuatro párrafos sentí la asfixia, la ilusión, la culpa, la satisfacción y el miedo en la vida del jugador. Aquella noticia, aquella existencia, lo tenía todo: era un drama amoroso y un thriller, un desafío deportivo y una conspiración de espías. Era, sin duda, una novela.

Yo llevaba tiempo buscando una buena trama para un libro. Hasta entonces había publicado algunos ensayos pero sólo una novela que, al igual que las otras cinco o seis escritas aunque no editadas, trataban sobre mí. Sin embargo, ahora tenía la excusa perfecta para narrar en tercera persona. Lutz Eigendorf no era yo, en cambio tenía de mí lo suficiente para hacerlo mío durante unos centenares de folios.

Comencé entonces a averiguar todo lo que pude sobre el futbolista, sobre la Stasi, sobre la República Democrática Alemana. Al margen de los artículos y vídeos que encontré en internet acerca del asunto y de algunas publicaciones adquiridas por Amazon, lo que realmente guio mi argumento fue el libro del periodista germano Heribert Schwan *Tod dem Verräter!* («¡Muerte al traidor!»), de 2000. Compré por internet una copia en alemán (no existe una versión en ningún otro idioma, que yo sepa) e hice lo que pude con varios traductores online para averiguar su contenido. Perdí mucha información en la delirante transcripción informática, pero esos borrones, esos vacíos y tantas frases surrealistas me forzaron a no pegarme excesivamente a la historia, me obligaron a fabular, a especular, a inventar. Y eso fue bueno.

Estas páginas cuentan la aventura de Lutz Eigendorf de una manera novelada pero respetando en lo posible la cronología y la autenticidad de los acontecimientos. Las ubicaciones, los partidos y sus resultados, así como prácticamente todos los personajes son fidedignos. Pero, por supuesto, este libro no deja de ser literario. Tiene, pues, poco que ver con el exhaustivo trabajo periodístico de Heribert Schwan.

Parte de mi labor de documentación fue viajar a Alemania para conocer los lugares claves de la peripecia. Visité las antiguas dependencias de la Stasi y luego localicé las casas donde vivió Eigendorf, los estadios donde jugó, los paisajes y los bares que frecuentó entonces. En mi voluntad de distanciarme de la historia real para evitar escribir un informe y para colarme con más comodidad en los personajes, renuncié a ponerme en contacto con los verdaderos protagonistas. Schwan sí que habló con muchos de ellos para su documental llamado también *Tod dem Verräter!* (el cual he visto innumerables veces sin comprender una sola palabra). En él pude encontrarme con los actores de este texto veinte años después de los acontecimientos relatados. Hoy han pasado más de quince desde la emisión de ese documental y más de treinta y cinco desde la fecha en que arranca esta novela. El tiempo fluye rápido, incluso parece que hace un siglo que murió mi tío.

PRIMERA PARTE

# BALÓN DIVIDIDO

# 1

Informe de observación n.º I, 21/03/1979. Berlín oriental

A las 18.30, una mujer sale del portal número 3 de Zechlinerstrasse (blusa azul, pantalones marrón oscuro, zapatos marrones, pelo rubio, aproximadamente 1,70 de estatura, de unos 25 años). Se para a saludar al conductor de un coche Lada con matrícula IX 51-79 conducido por un hombre (30-35 años, pelo entre gris y castaño claro). Tras un minuto de conversación, el coche prosigue. El agente que me acompaña reconoce a la mujer como el objetivo a observar.

Ella se dirige a pie por la avenida Lenin y al final de la calle gira a la derecha por Weissensee. Tuvimos entonces la sensación de que la sospechosa se daba cuenta de que estaba siendo vigilada. Bajé del coche y la seguí a pie. Tras recorrer unos 100 metros, comenzó a mirar a su alrededor con frecuencia. Después de otros 100 metros, se detuvo a conversar con un teniente del Ministerio del Interior, probablemente del Departamento de Bomberos. Me oculté detrás de un camión para no ser visto. Pasados 5 minutos, cruzó a Oberleut, anduvo unos 20 metros y empezó a correr en dirección opuesta. Cruzó la avenida Lenin hacia Herzbergstrasse. Volvió la cabeza en todas las direcciones, nerviosa, y, una vez en la calle, se detuvo en la parada del autobús. En este momento dejé el testigo de la observación a otros compañeros a los que di la localización exacta del objetivo, quien, a los 15 minutos, subió a un autobús en dirección a Normannenstrasse.

La mujer bajó del autobús en Scheffelstrasse y se dirigió a una lavandería junto al portal número 5. A los 10 minutos abandonó la lavandería y se metió en el portal número 5. Nuestra observación se prolongó hasta las 20.00. Puesto que el objetivo tardaba en salir del edificio, un compañero volvió a hacer guardia en el punto de origen, el número 3 de Zechlinerstrasse, al que llegó la mujer en un taxi a las 20.15. Entró en el portal.

Gabi no abre la puerta de su casa con las llaves. Carga con el paquete de la lavandería, así que llama al timbre. A través de la chata puerta de madera clara oye los pasos y los gritos de su hija. Sonríe.

—Ya está aquí mamá —anuncia antes de que abra su amiga Carola.

Sandy se abraza a las rodillas de su madre haciéndola tambalearse; Carola enseguida le coge el paquete de las manos para liberárselas en caso de caer al suelo.

—¿Se ha portado bien? —pregunta Gabi, tomando a Sandy en brazos.

—Uy, como me salga una niña así de buena, ¡voy a tener seis!

Ralf, el novio de Carola, está viendo la televisión. Saluda a Gabi sin levantarse del sofá y le dice:

—Cuando quieras, venimos otra vez a cuidar a Sandy, no te creas que voy a muchas casas con televisión y, encima, en color.

Carola ayuda a Gabi a ordenar en los cajones del dormitorio la ropa de la lavandería.

—La falda negra y la blusa verde déjalas encima de la cama, que me las voy a poner esta noche. Y el vestidito blanco es para Sandy.

—¿A qué hora llega Lutz? —pregunta Carola.

—En una hora y media —responde Gabi—. Uf..., no sé si me va a dar tiempo a todo: poner una lavadora, darle de cenar a la niña, cocinar, ducharme...

—Si te puedo ayudar en algo…

—No, no, gracias, si bastante habéis hecho ya cuidando un rato a Sandy.

Gabi considera contarle a su amiga el incidente de esta tarde. Está prácticamente segura de que la han seguido, aunque no comprende por qué. Sin embargo, desecha la idea. Por un lado, no quiere darle importancia; esta noche regresa Lutz y ahora prefiere centrarse en la ilusión de volver a verlo. Por otro, está Sandy en la habitación. Sólo tiene dos años y medio, pero es lista y percibirá el tono de preocupación de su madre. Y hay un tercer motivo para obviar la conversación con Carola: Ralf. Gabi no se fía de él. En realidad no tiene nada que ocultar, ella no ha hecho nada incorrecto para ser espiada, pero hay ciertas cosas que, por si acaso, es mejor silenciar.

—Me temo que no le fue bien a Lutz ayer —comenta Ralf desde el salón—. Cuatro a uno, menuda paliza.

—No nos fue bien a nadie —puntualiza Gabi, algo dolida.

—Sí, ya, un palo para la gloria del fútbol socialista. Pero nos levantaremos con el puño en alto —dice Ralf en un tono sarcásticamente patriótico.

—Yo sólo espero que Lutz no esté muy hundido —le susurra Gabi a Carola.

—Era la primera vez que jugaban en el Oeste, ¿no?

—Sí, y se fueron con una presión enorme, los pobres. Ahora me dan miedo las consecuencias. Han perdido, pero la culpa no es suya, no jugaron mal del todo. Lo que no se puede es responsabilizar a unos chicos de la defensa de un país, de un sistema político. Es una locura.

—Tienes razón —contesta Carola—, deberían estar sobre todo pendientes de no ensuciarse mucho la ropa.

—¡Anda, idos ya, que tendréis que cenar vosotros también! —ríe Gabi.

La pareja besa a la niña, quien pregunta que por qué se van. Carola se enternece y le da un abrazo. Ralf pasa su enorme mano por la coronilla dorada de Sandy, luego besa a Gabi y se despiden.

—Tengo hambre —gime la pequeña.

Gabi prepara rápidamente unas salchichas que corta en rodajas muy pequeñas. Mira el reloj: apenas queda una hora hasta que regrese Lutz. Sandy protesta pidiendo arroz, pero Gabi no tiene tiempo de cambiar el menú, así que, a pesar de los llantos, consigue que su hija se coma las salchichas. «Conque seis como ésta…», piensa.

Ya en la habitación, con Sandy en la cama, Gaby acelera la historia de los tres osos, pasa las páginas del cuento sin apenas dejar que su hija contemple los dibujos. La niña sostiene con una mano el biberón y con la otra juega con su coleta. Poco a poco se le van cerrando los ojos. Gabi vuelve a mirar el reloj.

—… pero el osito pequeño…

—El osito pequeño vivió muy feliz —la interrumpe Gabi—. Hala, a dormir, que es tardísimo y tienes que descansar mucho para poder jugar mañana con papá.

—¿Cuándo viene?

—Cuando tú estés durmiendo, que ya es muy de noche.

—Quiero que venga ya.

—Está de camino, cariño, pero tú tienes que dormir.

—¿Me ha traído el pájaro rojo?

—Pues no sé, pero seguramente sí; si te dijo que te lo traería, pues te lo habrá traído.

—Sí, un pájaro rojo…

—Claro, mi amor. Venga, acábate el biberón.

Gabi arropa a Sandy con unas sábanas estampadas con pájaros de diferentes tonalidades. La niña ha aprendido los colores con esos dibujos. Cada noche, antes de acostarla, Lutz repasa con ella las siluetas, y Sandy, al llegar al color rojo, siempre dice: «Es mi favorito. Quiero un pájaro rojo».

Una vez la niña ya se ha dormido, Gabi comienza a cocinar las albóndigas. Sabe que Lutz las espera. Mientras bulle la olla, aprovecha para darse una ducha. Deja que el agua caiga por su largo pelo rubio. Al tiempo que acaricia su piel con la esponja, lamenta no haber perdido los kilos sumados durante el embarazo. Apenas tiene veintidós años, los mismos que su marido, pero compara secretamente su figura con la de Carola y detecta la diferencia marcada por Sandy. La barriga continúa flácida y algo abultada, y las estrías de la cintura no han desaparecido. Todavía no se identifica con sus muslos engrosados. Sabe que sigue siendo atractiva, hoy la ha piropeado el chico de la lavandería. Sus ojos negros aún brillan sin el marco de las arrugas, y sus pechos pequeños han sobrevivido a los estragos de la lactancia.

Se contempla desnuda ante el espejo. Quiere tener más hijos, así que es pronto para suspiros. Si pretende perder algo de peso, ha de cuidar más la dieta, y las albóndigas no son, desde luego, un gran comienzo, reflexiona. El trabajo en la guardería la mantiene permanentemente activa, pero considera que no estaría de más hacer algo de ejercicio para fortalecer las zonas más afectadas.

Ha notado en Lutz la disminución del deseo desde que nació Sandy. Se siente responsable. No sólo su cuerpo se ha deteriorado, sino que se ha dedicado menos a la pareja. No pensó que un hijo fuera así de absorbente; la ocupación de una madre es muy diferente a la de una cuidadora de guardería, y no importa cuánto te describan el trabajo que conlleva la maternidad, no se sabe hasta que se afronta. Confió en que su juventud, el copioso sueldo de Lutz y la cantidad de tiempo libre que regala el fútbol les facilitaría las tareas paternales y, a la vez, les permitiría conservar su espacio amoroso. Una esfera de intimidad que, además, debía ser minuciosamente restañada tras una infidelidad de Lutz que Gabi acabó perdonando.

Se casaron hace cuatro años. En la foto de la boda que preside el aparador, ella mira a la cámara con una sonrisa de labios apretados. Sobre el velo derramado por ambos lados de la cara luce una corona de flores blancas, y Gabi, pletórica, sostiene por los tallos un inmenso ramo de rosas rojas. Recuerda perfectamente los colores a pesar de que la instantánea es en blanco y negro. Detrás está Lutz, más alto que ella, agarrándola de la cintura y observándola embelesado. Él luce una gigantesca pajarita de lunares y una camisa blanca mientras una flor en la solapa ilumina su traje oscuro.

Ella se ve guapa con la falda negra y la blusa verde. Se recoge el pelo, va a la cocina, apaga el fuego y remueve las albóndigas perfumando la casa. Se asoma al cuarto de Sandy y verifica que duerme. Son las diez de la noche, Lutz llegará en cualquier momento.

Tiende la lavadora y se enciende un cigarrillo, luego abre la ventana para dejar escapar el aroma del tabaco. Mira a la calle. Puede oler su propio perfume al tiempo que contempla cómo el humo sobrevuela la calle Zechliner velándose en la noche por donde pronto planeará la primavera. Piensa en mañana, ya jueves, en las tareas pendientes en la guardería, en qué cocinará y, sin querer, también empieza a reflexionar sobre su vida, sobre la suerte de tener a Sandy, sobre lo afortunada que debe sentirse por haber formado una familia junto al chico de su vida. A pesar del 4-1.

Abandona su ensoñación cuando comienza a tener frío. Cierra la ventana, se sacude la ceniza de la falda y remueve de nuevo las albóndigas. Le asalta un hambre voraz ya a las once de la noche, y entonces se preocupa. Piensa que el autobús ha podido sufrir alguna avería o quizá haya sido retenido más tiempo del estipulado en la frontera. Tapa a Sandy, la casa se ha quedado destemplada. Enciende la tele. Un reportaje sobre las vacaciones comunales en el Báltico la distrae, pero sólo intermitentemente, pues de vez en cuando consulta la hora. Se impacienta. Padece por las albóndigas, se levanta para ir a la cocina y coger un poco de pan y un pepinillo, luego vuelve a sentarse en el sofá.

Son ya las doce de la noche cuando suena el timbre. Se incorpora de un salto, se alisa la falda, se humedece los labios con la lengua, se asegura de que el moño sigue incólume y abre la puerta con una sonrisa. El gesto se le trunca al encontrarse con dos hombres alineados el uno al lado del otro como jugadores de futbolín.

—¿Es usted la señora Eigendorf? —pregunta el de la derecha, alto y delgado, con un abrigo gris gastado y un flequillo con trasquilones.

—Sí.

—Somos del Ministerio para la Seguridad del Estado —interviene el otro hombre moviendo su bigote de revolucionario centroamericano—. Su marido no ha regresado de Kaiserslautern con el resto del equipo, así que nos vemos obligados a pedirle que nos acompañe a Keibelstrasse.

Gabi se paraliza. Primero pregunta dónde está Lutz y luego explica a los agentes que no sabe nada. Las palabras se tropiezan en su boca.

—Por favor, acompáñenos —le ruega el más alto.

Gabi les cuenta que tiene una niña pequeña durmiendo en la habitación y que no puede dejarla sola. Los dos funcionarios se miran contrariados sin saber qué hacer.

—Espere —dice el alto.

Gabi oye cómo baja presuroso las escaleras del edificio. El hombre embigotado permanece en su posición inalterado, dejando vacante el espacio que ocupaba su compañero. No mira a Gabi. Fija su mirada en el techo bajo del rellano, escruta el marco de la puerta y no dice nada. Al poco tiempo regresa su pareja, probablemente tras hablar por radio con algún superior. Gabi siente entonces debilidad en las piernas. No ha cenado y está cansada; la confusión y la sorpresa acaban de nublarla.

—No se preocupe, ahora viene una funcionaria del ministerio para encargarse de la niña mientras a usted se le toma declaración.

Gabi los mira incrédula, nerviosa y agotada.

—Nosotros esperaremos en el coche —concluye el más alto de los dos agentes de la Stasi.


Cuatro años después de finalizar la Segunda Guerra Mundial, el derrotado territorio germano bajo ocupación soviética fue entregado a los alemanes comunistas para crear la República Democrática Alemana (RDA), un país vecino pero antagónico a la capitalista República Federal de Alemania (RFA). Ahora la RDA está gobernada por el Partido Socialista Unificado de Alemania (SED) y vigilada internamente por un efectivísimo servicio de inteligencia llamado Stasi, abreviatura de «Ministerio para la Seguridad del Estado». La Stasi no sólo teje una red de espías en el extranjero, sino también dentro de su propio país, donde controla y castiga severamente cualquier actividad subversiva y contrarrevolucionaria de sus ciudadanos. La desaparición de Lutz Eigendorf en Kaiserslautern, una pequeña ciudad de Renania, en la Alemania occidental, resulta un ultraje para el gobierno comunista.

Así que, veinte minutos después de la incursión de los agentes, Gabi viaja en la parte de atrás de un Trabant de camino a las dependencias de la Stasi. Sandy se ha quedado con una señora de unos noventa años con la voz gastada. La improvisada canguro ha recibido numerosas instrucciones por parte de la madre para evitar que la niña se despierte y otras tantas indicaciones para actuar en caso de que lo haga. La anciana simplemente asentía.

Gabi confía en acabar pronto con las preguntas. Desconoce el paradero de Lutz y la Stasi parece saber incluso menos. De momento sólo desea volver cuanto antes a casa con su hija, le tortura imaginarla despierta y muerta de miedo junto a la momia silenciosa.

Tras cruzar una serie de pasillos con olor a linóleo y calefacción en las entrañas de un gran edificio de hormigón prefabricado, los dos agentes la invitan a entrar en un despacho. Detrás de una mesa de madera, un oficial de unos treinta y cinco años inesperadamente guapo levanta la vista. Gabi parece tranquilizarse en cuanto el tipo sonríe y le ruega que se siente en una escuálida silla frente a la mesa. Antes de proceder al interrogatorio, el hombre esconde en un cajón las declaraciones que, como Informadores No Oficiales (IM, *Inoffizieller Mitarbeiter*), han prestado Carola y Ralf hace unas horas sobre lo acontecido en casa de Gabi esa misma tarde.

—Buenas noches, perdone que la hagamos venir a estas horas…

Gabi no contesta.

—Bien… —prosigue mientras entrelaza los dedos por encima de la mesa—, soy el capitán Rainer Clement y trabajo para el Noveno Departamento. Sé que está al tanto de que su marido no ha regresado con el resto del equipo y, como es natural, querríamos preguntarle si usted sabe algo de esta «misteriosa desaparición».

—Ya se lo he dicho a los agentes, yo no sé nada.

El capitán Clement vuelve a sonreír. Aprieta con delicadeza el botón de grabación del magnetofón que anida en una esquina de su mesa y enuncia de nuevo la pregunta de manera más formal:

—¿Tenía usted conocimiento de una intención preconcebida de su marido de no regresar a la República Democrática Alemana tras jugar un partido amistoso al otro lado del muro?

—Le repito que no tenía ni idea de que mi marido no fuera a volver; es más, le digo una cosa: ni siquiera creo que se haya quedado allí voluntariamente. Estoy convencida de que le ha pasado algo, y ustedes deberían estar buscándole en lugar de perder el tiempo aquí conmigo.

El capitán Clement endurece el gesto. Separa las manos y cierra los puños.

—Mire, mi marido tiene una opinión positiva de la política de nuestro Estado, puede preguntarle a cualquiera de sus amigos —perorata Gabi, entrando en el discurso protocolario—. Siempre ha estado comprometido con el Partido.

—¿Hizo alguna vez su marido comentarios sobre la gente fugada a la República Federal?

—Bueno, en alguna ocasión comentamos el caso de los dos futbolistas esos, si es a lo que se refiere. Mi marido había oído que vivían en la habitación de un hotel y que su vida no era tan maravillosa como decían en las entrevistas. De todos modos, eso pasó hace dos o tres años, que fue cuando hablamos del tema. Ya no me acuerdo bien. Además, estoy agotada. Si a lo mej...

—Siga.

—No sé..., ahora recuerdo que hace cuatro días mis suegros estaban en casa de visita y vimos una revista en la que hablaban de esos futbolistas, Pahl...

—Pahl y Nachtweih —completa Clement.

—Eso. Y fue hablando del asunto cuando mi marido volvió a decir que él nunca haría una cosa así. Además, ¿para qué? Él está contento en el equipo, lleva jugando en el Dynamo desde los catorce años y es de los jugadores más importantes. Por favor, teniente...

—Capitán, capitán Rainer Clement.

—Perdón, capitán. Verá, mi hija está en casa, tengo una hija de dos años y medio y, aunque hay una funcionaria con ella, querría volver pronto. Estoy muy cansada, es la una de la mañana, no he cenado nada, no puedo pensar con claridad. Si quiere, podemos seguir con esto mañana por la mañana, cuando la niña esté en la guardería y yo más despejada.

—Me temo que no es posible, señora Eigendorf —pronuncia pausadamente Clement.

Por un momento parece que va a dar alguna clase de explicación, pero prosigue con el interrogatorio:

—¿Qué contactos existen entre su marido y los jugadores fugados, Pahl y Nachtweih?

—No sé nada acerca de ningún contacto de mi marido con ninguno de los dos.

—Ahora, en perspectiva, ¿puede pensar en alguna acción o alguna palabra de su marido que delaten un plan preconcebido de no regresar a la República Democrática?

—No, ya se lo he dicho, tenien..., capitán. No tengo conocimiento de ningún plan ni de ninguna intención de mi marido de no volver después del partido. No sólo eso, es que le digo que estoy convencida de que le ha pasado algo, de que no se ha fugado ni nada parecido. Aquí tiene una hija pequeña a la que adora y me tiene a mí. No hay motivo, de verdad, capitán, no se me ocurre ninguna razón por la que pudiera haber hecho algo así. Lutz es feliz, tiene una familia que le hace feliz, ama a su país, una vida plena. Que yo sepa, no tiene ningún problema en el equipo, está jugando todos los partidos, lo están llamando de la Selección Nacional…, juega en el equipo de su vida…

—Ése es uno de los grandes problemas —le interrumpe Clement—, que juega en el equipo de nuestras vidas.

Gabi comprende entonces que la desaparición de Lutz es especialmente grave por tratarse del Dynamo de Berlín, el equipo presidido por Erich Mielke, jefe de la Stasi. Así que se asusta cuando el capitán se levanta del sillón. Gabi mira el asiento mullido de su interrogador y sueña con sentarse allí. Le duele la espalda. Mientras el capitán pasea en torno a su silla se le cierran los ojos.

—Por favor, ¿podría descansar un poco? Son casi las dos de la mañana, así no les voy a servir de gran ayuda.

—Ya verá usted como sí —responde Clement poniéndole una mano en el hombro y dándole una pequeña sacudida para espantar la somnolencia.

—Le… le repito que no tiene sentido pensar que se ha escapado; eso, además, sería perjudicial para su carrera. Y para nuestros planes de vida. A pesar de habernos mudado recientemente, ya hemos solicitado un cambio de casa, con una habitación más porque pensamos tener más hijos pronto. Ahora estamos a la espera de la decisión final, pero confiamos en poder trasladarnos en septiembre.

El capitán no parece escuchar las declaraciones de Gabi. Da la sensación de prestar más atención a no saltarse el enunciado de sus preguntas que a tomar nota mental de las respuestas. Apenas existe un diálogo. Gabi ha escuchado infinidad de veces las historias sobre los duros y largos interrogatorios de la Stasi. Ella, sin embargo, nunca había imaginado verse en esa situación. Jamás ha contrariado las normas del Partido, no ha sido en absoluto subversiva ante los mandamientos del Estado socialista. Pero, sobre todo, se ha sentido segura siendo la mujer de Lutz Eigendorf, la estrella del Dynamo de Berlín, «El Beckenbauer del Este», como le apodó la prensa tras su asombroso debut con la Selección Absoluta el año pasado en Bulgaria.

A las cuatro de la mañana, casi en penumbra, prosigue el interrogatorio en Keibelstrasse. Clement ya no parece tan guapo. Su gesto severo, el cansancio y el sudor desmantelando el pelo engominado lo desfiguran. Sin embargo, no cede ante las súplicas de Gabi por volver a casa con Sandy, por beber un poco de agua, por dormir un rato, por levantarse de la silla para estirar las piernas. El flexo de la mesa ilumina una estancia cada vez más enrarecida y claustrofóbica. Gabi todavía no puede creer que sea una víctima de la Stasi, pero apenas tiene ya lucidez para comprender la situación, para dar con la salida.

—¿Cómo describiría su relación marital? —inquiere Clement mientras toma asiento.

—Buena. El jueves pasado precisamente estuvimos hablando de eso y mi marido me dijo que creía que nos entendíamos muy bien. Es… es verdad que hace unos años pasamos por una situación difícil. Mi marido tuvo una aventura, no sé quién es ella ni lo quiero saber, pero lo solucionamos. Él la dejó de ver. Sólo sé que estaba divorciada y tenía un hijo. Pero de eso hace ya más de dos años.

—¿Ha recibido algún mensaje de su marido, Lutz Eigendorf, desde occidente?

Gabi entiende que sus respuestas no la sacarán de la ratonera. Debe aguantar la metralla de preguntas, luego la dejarán ir. Es más, muy probablemente sus contestaciones estén dilatando el momento de regresar a casa. Eso no es un interrogatorio, es una tortura. Piensa que la están haciendo pagar por lo que suponen es una deserción de su marido. En el fondo saben que no obtendrán ninguna contestación sustanciosa, simplemente la llevarán hasta la extenuación y luego la liberarán. Así que ha de ser paciente. Se esfuerza por aguantar el dolor en las piernas y la espalda, el hambre, el sueño, la sed, el calor y las ganas de ir al baño.

—No he recibido ninguna noticia suya, ningún mensaje. Hasta que no han aparecido en mi casa los agentes no sabía que mi marido no había vuelto con el equipo.

—¿Consideraron su marido y usted en alguna ocasión emprender una vida común en occidente?

—No. En absoluto. Nunca se nos pasó por la cabeza vivir fuera de la RDA. No me gustaría vivir en la Alemania Federal ni en ningún otro país capitalista porque rechazo el sistema capitalista, sobre todo la inseguridad y la desprotección social. Desde luego, si mi marido se ha quedado allí voluntariamente, como ustedes dicen, yo no tendría más remedio que pedir el divorcio.

Gabi prueba con respuestas más reglamentarias. Con el discernimiento que le permite su estrés, intenta alinearse claramente con el Partido, con la Stasi, con Clement.

A las seis de la mañana aún persisten las preguntas. El capitán parece no agotarse; su traje se ha arrugado, pero evita mostrar síntomas de desfallecimiento. Ha cambiado en varias ocasiones la cinta del magnetofón. Las cortinas del despacho están echadas; sin embargo, no tardarán en iluminarse por el amanecer.

—Dígame, señora Eigendorf, ¿quiénes son los mejores amigos de su marido?

—Aparte de los jugadores del Dynamo, sólo exfutbolistas del equipo. Y Felgner, el campeón de boxeo.

El interrogatorio se prolonga todavía una hora más. Efectivamente, Gabi ve amanecer en aquel despacho. La Stasi utiliza la tortura de la privación de sueño para perforar su mente y encontrar así mentiras, secretos, forzar contradicciones.

A las siete de la mañana le permiten levantarse de la silla, beber agua y descansar un rato sobre un sofá mientras alguien mecanografía todo el interrogatorio. Cuando cree que puede regresar a casa, ha de sentarse de nuevo en la atormentadora silla para firmar cada una de las páginas de la transcripción aceptando la veracidad del contenido.

Con el moño desarmado, Gabi sube a la parte posterior de un coche de la policía y cruza Berlín iluminado por el destello de plomo de la mañana. Se siente anestesiada, al borde del desmayo, pero en un estado de sedación casi placentero. Mira a través del cristal arañado por algunas gotas de lluvia y por un momento no reconoce la ciudad. Hacía tiempo que no surcaba el centro tan temprano. Observa los edificios aún tuertos con la mitad de las persianas bajadas, la cola en los quioscos, los perros sonámbulos, la vida volviendo a la vida.

El conductor la deja en su calle, un lugar tranquilo al nordeste del centro, una zona residencial de edificios nuevos, construcciones apaisadas de diez plantas encuadradas por jardines. Nada más bajar del coche le aturde el silencio. Sube el breve tramo de escalones hasta la puerta de cristal de su portal y, antes de entrar, vuelve la cabeza. Siente que su intimidad ha sido ultrajada, que ha perdido la seguridad anterior; ahora se percibe vulnerable. Tiene la terrorífica certeza de que las cosas no volverán a ser igual.

Abre la puerta de casa, pero continúa el silencio. El corazón se le desboca. Llama a Sandy pero nadie contesta, ni la improvisada cuidadora ni la niña. Sin cerrar la puerta principal, Gabi se apresura al cuarto de su hija, pero no está en la cama donde yacen arrugados los pájaros de colores. Luego recorre toda la casa gritando, empuja con violencia y desesperación las puertas, mira debajo de su cama, abre los armarios, «¡Sandy, Sandy, Sandy…!», pero el silencio sigue castigándola. Vuelve a repetir el registro, revisa los mismos sitios, no hay muchos lugares donde pueda ocultarse la niña; aun así, Gabi no puede dejar de buscar. Poco a poco frena el paso, su voz se quiebra con el llanto y deambula por las habitaciones ya sin fuerza, como un autómata, sin un punto donde asir la mirada.

Sandy no está.

Se sienta entonces en el suelo y llora.

Se tumba en el espacio entre el salón y la cocina. A través del océano de una lágrima puede ver la puerta de la casa aún abierta.

# 2

Dos días antes del partido ante el Kaiserslautern, el Dynamo de Berlín se recluyó en Uckley, un complejo deportivo en Königs Wusterhausen, a cuarenta y cinco minutos de Berlín. La Stasi y el propio club pretendían el aislamiento total de los jugadores, quienes no sólo debían preparar física y tácticamente el encuentro, sino también psicológica y tácticamente la excursión al otro lado del muro.

El domingo 18 de marzo también llegaron a la concentración altas autoridades deportivas del Estado y oficiales de la Stasi. La plantilla y el equipo técnico ocuparon unas dependencias más al sur, mientras que los funcionarios del Ministerio de Seguridad y del área deportiva se hospedaron en el edificio del este.

El verde de los campos de entrenamiento se confundía con el paisaje. Una enorme zona boscosa al sudoeste de la capital. Pistas de atletismo y de tenis y dos gimnasios, uno de ellos de imponentes dimensiones, completaban el complejo. El viento, no obstante, perturbaba las prácticas. El flequillo de Lutz aleteaba sobre su frente mientras esperaba su turno para sortear conos, saltar cuerdas o esprintar.

El entrenador, Jürgen Bogs, estaba nervioso. Su voz sonaba tensa al dar las órdenes. Su pelo liso también se encrespaba al tiempo que soplaba el silbato y mostraba cómo debía organizarse la defensa y qué movimientos de achique eran necesarios para anular un predecible ataque por las bandas. Bogs llevaba varios meses volcado con el equipo. El Dynamo era el líder de la liga y nada podía torcerse ahora; ya vislumbraba un trofeo inédito en el palmarés del club, y un fracaso en la recta final sería más doloroso y profesionalmente nefasto que las últimas decepciones por haber ido invariablemente por detrás del campeón. Sin embargo, Lutz y el resto de sus compañeros comprendieron que la tensión del campo de entrenamiento de Uckley era distinta. Ahora estaba en juego mucho más que un título. El partido ante el Kaiserslautern se trataba de una cuestión de Estado.

Todos se esforzaron al máximo. Los militares uniformados observaban los ejercicios desde la grada. Una hora después, los jugadores aún no habían tocado la pelota. Bogs los sometía a un extenuante entrenamiento físico antes de las prácticas con el balón. La plantilla daba varias vueltas alrededor del amplio campo de hierba. Veinte minutos de ejercicios de salto, una técnica para el incremento de la potencia muscular importada de la Unión Soviética, y más tarde, flexiones, gimnasia abdominal, juegos con cuerdas y gomas y movimientos tácticos en vacío.

—Ahora al público le va a encantar nuestro toque de balón —bromeó Lutz con su compañero Frank Terletzki refiriéndose a los oficiales presentes.

—Sí, les va a parecer muy puro.

Ambos rieron boca abajo, sintiendo el césped frío en las mejillas mientras estiraban los cuádriceps.

Bogs, tras hora y media de ejercicio físico, se recolocó el pelo lacio y claro con la mano. Luego se abrochó hasta arriba el chándal rojo, miró de reojo a la grada y pidió al equipo que se descalzase mientras los utilleros hacían rodar los balones por el campo creando una constelación.

Los futbolistas apreciaron la humedad y el helor del suelo recorriéndoles el cuerpo como una corriente eléctrica. Al menos la tierra no estaba escarchada como en invierno. Siempre, antes de los partidos, en el último entrenamiento, el míster ordenaba entrar en contacto con el césped, con el cuero del balón sin botas ni medias. Aseguraba que, por un lado, la desnudez les permitía sentir directamente los dos elementos que marcarían el partido y con los que debían intimar: la tierra y la pelota; y, por otro, les brindaba una mayor comprensión de la fisonomía del pie. El dolor en el golpeo marcaba con nitidez el lugar del impacto y así eran plenamente conscientes de la relación instantánea entre el esférico y la piel y, por tanto, serían más capaces de controlar el balón después, con las botas puestas.

En el fondo, Lutz siempre pensó que se trataba de una técnica de disciplina y sufrimiento. El sacrificio, la penitencia, el endurecimiento físico eran valores propios de la filosofía deportiva del Este. Sin embargo, Lutz, a pesar del latigazo del chut, del punzante frío, agradecía esta medida. De alguna manera le devolvía a los primeros partidos en Brandemburgo, en campos de tierra, entre porterías improvisadas con piedras, botellas o abrigos. Un fútbol sincero, apasionado e ingenuo. Unos encuentros iniciales donde no existía la presión de un general en la grada, de una hinchada, de un entrenador ni de un régimen. Lutz añoraba aquella sensación de correr detrás de un balón sin más, jugar para el propio disfrute, para sentirse mejor, para ser feliz. Él tenía presentes sus capacidades, su fenomenal físico para frustrar el avance rival, su preciso desplazamiento en largo del balón, su potente remate de cabeza. Se sentía pletórico de fuerza, confiado en ganar la liga, pero no del todo satisfecho. Un campeonato más para la gloria de la Stasi no resultaba enteramente gratificante.

Un título de la Oberliga era, en teoría, un sueño para un jugador de la Alemania Democrática, pero Lutz percibía cómo se devaluaba esa copa. La temporada anterior, el Dynamo de Dresde ganó el torneo mientras el Dynamo de Berlín acabó tercero, a seis puntos del campeón. En el último partido ya no se jugaban nada. Erich Mielke, jefe de la Stasi y presidente del Dynamo berlinés, solía asistir a todos los encuentros; en cambio, no acudió al palco a presenciar un choque final que consideró vergonzoso dado el inevitable desenlace de la liga. Pero, contra todo pronóstico, apareció en el vestuario después del duelo escoltado por tres militares. Los galones y las insignias se le empañaron con el vaho del vestuario, donde se desgañitó mientras su físico escueto, su cara redonda, sus ojos de roedor y su calva brillante se enrojecían. Acusó al equipo de indulgencia, de traición, de ser el descrédito de los valores que sustentan el comunismo. Señaló a dos o tres jugadores, golpeó estruendosamente una taquilla, se le humedecieron las pupilas por la virulencia de un discurso atendido por unos futbolistas y un entrenador incapaces de abrir la boca. Lutz había jugado un buen partido, de hecho había completado un sólido campeonato, pero ese día se le clavaron las palabras de Mielke, quien juró que el Dynamo de Berlín sería campeón al año siguiente.

Y esta temporada había comenzado a sentirse con más eficacia la mano del jefe de la Stasi. Los favores arbitrales eran escandalosos. Los principales jugadores de los equipos destinados a enfrentarse al Dynamo veían injustificadas tarjetas rojas en el partido anterior o se borraban de las convocatorias misteriosamente lesionados. Los berlineses contaban con el comodín de un penalti si el marcador se les resistía y, en caso de duda, el saque de banda siempre era para el equipo de rojo y blanco. Se sospechaba que varios espías de la Stasi permanecían infiltrados en las plantillas o los cuerpos técnicos de los equipos más significativos de la Oberliga y, por supuesto, en el propio Dynamo de Berlín.

La determinación de la Stasi de llevar a su escuadra a lo más alto de la tabla no tenía escrúpulos. Todavía recordaba el país aquel saqueo ordenado en la temporada 53-54 cuando, para solventar un indecoroso descenso a la Segunda División, el Dynamo de Berlín reclutó por decreto a los mejores jugadores del Dynamo de Dresde (Herbet, Günter, Holze…) para jugar en Berlín. Aun así, el equipo capitalino tardó cuatro años en ascender. En Dresde, los suplentes acabaron cayendo a la Segunda División.

El BFC Dynamo estaba estigmatizado por la Stasi. La antipatía generada se reflejaba en las gradas, apenas cinco mil espectadores acudían a los encuentros en casa. Lutz estaba agradecido al club por acogerle en las categorías inferiores cuando sólo era un adolescente. Su progresión futbolística y gran parte de la forja de su carácter eran responsabilidad del equipo. Pero, por otro lado, se reconocía decepcionado por el flagrante amaño de la competición. Ya no resultaba un juego limpio y esa corrupción no sólo envilecía un deporte que amaba, sino que sus triunfos se veían disminuidos, a sus ojos y a los del resto de los alemanes. Por otra parte, Lutz ya sentía que le había devuelto la entrega al club. En estos cinco años de rojiblanco se empleó al máximo y, con su esfuerzo, el Dynamo se había convertido en un conjunto por fin competitivo y con la liga encarrilada a pesar de todo. Además, su internacionalidad con la Selección suponía también un orgullo para el equipo.

La antena del edificio donde Lutz vivía en Berlín estaba orientada al oeste. Cada vez la Stasi hacía más la vista gorda en este aspecto, así que él veía desde casa los partidos de la Bundesliga, el campeonato al otro lado del «telón de acero». Bastaba con asomarse a la tele para comprobar el diferente nivel de competición. A Lutz le fascinaba la calidad de los jugadores en occidente, la fuerte rivalidad de un campeonato con más equipos y mejor juego. No se perdía los programas deportivos para contemplar las jugadas y los goles de ídolos como Breitner, Rummenigge o Keegan, verdaderas estrellas brillando en inmensos estadios con decenas de miles de espectadores aclamando un fútbol claramente superior, como se demostraba en cada campeonato internacional. La Selección oriental aún vivía del recuerdo de haber ganado 1-0 a su gemela del oeste en el Mundial del 74, donde sin embargo acabó llevándose el campeonato la Alemania Federal. Sólo la medalla de oro olímpica conquistada dos años después brillaba con fuerza en las vitrinas.

Pero Lutz no sólo envidiaba la potencia del fútbol occidental, sino también la vida de sus protagonistas. En la tele observaba sus ropas lujosas, sus coches italianos, los atrevidos cortes de pelo, la sofisticada belleza de sus mujeres. Ahora él tenía los pies rojos y doloridos en medio de un bosque de hayas.

Después del entrenamiento los jugadores fueron reunidos en el gimnasio. Con el sudor enfriándose y los músculos recuperando su envergadura, escucharon al teniente coronel Manfred Kirste, jefe de la delegación. Subido a un improvisado escenario, se abrochó la chaqueta sobre su abultada barriga y comenzó a hablar acerca de las necesidades de exhibir la calidad del equipo en Kaiserslautern: «¡Somos un gran club en la RDA, el mundo entero sabe quiénes somos, la República Federal de Alemania sabe quiénes somos! —exclamó—. Así que vamos a defender nuestra dignidad y nuestra calidad, porque estamos seguros de nosotros mismos. —Y advirtió—: Bajo ningún concepto se puede producir otro desastre como el de Belgrado».

Lutz estaba preparado para escuchar la oda patriótica, pero no contaba con la puya de Belgrado. La mención a aquel partido sí que arañaba su orgullo. Porque era una herida deportiva, no política. La copa de la UEFA se había malogrado de forma inexplicable. Seis meses atrás, el Dynamo recibió al Estrella Roja de Belgrado, primera fase del campeonato, eliminatoria de ida y vuelta. En el encuentro en Berlín los locales comenzaron arrasando. A la media hora de juego ya iban ganando 3-0. Sin embargo, el equipo se relajó. Ése era uno de sus defectos: pocas veces eran capaces de mantener la tensión hasta el final, sobre todo si la ventaja era anestesiante. En el último cuarto de hora antes del descanso los yugoslavos marcaron dos goles.

Lutz recordaba perfectamente la charla furiosa de Borgs en el vestuario. La mandíbula cuadrada del entrenador desencajándose mientras golpeaba furioso la pizarra. Pedía concentración. A cada puñetazo contra el tablero gritaba: «¡Concentración, concentración, concentración…!».

A los veinticinco minutos de la reanudación, un error visitante en el despeje de un córner dejó el balón muerto en los pies de Riediger para rematar a gol. 4-2. Los dos tantos encajados podían pesar en el encuentro de vuelta, era necesario agrandar la ventaja. En el último minuto del partido, una carambola entre un defensa del Estrella Roja y un jugador del Dynamo propició el quinto tanto de los berlineses. 5-2. Parecía una buena renta para el partido de vuelta en Yugoslavia.

Dos semanas después el Dynamo vistió todo de rojo para medirse en Belgrado al Estrella Roja, que lucía camiseta rayada, rojiblanca, y pantalones blancos. Tres goles de ventaja se intuían suficientes para evitar el sufrimiento. Especialmente cuando a los doce minutos marcó Riediger el 0-1 tras cruzar con la pierna izquierda un balón que entró ajustado al palo. Aguantaron los alemanes la ventaja hasta el descanso. Luego…, al cuarto de hora de la reanudación, pase del diez entre líneas a los pies de Savic, que recibió en el borde del área, se adentró rápido y en solitario, y batió en un mano a mano al portero visitante. El empate jaleó al público que aún creía en el milagro.

Diez minutos después, un cabezazo cruzado tras un pase desde la izquierda consecuencia de un sinfín de rebotes dentro del área puso por delante al Estrella Roja. Fue entonces cuando Lutz recuerda el estruendo del público. Las banderas rojiblancas —los mismos colores que los de su equipo— abanicaban una grada incendiada de gritos y puños al cielo. Presagió lo peor. El dominio era yugoslavo. Quedaban veinte minutos de partido y parecía que la única forma de seguir en la competición era contener la avalancha local, atrincherarse en la propia área e impedir dos goles más. Y ahí estaba Lutz, en la última línea.

Esta vez el desastre llegó por la derecha. Balón bombeado desde el extremo y salida en falso del portero. Borovnica sólo tuvo que poner la cabeza para introducir el balón junto al poste izquierdo. Había pasado un solo minuto desde el tanto anterior, también con la misma firma. Tras su segunda diana, Borovnica recogió el esférico del fondo de la portería y chutó con fuerza hacia el centro del terreno de juego. En la carrera hasta su campo abrazó a compañeros que se colgaban de su cuello y le besaban, pero él no se paró, no había tiempo que perder: quedaban diez minutos de partido y hacía falta un gol más.

Entonces llegó la jugada de la ruina. El Estrella Roja sacó un córner. Un jugador local cabeceó desde el centro del área y el balón golpeó en la coronilla de un defensa del Dynamo, cayendo manso en el área pequeña donde otro defensor repelió la pelota hacia el ángulo izquierdo del área grande. Allí estaba Lutz Eigendorf, quien, sin embargo, controló mal. Dio demasiado fuerte el toque de salida y se le anticipó un rival nada más abandonar el área. El centrocampista rayado llegó antes por centímetros al balón dividido, metió el pie para abrir el cuero de nuevo a la banda derecha mientras Lutz caía al suelo trabado por la pierna del contrario. En el costado diestro volvía a estar el carrilero del Estrella, que condujo unos metros el balón trazando una diagonal a la portería, y al llegar a la cal del área bombeó el balón. Un defensa del Dynamo y el delantero Sestic saltaron prácticamente a la vez al borde del área pequeña. El primero logró anticiparse, pero su despeje apenas peinó el balón sin interrumpir su trayectoria, simplemente la elevó lo suficiente para salvar tanto al rematador a su espalda como a su propio portero, quien vio pasar el esférico a pocos metros de su cabeza sin tiempo para reaccionar. Era el último minuto. 4-1. El Estrella Roja había logrado remontar no sólo un partido, sino una eliminatoria inverosímil. Lutz vio el balón dentro de su propia portería y enseguida apartó la mirada como quien espanta sus ojos de una escena macabra. Se agarró las rodillas y desplomó la cabeza. Mientras tanto, los jugadores del Estrella Roja se sepultaban en un abrazo colectivo.

Después de la apelación a la honestidad y la bravura comunista, el teniente coronel Kirste, rubio y con la voz algo agrietada por el tabaco, comenzó a desgranar una serie de normas de comportamiento en territorio hostil. En primer lugar, exhortó a no entablar conversaciones con extraños y, en caso de ser inevitables, dar respuestas cortas y poco concretas. Respecto al trato con la prensa, se prohibía la atención individualizada, ya que sería él mismo, como jefe de la delegación, quien se encargaría de atender a los medios. Quizá se permitiría contestar a las radios únicamente desde la habitación del hotel. Otra norma prioritaria era moverse siempre juntos, en grupo, tanto al caminar por la ciudad como al ir de compras y, por supuesto, al atender a los eventos programados. Como último apunte, se respetaría estrictamente la vestimenta del uniforme de paseo durante el viaje.

El equipo escuchaba con atención las instrucciones porque sabía que su desobediencia reportaría graves consecuencias, pero en realidad los jugadores estaban deseando darse una ducha y relajarse. Eso sucedió después de que el teniente coronel Kirste bajase del estrado esquivando con una cabriola la caída. Lutz y los demás, tras hacer un esfuerzo sobrehumano por contener la risa, firmaron el Código de Conducta y se metieron en los vestuarios.

Después de la comida se dirigieron a las habitaciones para dormir la siesta. Dos literas por cuarto. Lutz compartía siempre habitación con su amigo Frank Terletzki, el capitán y un centrocampista imaginativo y habilidoso. Su físico diminuto y su incipiente alopecia le convertían en el negativo de Lutz, que a su lado parecía un gigante con peluca. Frank dirigía el juego, apuntaba primero con su nariz puntiaguda hacia algún espacio desabastecido o hacia la bota de algún compañero desmarcado y luego el balón copiaba esa misma trayectoria. Aquélla era su tercera temporada juntos. De vez en cuando salían por Berlín, Lutz con Gabi y Frank con su novia Moni, una morena gordita con grandes pechos y sonrisa de pianola.

Una vez tumbados sobre la cama, apareció el teniente coronel bajo el quicio de la puerta de la habitación enmarcado como una fotografía antigua.

—¡Eigendorf! —llamó Kirste.

Lutz se levantó rápidamente haciendo esfuerzos por no golpearse la cabeza contra los muelles de la litera de arriba.

—Sígame.

Lutz se preocupó. Primero pensó que había incurrido en alguna falta, aunque no supo reconocerla; luego supuso que la risa en el gimnasio ante el amago de batacazo del camarada podría haber sonado más ruidosa de lo que recordaba. Una vez fuera de la habitación, preguntó el motivo de su requerimiento.

—Tiene una llamada —pronunció Kirste conciso.

No dejó entonces de alarmarse. Imaginó que algo le había ocurrido a Sandy. Siguió al militar por los pasillos donde sus botas chasqueaban como una tempestad. Comenzó a evaluar las proporciones del estrago causado por su supuesta marcha de la concentración y por su presumible ausencia en el partido. Sin embargo, sólo esperaba que Sandy estuviese bien, que no le hubiese ocurrido nada a Gabi, aunque no podía dibujar un buen escenario para una inesperada llamada capaz de romper un régimen de severa reclusión.

El auricular de un teléfono de color crema descansaba como una góndola sobre la mesa de un descalabrado despacho. Lutz lo cogió con el corazón acelerado mientras Kirste cerraba la puerta del cuartucho.

—¿Diga?

—¿Lutz Eigendorf? —preguntó una voz de hombre, suave y algo añeja.

—Sí.

—Le habla el camarada Mielke. —Y a continuación rio divertido por su formal presentación.

—Ah, señor —contestó aliviado Lutz—, no le había reconocido, disculpe.

—No importa, Lutz, es que estoy un poco acatarrado —volvió a decir divertido—. A ver si termina de una vez este maldito invierno, eso es una de las pocas cosas que no podemos controlar en este ministerio —bromeó.

—Sí, claro…

—Ahora en serio, Eigendorf —pronunció Mielke endureciendo el tono y cambiando el nombre de pila por el apellido, quizá arrepentido de su exceso de confianza—, quería recordarte la trascendencia del partido de pasado mañana.

—Soy plenamente consciente, señor.

—Sabes que no son nada frecuentes los partidos en occidente, pero creemos que es el momento de enseñarle a la Alemania Federal la fuerza de nuestro fútbol, como ya se la hemos mostrado en muchas otras disciplinas.

—Jugaremos un gran partido —exhaló Lutz a medida que los latidos amainaban y el temor por un accidente en casa era sustituido por el controlado nerviosismo al hablar con Mielke.

—Sabes que no basta con jugar un gran partido, eso lo doy por supuesto. Hace falta ganar. Este año se están consiguiendo buenos resultados en la liga. Y las victorias no son sólo buenas para vosotros, los jugadores, sino que lo son para el club, lo son para la República. Nuestro equipo es más que un equipo porque es un proyecto de esfuerzo comunal, y además... ¡es mi equipo! —rio.

—Y también el mío, señor.

—Lo sé, Lutz, lo sé. Sabes que confío en ti, desde siempre, desde que eras un chaval y te veía correr por los campos de entrenamiento con los juveniles, la camiseta y los pantalones te venían pequeños —bromeó cariñosamente Mielke—. Quiero al Lutz Eigendorf del partido contra Bulgaria, ¿entendido?

—Claro, señor.

—A vuestro regreso lo celebramos, vamos a darles una lección a esos capitalistas —comentó Mielke, y luego añadió—: Tengo algo especial para ti. Me habría gustado viajar con vosotros, pero hay mucho que hacer aquí, no se puede dejar de trabajar por el pueblo ni un segundo.

—Lo entiendo.

—Ni vosotros tampoco. No quiero que...

—No volverá a suceder lo de Belgrado —le interrumpió Lutz para no escucharlo en la voz de Mielke.

—Lutz, sabes que la Stasi es la espada y el escudo del Partido, pero tú eres la espada y el escudo del equipo en los partidos.

—Gracias, señor.

—Confío en ti para que tires de tus compañeros. No he pedido que se ponga al teléfono Frank Terletzki porque para mí tú eres el capitán del equipo, aunque seas joven. Así que sal al campo el primero y demuestra quiénes somos.

—Ganaremos el partido.

—Eso es lo que quería oír. Ahora te dejo descansar. ¡Orgullo y Estado!

—¡Orgullo y Estado!

Lutz colgó el teléfono y respiró hondo. Se quedó unos segundos quieto en aquel despacho desordenado y polvoriento. Miró por la ventana donde el bosque asomaba amenazante. Sabía que perderían.


A las siete de la mañana del día siguiente el autobús cruzaba la frontera. Todo el equipo posaba la frente contra el frío cristal de las ventanillas. Numerosos militares con el fusil al hombro custodiaban el paso a la República Federal de Alemania. Lutz se estremeció. Aún le resultaba increíble la excursión. Sabía que tras el muro, las alambradas, las barreras y los perros se abría un nuevo mundo. Sentía una curiosidad incurable. Algo de nerviosismo y un átomo de miedo. Pensó en Gabi, le habría gustado que estuviera allí con él en ese momento. Ella era menos inquieta que él, menos fantasiosa, menos ambiciosa. Pero seguro que habría vibrado entrando en el país prohibido, aunque luego, probablemente, hubiera deseado regresar al confort de la vida protegida y conocida del Este, a la existencia controlada y organizada, sin sorpresas, sin trampolines pero sin socavones.

El viaje duró seis horas hasta Kaiserslautern. Lo primero que llamó la atención de Lutz al entrar en la otra Alemania fue la suavidad del asfalto. El autobús parecía deslizarse sobre la carretera, apenas percibía las imperfecciones del trazado, como si flotasen en la autopista. También le chocaron los colores del paisaje. Las llamativas tonalidades de los numerosos carteles publicitarios, la variedad y la luminosidad de los tintes en las carrocerías de los coches, en las fachadas de los edificios, en los abrigos de los transeúntes.

A la una de la tarde chirriaron finalmente los frenos del autocar granate frente al Hotel Savoy. Poco a poco fueron bajando los dieciséis jugadores, el cuerpo técnico, los médicos y el teniente coronel Manfred Kirste.

Allí los esperaba el alcalde de Kaiserslautern y varios fotógrafos y cámaras de televisión. Algunos curiosos se pararon en la acera para contemplar el desembarco mediático de un equipo vestido con traje azul marino, camisa blanca y corbata gris. Una indumentaria parecida a la del alcalde, que se colocó las gafas y estrechó sonriente la mano de Manfred Kirste antes de entrar todos juntos en la recepción.

—¡Joder, qué lámpara! —le dijo Frank a Lutz refiriéndose a la enorme araña del hotel de cinco estrellas.

—¿Y qué me dices de las columnas? —contestó Eigendorf, eclipsado por el mármol.

—¿Y de la recepcionista?

Ambos rieron. Cargados con sus propias maletas, los jugadores recibieron las llaves de sus habitaciones y se los citó en media hora en el restaurante del hotel para almorzar.

Frank y Lutz primero se quitaron las chaquetas para no arrugarlas y después se tumbaron boca arriba en sus camas. No dijeron nada. Simplemente se concentraron en sentir el abrazo del colchón y la colcha, el perfume de la estancia, el fabuloso silencio.

—Me siento George Best —exhaló de repente Frank.

—Te sobra nariz y te hacen falta dos chicas al lado, pero por lo demás eres clavado.

—¿Sabes qué te digo? Que estará muy bien este hotel y este país, pero a mí me sigue pasando como en el resto de los sitios a los que vamos, me huele raro.

—No, Frank…, aquí no… Déjame oler el Oeste… —suplicó Lutz.

Frank, desoyéndole, sacó su frasco de colonia y roció el ambiente.

—Así me siento como en casa, me relajo, y necesito estar tranquilo antes de los partidos, ya lo sabes.

—Frank, el problema no lo tiene el olor de los hoteles, el problema lo tiene tu narizota.

Después de la comida, donde hasta la mantequilla sabía distinta, el equipo volvió a las habitaciones para echar una siesta obligatoria antes del entrenamiento vespertino. Lutz no durmió. Escuchó roncar a Frank, quien siempre se evadía antes, mientras pensaba en su vida. Gabi y Sandy ahora le parecían lejanísimas. Toda su existencia en Berlín se presentaba como un recuerdo en blanco y negro, un entrañable pasado, querido e íntimo, pero precintado por un presente fulgurante. Sintió haber ingresado en una inédita dimensión, no tanto físicamente, pero sí con la mente. No podía frenar la excitación de la novedad, de la incertidumbre, el ansia de explorar y conquistar un territorio desconocido, una experiencia insólita.

De alguna manera se percibía prematuramente prisionero de una vida predecible. Seguir en el Dynamo hasta su retirada y acabar trabajando en las oficinas del club o entrenando a un equipo menor como hacía su padre en Brandemburgo. Tener un hijo o dos más con Gabi, salir de vez en cuando con Felgner a los bares de siempre, hacer carreras de Trabis (diminutivo de Trabant, el coche «oficial» del Estado) trucados, beber con el equipo después de los partidos que ahora ganaban gracias a la extorsión de la Stasi. Los triunfos con el Dynamo comenzaban a resultarle insuficientes. La Selección era su gran estímulo. «Quiero al Lutz Eigendorf del partido contra Bulgaria», le había dicho Mielke. Con sólo veintidós años ya había sido seis veces internacional. Desde luego, nunca olvidaría su debut con la camiseta azul ante Bulgaria el verano anterior. Sin embargo, ¿qué posibilidades tenía la RDA de lograr algún título? De momento sólo habían disputado dos partidos de clasificación para la Eurocopa del año siguiente en Italia. El primer encuentro lo habían ganado por 3 a 1 ante Islandia, el conjunto más flojo del grupo. Pero la derrota por 3 a 0 ante Holanda en Rotterdam había sido demoledora. No importaba que el primer gol encajado fuese en propia puerta y el segundo de penalti. Pero Neeskens aún conservaba su clase y el conjunto naranja estaba perfectamente engrasado, demostrando quién mandaba en Europa. Lutz, además, sintió como un agravio su sustitución en el minuto setenta, cuando sólo perdían por un gol. Se retiró del campo con la cabeza baja y exhibiendo abiertamente su desaprobación. No congeniaba con el seleccionador. Es cierto que después de aquel partido lo llevó a Bagdad a jugar un amistoso y que también lo alineó cuando los iraquíes devolvieron la visita. Pero no veía muy claro su importancia en el combinado nacional y menos aún la clasificación de éste para la Eurocopa. Todavía les quedaba medirse a Polonia y a Suiza. Sólo el primero de grupo accedería a la fase final del torneo. Prácticamente imposible.

A las cuatro de la tarde el autobús subió una pequeña colina y tras los árboles emergió el majestuoso Betzenbergstadion. Lutz sonrió. Le pareció una nave espacial aterrizada en lo alto del montículo que daba nombre al campo. Era como haber ascendido de categoría, casi como ir a jugar otro deporte. El equipo se cambió en los vestuarios del campo de entrenamiento anexo y saltó a correr por ese terreno de juego a la sombra del gran monumento de hormigón al que no podía dejar de mirar.

Después de cenar en el hotel, el grupo, aunque agotado, fue conducido a una sala para ver una película antes de acostarse.

—Creo que aquí en las películas de vaqueros pierden los indios —bromeó Frank con Lutz.

En Berlín estaban cansados de ver westerns (o más bien *osterns*, como llamaban a los filmes de cowboys rodados en el Este —«ost» en alemán—). Producciones en las que los americanos eran retratados como genocidas, exterminadores de las comunidades indias.

—Me da igual quién gane, pero, por favor, otra de apaches no. He oído que aquí ponen una película sobre un tiburón que es tan real que la gente se sale de los cines.

—Joder, me encantaría verla —exclamó Frank.

Todos se sentaron en una gran sala enmoquetada y con densos cortinajes. El teniente coronel Kirste ya había dado orden expresa de no proyectar ninguna cinta de sexo, de terror o de contenido nazi. Así que cuando las luces se apagaron y comenzó un aburrido drama, Lutz creyó oír a Frank roncar.

# 3

A las ocho de la mañana los jugadores fueron despertados. Kirste y el doctor Kurt Poltrock entraron en las habitaciones para comprobar que el equipo estaba al completo. A continuación bajaron al restaurante del hotel a desayunar y luego se trasladaron al estadio para recibir una sesión de masaje. Lutz y dos jugadores más estuvieron hablando con el médico mientras el fisioterapeuta les untaba de linimento los cuádriceps. El doctor Poltrock era un tipo afable y cariñoso, con algo de barriga a sus cuarenta y cinco años, rubio, bajito y con cierta cojera. Los jugadores encontraban en él a un hombre menos severo que los que conformaban el cuerpo técnico. Quizá porque el espacio donde conversaban con él era más íntimo y relajado, en muchas ocasiones acababan compartiendo intimidades. Poltrock hacía en parte de psicólogo y procuraba que los futbolistas estuvieran mentalmente concentrados antes de los partidos, charlaba con ellos, a veces de forma individual, para evadirles de sus problemas personales.

La gran empatía de Poltrock le había llevado, con el permiso del míster Bogs, a practicar en alguna ocasión el entrenamiento de Autorregulación Psicológica. Esta técnica consistía en controlar funciones corporales como la tensión muscular, las palpitaciones, la sudoración y, sobre todo, las reacciones emocionales ante situaciones estresantes. Para ello los jugadores debían visualizar las escenas de conflicto a las que se iban a enfrentar y, así, aprender de ellas con anticipación. Este ejercicio, copiado del entrenamiento autógeno de los astronautas soviéticos, se complementaba con la elaboración de pensamientos positivos. El doctor Poltrock sólo recurrió a este mecanismo en alguna situación puntual, pues no todos los jugadores fueron muy receptivos. Sin embargo, confiaba enormemente en su efectividad, como se había demostrado en las numerosas victorias soviéticas durante los Juegos Olímpicos de 1976.

Se trataba de un partido amistoso el de aquella noche, pero se percibía tensión en el grupo. El Kaiserslautern era el líder de su competición. Probablemente no acudiría mucho público, pero la presión en realidad no provendría de la grada, sino de los despachos de la Stasi en Normannenstrasse, en Berlín oriental. Aun así, Lutz estaba deseando disputar el encuentro. Estrenar un balón, sentir la luz de los focos de aquel estadio, medirse con los delanteros avezados, demostrar su talla en una prueba futbolística de auténtico nivel.

A las doce de la mañana el alcalde ofreció una recepción en el ayuntamiento. Un acto protocolario destinado al hermanamiento de los clubes, a subrayar la amistad entre dos ciudades, entre dos países divididos por una cicatriz de hormigón. La sala Barbarossa estaba llena. El alcalde resaltó las similitudes entre ambas metrópolis como la voluntad de trabajo incansable y no dejó de mencionar que los dos equipos se encontraban en ese momento en la cima de sus respectivas ligas.

El Dynamo de Berlín se apretó contra una pared forrada de madera tostada. Los discursos se prolongaban desesperantemente. Algún jugador berlinés hizo un chiste sobre la reproducción en miniatura de la Torre de Comunicaciones de Berlín con la que obsequiaron a sus anfitriones. Tuvieron que ahogar las risas. Lutz, contagiado por la euforia y deseando ser el más osado y gracioso, grabó con su anillo de matrimonio, en la dócil madera de la pared, un esquemático y diminuto dibujo de un martillo y un compás como los figurados en la bandera de su país. Sus compañeros estuvieron a punto de descorchar una carcajada. Vestidos con el traje de paseo del club, parecían escolares traviesos disfrutando del riesgo de ser reprendidos.

A la una y cuarto almorzaron en el hotel. De las dos a las cuatro menos cuarto, siesta. A las cuatro, cena. A las cuatro y veinte, charla táctica de media hora. De las cinco a las seis y veinte, concentración en las habitaciones, donde pudieron tomar café. A las seis y veinticinco estaba el equipo formado en la recepción del Hotel Savoy para subir al autobús camino del estadio.

Los vestuarios eran amplios y alicatados en blanco con cenefas de azulejos rojos reproduciendo los colores del Kaiserslautern.

—Aquí hay incluso eco —apuntó Lauck mientras se ponía las medias.

—Vosotros id saliendo, chavales, que yo me voy a quedar aquí duchándome un ratito más —bromeó Trieloff.

Las risas se acabaron cuando Kirste entró en el vestuario. Con su horrorosa corbata amarilla les recordó que en sus botas estaba la imagen de todo un país. Les exhortó a saltar al campo y demostrar quién hacía mejor las cosas en Alemania.

Lutz, tal como le indicó Mielke por teléfono, comandó la fila al ingresar en el campo, siempre detrás de Frank Terletzki, el capitán, y del altísimo Bodo Rudwaleit, el portero. Había once mil seiscientos espectadores, el doble de los que acudían a presenciar normalmente los partidos del Dynamo, aunque las gradas estaban relativamente vacías. Los dos equipos entraron a la vez en el rectángulo de juego. El Kaiserslautern vestía totalmente de blanco, y el Dynamo, de rojo con el borde de los cuellos y las medias blancos; también surcaban verticalmente el lado izquierdo del pecho cuatro líneas claras que sólo quedaban interrumpidas por el escudo prosiguiendo a su término.

Lutz desentumeció los hombros en el camino desde el túnel hasta el centro del campo y tiró hacia abajo de la camiseta, como si no le dejase respirar. Luego miró fijamente a su derecha, al capitán del equipo contrario, recorrió con su lengua el interior de la boca seca y devolvió la vista al frente.

El terreno de juego estaba cercado por carteles publicitarios. Ni Lutz ni sus compañeros sabían a qué productos correspondían muchas de aquellas marcas: Sinalco, Selit, Dorint, Mary Kamp, Raab Karcher, Agippina. En el pecho de los jugadores del Kaiserslautern leían la palabra «Streif», una marca comercial manchando el pulcro uniforme. También llamó la atención de Lutz el inmaculado balón blanco. Observó fascinado esa esfera virgen, perfecta, como una burbuja, una placenta donde todavía vivían las fantasías de la niñez.

El partido no tuvo recorrido. Los locales estuvieron los noventa minutos mejor posicionados, prestos en la recuperación del balón y listos para aprovechar las segundas jugadas. Lutz comandaba la zaga. Con el número cuatro a la espalda, cerraba filas y daba órdenes a los laterales para que soltasen rápidamente la pelota a los centrocampistas. El gol del Dynamo vino de una internada por la banda derecha seguida de una eléctrica anticipación del delantero al marcaje del defensa. Sin embargo, el Kaiserslautern hizo cuatro dianas. Lutz cortó varios disparos desde la frontal, organizó tres contragolpes, sacó el balón jugado, abrió a las bandas, achicó de cabeza numerosos balones aéreos. Disputó un buen partido donde su escuadra fue barrida por la hegemonía del conjunto del Oeste, quien se impuso finalmente por cuatro goles a uno. Quizá la forma física del Dynamo fuese mejor, pero el trabajo táctico, los movimientos del grupo, las coberturas y, sin duda, la técnica de los rivales fueron superiores.

Lutz se retiró del campo con la conciencia tranquila. El equipo se había esforzado al máximo, y él en concreto había sido, probablemente, el mejor de su alineación. No obstante, entró en el vestuario desazonado. Entre los gritos de ánimo que los compañeros se proferían en alto a modo de terapia, él se desvestía en silencio. Había acabado la gran aventura futbolística. Ahora sólo quedaba regresar a la Oberliga a enfrentarse a contendientes sin reto. Restaba ganar un campeonato arreglado. Lutz prefería perder partidos pero hacerlo en estadios majestuosos, ante una afición caudalosa. Le estimulaba medirse a contrarios mejores, superarse. Su voluntad de progreso, su ambición y su gallardía le habían llevado a ingresar pronto en el Dynamo, a convertirse en el mejor jugador del equipo, «El Beckenbauer del Este», con tan sólo veintidós años. Debutó con la Selección ante Bulgaria cuando iban perdiendo por 0 a 2 y todo el mundo sabe el resto de la historia.

Tras el encuentro, sólo el entrenador, Jürgen Bogs, atendió a una treintena de periodistas de prensa y de televisiones como la ARD y la ZDF. A las diez y media de la noche ya estaban de vuelta cenando en el hotel. La delegación del Kaiserslautern también comió en el Savoy, pero en mesas separadas, según pactó el protocolo de la Stasi. Se pronunció un breve discurso. El teniente coronel Manfred Kirste dio las gracias a sus anfitriones futbolísticos y el director deportivo del Kaiserslautern, Rudi Merks, expresó su voluntad de que poco a poco las Alemanias se fueran acercando.

Al final de la comida, cuando ambos equipos se levantaron de las mesas, el centrocampista del Kaiserslautern, Hans Bongartz, se acercó sigilosamente al portero suplente del Dynamo, Reinhard Schwerdtner, y le susurró:

—Jürgen Pahl te espera en el baño, quiere hablar contigo.

Schwerdtner palideció. El portero fugado junto con Norbert Nachtweih tras el encuentro en Turquía con la Selección Sub-21 dos años atrás estaba ahora oculto en el Savoy. Le temblaron las piernas. No sabía por qué había venido desde Frankfurt hasta Kaiserslautern y, menos aún, por qué quería charlar con él. Quizá de portero a portero. Por un lado, le halagaba que Pahl quisiese hablarle y, desde luego, le habría preguntado infinidad de cosas sobre su fuga y su nueva vida en occidente. Pahl y Nachtweih habían sido demonizados sistemáticamente por el régimen comunista ya que la deserción de su equipo, el Chemie Halle, se había considerado una traición a la patria. Ahora el diablo entablaba contacto oculto en un váter de un hotel de cinco estrellas. Pero ¿qué hacer? Schwerdtner estaba aterrorizado, nervioso, excitado. Era demasiado peligroso separarse del grupo para ir al baño al encuentro del proscrito. ¿Y si le pillaban? Ése sería el fin, no sólo de su carrera deportiva, sino también de su vida tal cual la conocía. Le encarcelarían en Berlín, quién sabe por cuántos años.

Hans Bongartz no quiso problemas, así que se unió a su equipo a la salida del restaurante. Schwerdtner seguía paralizado. Miró al pasillo que le conduciría al baño donde estaba agazapado el portero. Dudó. En ese instante Bogs pasó a su lado acuciándole para abandonar la sala y volver a las habitaciones.

—Entrenador —le espetó Schwerdtner cogiéndole del brazo—, Jürgen Pahl está escondido en ese baño.

El míster se quedó atónito. Tampoco supo cómo reaccionar en un principio. Miró hacia el pasillo donde se apreciaba la puerta del servicio.

—Tenemos que informar inmediatamente al camarada Kirste —resolvió con severidad Bogs.

—Por supuesto —convino Schwerdtner, imitando su convencimiento.

El teniente coronel y jefe de la expedición, tras escuchar la asombrosa noticia, arremolinó al equipo en el hall, cerca de los ascensores. Kirste se colocó en el centro del círculo y en voz baja pero firme les anunció el acontecimiento. Ordenó no establecer ningún contacto con Pahl, ni verbal ni gestual, e insistió en que se confinasen inmediatamente en sus habitaciones. Cuando los chicos comenzaron a entrar en los ascensores, Kirste exclamó:

—Terletzki, quédese.

Lutz subió las escaleras de camino a su habitación mientras perdía de vista al único racimo de hombres que permanecía en la recepción: Manfred Kirste, Jürgen Bogs y Frank Terletzki. Una vez que estuvieron solos, Kirste les imperó:

—Vamos a por él.

Frank se sintió incómodo formando parte de esa misión casi policial. Era el capitán del equipo, pero aquella situación no tenía, en realidad, nada que ver con el fútbol propiamente dicho. Pahl era un fugado de la RDA, un futbolista refugiado en la Alemania Federal, un traidor para unos, un héroe para otros, pero para Frank Terletzki simplemente era un gran guardameta con una colocación insuperable.

Descubrieron a Pahl detrás de una columna, no muy lejos del vestíbulo. En realidad no hizo ningún esfuerzo por ocultarse eficazmente. Quizá supo que no corría ningún peligro más allá de ser insultado o acusado de deslealtad. El Dynamo era el equipo bajo el ala de la Stasi, pero en aquellas circunstancias ni Kirste ni el resto tenían potestad, poder, competencia ni probablemente ganas de realizar un arresto. Ahora Pahl era un ciudadano de la Alemania occidental, ésa era la dolorosa realidad para la Stasi y para la Oberliga.

Cuando Frank entró en la habitación, Lutz se levantó rápidamente del borde de la cama donde estaba sentado. No parecía haber estado haciendo nada más que esperar la llegada de su compañero.

—¡¿Qué ha pasado?! —preguntó Lutz inquieto.

—No mucho. Le hemos descubierto, nos ha mirado y ha salido tranquilamente por la puerta principal.

Lutz entonces se acercó a la ventana. Allí estaba Jürgen Pahl, a quien pensó que jamás volvería a ver. Sus recuerdos del portero estaban enmarcados en el verde del terreno de juego y aderezados con alguna foto de una revista occidental donde posaba con los brazos cruzados y los guantes puestos. Pahl ahora conversaba con jugadores del Kaiserslautern bajo las luces de la marquesina del hotel. Tenía un aspecto tranquilo, feliz. Su pelo rubio se agitaba con la brisa fría de la noche. Se había dejado bigote. Parecía más alto y más robusto. Había perdido la expresión aniñada. Lutz ya percibió ese cambio en las fotos de la publicación, pero ahora certificaba que el endurecimiento de sus rasgos y su físico no daba la impresión de haberle petrificado el carácter. Vestía un lustroso abrigo marrón de piel y reía con los demás futbolistas. Se mostraba atractivo, como si fuera un huésped del Savoy, un hombre rico y seguro de sí mismo.

El jefe del equipo y el segundo entrenador ocupaban la habitación 95, al principio del pasillo. Desde ese flanco divisaban todas las puertas de la primera planta. Ante el temor de que Pahl pudiera ponerse en contacto con los jugadores, fueron habitación por habitación pidiendo a los futbolistas que descolgasen los teléfonos.

—Me gustaría hablar con Pahl —le confesó Lutz a Frank una vez que los técnicos del Dynamo se habían marchado y mientras escuchaban el débil aullido del teléfono comunicando al aire.

—Supongo que tiene una buena película de aventuras que contar —contestó su amigo mientras se quitaba los zapatos.

—Míralo ahí fuera, ¿no te parece que ahora tiene una mejor vida a la que volver que nosotros?

Frank le miró algo extrañado ante la dureza de la reflexión.

—Lo que tiene es un camino más corto, Lutz. Mañana a nosotros nos esperan otras seis o siete horas de autobús.

—No sé, Frank, se le ve bien, me encanta su abrigo, hasta le queda bien el bigote —prosiguió sin retirar la vista del cristal.

Frank sonrió desde el baño.

—No hables muy fuerte, que están los teléfonos descolgados —le advirtió Terletzki.

El protocolo de seguridad de la Stasi consistía en vigilar regularmente el pasillo para asegurarse de que ningún jugador abandonaba las habitaciones. Sin embargo, la zona de inspección se amplió también al vestíbulo del hotel.

—¿Te vas a acostar? —preguntó Lutz al ver al capitán lavándose los dientes.

—Nos despiertan a las cinco.

—Pues yo no me puedo dormir —gimió Lutz mirándose en el espejo de la habitación—. Mañana regresamos a casa y todo se ha acabado.

—¿Qué se ha acabado?

—Pues esta ciudad, esta Alemania, las oportunidades. Quiero hacer más cosas aquí, quiero ver más sitios, quiero comer más plátanos, quiero comprarme un abrigo de piel marrón, quiero invitar a cenar a la recepcionista…

Frank rio.

—Te entiendo —dijo—. Pero éste no es nuestro mundo, Lutz, ha estado bien ver todo esto, jugar en el Betzenberg, probar la mantequilla que se deshace sola, pero se acabó. Ahora nos esperan en casa.

Lutz pensó en Gabi y en Sandy. Sintió ternura por ellas y pena por él mismo.

—Si me quedase aquí, a quien iba a temer no es a la Stasi, sino a Moni, que me haría saltar el muro de una patada en el culo —bromeó el capitán.

Lutz volvió a mirar por la ventana, pero ya no vio a nadie. No tenía sueño. Aún sentía la excitación del partido, la revolución anímica provocada por el «incidente Pahl», la urgente necesidad de aprovechar al máximo y hasta el último momento la estancia en occidente.

—Pues hagamos algo antes de irnos —sugirió Lutz.

—¿Qué quieres hacer? Son casi las doce y estamos a cinco puertas del jefe del equipo.

—¿Tú de qué te quieres acordar cuando tengas ochenta años? ¿Qué les vas a decir a tus nietos, a tus hijos?, ¿que estuviste en Kaiserslautern y que era increíble la cantidad de Audis que viste en la calle y que…, ¡ah, sí!, y que vaya lámpara la del Hotel Savoy?

Frank se recolocó el pelo frágil, apenas le iba a durar en la cabeza dos temporadas más. Dirigió a Lutz una mirada de rendición, aceptaba su sarcasmo, la innegable verdad del *carpe diem*.

—Vale, Beckenbauer, ¿y qué quieres hacer? —contestó entre resignado y crecientemente animado.

—¿Y si salimos y nos vamos a vivir la noche de la ciudad?

—¿Salir? ¿Cómo? Y, además, es martes, estará todo muerto.

—Aquí no hay nada muerto. ¡Esto es «Capitalismolandia»!

—Sí, pero incluso en los países capitalistas he oído que la gente duerme, porque resulta, aunque no me hagas mucho caso, que aquí también se trabaja.

—Podemos saltar por la ventana. No está alto. Pasamos al techo de la marquesina y luego a la calle.

—Estás loco.

Los dos se quedaron en silencio. No se oía nada, tan sólo los coches pasar por la calle de enfrente. Cada uno sentado en su cama se miraron los pies. Frank entonces bostezó.

—No es lo que parece —se excusó tras taparse la boca.

—Joder, Frank…

—Escucha, yo veo imposible salir de aquí, en todo caso podemos decirle a la recepcionista que suba —sugirió Terletzki medio en serio medio en broma.

—Eso sería un gran plan.

—Aunque cabe la remota posibilidad de que diga que no.

—Pues llamamos a otra chica. Eso es, ¿por qué no llamamos a un par de chicas para que vengan al hotel? ¿Te imaginas estar con una de occidente?

—No creo que sea tan diferente —puntualizó Frank, pero como no quería ser él un impedimento para el plan, añadió—: Además, no sabemos adónde llamar, y desde este teléfono es imposible.

—Hay que bajar a recepción —resolvió Lutz—, allí seguro que nos dan un número y nos dejan usar el teléfono.

—No estoy tan seguro de que les haga gracia la visita de unas señoritas a estas horas.

—Al menos podemos intentarlo, ¿no?

Frank se quedó un segundo callado. Miró a Lutz con las pupilas que dan pases de gol.

—Sí, podemos intentarlo —susurró resignado.

Lutz le pidió a su amigo que esperase en la habitación mientras él bajaba a comprobar la viabilidad del plan. Frank vio cómo Eigendorf miraba con precaución a ambos lados del pasillo antes de cerrar sigilosamente la puerta tras de sí.

Mientras Lutz descendía por las escaleras alfombradas pensaba en una excusa que dar a alguno de los jefes del equipo en caso de ser sorprendido. Barajó diversas explicaciones sin llegar a ninguna resolución. Con todo, arribó sin contratiempos a la recepción. No vio a nadie tras el mostrador. Podía escuchar el pulso de un reloj en un rincón del vestíbulo. Aguardó detrás de una columna, quizá la misma tras la que se había parapetado Pahl hacía un rato, pensó Lutz. De repente la excitación de aquel atrevimiento se empañó de ridículo. ¿Qué hacía allí aguardando a que apareciese un recepcionista para llamar a unas prostitutas? ¿Merecía la pena correr el riesgo de ser reprendido por Kirste y quizá castigado? ¿Era rentable el placer del sexo a cambio del peaje de la mala conciencia que sufriría inmediatamente después?

Lutz hizo esfuerzos por disipar las dudas y los miedos. Quiso convencerse de que, en el fondo, acabaría agradeciendo aquel arrojo. Una parte de él se había congelado en Berlín, presurizado en su vida matrimonial, paternal. El desfogue ahora pretendido era una válvula de escape a su rutina, y ese oxígeno terminaría siendo beneficioso tanto para él como para la gente de su alrededor. La vida le debía esa clase de goces.

Ensimismado en su debate interior, perdió la noción del tiempo. Cuando volvió a la realidad, sintió cansancio. También se propuso desterrar esa sensación de su cuerpo. Volvió a echar un vistazo a la recepción, pero continuaba desierta. Descartó hacer sonar el timbre del mostrador. Los pies se le estaban enfriando cuando apareció un chico joven uniformado. Lutz pensó que aquél era el mejor de los escenarios posibles: un hombre en lugar de una mujer y, además, con una edad perfecta para entender sus deseos.

Se acercó a la recepción procurando no parecer un fantasma súbitamente materializado así como disimulando la congoja y el temor.

—Buenas noches —susurró—, soy Lutz, un jugador del Dynamo de Berlín. Verás… un… unos compañeros… un compañero y yo nos preguntábamos si sería posible llamar a unas chicas para… que vinieran un rato aquí, al hotel. Nos vamos mañana por la mañana y, ya sabes, allí en el Este las cosas son mucho más aburridas.

El chaval estaba extremadamente pálido, parecía él el fantasma. Primero miró a Lutz muy serio, entre impactado e indeciso, luego se le escapó una sonrisa arrugando los granos de la mejilla.

—Sé lo que me está diciendo, lo comprendo. Pero ya es muy tarde para eso. Si fuera viernes o sábado supongo que no habría problema, pero a estas horas ya no van a mandar a nadie.

Lutz lo miró desconcertado, sin saber si debía insistir o rendirse, si adoptar un gesto adusto de profesional en la materia o devolverle la sonrisa con complicidad.

—Lo siento —resolvió el recepcionista.

Llegaron entonces algunas voces del bar del hotel. Lutz se asustó, así que le dio las gracias al chico con el uniforme dos tallas mayor y regresó a su habitación por las escaleras. No estaba seguro de cómo se tomaría Frank el fracaso. Imaginaba que, por un lado, se alegraría, porque no estaba del todo convencido de la idea, pero, por otro, confiaba en que también supusiese para él una desilusión. Quizá juntos podrían pensar en alguna alternativa.

Con el corazón desbandado, se asomó Lutz al pasillo de su planta, lo recorrió con celeridad y abrió con mimo la puerta de su habitación experimentando un alivio enorme al cerrarla a su espalda. Buscó con la mirada a Frank. Su compañero estaba tumbado sobre la cama en diagonal, vestido y completamente dormido.

A medida que amainaban los latidos, crecía la decepción. Se sentó en su propia cama. Observó la nariz de Frank apuntando al techo como un volcán. Barajó despertarle, consideró acostarse, pero descartó las dos opciones. Se levantó, se miró en el espejo y vio su pelo fosco y frondoso, sus hombros anchos, su cuello corto, sus ojos pequeños bajo el toldo de las cejas negras. Entró en el baño, se mojó la cara, volvió a la habitación, se sentó de nuevo en la cama, pero inmediatamente se puso en pie. Regresó al baño, se lavó los dientes. Miró a Frank, que roncaba como si el volcán estuviese a punto de erupcionar. Encaró el espejo, se ordenó el flequillo y salió de la habitación.

En el bar del hotel trasnochaban media docena de hombres. Lutz imaginó que eran huéspedes, aunque reconoció a algún directivo o empleado del Kaiserslautern. Se acercó a un tipo de unos cuarenta y cinco años que bebía solo en la barra. Le pidió cambio de 50 marcos de la Alemania Democrática, pero el tipo le explicó que para él era inservible ese billete. Lutz bajó el dinero y se lo metió con resignación en el bolsillo. Aquel hombre trajeado se compadeció de Lutz y le invitó a una cerveza.

—Muchas gracias. Me llamo Lutz Eigendorf, juego en el Dynamo de Berlín.

—Encantado, yo soy Rudi Merks, el director deportivo del Kaiserslautern.

Merks sabía perfectamente quién era él, pero en un principio, a la una de la madrugada, con poca luz y tras varias cañas, no lo había reconocido. Lutz entonces también cayó en la cuenta de que Merks había pronunciado un breve discurso al final de la cena abogando por la unificación de las Alemanias. Enseguida hablaron sobre el partido de aquella tarde. Poco a poco Lutz fue sintiéndose mejor, más sereno, más en paz. Merks encontró en Eigendorf a un gran conversador, un hombre enérgico y sincero, a una primera figura del deporte socialista hablándole sobre la Oberliga, sobre las diferencias entre los dos países. Merks no tuvo reparos en convidar a numerosas cervezas. Disfrutaba de la insólita compañía de un alemán del Este. Le interesaban no sólo las curiosas concepciones del fútbol oriental, sino la forma de vida y el sentimiento de un hombre bajo la dictadura comunista.

Lutz se entregó al disfrute del alcohol y de la charla. Al fin hallaba a alguien con la mente abierta, con otra clase de mente. Se relajó en aquel bar en penumbra decorado con farolillos náuticos y sillones cuarteados. Notó cómo se iba abriendo, cómo la bebida y la necesidad de expresar en alto sus ansias y sus desengaños le liberaban. Rieron juntos en aquella barra durante dos horas. Merks le contó su frustrada carrera futbolística, su lesión en el cuello, su larga y fracasada batalla por volver a la élite apenas acariciada.

A las cuatro y media de la madrugada Merks recomendó a Lutz volver a la cama, dormir al menos un rato antes del viaje de regreso a Berlín.

—No pienso volver —sentenció el jugador.

—¿Cómo que no piensas volver? ¿Y qué vas a hacer?

—Me quiero quedar aquí, en occidente.

—Pero… ¿y tu mujer? ¿Y tu hija?

Lutz se quedó en silencio. Ya sólo permanecían dos hombres más en el bar sentados bajo una ventana por donde pronto pondría su mano el sol. Dio otro sorbo a la cerveza, se acarició la nuca.

—Mi matrimonio no va bien. Bueno, no va mal, supongo que, en realidad, quien está mal soy yo. No sé, nada es como antes. Yo quiero otra vida, otra… Necesito otra cosa.

Fue entonces cuando Merks pareció quedarse sin argumentos. Restaba responder a la segunda de las preguntas, pero esperó con paciencia a que lo hiciera Eigendorf.

—Conseguiré traerlas, a Sandy y a Gabi. No sé cómo, pero de alguna manera vendrán aquí conmigo. Yo en Berlín ya no soy del todo feliz y cada vez las haré más infelices a ellas. Sin embargo, aquí podemos empezar todos juntos de nuevo. Todo nos irá mejor, a ellas y a mí. En esta Alemania.

A Merks aquello le pareció un delirio. Pensó que era prácticamente imposible la fuga de Lutz y mucho más su iluso plan de reunificación familiar a ese lado de la frontera. Imaginó que el cansancio y el alcohol estaban empañando su lucidez, así que tampoco se esforzó en exceso en rebatir su desquiciada voluntad. Él también estaba agotado, y borracho.

—¿Y dónde piensas vivir?

—Aquí, en Kaiserslautern —sentenció Lutz con los ojos vidriosos y los codos remangados clavados en la barra.

—¿Aquí?

—Sí, esta ciudad me gusta. No conozco ninguna otra de la Alemania Federal, pero ésta me gusta. Y aquí he conocido a alguna gente. Buena gente como tú.

—Bueno, gracias —respondió Merks algo avergonzado, con los carrillos prendidos por efecto de las cervezas.

Entonces el director deportivo se metió la mano en el bolsillo interior de la chaqueta y sacó una tarjeta.

—Pues ya sabes dónde estoy. Si algún día vuelves por aquí, llámame. Volveremos a tomarnos un par de cervezas, pero una noche que no tengas que madrugar. Son las cinco, yo creo que de verdad vas a meterte en un lío si no te ven en la habitación.

Lutz miró el reloj y, de repente, pareció darse cuenta de la temeridad. Se levantó de un salto del taburete, dio un par de pasos para estabilizarse y estrechó con fuerza la mano caliente de su improvisado amigo.

—Nos veremos, gracias —exclamó Lutz.

—Eso estaría bien —contestó Merks con una franca sonrisa—, además, por aquí necesitamos ya otro Beckenbauer.

# 4

La televisión habla de deserción. Para ilustrar la noticia se proyecta una foto de Lutz en cuclillas sobre el césped de su propio estadio. Una instantánea promocional donde el defensa, vestido con la indumentaria del primer equipo, mira serio y determinante a la cámara con los ojos entornados por el sol. Sostiene su posición gacha apoyando el dedo corazón sobre un balón, en el anular brilla la alianza matrimonial.

Gabi observa la foto en la pantalla y ha de contener el diálogo. Instintivamente le hablaría, le encuentra guapo y tan familiar, tan cercano... No comprende cómo puede haberse desarticulado su vida tan súbitamente. No sólo faltan sus dos seres más amados, sino la seguridad, la confianza, el futuro alegre ya abrazado.

Acude temprano al cuartel general de la Stasi en Normannenstrasse, pero ni siquiera le permiten acercarse a la puerta principal del edificio. Está desesperada. No sabe dónde se encuentra Sandy. Quiere suponer que no tardará en volver, que su rapto es sólo una breve medida de presión para obtener información. El problema es que no tiene nada que ofrecer. Se siente impotente.

Llora de camino a casa. Desde allí llama a la guardería donde debería estar trabajando. Mira por la ventana, el viento agita los árboles del parque de enfrente. El tiempo ha empeorado, repentinamente su vida se ha encapotado. No quiere dar demasiadas explicaciones, teme alguna represalia si airea el secuestro de su hija, así que sólo anuncia que está enferma. En la guardería también han visto las noticias, así que comprenden, le mandan un beso y cuelgan.

Gabi ni siquiera se atreve a entrar en el cuarto de su hija. Sólo desea regresar allí cuando esté ella. Apenas se ha asomado y no ha soportado la visión de sus juguetes inertes en el suelo, su camita revuelta, el olor a champú y talco.

En casa no encuentra consuelo, los recuerdos de Lutz también le hieren. Por un momento ansía hablar con él, recibir su abrazo, compartir el drama de Sandy tanto para aliviarlo como para buscar en compañía una solución. Pero al instante siguiente le invade el odio. Si es cierto lo que dice el noticiario y lo que le contó anoche la Stasi, jamás le perdonará su huida, sobre todo por el daño que le pueda ocasionar a Sandy. Sin embargo, no acaba de comprender. Su optimismo, su pueril confianza en una vida sin grandes heridas, mansa y dulce como transcurría hasta ayer, le hacen confiar en un final redondo. Probablemente la desaparición de Lutz tenga una explicación, seguramente se deba a un percance que en pocas horas se resuelva. Y quizá ya mañana vuelvan a estar juntos los tres, como siempre.

Baja las escaleras del edificio, pero se da cuenta de que no es buena idea alejarse del teléfono. Así que regresa al piso, que parece mucho más grande sin Sandy ni Lutz. Enciende un cigarrillo y se sienta en el sofá verde. Apenas son las once de la mañana. El humo caliente la tranquiliza. Hace todos los ejercicios psicológicos que puede para calmarse, para orientar positivamente las expectativas. Consigue apoyar la espalda en el respaldo y, sin querer, se queda dormida.

Le despiertan los golpes en la puerta. Abre los ojos y durante unos segundos no sabe dónde está, qué ha pasado. Por un brevísimo lapso vive en una burbuja de amnesia mucho más placentera que la consciencia devuelta a timbrazos.

Abre la puerta esperanzada por encontrar a Sandy. Allí sólo halla a dos hombres inusualmente altos.

—¿Es usted Gabriele Eigendorf?

—Sí.

—Su marido es sospechoso de haber infringido la Sección 213 del Código Penal de la República Democrática Alemana. Debemos realizar un registro del domicilio.

—¿Dónde está mi hija? —Quiere gritar, pero la voz le flaquea.

—Nosotros no sabemos nada —pronuncia mecánicamente el de la nariz más gruesa—. Si nos permite…

Los dos hombres entran en el dormitorio, donde requisan el carnet de identidad de Lutz, su permiso de conducir, la libreta de miembro de la DSF (Asociación para la Amistad Germano-Soviética) y una agenda de bolsillo del año anterior con anotaciones del futbolista. Gabi aguarda quieta en un rincón con la mano contra la boca. Siente los ojos incendiados, las piernas doloridas, la garganta seca, el pelo sucio.

En el salón se hacen con documentos relativos al servicio militar, la calificación de la empresa GST de electricidad para la que empezó trabajando y el libro de salud. También recopilan la libreta del banco, diversos recibos y una lista de direcciones con notas escritas a mano.

—¿Qué contienen esas cintas de vídeo? —inquiere el narizón.

—Son… son partidos de…

Sin necesidad de acabar la frase, los agentes confiscan las grabaciones, un libro de fotografías sobre el Mundial del 70, una medalla de bronce al Mérito otorgada por el Ministerio del Interior y un certificado sobre su servicio durante tres años en la Guardia de Regimiento Feliks Dzerzhinski. También se guardan algunos negativos de fotos y una carpeta con evaluaciones futbolísticas.

—Su marido es un traidor a la República —le espeta el tipo que aún no había hablado, un hombre con las manos enrojecidas y los dientes sucios.

Gabi no contesta. Los mira con furia. Ahora comprende que está del bando de Lutz. Quizá cuando los agentes se marchen vuelva a enojarse con su marido, pero en esos instantes sabe quién es su enemigo.

—Le vamos a encontrar —susurra amenazadoramente el mismo agente mientras asoma el sarro en su dentadura—. Su carrera como futbolista ya está perdida y, como marido, usted sabrá, pero supongo que también. Cuando le pillemos, va a pasar mucho tiempo en la cárcel. Así que es mejor que usted colabore. Su marido no la quiere, la ha abandonado como ha abandonado el socialismo. No le quepa la menor duda de que su marido es un traidor.

Mientras el hombre de las manos rojas habla con Gabi, su compañero entra en la cocina para incautar un cuaderno con direcciones y números de teléfono.

—¡No entren ahí! —protesta Gabi cuando los dos agentes se dirigen a la habitación de Sandy—. Es el cuarto de mi hija... Ahí no hay nada.

Los tipos ven en la cara de Gabi la tristeza. Luego pasan a la habitación de la niña. Allí revuelven la cama, miran debajo del colchón, abren los armarios y los cajones, sacuden la lámpara. Gabi sufre el registro como una profanación, pero aguanta la rabia. Sus palabras han sido contraproducentes, así que se queda en la puerta viendo cómo las manos rojas como langostas envilecen las pertenencias de Sandy.

El señor de la nariz esponjada saca una cámara y fotografía las estancias: el dormitorio con su estantería sobre el cabecero, el salón con la televisión encajada en un aparador, el cuarto de Sandy con los visillos echados, la cocina con su mosaico de banderines de fútbol, el pasillo con su espejo circular de marco dorado y su perchero con los abrigos arracimados, el baño y el pequeño aseo. Veinte disparos.

Como los indios crédulos de haber perdido su alma cuando eran fotografiados, Gabi también imagina robada su intimidad con las instantáneas. Se borra una lágrima con la manga del jersey. Observa la casa apuntada por el objetivo y de repente tiene la sensación de mirarla por primera vez. Es más consciente que nunca de la cantidad de objetos absurdos acumulados, de la necesidad de una limpieza a fondo, de la gran porción de amor amontonada en los rincones.

—¿Dónde tiene aparcado el coche? —pregunta su interlocutor más reciente.

—¿Para qué?

—También debemos registrarlo.

Gabi baja con los agentes a la calle. No parece que vaya a marcharse el invierno. El viento bandea su falda fustigándole las rodillas. Tras requisar los papeles del vehículo, extienden un documento certificando que el registro no ha implicado ningún tipo de violencia ni ha causado daños materiales. Gabi lo firma. Luego la mano crustácea se guarda la pluma.

—Un consejo: olvídese de él para siempre.


En Brandemburgo, el padre de Lutz se sienta delante del capitán Günter Winfried Hey, un abogado de veintiocho años perteneciente al órgano de investigación de la Stasi. Hey tiene una prometedora carrera con meta en Berlín. Es consciente de la gravedad del caso y de que de su diligencia en el interrogatorio y posterior vigilancia de los Eigendorf depende su futuro profesional. Así que pone firme la espalda y ordena hablar a Jörg.

—Mi hijo Lutz nació el 16 de julio de 1954 aquí, en Brandemburgo. Es hijo único, el único hijo que tenemos mi mujer, Ingeburg, y yo —explica Jörg nervioso, intentando acomodarse en una silla imposible—. Vivió con nosotros hasta los catorce años, cuando pasó a las categorías inferiores del Dynamo de Berlín. Siempre estuvimos muy unidos, incluso cuando se fue de casa. Estamos en contacto, nos solemos ver cada dos o tres semanas, o él viene por aquí con su familia o subimos nosotros a Berlín para ver también a nuestra nieta, Sandy, que tiene dos años y medio. La última vez que estuvimos en su casa fue… fue el día 17 o 18, no me acuerdo. No hemos tenido nunca ninguna discusión importante, nos llevamos bien... En fin, no sé, pregunte usted lo que quiera.

Hey se sienta en el filo de su mesa. Cruza los brazos y mira en picado a Jörg, cuyo pelo castaño se pliega generoso hacia atrás.

—¿Cuál ha sido la trayectoria de su hijo?

—Empezó el colegio a los siete años en Brandemburgo... y luego estudió un año en la escuela infantil deportiva. Allí sobre todo practicaba la natación. Pero también jugaba al fútbol, y ya era muy bueno, ¿sabe? Aunque en realidad siempre ha jugado al fútbol, le encanta, es su pasión. Yo le enseñé lo que pude. No es que yo sepa demasiado, pero entreno a niños. Y, bueno, Lutz con seis años ya jugaba en el BSG Motor Süd, el equipo al que entreno. Enseguida destacó, así que lo fichó el Dynamo y se fue a Berlín, donde estudió desde octavo hasta décimo. Allí, desde el primer momento, el camarada Mielke y el resto del club lo acogieron con especial cariño, eso lo notamos mi mujer y yo y por eso nos quedamos más tranquilos. Luego, después de terminar décimo, empezó a formarse como electricista, pero lo acabó dejando para centrarse en el fútbol porque cada vez le requería más tiempo y esfuerzo...

—¿Cómo describiría el carácter de su hijo? —le corta el capitán.

—Pues yo lo describiría como un chico muy familiar. Con nosotros es muy cariñoso y más aún con su hija, tiene una niña de casi tres años, ¿se lo he dicho ya?

Hey le mira con un gesto teatralmente serio.

—Bueno —prosigue Jörg—, Lutz es muy ambicioso y decidido. En lo que se refiere al fútbol, quiero decir. Desde pequeño quiso ser futbolista y jugar en la Selección, ése fue su objetivo. Y lo consiguió. Bueno, supongo que ya vio usted su debut ante Bulgaria, ¿no?

Jörg mira los labios contraídos de Hey y comprende su negativa al diálogo. En un principio pretende convertir el interrogatorio en una charla algo distendida, pero acaba aceptando la severidad del capitán.

—Mi hijo es, además, muy cariñoso y sensible —prosigue—. Se nota cuando nos despedimos. Aunque también tiene carácter, no crea; es decir, acepta bien las críticas, pero cuando cree que tiene razón es muy testarudo.

—¿Cuál es su compromiso político?

Jörg sabe que están entrando en terreno delicado, así que vuelve a hacer otro intento por acomodarse en la silla y contesta:

—Siempre ha recibido en casa una educación socialista y se ha identificado con los valores de nuestro Estado. El año pasado fue candidato del Partido Socialista Unificado. ¡Uf!, yo me emocioné, porque me sentí un poco responsable de eso.

Jörg no consigue estimular ningún músculo facial de Hey. Ni una sonrisa de aprobación, ni un levantamiento de ceja admirativo. Su rostro imperturbable apenas alberga arrugas. El padre de Lutz se acaricia su barba clara, desentumece el cuello. Desde que entró en el despacho han pasado más de tres horas. Sabe que, muy probablemente, le aguarden otras cuatro. Ni siquiera le ha dado tiempo a llamar a su mujer. El capitán le tranquilizó al inicio del interrogatorio asegurándole que la avisarían, pero Jörg lo duda.

—Mi hijo, cuando ha viajado al extranjero, siempre ha vuelto diciendo que prefería vivir aquí —explica—. No le han llamado la atención los coches caros, y eso que a él le encantan los coches. De hecho, vimos en la tele hace poco el caso de Nachtweih y Pahl, y Lutz condenó su fuga y llamó a Nachtweih «cerdo sin escrúpulos». Lo vimos en la sección de deportes de la televisión de occidente, yo sólo vi los últimos cinco minutos porque estaba en el baño, pero Lutz dijo que no podía entender esa fuga.

—¿En qué circunstancias se enteró del «no regreso» de su hijo a la RDA?

—Me enteré ayer por la tarde, como a las seis y media. Un amigo vino a casa y me lo dijo. Yo no me lo podía creer, así que pusimos la tele y escuchamos la noticia. ¿Que quiere jugar en el

Kaiserslautern? Pues le diré una cosa: mi hijo no está interesado en dejar el Dynamo, siempre ha preferido el fútbol de aquí.

—¿Hasta qué punto estaba usted al tanto de las intenciones de su hijo de no regresar a la Alemania oriental?

—Ni mi esposa ni yo teníamos ninguna idea de que mi hijo quisiera quedarse en ese país después del partido contra el Kaiserslautern, ya le digo. Desde luego, todos sus planes de futuro estaban aquí, en la RDA. Por ejemplo, me pidió el otro día entradas para la final de Copa de mi equipo y también hablamos sobre el próximo partido de Copa del Dynamo, que estaba ilusionado en jugar, y de los partidos de la Selección contra Hungría.

Jörg pide agua e ir al baño, pero el capitán se lo niega.

—¿Puedo levantarme para estirar las piernas?

—¿Qué motivos cree que tuvo su hijo para traicionar a la Alemania del Este?

El padre de Lutz siente la primera estocada. Le comienza a torturar el físico, el cansancio, el avasallamiento. Derrota la cabeza.

—Conteste.

—Ya se lo he dicho, no me imagino ningún motivo por el que no quisiera volver. En la RDA lo tiene todo: una mujer, una niña pequeña, una buena profesión con un buen futuro… No creo que la fuga de Pahl y Nachtweih le haya influido. La verdad es que no tengo ninguna explicación, se lo prometo.

—Hábleme de la situación familiar de los Sohnesaus.

—Mi hijo conoció a Gabi hace unos ocho años y se casaron hace cuatro. Muy jóvenes, a mi parecer, yo se lo dije, que me parecía que debía esperar, que debía vivir más la vida antes de atarse, ya me entiende. Y, además, siendo guapo y jugador de fútbol y teniendo dinero… Bueno, en fin, hace dos años y medio tuvieron una hija a la que Lutz adora. Por lo que yo sé y he visto, el matrimonio va bien, aunque han estado mucho tiempo separados por los viajes de Lutz. Es cierto que seis meses después de la boda mi hijo tuvo una relación con una mujer, pero ese problema ya lo solucionaron. Lutz habló conmigo y con la dirección del equipo y se dio cuenta de que esa aventura no tenía sentido. De hecho, yo creo que Gabi lo ha olvidado, que no ha tenido consecuencias para el matrimonio.

Por primera vez en todo el interrogatorio Hey esboza una sarcástica sonrisa. Jörg no sabe si se regodea en la debilidad de su hijo o si, por el contrario, comparte cómplicemente esa flaqueza. Hey, sin embargo, borra drásticamente su concesión gestual y retorna al cuestionario:

—¿Cuáles son las personas más cercanas a su hijo?

—Perdone, capitán, ¿podría ir al baño?

—Ya estamos terminando.

—Llevo seis horas aquí sentado, no aguanto más.

—Conteste a la pregunta.

—¿Cuál era la pregunta? —inquiere Jörg algo mareado.

—¿Cuál es el círculo de su hijo?

—La ambición y la dedicación al fútbol no… no tiene más amigos que los de ese entorno, ¿entiende? Sé que hace dos años se hizo muy amigo de Harald, el delantero. Y que otro compañero del equipo, Troppa, le ayudó a hacer la mudanza, pero tampoco sé si son muy amigos. También sé que sale de vez en cuando con Felgner, el campeón de boxeo. ¿Le gusta a usted el fútbol? —pregunta buscando más compasión que empatía.

—¿Hasta qué punto está su hijo interesado en los bienes materiales?

—No sé… Igual lo hemos hecho mal. Yo… cuando era pequeño le daba cinco marcos cuando viajaba con el equipo. Luego, a medida que se hacía mayor, fui aumentando la cantidad. Durante la adolescencia le daba entre treinta y cincuenta marcos. Pero nunca gastaba mucho. No le interesa la ropa, la moda, quiero decir; sólo le he visto gastar dinero en muebles para la casa.

—¿Ha tenido algún contacto con su hijo desde que partió de la RDA?

—Desde hace tres días no sabemos nada de él, ni mi mujer ni yo. No ha llamado ni ha escrito. Tampoco sé si se ha puesto en contacto con alguien. Pero…, dicho sea de paso, no era habitual que recibiéramos ninguna postal ni nada de Lutz cuando viajaba al extranjero.

—Está bien. Firme el interrogatorio y márchese.


Al día siguiente Gabi se despierta con el sol. Las nubes abren un oasis de luz. Son las once y media de la mañana. Ha dormido casi doce horas. Ya más descansada, siente la necesidad de ducharse y de comer. Todo parece causar un estruendo inusitado en la casa: el agua de la ducha estrellándose contra los azulejos, el fuego de la cocina alumbrando la cacerola, sus propios pasos dispersos por el pasillo.

Cuando halla un remanso de serenidad brindado por la limpieza corporal y el alimento suena el teléfono. Descuelga enérgica el aparato blanco, pero no son noticias de Sandy sino Carola preguntando cómo está. Le cuenta a su amiga su desgracia, sus miedos, su incertidumbre. La chica la consuela y le promete que se acercará a verla por la tarde, cuando termine de trabajar.

Gabi sale a comprar algo de comida y a recibir el viento donde se baten el invierno y el verano. Se ha recogido el pelo. Conduce hacia el centro y no tarda en detectar que la siguen. Un coche con dos individuos copia sus giros y aparca a su vez en la carnicería. Al principio se altera, pero no tarda en ceder psicológicamente. No tiene nada que ocultar; es más, es precisamente la Stasi quien guarda en secreto el paradero de Sandy.

Después de comer en casa mira por la ventana para comprobar que el coche espía sigue aparcado en la acera de enfrente. Lava los platos, enciende la tele y, de pronto, llaman al timbre. Supone que es Carola, sin embargo encuentra el cuerpo cuadrado de Felgner contra el que se abraza. El exboxeador la rodea con sus músculos hinchados pero sin la tensión de otros tiempos, bíceps como globos tres días después de haber sido inflados. Gabi posa sus lágrimas en el abrigo gastado de su amigo, quien la acompaña, sin romper el abrazo, hasta el salón.

Gabi le sirve un vodka y prepara otro para ella. Los ojos de la chica han clareado con el llanto. Felgner tiene el rostro desplazado por la sísmica de los golpes. Las arrugas se mezclan con las cicatrices dibujando un mapa de fronteras. Tiene treinta y cinco años que los combates han transformado en una apariencia de casi cincuenta. Las cejas se han vencido como palios viejos y apenas asoman dos pupilas opacas.

—Deberías estar en el Praga —dice Gabi.

—Bueno, hoy no trabajo en la cafetería, sino en el hotel, pero no te preocupes, ya he dicho que llegaría un poco más tarde.

Gabi nota cómo el alcohol la seda. Felgner toma su mano femenina entre las suyas astilladas. Los huesos que martillearon rivales no volvieron a soldar bien y los dedos de la chica parecen comprimidos dentro de un exótico fruto con extrañas protuberancias.

—Lutz estará bien y volverá pronto. Todo esto se va a arreglar, ya verás —pronuncia el exboxeador mientras vuelve a servir más vodka en los vasos esmerilados.

—Se han llevado a Sandy.

Felgner aprieta con más fuerza las manos de Gabi, quien piensa que se pueden romper. Aún no se ha quitado el abrigo de cuero agrietado. La mira con la dulzura remota de sus ojos cavernosos. Le acaricia la estela de una lágrima, le coloca el flequillo rubio. Gabi huele la gasolina y el sudor en la mano gigante de Felgner. Se levanta del sillón y apaga la tele. Se queda de pie, mirando la cara compungida de su amigo.

—Gabi, conozco bien a Lutz, no ha podido hacer una tontería así. Te devolverán a Sandy en cuanto comprueben que todo es un malentendido. Confía en mí.

Gabi no siempre se fio de Felgner. Sabía que pasó algunos años en la cárcel por robo y algún delito sexual antes de ser campeón de boxeo de la Alemania oriental. Felgner es hijo de emigrantes franceses desplazados por la guerra, unos padres que murieron pronto forzando a su hijo a buscarse la vida en diferentes oficios antes y después de triunfar en el boxeo. No todas aquellas ocupaciones fueron legales, pero siempre cuidó bien de Lutz. Salían juntos con frecuencia por Berlín, Lutz esperaba a que acabase su turno como camarero y tomaban algunas cervezas por el centro. Al principio Gabi temió que Felgner le metiese en algún lío, especialmente cuando le involucró en carreras de Trabis preparados. Pero siempre era el propio futbolista quien se encargaba de disipar los miedos de la chica defendiendo la nobleza de un hombre que había sido una gloria nacional pero que ahora luchaba por sobrevivir pluriempleándose. Algo de compasión detectaba Gabi en la relación de su marido con el exboxeador, pero también de admiración. Lutz respetaba y alababa el éxito profesional de su amigo, sabía bien del sacrificio requerido para ser el número uno en cualquier deporte. Y, lejos de decepcionarle su paso por prisión, valoraba su capacidad para reformarse, para reinventarse profesionalmente y salir adelante como ya hizo antes de los tiempos gloriosos trabajando de tipógrafo, relojero, electricista o soldador.

—Dime si puedo hacer algo por ti —le pide Felgner.

—Quédate un rato y ayúdame con la botella —dice Gabi sonriéndole.

—Encantado de hacer las dos cosas.

El alcohol y la visita de sus amigos a lo largo de la tarde la serenan. Pasa la noche arropada. La ventana de su habitación mira al este. Le gustó la calle Zechliner por su silencio, por la calidez de las mañanas y la frescura de las tardes. Por los jardines donde criar a sus hijos, por la cercanía del campo de entrenamiento de Lutz. Un piso alto desde el que apoyar la mirada en las copas de los árboles y ver venir el viento.

El teléfono la despierta. Su voz quebrada pregunta quién es, pero sólo recibe un mensaje: «Puede recoger a su hija en Keibelstrasse». Gabi cuelga acelerada y con torpeza el teléfono; más que entusiasmo, siente un nerviosismo y una excitación ingobernable. Se quita el camisón, se pone el sujetador del día anterior, se lava la cara, se recoge el pelo y lo apuntala con dos horquillas. Se calza unos zapatos marrones que, reconoce, no hacen juego con el granate de su blusa, agarra un abrigo del abultado perchero del vestíbulo y sale corriendo tras dar un portazo a la frágil puerta.

Se confiesa demasiado alterada para conducir; considera coger un taxi, pero la pérdida de tiempo la disuade. Sube a su Trabant azul y se dirige a las dependencias de la Stasi donde fue interrogada. Por el camino se van sedimentando los sentimientos. Por primera vez en tres días, hace un esfuerzo por no llorar. Debe mostrarse entera frente a su hija, debe ser capaz de aportarle la seguridad, la calma y la mayor normalidad posibles. No puede permitir que este rapto suponga un trauma de por vida para la niña. Además, si es cierto el aviso, no hay motivo para las lágrimas, al menos para las de histeria y rabia.

Sandy aparece al fondo de un pasillo de la mano de un agente. Gabi puede observarla durante un par de segundos antes de que la cría se percate de su presencia. Su hija anda tranquila mirando a las paredes, tan diminuta al lado del guardia, tan guapa y con el camisón con el que desapareció. En cuanto la niña ve a su madre sale corriendo hacia ella gritando «¡Mamá!». La alegría de Sandy contagia a Gabi, quien también avanza rápida a su encuentro. Pero en cuanto la niña se entrega a los brazos de su madre, rompe a llorar transmitiéndole también el desconsuelo a Gabi.

—No pasa nada, preciosa, ya estamos juntas —la consuela Gabi procurando borrar el eco del llanto en su voz.

—Quiero ir a casa —llora Sandy.

—Claro, mi amor, nos vamos ya a casa.

—Pero contigo…

—Sí, conmigo, claro, con quién va a ser si no. Tú te vas con mamá.

—Sí, con mamá —gime la niña.

En el coche, de regreso, a Gabi le asalta un terror indómito. No se siente segura, quizá ya nunca lo esté. Sandy puede volver a desaparecer en cualquier momento, o ella misma. Es consciente de que será vigilada, quién sabe por cuánto tiempo. Le pide a Lutz en silencio que regrese, que acabe con el suplicio del miedo. Vuelve a hacer un esfuerzo por no llorar ahora que tiene a su hija en el asiento trasero. Por suerte, Sandy no parece asustada. Gabi le pregunta dónde ha estado estos tres días, quién la ha cuidado, dónde ha dormido, qué ha comido. Pero la niña, tras callar durante unos segundos, clava la mirada en la ventanilla y dice:

—Mira, mamá, mi cole.

Gabi comprende que Sandy no quiere hablar de lo sucedido, que opta por obviarlo, así que ella también decide fingir que las últimas jornadas, simplemente, no han existido.

—¿Y papá? —pregunta la pequeña al entrar en casa.

Gabi deja el abrigo y mientras despoja a su hija del suyo le explica que su padre está todavía de viaje, pero que no tardará en volver.

—¿Me trae el pájaro rojo?

—Claro, cariño.

Gabi hace esfuerzos por distraer a su hija, por evitar que piense tanto en su padre como en los últimos días. Le ofrece su comida favorita y jugar con el puzle de las piezas de madera. Sandy da saltos de alegría y Gabi sonríe con una felicidad de la que ya se creía incapaz. Abraza con fuerza a la niña y luego dice:

—Pero primero vamos a darnos un baño.

# 5

—¡¿Dónde estabas?! ¡Acaban de despertarnos, han preguntado por ti y les he dicho que te habías metido en la ducha, menos mal que había puesto el agua a correr! —se quejó Frank.

—Pues una ducha sí que necesito —apostilló Lutz.

—Date prisa, en diez minutos hay que estar abajo.

A las cinco y media de la mañana todo el equipo desayunó en el Hotel Savoy. Lutz pidió que le rellenasen el café e intentó ocultar a su entrenador sus ojos aún turbios de alcohol.

A las seis y cuarto la expedición ya copaba el autobús granate. Lutz confió en dormitar un poco hasta la primera y única parada programada antes de Berlín. En poco más de cuatro horas se detendrían en Giessen para gastar el dinero occidental restante. Allí podrían comprar vaqueros Wrangler, tabaco Marlboro, café Jacobs o discos de los Bee Gees. Los jugadores estaban especialmente excitados con aquel alto. En Kaiserslautern no habían tenido tiempo de visitar la ciudad ni de entrar en ninguna tienda. Lutz en cambio apoyó la cara contra el cristal frío, se subió el cuello del abrigo largo de cuero negro y cerró los ojos.

Cuando el entrenador Bogs o el teniente coronel Kirste recorrían el pasillo, Frank golpeaba sutilmente el costado de Lutz para que abriera los ojos y disimulase el cansancio. Antes de bajar del autobús, el entrenador les dijo que apenas tendrían quince minutos para realizar las compras.

—Después de una derrota como la sufrida no se merecen ningún premio —apostilló Bogs subiéndose los pantalones.

—Hicimos lo que pudimos —contestó inesperadamente Lutz.

—Pues no ha sido suficiente —zanjó Bogs.

—Ya no hay remedio. Deje que compren tranquilamente, es el único buen rato que vamos a tener en occidente.

El entrenador se quedó un segundo en silencio, como el resto del autobús. Lutz había hablado sin apenas vocalizar delatando su estado de embriaguez y extenuación. Frank le miró sorprendido, sin comprender por qué su amigo se había alzado en defensa del equipo o en contra de su propio entrenador en un momento donde, precisamente, debería procurar el anonimato.

—¡Quince minutos! —ordenó Bogs.

Lutz se juntó con Troppa y Pelka mientras Frank se unió a otro grupo más adelantado. Recorrieron la calle comercial de Giessen admirando los coloridos escaparates. Los compañeros comprobaron que Lutz olía a alcohol, pero no le comentaron nada, simplemente bromearon sobre las maniquíes de una tienda de ropa. Cuando quisieron avanzar, Lutz les explicó que quería preguntar por unos zapatos para su mujer, que fuesen andando y que les daría alcance enseguida. En cuanto sus amigos se marcharon dejó de fingir que miraba unos botines, salió de la tienda y se aseguró de que nadie le veía antes de perderse por una de las calles adyacentes.

Cuando se creía alejado del grupo se topó con Riediger. Lutz saludó al delantero y balbuceó alguna excusa ininteligible antes de seguir andando. Riediger vio a Lutz acelerar el paso y mirar hacia atrás para encontrarse con sus ojos suspicaces y extrañados. Eigendorf le sonrió y giró una esquina. Una vez confiado de no ser observado, comenzó a correr. No sabía adónde conducían sus zancadas, tan sólo que se alejaban del autobús del equipo. Sintió debilidad en las piernas, sudor frío bajo su jersey de lana y su cazadora de cuero. Algo de náuseas. Pero no dejó de trotar hasta dar con una gran avenida de edificios altos. Se detuvo un instante. Recobró el aliento. Paró un taxi color crema y se subió al asiento de plástico.

—¿Dónde le llevo?

Lutz le extendió al taxista la tarjeta de visita que le dio Rudi Merks la noche anterior.

—¿Kaiserslautern? Un poco lejos, pero si ninguno de los dos tenemos prisa… —rio el gordo taxista.

Las once de la mañana era la hora establecida de regreso al autobús. Todos los jugadores retornaron puntuales menos Lutz. Bogs gritó anunciando un castigo ejemplar mientras con un pie en el estribo del autocar y otro en la calle aguardaba ver la cara redonda de Eigendorf corriendo desesperadamente hacia él.

Esperaron media hora. Los murmullos crecieron dentro del vehículo. Algunos futbolistas se acercaban sigilosamente a Frank para pedirle alguna explicación, pero el capitán les repetía lo que ya le había contado a Bogs, a Kirste y al resto de los mandos: no sabía dónde estaba Lutz.

—¿Qué coño pasa, Bogs? —le inquirió el camarada Kirste al primer entrenador.

Casi tan nervioso como su interlocutor, el míster apoyó la teoría del accidente:

—Le ha tenido que pasar algo. Igual le han asaltado. Quizá esté herido, o muerto, yo qué sé.

—Espero que sea eso, porque, si no, quiere decir que se ha fugado el muy hijo de puta, y entonces los que estamos muertos somos nosotros.

Tras una hora de espera la situación llegó a un punto límite. El segundo entrenador fumaba charlando con Bogs fuera del autobús mientras Kirste lo hacía en voz baja con el médico, Kurt Poltrock. Cada corrillo buscaba alguna solución o simplemente protagonizaba una escena de pánico que, a medida que pasaban los minutos, presentaba peor pronóstico.

Kirste pisó con determinación la colilla, quizá pensando en el pescuezo de Eigendorf, y subió de un salto al autobús.

—Bien —les dijo a los jugadores—, vamos a formar un grupo de búsqueda. ¿Quién vio a Eigendorf por última vez?

74

—Yo —respondieron casi al unísono Troppa y Pelka.

—Pues ustedes dos, Terletzki y…

—Yo lo vi el último —lo interrumpió Riediger.

—¡Pues usted también, vamos fuera!

El comando de rastreo fue dirigido hacia el centro comercial y las calles donde avistaron a Lutz.

—Sea como sea, encuéntrenlo —ordenó Kirste.

A la media hora la expedición regresó fracasada. Los entrenadores y el teniente coronel palidecieron. Sus dictados amenazantes se tornaron en silencio.

—Esto es muy serio y ya no podemos hacer nada más. Debemos informar —concluyó Kirste angustiado.

Desde una cabina marcó el teléfono de las oficinas del Dynamo. Tragó saliva y le dijo al vicepresidente del club, al que imaginó con el auricular casi hundido en sus enormes orejas:

—Camarada Schneider, me temo que… debo informarle de que Lutz Eigendorf… de que hemos perdido la pista de Lutz Eigendorf. Estamos ahora mismo en Giessen y no ha regresado al autobús. Llevamos dos horas esperándole y…

—¡¿Esperándole?! —bramó Günter Schneider rompiendo su silencio estupefacto.

—Buscándole, quiero decir, señor. No… no sabemos qué hacer y he considerado que lo debido era informarle de la situación.

—¿Que qué tienen que hacer? ¡Pues encontrarlo, camarada Kirste! Búsquenlo donde sea, registren cada esquina, cada tienda, cada cine, cada restaurante, cada puto banco de la calle de esa puta ciudad, ¿entiende?

—Claro, señor —respondió Kirste con la garganta seca.

—No hace falta que le explique lo que significa la desaparición de un futbolista en el Oeste, ¿verdad? —argumentó Schneider haciendo un manifiesto esfuerzo por serenarse.

—No, señor.

—Pues haga el favor de traer de vuelta a ese jugador. Espero de verdad que no se trate de otra fuga. Otro caso así sería intolerable y más tratándose de un jugador del Dynamo. ¡Y de Lutz Eigendorf!

Kirste regresó al autobús con el corazón azorado y la saliva espinándole la garganta. Ordenó que la mitad del equipo hiciera una batida más exhaustiva. Pidió que registrasen cada rincón de la ciudad ampliando el radio de acción.

—Todos de vuelta a las dos —apostilló.

—Seguro que está dormido en alguna parte —intentó consolar Bogs a Kirste—, esta mañana tenía una cara terrible en el desayuno, no ha dormido nada, quién sabe por qué. Además, le he visto echar alguna cabezada durante el viaje.

A las dos y media y tras el retorno infructuoso del segundo rastreo, Kirste no tuvo más remedio que volver a llamar a Schneider. El vicepresidente del Dynamo le ordenó esperar junto al segundo entrenador en la oficina de correos de Giessen a un representante de la embajada de Alemania del Este en Bonn. El resto de la expedición debía volver inmediatamente a Berlín.

El autobús cruzó la frontera cargado de un equipo desconcertado. Muchos de los compañeros de Lutz mostraron en alto su condena a la fuga. Entendieron como un gesto de egoísmo y traición su marcha. No un agravio al socialismo, sino a su propia camaradería deportiva, al compromiso futbolístico. Frank, sin embargo, no habló. Comenzó a hacerse a la dura idea de que jamás volvería a ver a su amigo.


Justo 375 marcos dictó el taxímetro. El coche se detuvo en el número 2 de Pariser Strasse, frente a la oficina de Merks en Kaiserslautern. Lutz no tenía dinero, no tenía equipaje, no tenía marcha atrás. Le pidió al taxista que esperara y llamó a la puerta de la dirección impresa en la tarjeta.

—Aquí estoy —dijo Lutz, y ladeó una sonrisa.

Rudi Merks se quedó estupefacto. Primero tardó en reconocer al tipo de espaldas anchas plantado en el umbral. Eigendorf parecía más esbelto de pie que sentado en el taburete de la barra del Savoy. Le resultó mayor, intimidante con su pelo algo leonado y su jersey de lana de cuello alto. Más imponente que aquel chaval de camisa remangada con el que compartió tragos y confesiones hasta la madrugada. Cuando reconoció a Eigendorf le preguntó impresionado qué hacía allí.

—No sabía dónde ir. Como me dijiste que si alguna vez pasaba por Kaiserslautern visitara…

Merks captó la ironía, sonrió, le tendió la mano y le invitó a pasar.

—Bueno…, primero te quería pedir algo de suelto para el taxi —carraspeó el jugador.

Lutz se sentó en un sofá de felpa y de repente le cazó el miedo. El pánico por ser encontrado, por las consecuencias inmediatas de su fuga. Se frotó las manos como queriendo quitarse el guante de la piel. Merks tenía la camisa manchada de mostaza, el escritorio desordenado y una ventana con vistas a un gigantesco eucalipto. Tras un rato de conversación en la que Lutz relató su fuga en Giessen, el director deportivo del Kaiserslautern resolvió acudir inmediatamente al despacho del director general, Norbert Thines.

Norbert parecía un galápago, un hombre de cuarenta años con unas ojeras pantanosas, los ojos achinados y una dentadura en avanzadilla. Tenía el nudo de la corbata desmayado sobre el cuello desabrochado de la camisa blanca cuando Merks y Lutz entraron en su despacho. Antes de que su empleado dijera nada, el jugador anunció:

—Me he escapado y me quedaré aquí.

Thines miró confuso a Merks, quien se encogió de hombros y sonrió.

—Soy Lutz Eigendorf —aclaró.

—Siéntate y tómate un cerveza —resolvió Thines.

El director general del Kaiserslautern intentó calmar a Lutz, quien saboreaba una bebida insólitamente aromatizada. La sonrisa de payaso de Thines entornaba sus ojos brindando un gesto de tranquilizante farsa a la tensa situación. Aquel tipo parecía tenerlo todo bajo control, como si hubiese previsto de antemano la aparición de Lutz.

—Temo que me encuentren.

Norbert Thines desaprobó sus temores sin ningún argumento convincente, únicamente apelando a una injustificada creencia en el desenlace positivo de los acontecimientos. Tras confirmar la sólida voluntad del jugador de permanecer en Kaiserslautern y de jugar en el equipo de la ciudad a pesar del pánico a un posible rapto por parte de la Stasi, describió las diligencias que seguir. Primero informarían a la policía local de su presencia en la ciudad y después solicitarían un pasaporte. En la oficina de registro, Thines ofrecería su dirección privada como domicilio de Eigendorf.

—De momento, para ocultarte de la prensa y de tus «camaradas», buscaremos una casa lejos de aquí —explicó—. Allí pasas unos días, luego ya encontraremos algo definitivo.

—No tengo ropa —comentó Lutz.

—No te preocupes, el presidente del equipo, Jürgen Friedrich, tiene una tienda de moda; te conseguirá algo hasta que la situación se estabilice. Ahora vendrá por aquí y hablaremos con él.

—Muchas gracias, señor Thines, yo…

—Norbert —le corrigió el director general.

—Yo de verdad quiero quedarme, jugar para este gran equipo, vivir en occidente, no saben cómo es la vida en la otra Alemania, yo… me asfixio.


El cuello del animal era blanco, contrastaba con el color canela del cuerpo. Los ojos resultaban a la vez tiernos y amenazantes. Una curiosa mixtura de bestialidad y humanidad se mezclaba en las pupilas del ciervo. Apenas se oía algún pájaro. Erich Mielke observaba la pieza a través de la mira telescópica de su rifle de caza. Posaba su ojo pequeño y miope en el visor mientras el dedo acariciaba el delta del gatillo. Vestía grotescamente de cazador. Se había retirado un par de horas junto a su séquito al coto de Fürstenwalde, a sesenta minutos de Berlín. El cielo comenzaba a incendiarse, pero el máximo responsable de la Stasi se había empeñado en salir a cazar un rato antes de regresar a la capital para la cena.

Mientras sus empleados del Ministerio de Seguridad se encargaban de aguardar en el coche, proporcionarle munición, prismáticos, cantimplora o cualquier otro material útil además de orientarlo con un mapa y de señalarle de dónde procedían las manadas, Mielke simplemente paseaba con sus botas altas y su trenca caqui. Vestido de camuflaje, emulaba sus acciones militares en el campo de batalla de la Segunda Guerra Mundial y la Guerra Civil española, de las que se jactaba ante el disimulado escepticismo de sus interlocutores.

En el bosque, con un fusil en la mano, era el líder indiscutible de la contienda, especialmente a escondidas de los animales que pastaban incautos a pocos metros. Comenzaron a dolerle las rodillas tras un tiempo apoyado sobre ellas, así que optó por una posición de cuerpo a tierra. Un gesto innecesariamente artificioso según los camaradas que le observaban de cerca, atentos a cualquier necesidad de su jefe y listos para reconducir con palmadas y voces la posible huida de los animales en caso de fallar el primer disparo.

A los setenta años le temblaba algo el pulso, pero el vigor de su cargo en la República le otorgaba una solidez psicológica contagiada de alguna manera a su físico. Su mano arrugada sostenía el cañón del rifle apuntando a la sien del ciervo. La cornamenta de doce puntas parecía una corona. Comía hierba, miraba a las crías que lo circundaban y, súbitamente, parecía anclar la mirada en algún punto lejano e invisible, quizá absorto por un sonido imperceptible al oído humano. Mielke, sin embargo, con el primer plano de la cabeza rubia enmarcada en la cruceta de su mira telescópica, creyó que era realmente un pensamiento lo que el venado atendía. Le dio la impresión de que el animal perdía la vista en el horizonte concentrado en un recuerdo. Sabía que era imposible, pero en aquel instante la belleza y el empaque de su estampa le conferían un aspecto especialmente humano. Lo estuvo observando durante un largo minuto mientras las nubes se convertían en un hematoma de luz. Luego disparó.

El séquito de Mielke corrió a por el cuerpo del ciervo. Lo arrastraron por los cuernos, que, abatidos, parecían el esqueleto de un galeón. El general se levantó, se sacudió las rodillas y los codos, cedió su arma a un camarada y dijo:

—Vámonos, tengo hambre.

Cuando llegó a su casa en un protegido y lujoso barrio residencial a las afueras del Berlín donde también vivían otros altos cargos del buró político, su esposa le esperaba con la olla humeante pero el gesto adusto. Mielke le cedió su abrigo y le preguntó qué pasaba.

—Ha llamado Schneider —contestó su mujer—. Quiere hablar contigo, dice que es importante. No sé qué pasa, Erich, pero son malas noticias.

Mielke se puso inmediatamente en contacto con el vicepresidente del Dynamo, quien le reportó la fuga de Eigendorf. El jefe de la Stasi se quedó en silencio. El aroma del estofado inundaba la casa, sin embargo Mielke comenzó a sentir náuseas.

—Kirste y el segundo entrenador se han quedado en Giessen, ya están en contacto con nuestra embajada en Bonn e incluso con la Cancillería Federal. Sospechamos que ha podido regresar a Kaiserslautern, pero por el momento no hay confirmación —informó Schneider.

Mielke se sentó. Su mujer le observaba desde la puerta de la cocina sin comprender qué estaba pasando, únicamente leyendo en la cara de su marido la desolación. Por un momento pensó que había muerto algún ser querido. Normalmente los reveses profesionales los afrontaba con indignación y algún grito o alguna orden afilada. Sin embargo, en esta ocasión se trataba de un disgusto personal, dedujo.

—Que Kirste contacte como sea con Kaiserslautern y deje el mensaje de que si Eigendorf regresa en las próximas veinticuatro horas, no se tomará ninguna represalia.

—Pero, señor... —balbuceó Schneider incrédulo.

—¡Es una orden!

Luego la línea se quedó en silencio. Mielke todavía sostenía el teléfono con la mano perfumada de pólvora. Escuchó cómo el vicepresidente de su equipo arrancaba de nuevo la conversación cuando colgó.

Ya era de noche. La mujer de Mielke le puso la mano cansada sobre la chaqueta de cazador. La comida comenzaba a quemarse, pero ella supo que la cena estaba ya arruinada. Su marido no perdía el apetito ni siquiera después de firmar una sentencia de muerte; no obstante, conocía bien el gesto de cabeza derrotada dejando ver el cráter de la coronilla. Le acarició el pelo plateado de la sien.

—¿Qué ha pasado?

Mielke levantó la cara de roedor y miró a su esposa. Durante un par de segundos tan sólo la miró. Luego dijo:

—Lutz Eigendorf. Me ha traicionado.


Norbert Thines condujo durante casi cuatro horas hacia el norte. Mientras, Lutz le habló de su vida personal. De sus padres en Brandemburgo, a los que ya echaba de menos, y sobre todo de su mujer y de su hija. Norbert se quedó muy sorprendido cuando Lutz le confesó que ellas no sabían nada sobre su fuga.

—Eso no es lo que le acabas de decir a Friedrich —protestó el director general.

—Lo sé. Temí que no me dejase quedarme con vosotros, jugar en el Kaiserslautern.

Lutz le habló de lo bonita que era Sandy, de sus ojos marrones virando al verde con el sol. Le explicó que jamás se había empapado tanto de felicidad como una mañana en que la despertó. La niña abrió los ojos y se sentó en la cama, y mientras Lutz corría los visillos, ella estiró los brazos y sonrió aún con las pupilas algo cegadas por el sol. No recordaba haber visto jamás a nadie encarar un día con ese optimismo, con esa placidez incorrupta, con la seguridad de que nada malo podía pasar. Y Lutz entonces quiso preservarla para siempre del mundo; es más, deseó meterse dentro de su burbuja de ilusión. Y en ese instante sintió por primera vez su rutina ensombrecida, claustrofóbica, insoportablemente predecible. Necesitó electrificarse, sacudirse con la emoción de la novedad, de la incertidumbre. Todavía ansiaba ganarle más partidas a la vida y, sin embargo, ya no veía más sitio en la vitrina de sus días. Pensó que los hombres no deberían perder nunca la sonrisa de Sandy despertando aquella mañana de verano. Debía buscar un nuevo territorio, una sucursal de la niñez, un espacio donde redescubrir la pasión, la sorpresa, la inocencia.

Intentó explicarle a su acompañante su necesidad de huida, su urgencia por sentirse vivo. Su mujer y su hija eran, por el momento, un pensamiento secundario. Primero debía tenerse en cuenta a sí mismo, procurar su bienestar y, más tarde, contagiárselo a su familia. Deseaba el futuro junto a sus dos chicas, pero no en el mismo escenario, en las mismas condiciones, no ahora.

—Es como cuando estás buceando y necesitas subir a la superficie a coger aire —le explicó al conductor—; en esos momentos ésa es la prioridad, no puedes pararte a pensar lo triste que es dejar de mirar el fondo del mar.

Llegaron finalmente a la Pensión Gisela en Lippstadt, un pueblo al norte de Dortmund. Allí la hermana de Norbert Thines, una chica excepcionalmente joven y gorda, se sorprendió de la visita. El director general la apartó a un rincón y le explicó que debía acoger allí a su amigo durante unos días. Le dijo que se trataba de un exiliado político de la Alemania Democrática, que su nombre era Lutz Eigendorf, que al día siguiente leería la noticia de su fuga en los noticiarios; por tanto, que lo hospedase en su pequeño hotel bajo un nombre falso. Se lo pidió como un favor personal, y también que le avisase de inmediato si alguien le descubría o simplemente sospechaba.

La hermana de Norbert no puso buena cara, pero se compadeció de Lutz, quien tenía una expresión absolutamente derrotada por la jornada más desafiante de su vida. La chica pensó que lo primero que debía hacer Eigendorf era cambiarse de ropa, porque aquella cazadora, el jersey y los pantalones «apestaban» a *ossi* (calificativo utilizado por los alemanes del Oeste para referirse a los del Este —«osten», en alemán—). Se secó las manos en el delantal tensado por unos pechos cordilléricos y aceptó finalmente la solicitud de su hermano. Luego los invitó a cenar. Norbert Thines rehusó alegando que le quedaba un largo trayecto de vuelta. Lutz, que no había comido desde el desayuno, dijo que sí.

—Gracias, Norbert —le susurró con la voz agotada.

—Bueno, ya me lo devolverás haciéndonos campeones de liga.

Los dos hombres se abrazaron. Norbert Thines desapareció por la puerta principal de aquella gran casa blanca y negra de tres plantas lanzando su sonrisa de tortuga. Lutz pasó al comedor donde al principio temió ser reconocido. Pero a medida que fueron transcurriendo los minutos y llegando los platos, se relajó. Sentado en aquel rincón templado de un hotelito perdido se sintió a salvo. Y por primera vez en todo el día sonrió.

# 6

El temido jefe de la Stasi, Erich Mielke, descendió de un Volvo negro bajo el porche de hormigón de la entrada noble del edificio de Normannenstrasse. Chispeaba. Ni siquiera se despidió del chófer. Atravesó la puerta acristalada y llamó al ascensor del vestíbulo, sólo reservado para altos cargos del edificio principal de la Stasi. Fijó su mirada en la luz del botón, no quiso establecer contacto con nadie, debía solventar una situación de infamia nacional antes del informativo de la cadena occidental Südwestfunk de las cinco de la tarde.

Ante la tardanza del elevador, resolvió subir las escaleras hasta el segundo piso. En ocasiones lo hacía para mostrar camaradería e igualdad social, para dar ejemplo de unidad con el pueblo. Sin embargo, esa mañana se notó agotado, había dormido mal.

En lugar de entrar directamente en su despacho, lo hizo a través del cuarto de sus secretarios, quienes le saludaron marcialmente. Luego cruzó una pequeña cocina que comunicaba con el despacho de su secretario personal, al que le pidió un analgésico para el dolor de cabeza. Siguió avanzando hasta llegar a su amplio despacho forrado de madera clara, tanto las paredes como el suelo y el techo; parecido al interior de una caja de puros. La estancia disponía de varias mesas de reunión también de la misma madera y, en una esquina del vasto salón, descansaba la suya rodeada de teléfonos. Descolgó uno y convocó una reunión de urgencia.

Después de posar el auricular apareció el secretario, un hombre de unos cincuenta años, algo encorvado y con el traje gris escarchado de caspa. Le dejó el vaso de agua y la pastilla esmaltada sobre el escritorio. Mielke le dio las gracias con un gesto vago y, tras engullir la píldora, se retiró a sus dependencias personales adjuntas al despacho. Allí disponía de una salita con un sofá, otra pequeña habitación con una cama donde dormitaba durante los descansos o incluso donde pasaba las noches de las duras jornadas. Junto a aquel cuarto disfrutaba de un aseo con bañera alicatado en azul pálido.

Mientras aguardaba los efectos del narcótico y a sus hombres de confianza se tumbó en la cama. Boca arriba pudo observar el cuadro colgado en la pared de enfrente. El lienzo representaba un valle escoltado por altas y oscuras montañas. En las laderas verdes se adivinaban diminutas casas apenas esbozadas en puntillistas pinceladas. Un escueto pueblo de edificaciones blancas y tejados rojos. Sobre el paisaje se derramaba un cielo azul alfombrado por alguna nube. Mielke siempre se preguntó dónde estaría aquel paisaje de una obra que nadie recordaba quién pintó ni quién puso en aquel cuartito. Pensó que en algún momento iría allí, quizá sin querer, que durante algún viaje de trabajo o quizá algunas breves vacaciones se toparía con aquella estampa como con un sueño. Y entonces sentiría la paz y la esperanza que debió de experimentar el pintor cuando captó la imagen. Entonces se convertiría en ese artista y sería, breve y liberadoramente, otra persona.

Al cabo de una hora estaban reunidos en la sala de mapas, otra estancia holgada y forrada de nogal con la calefacción inexplicablemente alta. Mielke se encontró frente a nueve altos cargos del buró. Todos juntos pusieron en marcha la Operación Rosa. El objetivo era traer de vuelta a Lutz Eigendorf. En un principio, Mielke retrasó la orden de detención así como su extensión al resto de los países del Pacto de Varsovia. En cualquier caso, se redactó preventivamente ese documento tanto en alemán como en ruso.

Sobre los mapas de las dos Alemanias extendidos en una de las paredes móviles de la sala, se decretó la vigilancia de los padres de Eigendorf en Brandemburgo y continuar con la de su mujer en Berlín.

—Intercepten cualquier correspondencia y pinchen los teléfonos —dictaminó Mielke.

—Los padres de Lutz Eigendorf no tienen teléfono en casa —apostilló uno de sus consejeros.

—Pues intervengan los del trabajo, el del padre y el de la madre. Y también el del trabajo de Gabriele. Quiero vigilancia acústica, óptica y electrónica en la propiedad las veinticuatro horas. Hay que impedir por todos los medios que su mujer y su hija se reúnan con él.

Tras más de una hora fijando los detalles del procedimiento de espionaje, la cadena de mando de la nueva operación y los métodos para reportar los resultados, los hombres de Mielke se dispersaron.

—Camarada, usted no se vaya —ordenó en última instancia Mielke a su militar de mayor rango.

La sala quedó vacía, embalsamada de sudor y calefacción. El dolor de cabeza del jefe de la Stasi había pasado de comportarse como una punzada, a suponer una losa.

—Quiero un informe detallado del IM «Peter Jochen» sobre la conducta reciente de Lutz Eigendorf —ordenó Mielke.

—Enseguida.

Mielke regresó a su despacho y se sentó desolado. Se reclinó sobre la silla, contempló el oscuro busto de Marx sobre el mueble de enfrente. Quiso encontrar consuelo en su mirada de mármol, confianza en resolver la operación recién botada. Peter Jochen era el alias del doctor Kurt Poltrock, el afable médico del equipo que los incitaba a practicar el entrenamiento autógeno de los astronautas soviéticos, un Informador No Oficial (*Inofizielle Mitarbeiter* —IM—) de la Stasi a quien los jugadores le regalaban confidencias entre vendajes y linimentos. Mielke y su ministerio habían logrado crear a lo largo de las décadas una red de 85.000 espías domésticos a tiempo completo y unos 170.000 voluntarios o IM. Esa trama de control para una población de 17 millones de personas suponía la existencia de un confidente ocasional por cada seis habitantes y medio. Hitler poseía un agente de la Gestapo por cada 2.000 ciudadanos y el KGB, uno por cada 5.830. El espionaje interno de la Stasi era claramente el más efectivo de la historia.

Una furgoneta camuflada como servicio de lavandería y provista de micrófonos de largo alcance se apostó a la puerta de la casa de Jörg e Inge Eigendorf en Brandemburgo. Los agentes debían controlar la relación entre los padres de Lutz y Gabi, pues temían que éstos ayudasen a la mujer de su hijo a tramitar ilegalmente la emigración a la República Federal. En cualquier caso, el solo eco de esta pretensión aireado por los medios de comunicación occidentales dañaría la reputación de la RDA.

Los hombres hacinados en el vehículo y encargados de grabar las conversaciones telefónicas de los Eigendorf también pretendían hacerse con pruebas de la deserción de Lutz. Asimismo, estaban convencidos de que acabarían obteniendo información sobre los inspiradores y cómplices de semejante traición.

Informe de observación n.º I, 23/03/1979. Brandemburgo

A partir de los datos disponibles hasta el momento se deduce que el sospechoso y su mujer no fueron informados con antelación de los planes de su hijo. Tras su primera reacción a la fuga, que fue una mezcla de sorpresa, incomprensión y frustración, poco a poco E e I fueron mostrando posturas diferentes.

En relación con el carácter de E, prepara a conciencia sus clases de Educación Física que combina con su labor de entrenador en el

BSG Motor Süd Brandenburg. Es un buen compañero, pero algo arrogante. Tiende a ser muy emocional y a veces colérico. Su matrimonio funciona bien y, respecto a su hijo, le visitaba con frecuencia en Berlín y asistía a los partidos principales.

El jefe de estudios del colegio donde da clases E, conocido a partir de ahora como IM «Estudiante», declara que E no aprueba la acción de su hijo. Otro IM llamado «Kunze» manifiesta en un informe que la educación autoritaria en el hogar y el diferente modelo de conducta de los padres han contribuido a que Lutz traicionara a su país, a sus compañeros, a su joven esposa y a sus padres.

Por otro lado, el IM «Thalheim» argumenta que E no puede entender las acciones de su hijo y opina que la oferta económica de occidente le ha hecho perder el control. E se mostró consternado, ya que el protagonismo y el sueldo de Lutz en el Dynamo eran importantes, pues a sus 22 años dispone de un piso nuevo de tres habitaciones, televisión en color, lavadora, nevera y coche. E manifestó ser consciente de los beneficios económicos de fichar por un equipo de la Bundesliga, pero, a su vez, no entendía cómo había podido abandonar a su mujer y a su hija. Sus padres desconocían sus intenciones y estaban claramente sorprendidos, condenando la conducta, especialmente I.

Se les ha hecho tarde, pero Jörg e Inge Eigendorf suben a su viejo Trabant y emprenden el viaje de una hora para ver a Gabi y a Sandy. Su ausencia en el hogar de Brandemburgo es el momento aprovechado por la Stasi para colocar micrófonos.

Llegan cansados y con las piernas adormecidas a Berlín. Suben los tres escalones que dan acceso a la puerta acristalada del portal, llaman al telefonillo y la voz de su nuera les suena, sin comprender por qué, ajena.

Sin embargo, Gabi los abraza con cariño y cierta desesperación. Sandy, ya en pijama, corre hacia ellos e Inge la alza en brazos y la acaricia por encima de su suave pijama rosa.

—Estaba esperando a que llegarais para acostarla, quería veros —explica Gabi.

Los abuelos perciben el olor del guiso en la cocina. Son las siete y media. Gabi los invita a ponerse cómodos, a servirse una cerveza mientras ella acuesta a la niña. Sandy protesta. La visita de sus abuelos es un gran acontecimiento como para suplirlo injustificadamente por la cama.

—Querríamos haber llegado antes, pero ya sabes… —se excusa Inge.

Jörg pone un canal occidental en la televisión. Le sigue fascinando la emisión en color. Mientras, su mujer se adentra en la cocina para supervisar la cena y asegurarse de que no se quema mientras Gabi adormece a su hija.

Cuando al fin están los tres sentados a la mesa se produce un dramático silencio. Ninguno parece saber por dónde abordar la situación. Súbitamente, sin Lutz entre ellos, se perciben con extrañeza.

—¿Sabes algo de Lutz? —pregunta Inge—, ¿se ha puesto en contacto contigo?

—No —responde seria Gabi.

—Deberíamos volver a llamarle a Kaiserslautern —resuelve la madre.

—¿Volver? —repite Gabi.

—Hablamos por teléfono con él ayer —confiesa Jörg.

—¿Cómo no me lo habíais dicho? —protesta Gabi.

—Los teléfonos no son seguros, queríamos decírtelo en persona —prosigue Jörg.

—A mí me están siguiendo —apostilla Inge.

—¿Y cómo está? ¿Qué ha pasado? ¿Cuándo vuelve? —inquiere Gabi atropelladamente, solapando sus preguntas.

—Está bien —aclara Inge—. La conversación fue muy corta, conseguimos dar con él después de llamar un montón de veces, pero siempre comunicaba en las oficinas del Kaiserslautern. Ahora lo mejor es esperar a que nos contacte él, tiene nuestro número, pensamos que la comunicación con Kaiserslautern tampoco es segura.

—De momento no creo que vuelva —explica Jörg aplacando la verdadera inquietud de Gabi con todo el tacto posible.

—Pero… —balbucea la chica.

—Va a intentar por todos los medios que Sandy y tú viajéis a la RFA.

—Pero yo quiero que vuelva a casa, no sé por qué tenemos que marcharnos, aquí estamos bien, aquí somos felices, él lo tiene todo. Nunca ha necesitado mucho, tenemos este apartamento bien amueblado y me tiene a mí y… tiene a Sandy…

Inge entonces se levanta para abrazar a su nuera, interrumpida por el llanto. Gabi mira hacia la habitación de Sandy confiando en que no la hayan despertado los sollozos. Luego, tras beber un poco de agua, explica a sus suegros que la decisión de quedarse en la RFA ha tenido que ser espontánea y que confía en que eso le haga arrepentirse en cualquier momento.

—Yo le he intentado llamar, pero la línea se corta. Así que le he mandado varias cartas a Kaiserslautern, al club. Espero que le hayan llegado —suspira Gabi.

Luego se queda unos segundos taciturna y finalmente mira a Inge para preguntarle:

—¿Por qué crees que lo ha hecho?

—Por vivir en un mundo mejor al que os quiere llevar —contesta Jörg intentando relevar a su mujer de la presión de la respuesta—. Un trabajador gana en un año en la RFA lo que aquí en diez, también un futbolista. Ojalá me hubiera marchado yo antes del 61. Tiene motivos para preferir la vida en el Oeste, el fútbol del Oeste. Este país nunca alcanzará el nivel de prosperidad de occidente, eso es obvio. Nos están engañando, engañan a los niños desde pequeños convenciéndolos de la superioridad de los valores socialistas y del modelo de vida comunista, pero aquí no hay progreso.

—Eso no es tan cierto, Jörg —protesta Inge—, ¿qué consideras tú progreso? ¿Beber Coca-Cola?

—¿Y ahora qué hacemos? —interrumpe Gabi la manida discusión sobre las virtudes y las carencias de las dos Alemanias.

—Tienes que solicitar un permiso de emigración a la República Federal por motivos de reunificación familiar —sentencia Jörg.

—¿Tú crees que me lo concederán?

—Hay que intentarlo, pero es muy difícil. No sé… Si Lutz regresa, sabe que aquí le espera la cárcel, así que creo que tenemos que hacernos a la idea de que no le veremos en un tiempo.

Las lágrimas de Gabi vuelven a amotinarse. Inge y Jörg intuyen que está pensando en Sandy, así que la madre de Lutz la consuela:

—Sandy va a estar bien, ya verás. Es una niña feliz y lo va a seguir siendo.

—Temo que todo esto la perjudique en muchos sentidos —responde Gabi—. Ahora necesito conseguir una plaza de guardería para el año que viene y tengo la impresión de que me lo van a poner muy difícil.

—¿No crees que permitan que esté contigo en tu guardería? —inquiere Inge.

—No sé, parece que no soy la víctima de todo esto, sino la culpable. Y la niña es lo que más me preocupa.

—Bueno —resuelve su suegra, intentando espantar los miedos de Gabi con el haz de la mano—, vamos a ir poco a poco viendo qué pasa, seguro que todo sale bien para Sandy, ahora no pienses en eso.

—Gracias a los dos —dice Gabi achicando una lágrima de sus ojos negros—. Menos mal que nos tenemos, debemos estar juntos ahora.

A las once de la noche se retiran de la mesa. Una vez en la habitación de invitados, Jörg le confiesa en susurros a su mujer que está convencido de que algún problema matrimonial desconocido por ellos ha acabado de empujar a su hijo a la deserción.

Inge se desviste con meticulosidad y fatiga mientras escucha a su marido. Su aspecto es el de una mujer mucho mayor. Mientras Jörg aún presenta un cuerpo atlético cincelado por su trabajo como profesor de Educación Física y de entrenador de fútbol, su mujer se ha transformado en una adusta señora del Este, con su pelo corto y negro enroscado en la frente y las sienes. Viste ropas delatoramente soviéticas, sin estilo ni concierto. Ahora se desprende de una blusa blanca de irregulares lunares rojos que más bien parecen salpicaduras de tomate. Jörg, sin embargo, luce una camisa azul marino algo satinada que ya descansa en el respaldo del butacón del dormitorio. Conserva todo el pelo, su cabellera es castaña y totalmente lacia, al igual que la barba, mientras que Lutz ha heredado el pelo de su madre, negro y fosco, duro y vivaz.

Antes de meterse en la cama, Jörg corre el visillo para mirar a la calle. Allí observa aparcado un coche negro con dos hombres dentro. Sólo puede ver al conductor con la mano izquierda fuera de la ventanilla sosteniendo un cigarrillo cuya ceniza, en la distancia, parece una sortija de luz. Sabe que está acompañado por otro agente porque percibe el humo saliendo por el otro costado del coche. Un vapor trenzándose al ascender en la primera noche de abril.

Metidos en la cama oyen levemente los coches pasando por la avenida Lenin. En Brandemburgo, sin embargo, el silencio es total por las noches. Ahora Sandy ya duerme bien, así que no temen que los despierte de madrugada, como ha sucedido en los dos años anteriores durante sus visitas.

Jörg apaga la luz de la mesilla.

A la mañana siguiente se presenta en la puerta el vicepresidente del Dynamo de Berlín, Günter Schneider. Es un hombre alto, de unos cincuenta años, con el pelo gris, los ojos azules y con los lóbulos de las orejas desprendidos, colgando como longanizas. Le entrega una cesta de comida a Gabi, una serie de productos exquisitos como chocolates y un buen salchichón. La chica se queda sorprendida pero agradecida por el detalle. Schneider sonríe con una mueca de felicidad infantil y pasa al interior del piso.

Gabi le presenta a los Eigendorf y el vicepresidente se solidariza con su preocupación. Confiesa que siente la marcha de Lutz, más que como la pérdida de un excelente futbolista, como la de un amigo.

—Para nosotros no sólo era un líder y un jugador increíble, sino un chico noble al que todos queríamos.

Inge se aflige al oír hablar en pasado de su hijo.

—Sólo he venido, en representación del club, para decirle que estamos con usted y que puede contar con nosotros para lo que necesite. Cualquier cosa que le haga falta, a usted o a su hija, haremos lo que esté en nuestra mano.

—Muchas gracias, camarada Schneider —exhala Gabi calentándose las manos con una taza de café idéntica a la que sostiene el vicepresidente.

—Estamos intentando contactar con Lutz —prosigue Schneider—, no estamos seguros de lo que ha pasado, de qué ha podido motivar su estancia en el Oeste. Seguro que entre todos le convencemos de que vuelva… ¡Dónde va a estar mejor que en esta familia y en este equipo!

—Y en este país —añade Inge.

—Por supuesto —aclara Schneider.

Sandy juega con un puzle de madera en un rincón del salón algo desordenado. Su pelo rubio está recogido en una diminuta coleta que parte de la frente. Gabi la mira y envidia su ignorancia. Hace unos minutos que ha vuelto a preguntar por su padre, pero ella sigue contándole que ha ido muy lejos a jugar un partido. Sandy está acostumbrada a las largas ausencias de Lutz, como aquella provocada por un partido amistoso de la Selección en Bagdad.

Gabi siente como una prioridad preservar a su hija de las tensiones y las tristezas causadas por este conflicto. Sandy no parece sufrir secuelas de su secuestro, pero no está dispuesta a permitir otra situación de estrés en la niña. Sabe que mientras Sandy esté bien, sonriente en su pequeña piscina de sol en un rincón de la casa, ella tiene una posibilidad de ser feliz.

Tras media hora de conversación, el vicepresidente se despide recordándole a Gabi que sabe dónde encontrarle, que el Dynamo de Berlín está a su disposición para confortarla y solucionarle, a ella o a su hija, cualquier problema derivado de la marcha de su esposo.

Esa misma tarde Lutz aparece en la televisión occidental. Jörg grita para avisar a Inge y a Gabi, quienes se apostan delante del televisor. Parece un fantasma, una aparición desde otra dimensión. Lleva un jersey negro que ni sus padres ni su mujer reconocen. Parece cansado, algo pálido, haciendo esfuerzos por mostrarse seguro de sí mismo sentado en la silla de diseño del plató de un programa deportivo. Gabi lo siente lejano, con una ropa desconocida, dibujado por los colores foráneos de la televisión del Oeste. Pero a la vez lo percibe estremecedoramente próximo. Por un momento ve un espejo, una parte de sí misma emocionantemente íntima, alguien aprendido, interiorizado, querido.

En la entrevista Lutz cruza las piernas y se acaricia los codos mientras deja claro a su interlocutor que el Kaiserslautern no ha tenido nada que ver en su decisión de no regresar a la República Democrática.

—Nadie me ha reclutado, digamos, a pesar de que ahora vaya a jugar en el Kaiserslautern. Nadie sabía de mis intenciones, ni siquiera mi esposa —explica Lutz.

—¿Y cómo afronta usted la separación de su mujer, y de su hija pequeña? Porque tiene usted una niña, ¿verdad?

—Sí, sí, tengo una hija de dos años y medio —aclara Lutz cambiando de postura y visiblemente emocionado—, pero mi idea es que vengan conmigo a Kaiserslautern, confío en que les permitan viajar y quedarse aquí.

Una hora después de la emisión, Gabi está con el pelo recogido en la puerta de la oficina de Günter Schneider en el Sportforum Hohenschönhausen, el estadio del Dynamo. Ambos han visto la intervención de Lutz y están dispuestos a tomar decisiones, a actuar en consecuencia. El vicepresidente del club la convence para llamar a su marido. Schneider quiere poner en marcha todas las acciones posibles, sin importar lo drásticas que sean, para que Lutz regrese. Le aterrorizan las consecuencias personales que pueda acarrearle la fuga de un jugador de su equipo. Teme a Mielke. Así que argumenta frente a Gabi que, antes de que sea tarde, deben procurar por todos los medios que Lutz reflexione, que de verdad sopese las pérdidas y las ganancias de quedarse en occidente.

—Si escucha su voz, si usted le habla, estoy seguro de que se conmoverá y quizá se replantee toda esta locura —reflexiona Schneider—. Creo que lo mejor es que le hable con dureza, que le haga comprender lo sola que se ha quedado y que le amenace con dejarle si no vuelve inmediatamente. Dígale incluso que está dispuesta a pedir el divorcio. Lutz debe comprender que la está perdiendo, a usted y a su hija. Transmítale miedo, haga que se sienta inseguro. Dígale que aquí el club la está cuidando y que, si vuelve, también se encargará de que todo vaya bien, pero que si no lo hace, todo estará perdido para él. Muéstrese firme y disgustada. Eso funcionará.

Gabi está sentada en un sofá de color café apartado en un flanco del amplio despacho. No quiere llamar a su marido, no se siente preparada. Dentro de ella habita una mixtura intratable de odio, de frustración, de reproche, de traición, de venganza, de cariño, de anhelo, de necesidad, de esperanza, de amor. Schneider parece tener claro el efecto de sus duras palabras en Lutz, pero ella teme las secuelas de las de él en sí misma. Escribirle cartas ha sido más fácil, pero hablar por teléfono la supera. Además, hacerlo delante de aquel hombre con las orejas pendulantes no la serena.

—No sé si es la mejor idea —se explica Gabi.

—Necesitamos que vuelva, ¿entiende? —escupe marcialmente Schneider.

Y entonces Gabi comprende que ahora no le está hablando como amigo, como simpatizante de su angustia, ni siquiera como jefe de Lutz o como directivo de un club con una gran pérdida futbolística. Le está hablando como miembro de la Stasi.

—Ésa es nuestra necesidad —prosigue Schneider en un tono más cándido—, y entiendo que, por supuesto, también la suya. Pero supongo que, además de ésta, tendrá otra clase de preocupaciones más… inmediatas, problemas motivados por este asunto, por eso ha venido a verme. ¿Me equivoco?

Gabi mira al suelo gris dalmateado de impurezas. Primero se siente algo avergonzada, pero de pronto alza la cabeza, apunta directamente a los ojos azules de su interlocutor y le dice:

—Sí, necesito una plaza para mi hija en mi propia guardería.

Schneider se sorprende ante el atrevimiento, pero luego derrite el gesto con su sonrisa aniñada al comprender que ella ahora le habla al interlocutor de la Stasi que él mismo ha desvelado.

—Veremos lo que podemos hacer —contesta Schneider burlonamente—, pero estoy seguro de que eso se podrá solucionar. Marque el teléfono de las oficinas del Kaiserslautern.

Los intentos de comunicarse con Lutz, sin embargo, son vanos. El vicepresidente piensa entonces en aprovechar la estancia de los Eigendorf en Berlín para que llamen a su hijo en su presencia y procurar el mismo efecto emocional en Lutz. Cuando tanto Gabi como Schneider se dan por vencidos, se despiden en la puerta del despacho.

Gabi regresa a casa aún temblando con las dos manos sobre el volante. Los tonos al otro lado de la línea han sido como la caricia del algodón empapado de alcohol previo a la inyección. Esas llamadas frustradas las ha sentido como una sesión de espiritismo en las que el invocado, finalmente, no se ha manifestado. Sin embargo, todavía almacena la tensión, el nerviosismo en el cuerpo. Por una parte liberada y por otra fracasada, coge aire y lo contiene como queriendo frenar el corazón.

# 7

Gertrud sabe que su marido llegará tarde. No pregunta. Recibe una llamada de Mielke sin explicaciones. Así que cocina algo fácil. Pone la tele. Gertrud era una costurera cuando conoció a Erich al final de la guerra. Enseguida la dejó embarazada de un niño al que llamaron Frank pero al que su padre siempre se refirió cariñosamente como Frankuschka. Dos meses después del nacimiento se casaron y se fueron a vivir a un modesto bungalow en el campo, al norte de Berlín. Mielke nunca se interesó mucho por su mujer, pero se volcó con su hijo. El único afán de su vida, al margen de la patria, era el chico. Dos grandes pasiones que siempre fabuló con aunar. Mielke vio en aquel niño frágil y ensoñador a su sucesor en la cabina de mando de la nación. La Stasi integraba naturalmente a diversas generaciones de las mismas familias. Y Erich pensó que con los años su hijo acabaría desarrollando tanto su físico recio como su devoción por las armas y, sobre todo, por el socialismo.

Pero el tiempo frustró sus expectativas. Frankuschka se convirtió en un adolescente delgado y pálido atraído por la literatura y las representaciones del Bolshói. Renegaba de la milicia, de la política, y su inclinación artística le hizo enrolarse en varios grupos de teatro. Mielke observaba cómo su único hijo se malograba para la causa comunista, para relevarle algún día en el edificio número 1 de Normannenstrasse. Cuando Frank fue mayor de edad se marchó a Moscú con un conjunto de danza. De vez en cuando mandaba cartas, misivas que se fueron espaciando en el tiempo. Y en el corazón de Erich Mielke también se abrió paulatinamente un vacío, un espacio desolador lleno de esqueletos de ilusiones y fantasías de reencarnación. Con Frankuschka, Mielke no sólo perdió al hijo soñado, sino también la posibilidad de tener algún día un nieto que compensase el desagravio, un niño aguerrido, gallardo y amante de la República. Y entonces, en el verano de 1974, llegó al Dynamo de Berlín Lutz Eigendorf.

El Volvo negro siempre espera camuflado por las sombras del callejón. En la habitación, sin embargo, Ada enciende dos farolillos, uno rojo y uno amarillo que, junto a la noche, parecen reproducir los colores de la bandera. La atmósfera tiene algo de sensualidad oriental y de cabaret de entreguerras. Una cama grande con sábanas de raso alberga un enorme desastre de cojines, máscaras y vestidos derramados. Huele a incienso, un perfume que pretende disimular el tufo a comida procedente del patio.

La Stasi recluta prostitutas en los bares de los hoteles de lujo de la ciudad. Ellas llevan a funcionarios y a hombres de negocios a situaciones suficientemente comprometidas para ser chantajeados más adelante. Ada, en cambio, hace años que no frecuenta ningún bar ni a ningún cliente desconocido. Sus asiduos son reducidísimos y selectos.

Erich Mielke no se rinde. Acude de cuando en cuando a esta habitación para reeditar la erección de su primera visita. Pero en el último año y medio Ada ha sido incapaz de volver a alzar el orgullo del régimen. Hace una década que el jefe de la Stasi sufre impotencia, pero esta mujer húngara de más de cuarenta años obró el milagro priápico. Una única vez, un impar levantamiento lento y tambaleante, pero una erección al fin y al cabo, un momento de extrema conmoción para este hombre de setenta años con el torrente sanguíneo desbravado. Su terquedad, su determinación, su incapacidad para asumir la contrariedad y la indisciplina, incluso de su miembro, le llevan a este apartamento a las afueras de Berlín. Sin embargo, es mucho más que la búsqueda de un motín de hemoglobina lo que le empuja a escabullirse de sus compromisos en el ministerio, de la casa donde su mujer teje manteles, de su rectitud soviética. Ada es una mujer inteligente, con una intuición, una empatía y unas capacidades casi esotéricas de adivinación.

Mielke se desviste. Deja los pantalones, los calzoncillos con botones, los calcetines negros, la camiseta interior, la camisa almidonada y la chaqueta en un butacón ya copado de ropa diversa. Sobre el sillón, sus prendas colocadas por el propio líder con esmero parecen una reproducción aún más miniaturesca de él mismo. Le avergüenza la sola visión de su indumentaria inerte en esa poltrona, culpable, mirándole triste y paralizada, como si fuera su otro yo, su conciencia.

Mielke puede tener toda una legión de tenientes y coroneles sentados a la mesa oval de operaciones en Normannenstrasse. Valerosos excombatientes de la Segunda Guerra Mundial, hábiles estrategas, impávidos torturadores, incólumes defensores del socialismo. Pero nadie le da consejos como esa mujer morena con arrugas en el valle de los ojos cuya belleza centroeuropea parece haber encontrado la edad y la luz apropiadas. Erich no sabe exactamente de dónde procede. Cuando le ha preguntado por su pasado, ella le ha cerrado la puerta. Por su forma de razonar, por su capacidad de análisis y su maquiavelismo, sospecha que pudo trabajar para el KGB en los años sesenta en alguna labor de contrainteligencia. Desde luego, tiene una sabiduría, unos conocimientos idiomáticos y, sobre todo, unos silencios impropios de su actual ocupación.

Mielke se sienta en la cama con la espalda apoyada en el cabecero y observa el baile sensual de Ada. Siempre reproducen la coreografía de la primera vez, cuando se produjo la ascensión fálica. Ella no baila bien, tan sólo se contonea entre las sombras de la habitación desprendiéndose cadenciosamente de las escasas prendas con las que lo recibe. Lo hace al son de la misma canción, una melodía tradicional checoslovaca, o quizá rumana, grabada en un vinilo gastadísimo. Ada no tiene ninguna fe en avivar de nuevo el desmayado miembro de Erich, quien de vez en cuando lo agita sin quitar el ojo de los pechos diminutos de su amante y de sus muslos dadivosos fajados por las medias de cristal. Sacude el pene como pretendiendo resucitar un periquito muerto, lo zarandea procurando despertarlo de un injustificado letargo, de la misma forma que lucharía por hacer partícipe a un amigo somnoliento o borracho de un espectáculo único.

Luego Ada sube a la cama y se aproxima a él en actitud felina. Fulgen entonces sus labios carminados y sus párpados turquesa parecen mariposas. Mielke piensa que no existe una mujer más bella, sus tetas de loba apuntando a los muslos del general mientras sus manos amplias de mujer adulta le acarician el pecho lampiño, el cuello flácido, la cara férreamente rasurada. Y, una vez está encima de él, le introduce su lengua en la boca, y Mielke, sin saber por qué, la siente rojísima, casi como un sexo, como el sexo erecto que ansía para sí, y de alguna manera tiene aquel beso algo de autofelación. Mielke se excita, pero sólo psicológicamente; su entrepierna no se estremece, palpita su corazón pero no su polla, que la mano de Ada mueve con dramaturgia.

Erich finalmente se tumba boca arriba. Mira la lámpara de plumas, y cuando comienza a sentir la humedad y el calor de la boca de la chica, cierra los ojos y ve el valle pintado en el cuadro del cuartito de descanso anexo a su despacho. Mientras aquella bella, veterana e inteligente prostituta húngara trata de reanimar su virilidad con un boca a boca, Mielke sobrevuela el valle idílico sorteando nubes de encaje y contemplando desde la altura el reflejo del sol sobre el rocío de la hierba, las vacas mulatas, los tejados puntiagudos donde habita gente feliz.

Luego se quedan conversando. Ada fuma unos pequeños puros que el propio Mielke importa de Cuba para ella. El aroma del tabaco se mezcla con el del incienso en un delicioso perfume invitando a la evasión. Y en ese instante el gran jefe de la Stasi, rela-jado y desnudo entre el humo y la piel de su amante, le cuenta sus problemas. Esta vez le habla de Lutz y de su fuga. Ella espera palabras de odio, de furia... sin embargo, sólo escucha pena.

—He convocado un gabinete de crisis y he puesto en marcha una operación para evitar que su familia se reúna con él y así hacer que vuelva.

—¿Un gabinete de crisis? ¿Toda una operación porque un futbolista se ha ido a jugar a otro equipo?

—¿No lo comprendes? Es una traición al socialismo.

—Querrás decir al Dynamo de Berlín.

—Eso también.

—Querrás decir que es una traición a ti.

—Eso... eso también.

Ada recuerda las ocasiones en las que Mielke le ha hablado apasionadamente de Lutz Eigendorf, sobre todo tras su debut con la Selección Nacional en un encuentro ante Bulgaria. Alema-nia iba perdiendo por dos goles a cero hasta que saltó al campo la joven estrella del Dynamo. La zamarra blanca le venía algo pe-queña. Quedaban menos de veinte minutos para el final del par-tido. Era un encuentro amistoso, pero para Honecker todos los duelos de la RDA eran cuestiones de Estado, de orgullo, de pro-paganda. Mielke ya le había comentado al presidente de la Repú-blica su fascinación por Eigendorf, y en el instante de su debut no pudo reprimir la profecía: «Eigendorf nos salvará».

Un potente disparo desde el vértice del área y un remate picado en un córner, obras de Lutz, igualaron definitivamente el marca-dor. Mielke estaba ufano, el cachorro de su cantera había rescatado el partido; su fe en él no había sido desmentida, sus expectativas, sus ilusiones, su esperanza se afianzaban en aquel chaval de vein-tiún años que ya deslumbraba en su equipo.

Tras el pitido final, Honecker se levantó, se colocó las gafas, estrechó la mano de Mielke en el palco y le dijo: «Este chico de verdad tiene sangre RDA positiva».

Dos días después, a la salida de un entrenamiento con el Dynamo, cuando ya la prensa había coronado a Eigendorf como «El Beckenbauer del Este», Mielke le esperó en la parte de atrás de su coche oficial contra el que restallaba el sol de agosto. Lutz entró en el Volvo negro con el pelo aún húmedo y oliendo a colonia. El general primero se interesó por la jornada de trabajo, por el lugar de sus inminentes vacaciones, por las expectativas de la temporada siguiente, por su familia.

Lutz estaba nervioso. Aquel hombre le imponía a pesar de que reconocía su predilección por él, y en aquella ocasión en concreto era consciente de que el encuentro entrañaba una felicitación. Mielke, con el coche detenido, le animó a seguir progresando tanto en el Dynamo como en la Selección. Luego le preguntó si le gustaba el nuevo piso al que acababa de mudarse. Lutz asintió y le dio las gracias por la aceleración de las gestiones. También estaba agradecido por haber tenido que esperar únicamente dos años para recibir el Trabant en lugar de diez o quince, como les ocurría al resto de sus compatriotas.

—Me alegro —exclamó Mielke—, pero necesitarás amueblarlo bien, así que pronto te llegarán electrodomésticos y un televisor en color para que en casa puedan ver al orgullo del Dynamo y de la República.

—Gracias, señor.

—Ya sabes, la Stasi es el escudo y la espada del Partido, pero tú eres el escudo y la espada del Dynamo en los partidos —rio Mielke mientras se limpiaba el sudor de la frente con un pañuelo.


—¿Y cómo pretendéis hacer que vuelva? —pregunta Ada.

—Primero, evitando que su familia se reúna con él. Hemos intentado que su mujer se ponga en contacto, pero ha sido imposible. De todas formas, tampoco estamos seguros de que eso consiga gran cosa. Así que ahora hemos optado por cortar toda comunicación con sus padres y su esposa para que se sienta aislado y confuso, incluso abandonado; para que piense que le odian. Hemos pinchado los teléfonos y ya hemos interceptado tres cartas de su mujer.

—Eso no va a funcionar —espeta Ada dándole una larga calada al puro.

—¿No? ¿Por qué?

—Él ya cuenta con ese aislamiento, el silencio no le va a hacer cambiar de opinión.

—Entonces… ¿qué?

—Precisamente sentir que su familia le quiere, no que le odia. Le puede conmover un mensaje de amor. Haz que le lleguen esas cartas —dicta Ada posando la ceniza sobre un cenicero con forma de elefante.


Tras cuatro días en la pensión, Norbert Thines instala a Lutz en su casa a la espera de encontrar un alojamiento definitivo. El director general del Kaiserslautern ya ha acogido a algún jugador de las categorías inferiores mientras se solucionaban diferentes problemas de hospedaje. Norbert es un hombre afable, su mujer murió de cáncer hace ocho años. Desde entonces el equipo ha sido su única ocupación. Pero la tragedia, en lugar de agriar su carácter o retrotraerlo, ha esculpido un tipo aferrado con pasión a los días, agradecido a su entorno por el alud de afecto y ayuda recibido en los momentos más dramáticos, un señor consciente de la finitud de nuestro paso por la vida como la de los jugadores por un club.

Lutz acaba de colocar su nueva ropa sobre una balda de la habitación del dormitorio de Norbert donde pasará las próximas noches. El sofá es ridículamente corto para un tipo de metro ochenta y dos, en cambio la cama de matrimonio es muy espaciosa. Le pareció algo violento e intimidatorio compartir colchón, pero Norbert no le dio opción y, en realidad, él tampoco disponía de otra.

Sale a correr un rato por los alrededores de la casa mientras hace tiempo para que llegue su anfitrión del trabajo. Necesita hacer ejercicio, reactivarse, sudar el miedo y la incertidumbre, no pensar, evadirse, reconciliarse con la tensión de sus músculos, con ese estado de desgaste físico donde ha residido tanto tiempo desde la niñez. Allí, en el cansancio y el movimiento, se encuentra más tranquilo y a gusto que en el extraño universo de la inactividad.

Sin embargo, se asusta al comprobar que un coche le sigue. En las carreteras escoltadas por bosques donde apenas fluye el tráfico, un Lancia blanco se cruza con él varias veces. Lo ve aparcado en la estación de servicio donde se detiene a beber; siente su presencia pocos metros por detrás de su carrera, así que regresa presuroso a casa de Norbert. Allí se despoja de un chándal prestado del Kaiserslautern, se da una ducha y comprueba una vez seco y tomando un vaso de leche en la cocina que su corazón no ha amainado del todo. Se confiesa asustado. Mira por la ventana, pero ya no ve el Lancia. Teme un secuestro, una paliza; no quiere imaginar hasta dónde pueden llegar los hombres de Mielke.

Cuando Norbert arriba a casa le gusta ver a Lutz con el pelo húmedo sentado a la mesa de la cocina, parece que ya se está haciendo con la casa, poco a poco se va relajando.

—Tengo algo importante —manifiesta Norbert.

—¿Qué? —pregunta Lutz sobresaltado.

—Ha llegado al club una carta de tu mujer.

Norbert le entrega un sobre blanco con la letra de Gabi. La visión de la caligrafía acuática de su esposa le enternece. Palpa la envergadura del contenido, apenas un par de folios. Desea leerla y, al mismo tiempo, teme la tempestad de sentimientos precintada. Sale al patio trasero y se sienta en los escuetos escalones de piedra. Abre con facilidad el sobre e intuye que ya ha sido manipulado. No le importa. El contenido sigue intacto. Y ya es todo suyo.

Querido Lutz:

Sólo quiero escribirte unas líneas para hacerte pensar. Soy parte de este matrimonio, la otra mitad, y siempre estaremos juntos en las cosas que le afecten. Siempre te he apoyado en todas tus decisiones profesionales, he estado a tu lado desde que teníamos catorce años, sentada en las gradas de cemento de los campos de tierra, viendo tus partidos de pie en la banda bajo la lluvia. Acuérdate, luego nos íbamos al parque a comer pan y a darnos besos. Yo te acariciaba las heridas y tú me cerrabas los ojos con la mano y me dibujabas los labios con el dedo.

Piensa en la cantidad de noches en las que te he esperado en casa mientras viajabas con el equipo. ¿Te acuerdas cuando estaba embarazada de seis meses y veíamos cómo todos tus compañeros se iban de vacaciones y nosotros nos teníamos que quedar en casa y tú no dejabas de acariciar mi barriga y de decirme que aquél era el mejor plan del mundo? Pero ahora no has pensado en mí, ni en tu hija, aunque siempre dijiste que era lo primero. ¿Te acuerdas en el hospital, cuando nació? Ahora has cogido esta oportunidad con las dos manos. Si eres honesto contigo mismo, estarás de acuerdo conmigo en que cuando te he necesitado más en este matrimonio no has estado a mi lado. Pero eso lo he perdonado. Lutz, ¿tanto hemos cambiado desde que nació la niña? Tú eres un buen padre y un buen marido. Me he dado dos años para volver a confiar en ti y no me has decepcionado. Estos últimos dos años no han sido fáciles, quizá nos hemos distanciado, pero siempre que uno se apartaba un poco el otro le hacía volver. Lutz, siempre lo hemos superado todo juntos, me podría haber pasado a mí también. Pero ahora tu decisión nos ha dejado muy solos, a tus padres y a mí, y sobre todo a Sandy. Lutz, yo no soy el enemigo.

Sandy pregunta constantemente por ti. Yo le digo que vas a volver pronto, que no se preocupe, que le vas a traer el pájaro rojo como le prometiste, que no te has olvidado. Y ella siempre me dice: «Mamá, no llores, papá está jugando al fútbol». Ella no te olvida, Lutz. No sé cuáles deben de ser tus razones para esto... Estábamos los tres aquí tan felices... o a lo mejor estaba yo engañada, ya no lo sé. Tesoro, te queremos mucho, mucho a pesar de lo que estamos sufriendo por tu decisión. Cariño, te necesitamos, Sandy necesita a su padre. Queremos volver a estar los tres juntos otra vez.

Lutz, los errores se perdonan, incluso éste. Todo volverá a la normalidad en todos los sentidos si regresas. Si no quieres hacerlo, entonces no nos volverás a ver ni a mí ni a Sandy. Es tu decisión. Yo lo he intentado todo para hacerte feliz. Te quiero mucho y quiero que todo vuelva a ser como antes. Sandy y yo sólo esperamos que al final todo salga bien y que seamos una familia de nuevo. Lutz, por favor, escríbenos o llámanos, ya sabes dónde estamos.

Besos de tu esposa y de tu pequeña Sandy.


Lutz frena las lágrimas con la mano. El último folio le tiembla entre los dedos. Sin soltar las páginas, baja la cabeza y deja caer las gotas de pena sobre el cemento. Entre la cascada de tristeza de su pupila mira sus zapatillas nuevas y todo le parece absurdo. Quiere correr, quiere huir de su prisión de dolor aunque no está seguro de la dirección. Desea morir, ansía una liberación donde quiera que esté. Se reconoce perdido, frágil, aún un niño con conflictos de mayores. Piensa en su madre, en su padre, y le descorazona aún más comprobar que no tienen la solución a su encrucijada. No puede dejar de percibirse como una víctima a pesar de ser el causante de su propio marasmo. Se compadece de sí mismo empapado en sus lágrimas. No cree merecer esa pena, esa dolorosa intersección emocional, vital. Sabe que el tiempo acabará curando esa laceración, pero no tiene paciencia. Confía en que su bondad interior, profunda e innata en la que sigue creyendo le recompense con la paz. Piensa que el destino acaba premiando a aquellos que arriesgan. Quiere convencerse de que al final de esta prisión de espinas se halla la felicidad absoluta, ese paraíso que ha sentido perdido y que le ha acabado empujando a esta hirviente travesía.

Entonces vuelve a meter los folios en el sobre con esmero. Se enjuga los ojos con la palma de la mano. Se levanta y siente la punzada del cansancio en las piernas. Entra en la casa donde Norbert prepara la cena. Su nuevo amigo le mira desde el fondo de la cocina; observa sus ojos y su nariz incandescente y le parece un crío de veintidós años por primera vez. Lutz no dice nada. Quizá enmudecido por la congoja, espera unos segundos quieto en la puerta mientras Norbert lo escruta esperando una información, un juicio, un veredicto.

—Era… era Gabi.

—Lo sé —pronuncia Norbert compasivamente.

Tras otro breve lapso en el que Lutz apacigua su emoción, Norbert se atreve a preguntar:

—¿Y qué vas a hacer?

—Cenar —resuelve Lutz mirándole a los ojos por primera vez desde que se apostó en el quicio.

—¿Y mañana?

—Traer a mi familia aquí.

Norbert sirve la cena mientras su huésped permanece absorto sentado a la mesa. Cuando ambos están frente a frente, y aún sin dar el primer bocado, Lutz se dirige al director general del Kaiserslautern por su nombre por primera vez:

—Norbert, no voy a volver.

Lutz sufre pesadillas durante toda la noche. Grita en los sueños, donde parece pelear, correr, estar aterrado. Norbert apenas puede dormir. Lutz se despierta sudoroso, se calma por unos instantes, pero tras la trampilla del sueño le aguardan otra vez los demonios. Bebe agua cada vez que consigue zafarse de las escenas de asedio y secuestro por parte de la Stasi, de los episodios oníricos donde Gabi y Sandy le besan y suplican. Le narra a Norbert estas visiones en medio de la noche, en las treguas de la vigilia. Bracea inconscientemente despertando a su amigo, sin embargo Norbert no le reprende, simplemente trata de serenarle, de difuminarle los fantasmas, de recordarle que tan sólo son pesadillas pero que, en realidad, se encuentra a salvo en una casa blanca a seiscientos kilómetros del muro de Berlín.

A la mañana siguiente nace un sol efusivo. Lutz se levanta cansado, el sueño no ha restañado del todo el agotamiento de la carrera y del llanto. Pero se siente más animado, hambriento tras no haber probado la cena del día anterior. Le pide disculpas a su anfitrión por la noche infernal que le ha regalado, pero su amigo contesta riendo que ya puede reservar una habitación en la pensión de su hermana para esa misma noche.

De pronto suena el teléfono del salón y Norbert acude a atenderlo. Lutz está en la cocina, desde donde percibe un tono de preocupación en la voz del director general. Así que se levanta con la tostada de mermelada en la mano. El gesto de Norbert se va fundiendo a medida que escucha a su interlocutor. Lutz ralentiza el masticado al tiempo que se le acelera el corazón. Piensa en cientos de malas noticias, aunque es incapaz de apostar por una; de hecho, no está dispuesto a apostar por una. Norbert cuelga. Le mira compungido.

—¿Qué pasa?, ¿quién era? —inquiere nervioso Lutz.

—El Dynamo de Berlín te ha denunciado a la UEFA por incumplimiento de contrato.

—¿Entonces…?

—Estarás un año sin jugar al fútbol.

SEGUNDA PARTE

# FUERA DE JUEGO

# 8

Su nuevo apartamento apenas está a diez minutos del estadio. Es un segundo piso situado en una zona tranquila, flanqueada por casas de no más de tres alturas. El club le ha facilitado la vivienda gratuitamente, una estancia de dos habitaciones en la calle Wroclaw. Hace un mes que se fugó y Lutz ya se ha convertido en una estrella a pesar de estar en el dique seco. Es reconocido por la calle, firma autógrafos, corre de vez en cuando con el segundo equipo para mantenerse en forma. En estos momentos, con la primavera restallando sobre la verde Kaiserslautern, sus prioridades son prepararse para su incorporación a la plantilla en el tramo final de la temporada siguiente y traer a su familia a occidente. El club ya le está ayudando a tramitar en Bonn una petición de traslado.

Norbert le ha hecho de cicerone por la ciudad. Sobre todo le han fascinado los aparatos electrónicos y el Big Mac. Han convenido que trabaje media jornada en las oficinas del club y con ello Lutz ya se ha comprado un radiocasete, una maquinilla de afeitar eléctrica y un reloj con quince melodías de alarma diferentes. Las primeras semanas conducía una camioneta Renault amarilla cedida por el club, pero acaba de agenciarse un Volkswagen verde.

De repente se encuentra con más dinero y más opciones de gasto de las imaginadas. Pero, sobre todo, con un océano de tiempo, de libertad. No tiene compromisos deportivos ni familiares, se ve en la tentadora ciudad comiendo y comprando, conduciendo y saliendo sin responsabilidades, sin horarios, sin nadie que le espere en casa. Gabi y Sandy en ocasiones se transforman en una ilusión, en un regalo futuro cuyo mero pensamiento le perfuma de felicidad. Su lejanía muchas veces le duele, pero en otros momentos goza del espacio que ambas han desocupado en su rutina, logra ubicarlas a una distancia perfecta para luego entregarse al inédito presente.

Lutz se ha hecho amigo del entrenador del segundo equipo, Alexander Sippel, un tipo de treinta y pocos años, bajito y con una portentosa mandíbula. Llegó a debutar diez años atrás con el primer equipo, pero primero una lesión y más tarde una competencia voraz en su puesto le relegaron a un duro peregrinaje por diferentes escuadras de la Segunda División. Sin embargo logró volver al club donde se formó y ahora dirige por segunda temporada consecutiva al Kaiserslautern B.

Con Alex y sus amigos Lutz se adentra en la otra parte de su nueva vida, de su nueva metrópoli: la noche. La animación es diferente a la de Berlín oriental por donde se movía con Felgner y con Frank. Los locales son más luminosos, más grandes, con una música que jamás había oído, sobre todo rock and roll proveniente de Estados Unidos e Inglaterra. Deja de beber vodka y cerveza para probar el whisky, el ron y la ginebra. No cesa de fascinarle la indumentaria de los inquilinos de los garitos: chicas con crestas de colores y medias rotas, chavales con camisetas sin mangas, tatuajes e imperdibles en la nariz. Una fauna que Lutz enmarcaba entre la camorra, el presidio y el lumpen, pero que, tal como le explica Alex, pertenece a familias acomodadas con mansiones en las colinas.

Mientras los fans del Dynamo se mostraban respetuosos a la hora de abordarle en un bar, los del Kaiserslautern, en cambio, son más atrevidos. Aun así, nunca se ha sentido intimidado, como les sucede a muchos futbolistas en Italia, según le cuenta Alex. Quienes también resultan más abiertas y locuaces son las chicas.

Es sábado por la noche. Alex acaba de conseguir un meritorio empate contra el líder, así que invita a Lutz a una segunda ronda. Éste no termina de encontrarse cómodo con la camisa de estampados que casi le ha obligado a comprar su amigo; sin embargo, acodado en la barra, da otro sorbo de Jack Daniel's y comienza a percibir la brisa de la inmortalidad, ese estado semietílico de flotación espiritual, un lugar en el tiempo, un instante en la vida semejante a un reservado en una discoteca cara, único y blindado. Siente los superpoderes de la juventud y tensa los botones de la camisa respirando profundamente la atmósfera de nicotina y acción del local. Todo es posible, pero la euforia reside precisamente en la inocuidad del resultado de esas opciones. No teme al éxito o al fracaso, todas las posibilidades parecen buenas; es más, intrascendentes. Nada cuenta esta noche, por eso es tan importante.

Alex y dos amigos más con los que ha salido se presentan ante un grupo de cuatro chicas sentadas en un escueto sofá esquinero. Les explican que el tipo tan alto y con la camisa tan fea es el mejor jugador de fútbol de la Alemania roja.

—Pues creo que por aquí está fuera de juego —bromea una de ellas, delgada y alta, con nariz de pájaro y botas de montar.

—Y yo que creía que nuestros vecinos hablaban el mismo idioma… —añade una bajita con rizos amarillos y un vertiginoso escote—. ¿Cómo es que no se puede presentar él solito?

Lutz se siente avergonzado, pero comprende de inmediato el surrealismo de la escena y dice burlonamente:

—Buenas noches, soy el Beckenbauer del Este.

La rubia ríe tapándose la boca con una mano diminuta luciendo unas uñas pintadas de granate.

—O sea, que eres como el de aquí pero juegas por la izquierda —sigue la broma la chica, quien muestra sus dientes descolocados pero atractivos.

—No, juego de defensa central, pero soy zurdo —replica Lutz, y todos ríen.

A él le gusta la morena alta, pero le toca sentarse al lado de la rubita tetona. Apura su tercera copa e imagina zambullirse en su escote. De repente comprueba que tiene la mano de la chica entre las suyas mientras le explica cómo se golpea el balón con efecto y a qué sabe una crema de pescado envasada en un tubo de pasta de dientes. Y poco después, Lutz ya no puede recordar cómo le desabrochó el sujetador en la parte trasera de su coche verde, cómo se le clavaron los colmillos mal alineados en su labio inferior, cómo se las arregló para encontrar la horrorosa camisa estampada debajo del asiento.

Le mintió diciendo que aún vivía en casa de Norbert. No quería llevarla a su apartamento; allí sólo iría con Gabi y con Sandy. Conny o Cora o Corinna estudiaba biología y aún vivía con sus padres, así que el Volkswagen de Lutz sirvió de refugio entre los álamos. Y recordó los primeros besos en el coche con Gabi y con la amante que casi le cuesta el matrimonio. Y se sintió triste y culpable y odioso y luego se tomó la licencia de abolir todas esas emociones negativas y agarró el culo celulítico de Cornelia o de Carola como si apresase un salvavidas rescatándole del pedazo contaminado de paraíso, pero no dejó de oler la podredumbre del presente y se juró que aquello era bueno, que le hacía bien, que no dañaba a nadie y la chica le hacía cosquillas con los rizos en el cuello y Lutz no decía nada pero ella gemía, y quiso que se callara y luego deseó estar dormido y volver la noche siguiente al mismo bar y no reconocer a nadie.

Por la mañana, Norbert sabe que ha dormido poco, que ha bebido, que ha estado con una chica. Lutz sabe que Norbert lo sabe. Pero su amigo no le dice nada, comprende que está viviendo los placeres prohibidos o simplemente inexistentes en el Este. Ambos entienden que cuando llegue el momento de jugar, se deben acabar o, al menos, moderar esos excesos. Así que sólo se miran, cada uno desde su mesa, Norbert en su despacho y Lutz en un rincón de la amplia sala de las oficinas del club, en el propio estadio, donde ordena las fichas del equipo juvenil y encarga la impresión de las postales de los futbolistas del primer equipo.

El director general habla por teléfono y, tras colgar, se dirige a la mesa de Lutz. Se sienta en una esquina y le dice:

—Hemos ofrecido cien mil marcos al Dynamo de Berlín por tu traspaso, sólo hemos puesto una condición: que retiren la denuncia a la UEFA y te dejen jugar inmediatamente.

—¿Y qué han respondido? —inquiere Lutz sereno.

—Todavía no lo han hecho.

—Olvídalo, Norb; no es una cuestión de dinero, es de orgullo. Para ellos soy un traidor. Si pudieran, me pegarían un tiro. Ya verás, no me van a dejar en paz.

—Bueno, ya se les pasará, no eres el primer jugador que se escapa.

—Ya, pero yo soy diferente —explica Lutz bajando la cabeza.

—¿Diferente? ¿Por qué?

—Soy la espada y el escudo del equipo en los partidos.


Al mes siguiente Lutz se muda a una casa más amplia a las afueras de la ciudad. Este lugar le va a gustar más a Gabi, piensa, es tranquilo y hay un montón de naturaleza y silencio para Sandy. El apartamento está situado en la última curva antes del bosque. Adentrándose en esa gruta arbolada se llega pronto al club de tenis. Lutz ha jugado de niño y le seduce volver a practicarlo. Alex le advierte del esnobismo que se va a encontrar, pero no logra disuadirle, al contrario, le atrae el lujo desconocido. De alguna manera piensa que le corresponden esos placeres. Ha trabajado duro para llegar al primer equipo del Dynamo, ha entrenado siempre con entrega y pasión, ha defendido los colores nacionales, ha sacrificado muchos momentos con la familia, el fútbol le ha raptado de una adolescencia hedonista y desordenada, de visitar las madrugadas, de dormir hasta las dos de la tarde.

Norbert también es socio aunque apenas frecuenta el club. Sin embargo, la insistencia de Lutz y el buen tiempo le animan a acompañar a su amigo. El restaurante presenta un bufet amplio y exquisito, y los ventanales transparentan las pistas de tenis y una zona con columpios. Una enorme piscina permanece aún precintada, pero puede intuirse el placer de catapultarse sobre ella desde el alto trampolín. Los socios son hombres y mujeres de treinta años en adelante; él es uno de los más jóvenes. Lutz nunca había prestado atención a la ropa, pero ahora entiende que ese desinterés se debía a lo anodino de la moda del Este. Se siente partícipe de una película cuando observa a las parejas morenas y con brillos en las muñecas beber cócteles en la terraza, a los hombres maduros pero atléticos devolver servicios impecablemente uniformados de blanco en las canchas, cuando sonríe a señoritas con el pelo aún esponjado por la sauna.

Lutz asiste a los partidos en casa del primer y el segundo equipo del Kaiserslautern, pero añora la acción. Lleva dos meses sin jugar al fútbol y necesita la adictiva adrenalina de la competición. De vez en cuando chuta algunos balones con el equipo de Alex y disputa partidillos, aunque no es lo mismo. Ansía vestir el uniforme rojo del Kaiserslautern y saltar a un Betzenbergstadion verdaderamente lleno y vibrante. Si perder como visitante un encuentro amistoso fue toda una experiencia deportiva, no puede esperar a vencer de local en la Bundesliga.

El Dynamo de Berlín ha ganado la liga. La primera liga de su historia. El último gran trofeo conquistado fue la Copa de Alemania del Este veinte años atrás. Lutz se entera de la noticia de la victoria de su exequipo y se divide. Imagina a sus compañeros, a su amigo Frank, cantando y saltando en calzoncillos en el vestuario, emborrachándose en los bares que tan bien conoce, abrazados a Steffi, aquella camarera de ojos verdes y cintura de recortable siempre sonriente. Está alegre y nostálgico al mismo tiempo, furioso y liberado. Por un lado, querría haber participado de esas celebraciones porque él es en gran medida responsable de la nueva felicidad, esa parte de mérito nadie se la puede robar. Por otro, sin embargo, no olvida la trampa: los partidos amañados, la sonrojante intervención de la Stasi para favorecer a su equipo. Sabe que el título está manchado y eso le irrita porque aún cree que se podría haber ganado sin chanchullos. Así pues, por un momento se concentra en el sentimiento de alivio que le proporciona recordar que ya no pertenece a ese campeonato trucado, a esa escuadra empujada vilmente por el régimen comunista.

Ahora Lutz juega al tenis con Norbert. El director general comete innumerables dobles faltas y apenas acierta con el revés, pero Lutz se divierte. Se ha comprado una equipación de tenista profesional. Su amigo le ha advertido que a ese ritmo de gasto va a volver pronto a la pensión de su hermana, pero Lutz no está dispuesto a frenar su disfrute. En ocasiones lee sus dispendios como una terapia para superar la separación de su familia. Se dice que, de alguna manera, ha de compensarle el sufrimiento, que no tendría sentido añadir más penitencias a su situación, sino hallar la razón a las padecidas. Su nueva vida todavía le resulta un regalo, unas vacaciones, un tiempo inverosímil sin plena conexión con la realidad.

Al acabar el partido Norbert está desfondado. El cielo amenaza lluvia y comienzan a sentir el frío cuando se templa el sudor. Lutz mira a su amigo y le ve aún más viejo con el pelo húmedo. Se pregunta si algún día será él, si dentro de treinta años se convertirá en otro Norbert Thines, uno de los dirigentes de un gran club, exhausto tras cincuenta minutos de peloteo. En tal caso, al menos espera derrotar al chaval joven que se enfrente con él.

—Bonitos pantalones —le susurra una chica también vestida de tenista mientras se prepara para iniciar su partido en la pista de al lado.

Lutz se avergüenza porque ha elegido una talla deliberadamente pequeña. Mientras recolectan las pelotas no deja de mirarla. Es una mujer de unos treinta y cinco años, con el pelo castaño recogido en una cola de caballo asomando por la ventanita trasera de una gorra blanca. Tiene los muslos fuertes, el cuello venoso, los ojos oscuros e inmensos. Se mueve ágilmente, no suda. Está jugando contra un chico delgado y pecoso. Cuando Lutz y Norbert abandonan la cancha, ella, que parecía olvidada del futbolista y de sus intermitentes miradas, se despide con otra sonrisa burlona diciendo:

—Hasta luego, Borg.

—Deberías cortar ya el ligue con las chicas, compadécete de un cincuentón viudo —bromea Norbert.

—¡Si no he hecho nada! —exclama Lutz riendo.

—Además, tiene novio. Aunque sea un espectro.


Lutz se despierta en la habitación de un hotel. Una chica pelirroja y delgada salta de la cama diciendo que tiene un examen, así que se viste rápidamente con las cortinas aún echadas a pesar de que deben de ser más de las doce de la mañana. La nueva casa de Lutz sigue siendo un territorio vedado a las mujeres. La muchacha le tira un beso desde la puerta y sale corriendo. Él aún está adormilado. Se sienta sobre la cama. No se oye nada. Huele algo extraño. Imagina que es el perfume de la estudiante, o el de la estudiante mezclado con el suyo. Decide levantarse y darse una ducha.

Llora bajo el agua. En alto pide perdón a Sandy, pide perdón a Gabi. Las llama «mi amor», y apenas puede oír su propia voz. Se sienta en el suelo de la ducha, que llueve sobre sus hombros y su cabeza. «Lo siento, lo siento, lo siento…», gime. Siente haber perdido ilusión, haber sangrado convicción, haber roto el pacto de vida conjunta. Se siente un miserable, un traidor, traidor a la patria, traidor al amor. Pero no tiene fuerzas para volver, ése es el gran drama. Le da pánico; no por la represalia de la Stasi, sino por retornar al hogar y sentir asfixia, la anemia que no se dio cuenta que padecía hasta que respiró el oxígeno de occidente. Y si eso sucede, luego ¿qué? Entonces sí que no habría marcha atrás, marcha atrás hacia el Oeste, marcha atrás hacia la soledad. Sería intolerable dejar dos veces a Gabi y a su hija.

Lutz prefiere trabajar por las tardes. Las oficinas del club están más despejadas, y tanto Norbert Thines como Rudi Merks suelen tener tiempo para charlar. Por las mañanas ha dejado de correr por el vecindario tras encontrarse de nuevo con el mismo Lancia blanco que le rondó en los aledaños de la casa del director general. Así que hace deporte en el campo de entrenamiento y en el gimnasio anexo al estadio. Es innegable que lo están vigilando. Sin embargo, con el paso de las semanas, de los meses, ha aceptado ese estado de supervisión aunque no ha dejado de tener miedo, por lo que evita estar solo, especialmente por la calle.

Es lunes por la mañana. Llueve. Norbert se acerca a la mesa de Lutz donde el jugador entretiene el tiempo haciendo una torre de lápices. Le pide que le acompañe a tomar un café al restaurante del estadio, el mismo en el que comen a diario. Lutz sabe que tiene algo importante que decirle. Sentados a la mesa de siempre, junto a la ventana, Norbert empieza a contarle:

—Ha llegado una oferta del Eintracht de Frankfurt. Te ofrecen doscientos mil marcos al año, el doble de lo que estás cobrando aquí. Es lógico que quieras irte. Piénsalo y nos dices algo pronto.

—¿Tú qué harías? —pregunta Lutz muy serio.

—Yo supongo que me iría, es mucho dinero.

—Tú no te irías.

—¿Por qué dices eso?

—Porque me debes una revancha al tenis —contesta Lutz rompiendo el tono de melancólica solemnidad que había tomado la conversación—. Norb, diles que gracias por la oferta pero que me quedo aquí, voy a ganar la liga con el Kaiserslautern como te prometí. Éste es ahora mi club y mi casa. Sobre todo, tu casa es mi casa.

—Pues paga tú los cafés si todavía te queda algo de dinero —dice Norbert con su sonrisa de payaso; realmente contento con la rotunda decisión de su amigo.

Los días se van alargando. La luz plúmbea del invierno alemán se esmalta poco a poco, atardecer a atardecer. El cielo de Renania-

Palatinado se espeja con reflejos cálidos y trazos añiles. Huele a clorofila, la ciudad está en medio de un bosque, arropada por las coronas y los abanicos vegetales. Por el momento Lutz no añora Berlín, su piel de cemento, el murmullo de sus máquinas. Sale de las oficinas del club y mira a su alrededor desde lo alto de la colina sobre la que se erige el estadio. Piensa en todas las vidas posibles, en la infinidad de destinos desaprovechados, en los incontables trayectos expectantes. En casa, al otro lado de la frontera, parecía estar viviendo la única existencia plausible. Siempre creyó estar recorriendo un camino establecido. Su ingreso temprano en el Dynamo y su progreso en el club fueron un pasillo inequívoco, un avance lógico y casi predestinado. Sin embargo, ahora todos los escenarios se han vencido. Se ha reinventado, no hay nada escrito. Hoy puede ser lo que quiera, ir donde quiera. Pero ¿qué quiere en verdad?

Lutz se despide de Norbert en el aparcamiento. Éste le levanta la mano, pero antes de que suba a su coche Lutz le llama. Están de pie frente al estadio, cerca de los campos de entrenamiento donde también juega el segundo equipo. Es jueves.

—Norb, he pensado una cosa.

—No pienses, Lutz, no pienses…, te lo tengo dicho —bromea su amigo.

—No, bueno… —vacila Lutz mirando al suelo y chutando una china—, como tengo tiempo y necesito… —levanta entonces la cabeza para encontrarse con los ojos rasgados de Norbert—, necesito estar más activo. Y he pensado que quizá podría entrenar a los juveniles. No he entrenado nunca, pero mi padre es entrenador en Brandemburgo y sé más o menos cómo manejar a los chavales y cómo ponerlos en forma. A lo mejor podría probar. En el campo, tanto desde la defensa como jugando en el centro, me ha tocado ordenar al equipo. Tengo una buena visión de juego, podría hacerlo bien.

Norbert mete las manos en los bolsillos de la chaqueta deportiva y se muerde el labio inferior.

—No sé —dice—, por mí, encantado, me parece una buena idea, pero no decido yo, tendremos que consultárselo a Friedrich. En cualquier caso, primero tendrás que sacarte el título, aunque sea el de entrenador de Segunda División.

—Sí, claro —responde aliviado Lutz al no recibir una negativa.

—Mañana se lo comentamos.

—Perfecto, gracias. A propósito…, ¿te vienes a casa a tomar algo? Además, quiero enseñarte una furgoneta aparcada enfrente. No me gusta.

—Hoy no puedo, Lutz, he quedado. Lo vemos mañana, ¿vale?

—Sin problema.

La furgoneta azul marino sigue aparcada en la calle de enfrente. No hay nadie al volante. Lutz corre las cortinas y cierra con pestillo las puertas. Ya es de noche. Hace cinco días que le escribió la última carta a Gabi, pero tiene pocas esperanzas de alcanzarla. Le explicaba que no ha dejado de quererla, que el club le está ayudando a tramitar su salida y la de Sandy de la RDA. Le pide que le aguarde y que le perdone. Le habla de su nueva casa, del milagro del microondas, de lo feliz que crecerá la niña en un país con un montón de posibilidades. Quiere contarle que los cubiertos de occidente no dan calambre en la boca como aquellos de aluminio de su primera casa. Le ha narrado su rechazo a la oferta del Eintracht, la lealtad que siente hacia el Kaiserslautern, y espera que ella vea en ese gesto de fidelidad a un hombre honesto y noble. Le ha contado sus ansias por debutar con el equipo, lo difícil que se le está haciendo la espera, a qué sabe la comida mexicana, los zapatos tan bonitos que tendrá la oportunidad de comprar en las tiendas cercanas a Martinplatz.

Ahora prueba a llamarla por teléfono. Se siente solo en casa. Piensa que puede tener la línea pinchada, incluso que quizá estén escuchándole de alguna forma desde la furgoneta azul. Pero no le importa, no tiene nada que perder. ¿Qué nueva información puede obtener la Stasi? ¿Que desea reunirse con su familia? Eso es fácil de deducir, eso lo ha expresado abiertamente en las copiosas entrevistas que ha concedido desde que llegó a occidente. Sin embargo, la comunicación con su casa vuelve a ser imposible. Cuelga el teléfono. Enciende la tele.

El vicepresidente del Dynamo, Günter Schneider, está constipado. Su voz nasal, su nariz enrojecida y sus orejas elefantiásicas le otorgan un aspecto cómico. Gabi opina que es el hombre más ridículo que ha conocido nunca. Piensa en cómo será su mujer, quién se meterá en la cama con ese gigantesco peluche envejecido.

Toman un café cerca de Alexanderplatz. Schneider posa su mano fría y cadavérica sobre la de Gabi mientras le pregunta afectadamente cómo le va todo. Ella retira la mano sepultada por los huesos helados del vicepresidente y percibe en ese gesto un inquietante acercamiento. Se arrepiente entonces de haberse pintado los labios y de haber tardado en escoger los pendientes.

Piden dos cafés entre el estruendo del local. Schneider pregunta:

—¿Está usted contenta con la plaza de su hija en su misma guardería?

—Sí, mucho —confiesa Gabi seria.

—Me alegro —replica Schneider entrelazando sus manos—. Pero me temo que la he citado para darle malas noticias.

Gabi aprieta las rodillas y contiene el parpadeo.

—No sé si va a ser posible que conserve el piso de Zechlinerstrasse —prosigue el directivo—. Como comprenderá, ese apartamento nuevo era un privilegio concedido a su marido por ser jugador del Dynamo, por ser quien era.

—Es.

—Perdón, es —corrige sin remordimiento Schneider—. En el club tenemos orden de retirar todas las pertenencias de Lutz y créame que me duele. Ahora no resulta positivo todo lo que tiene que ver con él, usted lo debe entender.

Gabi, sin embargo, no le regala el asentimiento que estaba esperando.

—Bien —continúa el vicepresidente—, puedo interceder de nuevo por usted para intentar evitar este inconveniente, pero para ello debo pedirle el favor de que interrumpa cualquier contacto con los jugadores del Dynamo y con sus mujeres.

—Pero son mis amigos —replica ella.

—Eso ahora no importa.

—Frank y Moni son muy amigos nuestros.

—Pues me temo que eso tiene que acabar.

Gabi gira la taza de café. Mira el oleaje tostado y comprende que es inútil discutir. Debe acatar las nuevas normas si no quiere que la vida se le complique aún más.

—De acuerdo —cede conteniendo la rabia—. Pero todos mis amigos son amigos de Lutz, me voy a quedar sin gente alrededor.

—Bueno, no se preocupe —la consuela Schneider, quien intenta posar su mano de nuevo sobre la de Gabi, pero fracasando al retirarla ella antes—. Tiene excelentes compañeras en el trabajo, me consta, y también tiene a su madre, porque su padre falleció, ¿verdad? Quizá debería llamarla, escucharla, ver qué opina ella de todo esto. Las madres son sabias y siempre resultan un consuelo, ojalá tuviera yo a la mía…

—Gracias, camarada Schneider —le interrumpe Gabi, algo violentada por la intromisión en su vida familiar—. No se preocupe, no volveré a ver a ningún amigo de Lutz, me las arreglaré, pero, por favor, que no me quiten la casa.

—Haré lo que pueda, señora Eigendorf.

—Eso espero, gracias —sentencia Gabi levantándose de la mesa y dejando un billete junto a su café.

—¡No, por favor, invito yo! —protesta teatralmente Schneider.

—Perfecto —resuelve Gabi, quien recoge su billete y le da la espalda en dirección a la salida del café.

—¿Quiere que la acerque a algún sitio?

Felgner es un hombre atractivo a pesar del desastre pugilístico en su rostro. Sus dos trabajos, tanto el de camarero como el de guardia de seguridad en la puerta de un bar, le brindan un contacto constante con las chicas, quienes se rinden sin mucha resistencia en la coraza de su pecho. No tiene una labia desbordante, pero la mirada es intensa y firme. Sigue en forma, corre y hace pesas todos los días aunque sus tiempos en el ring acabaron. Se corta el pelo a navaja, muy rasurado por los laterales, tiene los pies pequeños, lo que le granjeó un juego de piernas volátil y un caminar liviano que contrasta con la envergadura de su tórax y su cuello. Hoy es su día libre. Ahora estaría bebiendo, haciendo flexiones o viendo la tele si Gabi no le hubiera llamado.

La chica se desahoga a su lado, sentados en un banco del parque enfrente de su casa mientras Sandy mete y saca arena de un cubo verde. Le cuenta el chantaje al que está siendo sometida por la Stasi y le confiesa que, en ocasiones, el sentimiento más ingobernable es la culpa. Quizá descuidó a Lutz en los últimos tiempos, desde que nació Sandy. Eso provocó que él tuviese aquella aventura. A lo mejor se lo mereció, fue un toque de atención para ambos. Le explica que es posible que se haya volcado en exceso en su hija. Apenas hicieron vida de pareja en los tres últimos años. Y ahora estaba pensando en tener otro hijo cuando, en realidad, debería haberse esforzado primero en estabilizar un matrimonio cojo. Es cierto que no discutían, pero habían perdido propulsión.

—Sin embargo… estaba tan convencida de que estaríamos siempre juntos, de que envejeceríamos juntos… —gime Gabi.

Felgner la cobija entre sus brazos de oso. Ella huele en él tabaco barato y *aftersave*. El exboxeador posa su mejilla cuarteada, la diana de miles de golpes, sobre la coronilla de la chica mientras le susurra que se tranquilice. Le acaricia la espalda.

—Os invito a *krusta* y una Vitacola.

—Vale —contesta Gabi limpiándose las lágrimas, recomponiéndose la ropa y ordenándose el pelo.

—Una cosa que quiero que te quede clara —apostilla Felgner antes de ponerse los tres en marcha—: eres la mejor esposa y la mejor madre que nadie puede tener.


Suena el teléfono y Gabi lo coge antes de que despierte a Sandy. Es su madre. La chica le cuenta que está haciendo la cena, que ha pensado cocinar albóndigas en gran cantidad y congelar lo sobrante —hoy ha tenido suerte y había carne picada en el supermercado—, pero que le da pena, porque cuando las hace se acuerda de la noche en que Lutz debió haber vuelto.

—Hija, lo que voy a decirte va a sonar duro, pero tienes que olvidarte de él. Te ha dejado, ha preferido ganar más dinero y largarse a un país capitalista antes que quedarse contigo. ¿Qué clase de padre…, qué clase de hombre es alguien que abandona a su hija pequeña? De verdad, Gabi, cariño, no quiero que sufras, y Lutz ya sólo te trae sufrimiento además de un montón de problemas. Haz el favor, pasa página. Sé que cuesta, pero es lo mejor, créeme.

Gabi escucha callada a su madre. Por momentos tiene ganas de gritar, de contradecirla, de colgarle el teléfono. Al instante siguiente sólo quiere llorar en sus brazos. Sabe que su madre sólo pretende lo mejor para ella, es consciente de que sus consejos son sensatos, pero se le clavan las palabras.

—Conocerás a otros hombres, hija —prosigue—, eres guapa y buena y, sobre todo, joven. Seguro que hay un millón de chicos deseando conocerte, hombres que te pueden hacer verdaderamente feliz, que te querrán con locura, a ti y a Sandy.

—No sé, mamá… —solloza Gabi.

—Hazme caso, cariño. Lutz… Vuestro matrimonio estuvo bien durante un tiempo, no eres la única que se separa. Además, tú no has podido hacer nada. Mira hacia delante, no sólo por ti, sino por Sandy. Rehaz tu vida, tienes derecho a ser feliz, a encontrar a un hombre que te quiera y te cuide de verdad, que siempre esté a tu lado.

—Ya, mamá, pero…

—¡Gabriele!

—¿Qué?

—Haz las albóndigas.

Lutz invierte todo el mes de junio en sacarse el título de entrenador. Estudia por las mañanas y comprueba que no ha perdido del todo la facultad de memorizar conceptos, ya sacaba buenas notas en aquellos exámenes de electricidad. El rectángulo de las hojas de los libros, de los folios en blanco, son para él diminutas representaciones del terreno de juego. Ahora teoriza sobre estrategias y psicología grupal, pero puede oler a hierba, a linimento, puede escuchar el claqueteo de los tacos en el túnel de vestuario, los gritos de ánimo de los primeros de la fila, puede ver el fulgor de los focos asomando por la bocana, sentir el pulso presuroso.

El día que consigue el certificado, sale eufórico del aula. Piensa entonces en llamar a Alex o a Norbert o a Rudi y contárselo, invitarles a unas cervezas. Sin embargo, conduce hasta el campo de entrenamiento. Entra en el vestuario y se viste con ropa deportiva. Saca un balón al terreno de juego y lo coloca en la frontal del área. No hay nadie en los alrededores, sólo el utillero cortando el césped. Detrás de la portería vacía sólo ve follaje. En el cielo las nubes parecen ruinas. Da tres pasos atrás y elige un rincón de la portería. Finalmente decide chutar con todas sus fuerzas por el centro. Tiene toda la tarde para pensar en los siguientes retos.

A principios de julio viaja de vacaciones con Alex a Suiza y a Francia. Se hospedan en hoteles caros que muchas veces paga íntegramente Lutz con su sueldo de jugador de Primera División. Visitan catedrales y recorren avenidas, comen en restaurantes exquisitos y en puestos callejeros, ríen en las terrazas probando cócteles nuevos, besan a alguna chica en los bares, compran zapatillas de deporte y colgantes, duermen la siesta en los parques, evitan los museos, miran al cielo y a las turistas nórdicas, cantan canciones en inglés, cogen taxis en los que no se puede fumar. Celebran el cumpleaños de Lutz emborrachándose en Viena e invitando a una ronda a todo el pub. Acaba de cumplir veintitrés años.

Cuando regresa a casa, abre las ventanas y abandona los paquetes y las maletas en el dormitorio; la asistenta se encargará de deshacerlas. Enciende la televisión y revisa el correo acumulado. Abre una carta con matasellos de Berlín oriental; se trata de un comunicado de la Corte del Distrito de Berlín-Weissensee. Gabi se ha divorciado.

# 9

Agosto es un mal mes para realizar gestiones burocráticas, para comprobar la autenticidad de un divorcio en el país vecino. Pero Lutz moviliza a sus amigos en el club y éstos a todos sus contactos para verificar una noticia demoledora para el jugador, una puñalada que no acepta.

Pasa el mes inquieto, desvelándose muy temprano por la mañana. Sueña recurrentemente con una Gabi que lo maldice y luego le acaricia la nuca y le pide que vuelva. Sueña que la quiere, sueña, sin embargo, su propia duda. Y Gabi es guapa y dulce, y a veces caminan juntos por alguna calle del mundo.

En cuanto abre los ojos, la angustia se le agarra al pecho como una araña y esa presión le impide retornar al sueño. Se ve obligado a levantarse, pero, temeroso de salir a la calle donde siempre hay algún coche sospechoso, se queda en casa viendo la tele o haciendo ejercicio en el salón. No es posible que Gabi se haya rendido así. De alguna manera siente que su separación es una prueba de amor para los dos, que ambos están sufriendo de diferente forma pero con una causa común: reunificarse en una vida y una relación renovadas, mejoradas. Se siente culpable pero a la vez cómplice del dolor de Gabi. No está seguro de que el sufrimiento de su mujer sea superior al suyo; es cierto que él es el causante del siniestro, pero siempre confió en que aquella purga desembocaría en una purificación necesaria.

¿Quién traiciona ahora verdaderamente a la pareja? Él la ha abandonado, pero en realidad sólo físicamente, nunca la ha desterrado de su corazón. La lleva consigo siempre, la imagina junto a él en cada momento, mostrándole la casa y el vestuario, el centro peatonal de la ciudad, los campos tintados de clorofila. Aún conserva la alianza. Siempre está el recuerdo de Gabi a su lado. No obstante, ahora ella parece haber roto definitivamente el vínculo.

Lo más desolador es que Lutz tampoco puede culparla. Cómo no entender, en realidad, su deseo de divorcio. Siempre que intentó llamarla por teléfono fracasó la comunicación y quizá tampoco recibió sus cartas; a lo mejor ni siquiera le llegó su voluntad de reunirse en la Alemania Federal enviada en cada entrevista televisiva, o tal vez aquello no ha sido suficiente. La Stasi ha bloqueado cualquier contacto telefónico. Ha conseguido hablar con sus padres de vez en cuando, pero el aislamiento de Gabi es total.

Lo más probable es que ella haya recurrido al analgésico del odio para soportar la tristeza del abandono, de la soledad. Se habrá desahogado insultándole, convenciéndose poco a poco de que no merecía la pena estar junto a alguien que no la quería, que la había decepcionado tan profundamente, tan inesperadamente. Ahora quizá ella le está proporcionando la misma arma. Sin embargo, como deportista, como hombre de éxito gracias a la superación y la fe en sus ideales, no está dispuesto a claudicar, a ceder, a aceptar el fracaso de su amor, y como en un partido de fútbol, va a luchar por la victoria hasta el último minuto.

Aprovechando el estertor del verano, Lutz acude con regularidad al club de tenis. Ya no sólo disputa aburridos partidos con Norbert, sino con Hans Bongartz, un futbolista del primer equipo. Bongartz está a punto de empezar su segunda temporada en el Kaiserslautern tras jugar cuatro años en el Schalke 04. Es un espigado centrocampista de veintiocho años que peleó con la Alemania Federal la final de la Eurocopa de Yugoslavia hace tres años. Lutz recuerda aquella tanda de penaltis decisiva. Bongartz fue el tercero en lanzar y marcó engañando al guardameta con un golpeo con el interior a su palo izquierdo y a media altura. Pero luego falló su compañero Honeness, y finalmente Panenka, con un chut histórico, acabó dándole el título a Checoslovaquia. Al margen del gusto por el tenis, Bongartz y Lutz comparten el estadio del Estrella Roja de Belgrado como el escenario del peor recuerdo futbolístico de sus vidas.

Hans es rubio y guapo, con una dentadura inmaculada. Y con un servicio demoledor. Lutz vuelve a sentir la electricidad de la competición, la daga de la derrota, la efervescencia del triunfo. Hans se emplea a fondo en los partidos de tenis, igual que Lutz; ninguno de los dos tolera perder, son competidores natos.

Ya comienzan a enredarse con el viento de septiembre cuando se toman un refresco en la terraza del club después de haberse duchado. En un momento en el que Hans se ausenta de la mesa para firmar autógrafos, a Lutz se le acerca una chica que le resulta vagamente familiar.

—Hola, Borg —le saluda con melosidad una boca dibujada de rojo bajo unos inmensos ojos negros.

Lutz se levanta de la mesa y mira más de cerca a la mujer que se sujeta con la mano el sombrero. Se queda observándola unos segundos, hipnotizado por sus pupilas, imantado por cada arruga de su cara, por un lunar junto a la oreja, por su pelo oscuro azotándole la nuca.

—Me llamo Lena Köhler, trabajo para la cadena de televisión ZDF, pero tendría que haberme dedicado al tenis, como ya comprobaste hace un par de meses —bromea.

En ese momento Lutz recuerda que se trata de la mujer que le saludó a principios de verano, la que jugaba contra un tipo delgado y pecoso. Ahora parece mayor, rozando los cuarenta años. Vuelven a su memoria sus muslos anchos y prietos, su cola de caballo escapando de la gorra.

—Yo soy Lutz Eigendorf.

—O sea, ¿que no eres Björn Borg? ¡Pues vaya decepción!

—Ya sé que nos parecemos mucho, a él siempre le confunden conmigo cuando juega al fútbol.

Los dos ríen.

—Por cierto, Lutz Eigendorf —retoma ella la conversación—, me gustaría hacerte una entrevista.

—¡Vaya, qué decepción! Pensaba que querías jugar al tenis conmigo.

—Es que eso sería demasiado fácil para mí, en realidad me apetece más ver cómo devuelves mis preguntas.

—Te cambio una entrevista por un partido.

—Hecho.

Lena saca una tarjeta de un bolso pequeño de cuero negro y se la entrega.

—Llámame cuando entrenes un poco más —sonríe ella.

—Tú ve preparando esas preguntas.

La periodista se aleja dedicándole una mirada seductora y Lutz intenta imaginar sus piernas morenas bajo el vestido.


Es su primer día al frente de los juveniles. Norbert sabe que quizá no sea el mejor momento para darle la noticia, pero antes de saltar al campo por primera vez y conocer a los chavales le confirma la legalidad del divorcio de Gabi. Le explica que en un caso así, y según las «leyes» de la Alemania Democrática, esta vez el divorcio se había realizado excepcionalmente de manera unilateral y en un tiempo récord.

Norbert espera que esa certificación haga a su amigo romper definitivamente con el pasado, con Gabi y con su fantasiosa idea de reunirse a este lado de la frontera. Piensa que ahora Lutz debe centrarse en su nueva vida, en dirigir al equipo juvenil y, en primavera, en unirse por fin al primer equipo y conseguir así la liga que habían acariciado la última temporada cuando acabaron terceros. Hoy el Kaiserslautern, probablemente, tiene la mejor plantilla de su historia. Parece rota la hegemonía del Bayern de Munich y del Borussia Mönchengladbach, que han dominado la década a excepción de los dos últimos años. La temporada anterior ganó la liga el Colonia y tres meses atrás se proclamó campeón el Hamburgo.

Los chicos aguardan en el campo de entrenamiento. Lutz y Norbert hablan en el despacho del último. Lutz se sienta. Abatido. No quiere derrumbarse frente a su amigo ahora que ha de tomar las riendas del equipo juvenil, un reto que tanto le ilusiona.

—Tenemos que hacer algo, Norb —implora—, tiene que haber alguna forma de traer a mi familia…

Norbert le mira compungido pero no dice nada. Interpreta el lamento de Lutz como las brazadas de un sueño. Confía en que sea su nuevo trabajo y el paso del tiempo quienes le convenzan de la imposibilidad de un reencuentro en suelo occidental.

—Vamos, Norb, pensemos en algo. Somos un gran club, conocemos gente influyente, seguro que Friedrich puede llamar a alguien, mover algo, aunque sea traerlos ilegalmente, no serán los primeros que vengan escondidos. No sé, Norb, di algo, ¿a ti qué se te ocurre?, tiene que haber alguna fórmula, la que sea, de que…

—Lutz —le interrumpe su amigo—, ahora tienes que hacer campeones a unos chavales. Intenta olvidarte por un momento de todo esto. Baja al campo y disfruta. Huele la hierba, chuta unos balones, pega unos gritos.

Ya en el vestuario, Lutz se ata los cordones de las botas negras de tacos y piensa que así está conteniendo su angustia, su pena, su frustración. Sale vestido con el chándal rojo al campo donde los chicos patean balones, hacen rondos, charlan en la banda. Da unas palmadas y los arracima frente a él. Se presenta a sabiendas de que esos adolescentes saben perfectamente quién es. No está seguro del sentimiento que crea en ellos estar dirigidos por un prófugo de la Alemania Democrática; Lutz desconoce si le contemplan como a un héroe o como a un desertor. En cualquier caso, se conforma con que le consideren un gran jugador de fútbol con seis internacionalidades.

Al principio titubea. No está acostumbrado a hablar en público, a comandar una escuadra. Pero poco a poco, a medida que se aclimata al sonido de sus propias palabras flotando en el viento y se evade de su reciente disgusto, coge confianza. Les explica que un cuarto puesto en una liga de diez equipos es intolerable. Les pide que miren la grandeza del Betzenbergstadion, les cuenta la impresión que le causó la primera vez que vislumbró ese campo hace casi medio año. Les narra que aquello no es un recinto de cemento sino una escultura imponente observándoles con exigencia y a la vez cariño. Les asegura que algún día acabarán jugando allí, pero para que ese estadio les abra las puertas antes tienen que llamar, y el único timbre que escucha el Betze es la victoria.

Comienza el entrenamiento pidiéndoles que den diez vueltas al campo. Los chicos se le quedan mirando. Algunos sonríen esperando la revocación de la orden, confiando en que se trate de una broma. Otros simplemente tienen la estupefacción dibujada en sus rostros.

—¿Algún problema? —pregunta Lutz.

—Son muchas vueltas —protesta un chico de rizos, Derek, quien acababa de identificarse como el capitán.

—¿A qué estáis acostumbrados?

—Damos una vuelta al campo y luego, cuando ensayamos penaltis, quien falla da otra vuelta como castigo.

Lutz se queda un segundo callado. Ni siquiera tiene intención de que los niños toquen el balón en su primera sesión. Con el Dynamo de Berlín daban diez vueltas al campo al empezar el entrenamiento y otras diez al concluirlo. Duda si aplicar su método o ceder a las laxas rutinas occidentales.

—He dicho diez vueltas —sentencia.

Tras una sesión de entrenamiento donde los chavales sólo realizan ejercicios físicos, Lutz los encuentra en unas condiciones lamentables. Los chicos se quejan del cansancio y de no haber jugado con la pelota. Eigendorf no quiere ser odiado, pero piensa que el equipo está condenado al fracaso si no trabaja la resistencia. Cuando asistía a los últimos entrenamientos de la temporada pasada comprobó que Derek es claramente el líder. Es un chaval alegre y ambicioso, juega de carrilero izquierdo, es veloz, pero al mismo tiempo no es difícil deducir su vedetismo, su renuncia al esfuerzo colectivo, su afán de protagonismo, su excesiva confianza en sus facultades innatas.

Lutz ha leído informes de cada uno de los jugadores y ha visto vídeos de algunos partidos. Tiene clara la necesidad de reforzar la defensa, en primer lugar, añadiendo un mediocentro de contención. El portero probablemente deba ser sustituido y sería productivo trabajar las acciones a balón parado. En realidad está deseando ver cómo se comporta el equipo durante un encuentro, aunque sea de entrenamiento. Sin embargo, está convencido de que ha de empezar endureciendo la rutina física.

—Así no vamos a ganar a nadie —le espeta Derek al final del entrenamiento mientras se derrama agua por la nuca en la banda.

—¿Ah, no? —replica Lutz.

—Así sólo vamos a acabar derrotados nosotros. Esto no es la Alemania comunista —protesta el capitán antes de dar la espalda a su entrenador.

El sábado se estrena el equipo en casa. Dos días antes, Lutz le contó a Norbert el incidente con Derek. El director general le dio dos consejos: «Haz las cosas como creas» y «Viste de calle en los partidos, impondrás más respeto que si vas en chándal».

Lutz elige unos pantalones vaqueros grises ajustados, un jersey blanco de pico y una camisa azul claro. Pone a cero el cronómetro de su reloj digital y aprieta el botón en el mismo instante en que el árbitro silba el inicio del encuentro. Hay unas quinientas personas entre el público, muchos de ellos de pie tras la valla que delimita los fondos. Efectivamente, Derek es un gambeteador con mucho gol. Efectivamente, la defensa es un coladero. Efectivamente, el equipo se desfonda. Efectivamente, pierden.

En el vestuario, Lutz les dice que seguirán perdiendo si no aceptan su forma de entrenar, de prepararlos. Que no basta con dar las vueltas al campo que él dicta sino que deben hacerlo con convicción, creyendo en el beneficio del esfuerzo, sintiendo cómo ese sufrimiento los refuerza. «El deporte es, en gran medida, psicología», les informa con los brazos en jarras. Mira a Derek, los jugadores miran a Derek. Derek mira al techo.

Dos semanas después de la conversación en la terraza del club de tenis, Lutz llama a Lena. Quedan para jugar un partido el viernes. Él está deseando volver a verla en falda corta. Aquella mujer le resulta más seductora que las estudiantes de secundaria y las universitarias con las que ha salido últimamente. Nunca ha flirteado con una mujer quince años mayor que él.

Lutz ya la espera en la cancha cuando ella aparece vestida de tenista. Hoy, sin embargo, no está tan guapa como en las dos ocasiones anteriores. Él se ha vuelto a poner sus pantalones apretados, pero esta vez ella ya no le hace ningún comentario, sólo le advierte de que se prepare para sufrir la mayor derrota de toda su carrera deportiva. Eigendorf ríe mientras gira la empuñadura de la raqueta dentro de su mano y espera el saque inicial de la periodista.

Él baja la intensidad de su juego tras vencer el primer set y comprobar que, aunque oponga cierta resistencia, el partido es suyo. Lena, en cambio, pilla a su oponente relajado y gana el segundo set en el *tie break*. Nada más iniciar la manga decisiva se desencadena una tormenta. Interrumpen el duelo y, tras ducharse, Lutz le propone ir a comer. Él invita.

Ya sentados a una mesa del acristalado restaurante del club de tenis desde donde son testigos de la furia de la primera lluvia fría del otoño, se van conociendo. Delante de un solomillo con guarnición de verduras Lutz comprueba cómo va desapareciendo la pátina de flirteo. El tono de la conversación vira del ligue a la complicidad. Él acaba sintiéndose confiado ante una mujer madura e inteligente con la que puede hablar de todo. Así que no le cuesta sincerarse, desahogarse, contarle que se desangra desde que sabe que Gabi se ha divorciado de él. Mientras encuentra en los rasgos de Lena una belleza serena, le confiesa sus preocupaciones, su dolor.

—Estoy convencido de que algo debe de pasarle a Gabi para haber tomado esta decisión, tengo que saber qué ocurre. Ahora no puedo abandonarla.

—¿Y qué has pensado hacer? —pregunta Lena mientras mastica con el pelo aún húmedo y las mejillas prendidas por el esfuerzo.

—No lo sé. En el club ya no pueden… o no saben cómo ayudarme. Estoy desesperado.

—Yo quizá pueda echarte una mano.

Lutz mira directamente al estanque de sus ojos. Ahora está más guapa que nunca.

—Conozco a unos tipos…, en fin —se justifica ella limpiándose la boca con la servilleta—, esto de la tele te permite conocer gente de toda clase. Y resulta que tengo el contacto de alguien que igual puede ayudarte.

—Te refieres a…

—Sí —le interrumpe Lena bajando el tono de voz y repartiendo una mirada por todo el restaurante—, no son tipos que vayan en traje y trabajen en un despacho, precisamente.

—Entiendo —asiente Lutz apoyando la espalda en la silla—. Está bien, dame su teléfono.

—Bueno, creo que es mejor que ellos te contacten.

—De acuerdo.

Lutz se calla un momento y luego vuelve a mirar los ojos pantanosos de la chica.

—Gracias, Lena.

—De gracias nada, me debes una entrevista y un tercer set.

En los postres la periodista le cuenta su trayectoria en la televisión, sus años gloriosos en Berlín donde todavía conserva a sus mejores amigos y donde aún viaja regularmente a realizar reportajes. Lena le confiesa que en Kaiserslautern se asfixia, que se crio en una Alemania aún en guerra donde perdió a su padre para hacerse mayor en un panorama devastado. Le explica que ha visto a Berlín transformarse, nacer y crecer a su mismo ritmo.

—La ciudad es como una hermana para mí —se sincera—. Me muevo mucho por esta zona del país, pero mi plan es volver al centro de producción de la cadena en Berlín. Todavía están pasando cosas importantes allí, y más aún que pasarán pronto, ya verás. Vivir en esa isla capitalista en medio del mar rojo es muy estimulante.

Lena le confiesa que aquel chaval con el que jugaba al tenis es un cámara de la cadena. Ambos viven en un bloque de apartamentos en el norte. Ella agradece al menos seguir cobrando el mismo sueldo que antes del traslado a una ciudad menor, por lo que puede vivir con comodidad en Kaiserslautern. Aun así, añora la acción profesional. En lo referente al matrimonio, sigue casada con un abogado berlinés, pero la relación está rota. No tienen hijos. Ha asumido que ya no los tendrá. Tras un tiempo atormentada con esa idea, ahora lo ha aceptado y goza de esa libertad. Cree que con nueve sobrinos ya tiene suficientes decibelios en su vida.

Se despiden en la puerta del club. Ella conduce un viejo Alfa Romeo y a él eso le parece un síntoma de distinción y buen gusto, junto con el cronómetro que luce en su muñeca. Antes de subir a sus coches, ella le dice:

—Guárdame la entrevista para el día que debutes con el equipo.

—¿Y el tercer set?

—Ése lo acabamos de jugar.


El equipo juvenil de Lutz flota en medio de la tabla. Tras una derrota en Mainz por 3 a 0, Lutz viaja de vuelta a casa abatido en el primer asiento del autobús. Les ha hablado a los chicos con dureza en el vestuario. Los chavales tienen calidad pero les falta compromiso, quizá no con el equipo, sino con ellos mismos. No albergan la voluntad de sacrificio que él heredó del régimen socialista. Sus padres los llevan al entrenamiento en coches caros, visten ropa de marca, practican con balones profesionales. Nada de esa adolescencia futbolística tiene que ver con el rudimentario pasado de Lutz, así que no está dispuesto a consentir que trasladen su indolencia al campo. Ahora ése es también su equipo y no piensa perder. No soporta perder. Ya es octubre, todavía hay tiempo para enderezar la temporada. Eso les ha dicho en el vestuario, donde, al no recibir ninguna promesa de enmienda, les ha revocado el día de descanso posterior al partido citándolos mañana de nuevo en la cancha a las nueve. Los días se van acortando y ha vuelto el frío.

A pocos minutos de llegar a Kaiserslautern, Derek se levanta de su asiento situado al fondo del autobús y se sienta sorpresivamente al lado de Lutz.

—Señor Eigendorf —dice. Se niega a llamarle «trainer»—. Quiero que mi padre hable con usted. ¿Sabe?, no tiene derecho a hacernos entrenar siete días a la semana y el doble de tiempo que el resto de los equipos, y tan duro como si fuéramos profesionales. Que sepa que no vamos a ir al entrenamiento de mañana. No nos trata bien. Todo el equipo está conmigo. Usted es el primero que ha salido huyendo de un sitio donde explotan deportivamente, no nos haga lo mismo. Mírese ahora, vistiendo bien, ropa cara, conduciendo un buen coche… Si a usted le gusta la buena vida, no nos amargue la nuestra.

Derek no le da tiempo a la réplica. Se levanta de su lado y vuelve al fondo del autobús. Lutz se queda atónito, con las emociones solivantadas. Mira por la ventanilla durante dos segundos y ve una central eléctrica. Se levanta entonces como un resorte y, antes de que Derek llegue a su sitio, le grita:

—¡Dile a tu padre que hablamos cuando quiera!

El autobús deja a Lutz en el estadio. Allí sube a su coche y se dirige a casa. Por el retrovisor observa que le siguen. Esta vez su perseguidor se pega a él más de lo habitual. Ahora, sin embargo, sólo hay un hombre al volante, cuando normalmente le vigilan en parejas. Eso le alarma. Piensa que puede tratarse de un asesino a sueldo. Acelera, pero no consigue despistarle. El corazón se agita. El pavimento está mojado. En alguna ocasión le bastó con aumentar la velocidad para deshacerse de sus vigilantes, quienes optaron por seguir fingiendo que no copiaban su ruta. Sin embargo, ahora es diferente. El todoterreno negro intenta adelantarle en la recta de Trippstadter Strasse, el parachoques delantero llega a rozar el trasero de su Volkswagen. Lutz tiembla al volante, quieren sacarle de la carretera. Finalmente da un volantazo arriesgado y el coche, por un instante sobre dos ruedas y a punto de volcar, da esquinazo a su perseguidor.

Lutz se detiene un poco más adelante de la carretera secundaria por la que ha girado. Se oculta entre el follaje y apoya la frente en el volante. Está aterrado. En otras ocasiones había visto el teleobjetivo de una cámara de fotos asomando por la ventanilla de un coche aparcado, pero nunca hasta entonces lo habían acosado de esa manera. Se reconoce totalmente indefenso. Considera volver a vivir en casa de Norbert, pero comprende que durante el día se expone igualmente a sus enemigos. Los viajes con el equipo juvenil también le sacan de la burbuja de protección.

Recupera el aliento y apacigua el pulso. Imagina qué sentirá Gabi cuando le digan que ha muerto. Luego piensa en Sandy y la ve corriendo hacia él por el pasillo de casa y recuerda el tacto húmedo de sus besos antes de acostarla, y el olor a leche y talco, y puede oír su voz diciendo «papá», y Lutz sonríe de felicidad y concluye que con ese amor en la memoria no importa si le pegan un tiro. Pero enseguida le desarma imaginar que quizá Sandy ni siquiera pregunte por él ni espere ya el pájaro rojo. Sólo le consuela confiar en que, aunque Gabi le odie, al menos sus padres le mantienen vivo en el recuerdo de su hija. Quiere convencerse de que está a tiempo de aplacar ese olvido. Ella es pequeña, no tardará nada en volver a aprender a quererle en cuanto estén juntos.

Es sábado. A pesar de que Derek le avisó de que el equipo no se presentaría en el entrenamiento de las nueve, él lo hace a las ocho. Ha dormido mal. No tenía otro sitio mejor donde ir. Su deber, en cualquier caso, es llegar al campo a la hora pactada. No parece que lo hayan seguido hasta el estadio. En el aparcamiento, baja del coche y mira a su alrededor, pero no detecta a nadie. El cielo se está iluminando, aún calentándose como una tea. Tiene que esperar veinte minutos a que abran el bar del estadio, donde se toma un café caliente. Sólo el camarero y el utillero deambulan por las instalaciones. Lutz apenas reconoce el lugar tan vacío, con la luz del amanecer.

Cuando se ha calentado las manos y la garganta con el café, se mete en el gélido vestuario. Se enfunda el chándal y sale al terreno de juego a las nueve en punto. Allí no hay nadie. Carga él mismo con la red de balones. Los saca de la malla y los deja rodar por el césped como gallinas. Mira la pared de hormigón del estadio a su derecha, los árboles y el cielo cierran el resto del paisaje. Oye un perro ladrar en la lejanía. Entonces da diez vueltas al campo, como en sus entrenamientos con el Dynamo. Inhala el aliento del invierno, siente el cemento del cansancio en sus cuádriceps, los ojos le lloran arañados por el viento frío, escucha la fricción de la licra en sus muslos, el pelo tapándole y destapándole las orejas mientras trota. Se fatiga más de lo esperado, pero le reconforta el agotamiento, tan familiar, tan de la infancia, tan suyo. Cierra los ojos y fantasea con estar en un partido en el Betze, en carrera por la banda, esperando un pase, planeando un desmarque. Respira la tierra bajo la hierba, abre los ojos, se limpia la nariz con la manga, observa el vaho de su boca, no deja de correr.

Termina las diez vueltas exhausto. Sigue él mismo la rutina de entrenamiento programada para los chicos: esprints, flexiones, saltos, ejercicios para fortalecer los lumbares y los abdominales, estiramientos… A medida que se ejercita como lo solía hacer, como lo hacen sus pupilos, que en realidad son futbolistas aunque no vivan de ello, se encuentra mejor. Sonríe con cada esfuerzo, detectando el sudor resbalando por su frente. Hacía meses que no se sentía tan vivo, tan en contacto con su verdadera identidad. Entonces se descalza. Deja las botas mimosamente alineadas en el círculo central y da unas breves carreras. El césped húmedo y aterido le contagia su estado. Ahora le parece estar en Berlín, en un entrenamiento más con sus compañeros, en la víspera de un duelo trascendental. Y de repente le asalta el presentimiento de que triunfará, de que su regreso a los terrenos de juego será un enorme acontecimiento y que alcanzará una felicidad perfecta como refugio a su pena.

Hace malabares con un balón. Lo golpea infinidad de veces con el pie desnudo y luego chuta fortísimo desde el centro del campo. Patea el resto de los balones desde el punto donde azarosamente han llegado tras abandonar la red. Ha perdido forma física pero no precisión en el golpeo. Grita con cada balón que consigue introducir en la portería. Los primeros impactos con el cuero le duelen, pero el pie no tarda en anestesiarse por el azote y el frío. Luego Lutz juega a recorrer el campo driblando a rivales imaginarios, ríe y se jalea en voz alta, retransmite un partido ficticio donde finalmente acaba marcando el gol decisivo. Y, de rodillas sobre el césped, simula agradecer al público un estruendoso aplauso en medio de la silenciosa mañana.

# 10

A Lutz no dejan de fascinarle los supermercados. Indefectiblemente abastecidos, se queda en ocasiones durante varios minutos decidiéndose por una marca de tomate frito. Ayer habló con su padre y éste le confirmó que había recibido el paquete con una maquinilla de afeitar eléctrica y con varias cremas para Inge. Lutz llena el carro de alimentos variados y exóticos, de frutas con hueso. Es cierto que muchos de ellos no superan a los de su país, todavía añora el sabor de las salchichas del Este y el de la compota de manzana. También ha percibido que la lejía occidental no deja la ropa tan fulgente.

De camino a casa con el maletero lleno de provisiones nota una vibración. Teme haber pinchado. Se detiene en la cuneta de una carretera a las afueras de la ciudad. Baja del coche y, alejado del aliento de la calefacción, siente el invierno. Echa un vistazo al neumático delantero izquierdo y lo descubre desmayado. Maldice mientras abre el maletero para sacar la rueda de repuesto. En ese instante, un hombre alto y delgado, con barba y un acento extraño, le ofrece ayuda. Lutz interpreta su súbita aparición como una amable casualidad. Es la hora de comer, no hay mucha gente alrededor. Lutz comienza a describirle su percance cuando descubre, unos cuantos metros detrás de su coche averiado, el todoterreno negro que le persiguió días atrás. Mira entonces al hombre espigado y vestido de negro, fija los ojos en su barba espesa y le flaquean las piernas. Piensa en salir corriendo. En ese instante el hombre le agarra del brazo y le ordena subir al todoterreno. Lutz nota una fuerza inesperada en aquel extranjero tan escuálido. Calibra instintivamente sus posibilidades de éxito en una pelea cuerpo a cuerpo. De pronto el extraño le dice:

—Sube rápido a mi coche, la Stasi llegará en cualquier momento.

Lutz no sabe de quién se trata, pero no tiene alternativa. La aparición de agentes orientales le asusta, sobre todo si es anunciada de esa manera tan amenazadora. Por otro lado, no está seguro de salir bien parado de un forcejeo con aquel tipo fibroso y con un intimidante bulto en el bolsillo del abrigo.

Una vez en el todoterreno, a Lutz aún le tiemblan las rodillas. Observa cómo su Volkswagen se queda atrás, cojo en la cuneta, con los intermitentes parpadeantes. El hombre de la barba no dice nada. Mira por el retrovisor para asegurarse de que nadie los sigue. Acelera bruscamente, sube la colina y se aleja definitivamente de la ciudad.

—¿Quién eres? —inquiere finalmente Lutz.

—Somos caros, pero podemos ayudarte.

A Lutz le asusta el plural. Ahora sí que se sabe prisionero de una trama sin escapatoria.

—¿Quiénes sois?

—Los que vamos a traer a tu familia.

El coche aparca en la parte trasera de una casa pequeña entre el follaje. Lutz ahora está algo más tranquilo. Comprende que son los hombres con los que ha contactado Lena. Desde luego, no parecen muy amigables, pero asume que la misión que les va a encargar no es legal y que ha de tratar con tipos peligrosos.

La casa huele a polvo y madera podrida. Lutz no se cuestiona de quién es ni por qué están allí, en aquel salón tan sucio y frío.

—¿Quieres beber algo? —pregunta el hombre de negro—, no tardará en llegar Rainer.

—No, gracias —contesta instintivamente, percatándose al instante siguiente de que una cerveza sería ideal para su garganta seca.

—Debería estar aquí, habrá salido a por algo.

Esta última concesión le relaja un poco, y al final le pide la deseada cerveza.

Nada más sentarse los dos a beber en un sofá con un horrible estampado de setenta tipos de flores diferentes, entra por la puerta un señor de unos cincuenta años.

—¡Lutz Eigendorf! La gran esperanza del Este —bromea el recién llegado, un hombre con las patillas largas y encanecidas y un estómago descolgado—. Yo soy del Bayern de Munich, pero si no ganamos nosotros la liga, prefiero que la gane el Kaiserslautern antes que el puto Borussia.

—Ya…, gracias.

—¡No me des las gracias, joder! ¡Dámelas cuando hagamos el trabajo!

Lutz se queda callado y agarra la botella de cristal de su cerveza helada con las manos heladas.

—Por cierto, soy Rainer Friese, y mi compañero es Walt, veo que ya os habéis conocido. Ah, y siento lo de la rueda.

Sentados en los sofás, fumando el tabaco recién comprado por Rainer y sobre una mesa de cristal, los tres hombres hablan de la estrategia para traer de incógnito a Gabi y a Sandy. El plan urdido por Rainer consiste en la acción de tres equipos diferenciados. El primero lo formarán dos hombres que ya están en Berlín oriental; ellos se encargarán de contactar discretamente con Gabi para hacerla partícipe de la fuga y obtener su consentimiento y colaboración. Un segundo equipo operará en Berlín occidental.; éstos trasladarán al primer equipo las pruebas necesarias para convencer a Gabi de que Lutz está, de verdad, detrás de toda la operación.

—Para ello nos tienes que dar tu alianza y algún objeto que sólo puedas tener tú y que tu mujer reconozca.

—Pues no sé, no me llevé nada… —balbucea Lutz.

—Una foto o algo así —apunta Rainer.

—Sí, una foto, tengo una foto nuestra en la cartera.

—Perfecto, me vale. El tercer equipo se compone de dos conductores, uno con un coche normal y otro con uno con matrícula diplomática. El primer coche recogerá a tu mujer y a tu hija y las llevará a un lugar previamente acordado, creemos que será Müggelturm. Allí pasarán al coche diplomático, donde, escondidas, cruzarán la frontera.

—¿Un coche diplomático? —se extraña Lutz.

—Sí, un coche diplomático de un país africano, de la África negra. Ya hemos hablado con el chófer de la embajada de ese país en Berlín y está en esto, hará el trabajo por veinte mil marcos.

Lutz se queda unos segundos repasando mentalmente el plan, testando las probabilidades de éxito, la viabilidad de cada uno de los pasos.

—¿Y cuánto va a costar todo esto? —pregunta finalmente, mirando los ojos grises y pequeños como perlas de Rainer.

—De momento tendrás que darnos esos veinte mil marcos. Respecto al resto, Lena va a vender la historia de la fuga al *Stern* y al *Der Spiegel*, conoce gente de esas revistas. Con eso se nos pagará a nosotros y al resto del equipo. Debes de caerle muy bien a esa mujer. —Sonríe—. ¿Estás de acuerdo?

—La verdad es que no me gustaría que todo esto saliera en los semanarios.

—Entonces te va a costar una fortuna, Beckenbauer —dice con sorna Rainer mientras da una calada profunda a su Marlboro—. Primero ella te hará una entrevista para su canal de televisión y luego tú le contarás la historia a las revistas, ése es su plan de financiación. ¿Te vale o no?

Lutz observa sus zapatos tiznados del polvo de la estancia. Entonces también se enciende un cigarrillo. En Berlín fumaba esporádicamente, pero no lo había vuelto a hacer desde que cruzó el muro. Siente de nuevo el humo descendiendo por su cuerpo, calentando sus entrañas, expandiéndose por los pulmones y reverberando anestesiante en su cabeza.

—Adelante.

Rainer y Walt le dejan de nuevo en su coche con la promesa de contactarle en una semana, para entonces debe tener la alianza de boda, la foto y los 20.000 marcos. Lutz cambia la rueda y regresa a casa. Nadie le ha seguido, pero en la acera de enfrente está aparcada la conocida furgoneta de una empresa de lavandería. Corre las cortinas y saca otra cerveza de la nevera. Quiere seguir fumando, pero no hay tabaco en casa. No ve prudente salir, así que se conforma con continuar bebiendo. Eso le tranquiliza, apacigua un poco la excitación, el nervio, el miedo.

Coge su cartera y saca de ella con dificultad la foto de Sandy. Todavía era pequeña en el momento de la instantánea. Recuerda hacer la foto él mismo en el parque de detrás de la casa donde había un columpio que tiempo después retiraron. Entonces Sandy necesitaba ayuda para subir los pequeños escalones del tobogán. Él la agarraba de la cintura y la niña escalaba por los peldaños sonriente. Allí arriba a veces daba palmas con los ojos entornados antes de deslizarse por la rampa. Lutz contemplaba ufano aquel instante de euforia. Era tan fácil contentarla... Supo entonces que el tiempo corría en contra de la ilusión de la niña, que cada año sería más exigente con sus satisfacciones, que ya no bastaría agarrarla de debajo de los brazos acompañando su resbalón por la lengua de madera del columpio para colmarla de entusiasmo. Y sintió una enorme responsabilidad. Y comprendió que el gran reto de su vida consistía en lograr que Sandy se sintiese igual de pletórica que en la cima del columpio durante los años siguientes, durante el resto de su existencia. Pero aquel desafío, en lugar de amedrentarle o intimidarle, le estimulaba. Se percibía con una meta clara, con un propósito para el que se creía capacitado, una misión más inspiradora que ninguna otra.

Le cuesta sacar la foto de la funda de plástico de su cartera. Algún rasgo de la cara redonda y sonriente de la niña queda estampado en el celofán transparente que la cubre. «Así tendré todavía un poco de ella», piensa mientras deposita la foto en un sobre. Tiene otra más en la cartera. En ella posan Gabi y él en

Budapest. Al fondo puede verse el Danubio y, a su orilla, el Parlamento. Lutz ha mirado esa foto cientos de veces, pero de repente le chocan sus ropas. Ve antigua su camisa rayada y la blusa negra con volantes de Gabi. Observa a dos personas pretéritas pero increíblemente cercanas, queridas. Le parece estar viendo a unos familiares desaparecidos. Y contempla la sonrisa de Gabi y ve honestidad. Ve paz. No recuerda haber vuelto a sentirse así de sereno, como Gabi aquella mañana en lo alto de la montaña ni como él abrazándole los hombros. Entonces era simplemente feliz, llanamente feliz, pobremente feliz, inalterablemente feliz. No tenía esa avería en el corazón, no escuchaba ese zumbido que no le ha dejado descansar desde que viajó a Berlín occidental. Y Lutz llora mirando la foto, deseando con todas sus fuerzas volver a ese momento en el castillo, ser más joven, ser más humilde, sonreír a su propia cámara accionada por otro turista y luego comerse un bollo recién hecho en uno de los puestos de la muralla. Y llegar al hotel barato cerca del río y dormirse sin tener sexo, sólo tumbarse allí, en la cama, sintiendo que al lado está acostada la otra mitad de él mismo sin celebrar su presencia, sin lamentar su pérdida.

El lunes Lutz llega a trabajar a las ocho y media. Se toma un café en el bar del estadio y se dirige a los campos de entrenamiento para cambiarse y esperar a su equipo. Pero al asomarse al terreno de juego anexo al estadio se paraliza. Quedan veinte minutos para las nueve, hora a la que deben personarse los chicos. Muchos de ellos no son puntuales y van apareciendo poco a poco hasta estar al completo y poder comenzar los ejercicios hacia las nueve y cuarto. Sin embargo, ya están todos allí. No hay rastro de ningún padre, han debido de llegar hace tiempo. Lutz se queda atónito observándolos. Todo el equipo está vestido con el uniforme de los partidos en lugar de lucir las prendas de entrenamiento. No sólo eso, sino que forman en línea sobre la cal del medio campo, como un pelotón. Lutz los mira sin comprender. Todos permanecen serios, con la espalda recta y las manos a la espalda, como si aguardasen las notas del himno nacional. Hace mucho frío, pero no se inmutan, miran al frente, a Lutz, que los contempla desde el borde del campo, cerca de la puerta de vestuarios. El equipo juvenil del Kaiserslautern totalmente de rojo, en formación... y descalzos.

Se acerca al grupo, que no pierde la compostura, la escenificación de su compromiso y su disciplina. Se dirige directamente a Derek. El capitán, en el centro de la línea y con el brazalete ajustado en el brazo izquierdo, mira a Lutz y le dice:

—Estamos listos para llamar al Betze, *trainer*.

Lutz hace un esfuerzo por ocultar su emoción y manda a su equipo a ponerse la ropa de entrenamiento. Poco a poco todos los jugadores, tras entrar en el vestuario y mudar su equipación, retornan al campo. Sólo queda por salir Derek. Lutz va a buscarle al interior del cambiador; él también ha de ponerse la indumentaria deportiva. No puede reprimir una sonrisa cuando encuentra a su capitán atándose los cordones de las botas y listo para jugar.

—Vine con mi padre el sábado a hablar con usted —comienza diciendo Derek—. Entonces le vimos entrenando solo. Me he equivocado. Somos su equipo. Háganos campeones.

Lutz sonríe de nuevo. Acaricia los rizos de la nuca del capitán y se sienta a su lado.

—Pues ya sabes cómo empieza el camino a la gloria, ¿no? —pregunta Lutz con un tono peliculero.

—¿Cómo?

—Con diez vueltas al campo.

Derek le devuelve la sonrisa y sale corriendo del vestuario.


El primer grupo organizado por Rainer Friese lo forman dos hombres. Hasta hace poco eran un trío, pero el tercero fue deportado dos meses atrás a la Alemania Federal después de ser acusado de disidente. La pareja pasea por Zechlinerstrasse confiada en abordar de forma cautelosa y no muy intimidante a Gabi. Sin embargo, en sus caminatas por el barrio tanteando el terreno ha localizado un coche de la Stasi en constante celo. En ocasiones los dos tipos observan a Gabi llevar a Sandy a la guardería donde ella misma trabaja. No obstante, en lugar de seguir al coche de la chica, siguen al coche de la Stasi, que sigue, a su vez, a Gabi. Durante la jornada laboral, la pareja de policías no ceja en la vigilancia. A resguardo, los hombres de Friese analizan el relevo de los agentes, toman nota de los turnos, las matrículas de sus coches, estudian sus movimientos regulares para hallar el patrón de observación y buscar una fisura.

Los ubicuos agentes de la Stasi no son su único problema. Gabi está acompañada con frecuencia y, debido al frío del inminente invierno, pasa poco tiempo en la calle. Normalmente pasea junto a su amiga Carola, con Felgner y con un tipo alto y rubio del que no tienen una descripción previa y al que les es imposible identificar. En ocasiones observan cómo él llega a casa de Gabi por la tarde y no la abandona hasta el día siguiente por la mañana. Parece evidente que se trata de un amante, pero no tienen pruebas. La pareja contratada por Friese apunta su cámara con teleobjetivo a la ventana del noveno piso así como trata de captar alguna evidencia de esa relación cuando Gabi y su amigo viajan en el coche o comen en algún restaurante. Mientras, los dos hombres realizan una descripción del sujeto: «Varón de unos 25 años, 1,85 metros, complexión atlética, pelo rubio, ojos azules, zurdo».

Por fin consiguen las fotografías. El individuo besa a Gabi a la salida del cine. Parece que los agentes de la Stasi también toman instantáneas del momento. La chica y su amante no se ocultan, él la abraza y ella, con la boca aún pegajosa de chocolate, mira hacia arriba para recibir un beso delicado. No parecen imaginarse que los observan dos teleobjetivos. Ninguno de los hombres de Friese comprende cómo nadie les ha informado de que Gabi tiene pareja, hecho que dificulta enormemente el acercamiento. Por los gestos de cariño entre los dos parece una relación consolidada, se deduce ternura en las miradas y las caricias. Todas estas apreciaciones, junto con las fotos de la salida del cine, serán enviadas a Rainer Friese. Eso será la constatación de que la tarea de abordar a Gabi sin el conocimiento de la Stasi o del entorno resulta absolutamente imposible. Abortan la misión.

Gabi le pide a Peter que abra la puerta de su casa. Tiene las manos pringosas del chocolate que han estado tomando en el cine. Entran en el piso sigilosamente para no despertar a Sandy, sin embargo la televisión está puesta a mucho volumen.

—Ralf, por favor, ¿puedes bajar un poco eso? —le susurra Gabi.

—Sí, perdona —contesta él apurado mientras se acerca presuroso al aparato.

—Y te lo pido, pon otra cosa.

En la tele Ralf observa el resumen de los goles de la jornada.

Carola sale del baño para recibir a la pareja. Gabi les da las gracias por hacer de canguro y les pregunta si han cenado bien.

—Demasiado bien —responde su amiga acariciándose la barriga—, el codillo estaba buenísimo, demasiado bueno para pasar ahora una buena noche.

Gabi y Peter no tardan en quedarse solos. Ella está de buen humor y propone beber vino. Peter se reconoce fatigado, pero no se resiste a la sensual propuesta de la chica, que se suelta el pelo antes de abrir la botella.

Ella vacía el cenicero que Ralf ha desbordado y ordena un poco el salón mientras se queja del novio de su amiga. Luego se sienta en el sofá junto a Peter y le entrega su copa de vino tinto que golpea suavemente con la suya.

—Por el gran reencuentro…, ah, y por las chocolatinas del Karl Marx —brinda Gabi.

—Más bien por el destino, que por fin ha entrado en razón —ríe él.

Peter se queda embelesado mirando a Gabi mientras vuelve a contarle las anécdotas del instituto. A Gabi le divierte oír cómo ya entonces Peter intentó seducirla sin que se diese cuenta. Él le reproduce conversaciones de diez años atrás, sus anhelos y miradas deseosas que ella ni siquiera recuerda.

—Creo que estaba demasiado cegada por Hans Vogelman.

—Eso sigo sin comprenderlo, pero ¡si ya era calvo con catorce años!

Gabi ríe embriagada por el vino y deja caer su melena rubia por la espalda al echar la cabeza hacia atrás con cada carcajada.

—¿Sabes? Me gustas tú más que Hans Vogelman, pero los bombones con los que apareciste en la puerta no han superado a los del cine.

—Mejor para mí; si no, me habría costado más llevarte a ver una película.

Gabi se levanta a dejar en el fregadero las copas vacías. Peter la sigue sigiloso y le abraza la cintura por sorpresa. Le besa el cuello. Ella se entrega, entonces Sandy parece llamar a su madre aunque su gemido no se repite.

—Ve, creo que te está llamando —apunta Peter.

—Espera…, creo que se ha dormido.

—Ve de todos modos a echar un vistazo, yo friego las copas.

Gabi se pone de puntillas y le besa en los labios, luego desaparece por el pasillo recogiéndose el pelo.


Jörg se presenta por sorpresa en la puerta de la guardería de Gabi. Sandy corre a abrazar a su abuelo y, nada más aterrizar en sus brazos, le enseña el dibujo que acaba de hacer y que guarda en su cartera. La niña ha pintado una gran mancha roja, algo así como un pájaro con las alas desplegadas. Gabi lee la cara de Jörg. No viene en son de paz. Esperaba recibir noticias de los padres de Lutz cuando se enterasen del divorcio, sin embargo pensaba que la ineludible discusión sería por teléfono.

Gabi evita regresar a casa, pues hay cosas de Peter por la estancia, así que propone a su exsuegro tomar algo en una cafetería. Allí Sandy se entretiene amontonando servilletas de papel mientras Jörg pide explicaciones a Gabi.

—Créeme, a mí es a la primera a la que le ha costado tomar esta decisión, pero tengo que mirar por mí y por Sandy.

—No lo entiendo, Gabi. Lutz está luchando por una vida mejor para todos vosotros, está intentando llevaros a Kaiserslautern…

—Vamos, Jörg, todos sabemos que eso es imposible, tú lo sabes mejor que nadie. La Stasi no lo permitirá, tengo un coche vigilando mi casa las veinticuatro horas, me siguen por todas partes…

—Podrías haber esperado, haber esperado un poco más, quizá Lutz habría vuelto cuando entendiese que era imposible llevaros con él.

—¡¿Tú volverías, Jörg?! —continúa Gabi procurando serenar su discurso—. Sabes que eso no tiene ningún sentido; una vez tomada su decisión, ya no hay marcha atrás. Creo que ahora me toca a mí tomar mis decisiones.

—Te quitarán la pensión. Lo sabes, ¿no?

—Sí, lo sé, he hablado con un abogado, pero eso ahora no me importa. Trabajo, con mi sueldo es suficiente para que vivamos Sandy y yo. Me han dicho que puedo conservar la casa.

Jörg se atusa el flequillo brillante y lacio. Mira a Gabi y hace un gran esfuerzo por contener la pena y la rabia.

—Lutz te quiere, Gabi.

—No lo sé, ya no lo sé y el problema es que tampoco estoy segura de seguir queriéndole yo a él —dice ella consternada.

—Yo sí sé que él te quiere, me lo dice cada vez que hablamos.

—Yo ni siquiera puedo hablar con él, la Stasi me corta la línea y él no me llama. O no le dejan llamar. Quién sabe. La verdad es que no sé qué pensar. Aunque, qué importa.

—¡Claro que importa! Claro que importáis. Gabi, lo que él siente por ti es inmenso.

—Pero ya no sirve de nada. No sirve de nada que me quiera en la distancia, que me eche de menos pero que no vuelva, que adore a su hija pero que la abandone. Ya no es una cuestión de venganza ni de orgullo, de verdad; es, en todo caso, de egoísmo. Lutz ha pensado en él y yo tengo que pensar en mí y en mi hija.

—¿Qué ganas con todo esto, con el divorcio?

—Romper con él, Jörg, romper con una parte de mi vida que Lutz ha destrozado. Esa vida... esa vida con Lutz era lo que yo más quería —dice Gabi entregándose finalmente al llanto pero escondiendo las lágrimas de la vista de su hija—. Tengo que empezar una vida nueva, de cero, ¿lo comprendes?

—¿Con otro hombre? —pregunta Jörg mirándola a los ojos.

Gabi se queda callada. Guarda las lágrimas en la palma de la mano y las deshace como si fueran arena.

—Sí, con otro hombre, Jörg. Tienes que comprenderlo, Inge y tú tenéis que comprenderme. Y si pensáis en vuestra nieta, también entenderéis que es lo mejor para ella. Su padre siempre será su padre, pero ahora no está. Ahora lo que Sandy necesita es ver a su madre feliz y, además, una figura paterna también puede ayudarle.

—¿Y ese hombre te hace feliz? ¿Quién es? —inquiere Jörg borrando el tono inquisitorial.

—Es un antiguo compañero del instituto. Fuimos amigos hace diez años. Se llama Peter. Desde entonces hemos coincidido una o dos veces, no vive lejos de Zechliner. Siempre estuvo enamorado de mí. Es un hombre bueno. Apareció hace un par de meses en casa, cuando se enteró de la marcha de Lutz. Vino a traerme bombones y a darme ánimos, nada más. Ahora nos estamos reencontrando, vamos despacio, no sé qué pasará, sólo sé que me encuentro mejor con él y creo que tengo derecho a sentirme bien.

Jörg baja la cabeza, luego asiente.

—¿Sabes?..., creo que mi hijo se ha equivocado.

—Yo también —dice Gabi llevándose la mano a la boca como dique para el llanto.

—Mamá, quiero irme a casa —protesta Sandy, quien ha descuartizado decenas de servilletas nevando el suelo.

—Os dejo —anuncia Jörg.

—Ven a casa —le ofrece Gabi sin mucha determinación.

—No, gracias, sólo he venido a hablar contigo y me vuelvo a Brandemburgo. No quería hablar por teléfono, no sólo porque no me fío de la línea, sino porque creo que esto debíamos hablarlo en persona.

—Te lo agradezco —dice con sinceridad Gabi mientras se pone de pie para colocarle el abrigo rosa a Sandy.

—¿Tú vienes a casa, abuelo?

—No, preciosa, me tengo que ir a la mía, pero nos vemos pronto, ¿vale?

—Vale. Y que venga también la abuela.

—Sí, claro, la abuela también irá.

Jörg y Gabi se despiden con dos besos en la puerta de la cafetería. Se ha hecho de noche. La tienda de ropa de enfrente ya ha puesto la decoración navideña en el escaparate. El padre de Lutz desaparece de camino a su Trabant blanco. Gabi coge de la mano a Sandy y andan en dirección opuesta. Parece que va a nevar.

Peter llega más de media hora tarde a casa de Gabi. Ella está vestida para salir a cenar con unos amigos del colegio, pero la falda se ha arrugado tras sentarse a ver la tele. Antes de que ella proteste por la demora, él le explica que tiene una sorpresa.

—No sé qué será, pero lo que sí que ha dejado de ser una sorpresa es que llegues tarde —protesta Gabi—, ¿dónde estabas?

Peter se acerca a ella, hunde su mano en el pelo dorado y la besa. Luego dice:

—Nos vamos a pasar las Navidades a Binz.

—¡¿A Binz?! Pero allí debe de hacer un frío de muerte, ¿no es mejor ir en verano?

—¡Qué va! —se explica Peter desprendiéndose del abrigo—. Ahora en Navidad está mucho más bonito, en verano se llena de gente y no hay quien encuentre sitio en la playa.

Gabi tarda un poco en encajar la noticia, luego pregunta:

—¿Y Sandy?

—¡Pues Sandy se viene con nosotros, por supuesto! Ya he hecho las reservas en el Hotel Kurhaus, con vistas al Báltico, creo que es precioso.

Gabi vuelve a quedarse en silencio.

—¿No te parece buen plan?

—Sí... claro... pero... esto será carísimo, Peter.

—No importa, tengo algo de dinero ahorrado.

—Pero no tienes por qué gastarlo en esto, podemos hacer algún otro plan más barato, no sé...

—Yo quiero irme con vosotras a Binz, ¿vale?

Gabi se acerca a Peter, le besa y le susurra:

—Vale. Y ponte el abrigo, que de esta cena no te libras.


Las gaviotas sobrevuelan el paseo marítimo cercando el Báltico. El viento gélido del mar se estrella contra los ventanales del hotel donde cenan Gabi, Sandy y Peter. Las luces de los palacetes y los edificios señoriales de la costa dibujan una guirnalda a lo largo de la costa este de la isla de Rügen. Por las mañanas cogen el coche de Peter y exploran un poco los alrededores. Gabi hace fotos y vislumbra un resplandor en su interior que cree que puede ser la placidez. Sin embargo, no quiere confiarse. Está herida. Se reconoce acorazada. Con su novio se siente a gusto, pero no se atreve a abrirle del todo su corazón.

Sandy va cogiendo confianza con Peter. Él la trata con cariño, la sienta en su regazo durante las comidas, la besa antes de posarla en el asiento trasero del coche. Gabi percibe esos detalles y los agradece. No obstante, Peter, en ocasiones, les pide que suban a la habitación o que se adelanten en el paseo porque ha de llamar al trabajo para asegurarse de que todo va bien. A Gabi le cuesta creer que se puedan descontrolar tanto las cosas en una oficina de correos, pero prefiere no sumergirse en un torbellino de dudas y escepticismo. Es consciente de su susceptibilidad, de su nueva dificultad para fiarse de los hombres. Todo en lo que creyó, aquella persona por la que habría entregado la vida se fue un día en un autobús y jamás regresó.

Por la noche practican un sexo silencioso y profundo, lento y breve para no despertar a Sandy. Durante la sobremesa ella lee en un mullido butacón de la sala de té del hotel desde donde se vislumbran las casetas blancas de la playa. El hotel organiza una copiosa cena en su salón principal la noche de fin de año y, tras brindar por la nueva década, Gabi llama a su madre por teléfono.

—Feliz 1980, mamá.

—Gracias, hija. ¿Qué tal todo por ahí?

—Bien, muy bien, pero ¿qué tal tú?, no estás sola, ¿verdad?, ¿estás con los Kissinger?

—Sí, sí, no te preocupes, estoy acompañada. Estamos todos aquí bebiendo y comiendo todavía.

Gabi sonríe aliviada.

—Mamá, te quiero mucho.

—Y yo a ti más, hija. ¿Sandy está bien?

—Sí, muy bien.

—¿Y qué tal con Peter?, ¿bien?

—Sí, bien también, mamá.

—Ya te lo dije, es un buen chico. Bueno, hija, que te va a salir carísimo, que tengáis buen viaje mañana.

—Sí, mamá, nos vemos pronto y brindamos por el año nuevo.

—Ojalá estuviera aquí tu padre…

Gabi se estremece, manda un sonoro beso y cuelga. Mientras, Peter duerme a Sandy en una cama improvisada con dos sillas del salón.

# 11

Tres victorias seguidas. El equipo de Lutz parece otro. La potenciación física de los entrenamientos a los que finalmente se ha entregado la plantilla y, sobre todo, la implicación emocional de los chicos dan sus frutos en el campo. Es nítido para cualquier espectador la diferencia competitiva entre el Kaiserslautern y el resto de los conjuntos de la liga juvenil. Las dobles jornadas de trabajo y la intensidad de los métodos han forjado un potente músculo que doblega a los contrincantes haciéndolos parecer chavales más pequeños.

Lutz recibe la felicitación de Jürgen Friedrich, de Rudi Merks, de Norbert Thines, pero lo que más le conmueve es la aprobación de Derek, el haberse ganado el respeto y la admiración del capitán, de un chico diez años más joven que él, incluso antes de que su trabajo se reflejase en los marcadores. Su liderazgo en la tabla de clasificación la concibe como la primera victoria de su nueva vida. La primera gran satisfacción, el primer botín haciéndole sentir que ha valido la pena el salto.

Sin embargo, el gran deseo para el nuevo año se astilla cuando Rainer Friese le comunica el fracaso de la operación. Le devuelve en un sobre la fotografía, el anillo de boda y los 20.000 marcos. Pero la puñalada más sangrante es el motivo de la claudicación y del divorcio en sí: hay otro hombre.

Piensa que Gabi ya no es Gabi. Ésa es su terapia, el método que utilizará para alejarla. Ella probablemente hizo lo mismo, pensó que aquel Lutz que no regresaba a casa no era el mismo que ella aprendió a querer en los callejones de cemento y lluvia de Berlín, en las gradas de los campos de tierra, en el asiento trasero de los coches, en la hoguera de la paternidad. Ahora él tampoco sabe ya quién es Gabi, no la reconoce sin el amor hacia él. Gabi, para Lutz, siempre fue una mujer que lo amaba, casi desde que se conocieron. Ahora, en cambio, ese sentimiento ha sido amputado. ¿En quién se ha convertido? Es otra persona, no la identifica, no puede asociarla a aquella chica dulce y entregada que le acariciaba los pies doloridos por las noches.

Cuando Gabi regresa del trabajo encuentra un ramo de flores amarillas y rojas en el centro de la mesa del salón. Peter ha utilizado torpemente una botella de agua a modo de jarrón, pero decide no reprenderle. Le gusta el regalo. Ha ordenado la casa. Gabi percibe como un gesto un poco intrusivo que él haya reubicado algunos elementos del hogar, que se haya otorgado la libertad y la confianza para trastear con un espacio que ella aún siente suyo y, de alguna manera, también de Lutz.

—He puesto un poco de orden —se excusa Peter—, ayer mis sobrinos lo dejaron todo revuelto y...

—Está bien, gracias —le interrumpe Gabi compadeciéndose del sentimiento de culpa de su novio.

—De todas formas, hay cosas que no he tocado. No es por meterme donde no me llaman, ésta es tu casa, pero hay algunas cosas que quizá podrías ir pensando en tirar.

Gabi sabe que se refiere a lo que guarda en el armario de la entrada: una maleta llena de ropa de Lutz, varios marcos con fotos de los dos, una manta con el nombre de él que tejió en un campamento socialista hace seis veranos.

—Va a hacer un año que se fue —sentencia Peter.

Gabi se queda callada. Sabe que tiene razón. No sirve de nada seguir custodiando las cosas de Lutz. Se ha deshecho de muchos de sus enseres, pero aún le cuesta tirar esa maleta con las fotos del viaje por Budapest y Praga, las primeras botas de fútbol que le regaló con los ahorros de todo un año, las cartas de amor que le mandó Lutz desde distintos puntos del país en su primera temporada como profesional. Y entre todo ese baúl de recuerdos también esconde Gabi una carta de amor firmada por ella.

La escribió hace apenas dos meses. Una carta de amor desesperado, la última que pensó en mandarle. Como uno de esos mensajes viajando en botellas por los océanos, un SOS al vacío, un *mayday* sin esperanzas de alcanzar un receptor. Aquella misiva era simplemente un adiós, un adiós a Lutz que Gabi, en realidad, se imponía a sí misma. Sin lanzar esa postrera bengala ella no se quedaba tranquila. Necesitaba saber que había intentado todo lo posible por recuperarle, por hacerle consciente de su amor. Esas letras eran una despedida que quizá hiciese reaccionar a su marido y, de lo contrario, se convertirían en la constatación del fin. Sin embargo, nunca mandó esa carta. De repente Peter se fue haciendo más presente en su vida y dudó. Comenzó a pensar que quizá no sería capaz de perdonar a Lutz, no del todo, que una nueva vida a su lado estaría para siempre manchada de rencor, un moho de inquina que reaparecería como una pertinaz gotera. No estuvo segura de tener la energía suficiente para restañar todo el daño sufrido. Peter fue abrazándola con más ternura, Sandy empezó a buscarle para sus juegos, los demonios de la noche se esfumaban cuando no veía sola la tele ni se iba a acostar huérfana en su rinconcito de la cama.

Peter se va a atender unos apremiantes asuntos de trabajo. Gabi huele su perfume a madera cuando le besa en el vestíbulo de la casa y acaricia su suave jersey de pico. Él la mira con sus profundos ojos azules y sonríe, luego le pasa su inmensa mano por la mejilla y le dice adiós. Gabi entonces decide romper definitivamente con el pasado. Peter no merece que ella guarde en su corazón y en su armario una reliquia de amor hacia Lutz. Así que saca la maleta y determina echarla al contenedor de enfrente. Sin embargo, antes de hacerlo rescata la última carta. Tirará cualquier cosa que tenga que ver con el pasado, pero aún no está totalmente preparada para quemar todas sus naves, para cerrar la puerta de su corazón. Se dice que todavía es pronto, que diez meses no son suficientes para borrar definitivamente la historia de amor de su vida. Concluye que sólo ella tiene potestad para determinar cuándo es pronto o tarde, nadie conoce la intensidad de su pasión, la descomunal complicidad, la dimensión de su adoración y de su duelo. Así que se deshace de la maleta preñada de memoria, pero amortigua ese desgarro conservando la carta, las últimas líneas a Lutz que nunca mandó.

Tras volver a casa helada de su visita al contenedor, no sabe dónde guardar el sobre. Sabe que ha de esconderlo para que no lo encuentre Peter, quien se alegrará enormemente cuando contemple el armario vacío de pasado. Entra en la cocina y considera algunos cajones, pero no se decide por ningún escondrijo, son demasiado obvios o excesivamente inaccesibles. Echa un vistazo al salón, pero lo descarta enseguida, debe buscar una habitación donde apenas transite su novio. Finalmente opta por ocultarla en el armario del cuarto de Sandy. Retira el cajón más bajo, donde guarda los calcetines de la niña, y coloca la carta en el suelo, luego vuelve a poner el cajón en su sitio. No le parece una oquedad perfecta, pero no se le ocurre ninguna otra y ha de marcharse a hacer unas compras. Así que, por el momento, elige ese escondite provisional hasta dilucidar otro más adecuado.


Hans Bongartz se revela como un verdadero amigo. Se ha empeñado en rescatar a Lutz de su depresión. Nota que ha adelgazado algunos kilos y ha brotado alguna cana en su pelo, que habla poco, que incluso ha perdido vehemencia en la dirección del equipo juvenil a pesar de no haber cedido el liderato. Comen casi todos los días juntos en el restaurante del estadio y luego van de compras al centro de la ciudad o ven películas en el vídeo de Hans. Bongartz le enseña los mejores restaurantes donde Lutz prueba platos inconcebibles para su adusto paladar socialista. Luego van a tomarse una copa a los bares de moda. Lutz ya no disfruta de la vida nocturna como al principio, la novedad se ha esfumado, pero se fuerza a salir. Por un lado, la noche le evade de su tristeza y, por otro, justifica de alguna manera su nueva vida, tan costosa emocionalmente.

Hans tiene más éxito que él. Firma autógrafos en servilletas a los chicos y da besos a las chicas que le reconocen cuando se acoda en la barra. Lutz siente envidia, ansía volver a jugar, recuperar el protagonismo y la admiración, ya que también ha perdido impulso su fama de fugitivo. Sin embargo, en algún momento de la noche se alegra de no ser asediado al igual que su amigo o como algún otro jugador del equipo que también comparte con ellos discoteca.

Hans le insta a irse juntos de vacaciones. La Bundesliga se detiene durante una semana para dar paso al último partido de clasificación para la Eurocopa que se disputará ese verano. Bongartz hace tiempo que perdió la internacionalidad, ese breve lapso con la camiseta blanca que le llevó a la Eurocopa del 76. Ahora la Alemania Federal, tras no haber logrado llegar a la final del Mundial del 78, ha renovado el equipo. Hoy la escuadra está comandada por un inconmensurable Karl-Heinz Rummenigge, quien a sus veinticuatro años tiene encarrilada la liga con el Bayern de Munich y es el máximo goleador del torneo. La prensa ya habla de él como el próximo Balón de Oro. Y, además, en la posición de mediocampista que ocupaba Bongartz en la Selección, cada vez se hace más fuerte un prometedor chaval de veinte años llamado Bernd Schuster. Así que Hans le propone un plan fugaz con buen tiempo: las islas Canarias. Lutz no tiene ganas de acción, está seguro de que no logrará disfrutar del viaje, pero su amigo consigue convencerle para hacer la maleta y subir a un avión, para evadirse durante unos días del acecho de la tristeza y la Stasi.

Mielke cita al vicepresidente del Dynamo, Günter Schneider, en su despacho de Normannenstrasse. Nieva densamente sobre Berlín. El coche oficial se detiene cobijado por el porche de cemento del edificio número 1. Schneider baja del vehículo y estira su gorro de piel para proteger sus derretidas y amplias orejas. Entra al despacho de Mielke tras ser anunciado por su secretario. Allí encuentra al jefe de la Stasi reunido con un hombre calvo y marcado por una enrojecida cicatriz en el cuello.

—Camarada Schneider, le presento al teniente coronel Heinz Hess —dice el general—. Hess lideró grupos juveniles nazis del 38 al 41. ¿No es así, teniente coronel? Pero su gran contribución a la guerra fue como maquinista del destructor *Hans Lody* con el que ocupó Noruega y Dinamarca antes de que ambos países fueran liberados por las tropas británicas. —Hess, de cincuenta y cinco años, escucha algo ruborizado la presentación de Mielke al tiempo que su encarnada cicatriz en el cuello parece encenderse—. Él será quien se encargue de coordinar desde Berlín occidental al nuevo hombre asignado para que sea la sombra de Eigendorf —concluye Mielke.

Los tres toman asiento alrededor de la gran mesa ovalada del amplio despacho.

—Ahora que Eigendorf es consciente del divorcio, necesitamos comprobar muy de cerca su reacción, qué efectos va teniendo en él. Para ello hemos considerado enviar a un hombre que establezca un espionaje más cercano y continuado. No podemos perderle ni un solo momento. Debemos asegurarnos de que esa noticia le va acercando de nuevo a casa —explica el jefe de la Stasi.

Schneider está todavía impresionado por encontrarse en aquel despacho donde no acaba de comprender del todo su presencia. Es la segunda vez que acude y trata de dilucidar a qué se debe que Mielke comparta con él esta nueva información.

—En un principio hemos debatido la posibilidad de contar con Klaus Thiemann —prosigue el general—. Quizá lo conozca por el alias de «Mathias», estuvo trabajando en el caso de Nacht-weih y Pahl. Ha sido periodista deportivo en la televisión de Nu-remberg y eso habría facilitado el acercamiento a Eigendorf, pero finalmente lo hemos descartado.

—¿Cuál es el inconveniente? —pregunta Schneider entornan-do sus cristalinos ojos azules.

—Creemos que la mejor opción es el IM Heinz Kühn, alias «Buchholz» —responde Hess al tiempo que le tiende una foto-grafía pinzada a un informe pulcramente tipografiado.

Desde la instantánea mira desafiante un tipo de sesenta años con el escaso pelo restante rapado al uno. Parece un perro de pre-sa, la cara ancha y fiera, la barbilla cuadrada, la frente marmórea.

—Es un fiel miembro del Partido y además no cobra mucho —apostilla Mielke ladeando la boca—. Fue herido en la guerra y recibe una pensión de invalidez desde hace ocho años. Ha traba-jado en varias empresas de autobuses y taxis en Duisburgo, lo reclutamos hace dos años. Su honestidad y fiabilidad han sido contrastadas.

—Y no duda. No piensa —añade Hess hinchando la cicatriz del cuello al hablar.

—Parece perfecto —sentencia Schneider con una sonrisa—. ¿Y qué hay de la vigilancia sobre Gabriele Eigendorf? Yo he ha-blado en varias ocasiones con su madre para que convenza a su hija de los beneficios de dejar a su marido.

—Lo sé —repone Mielke—, de eso precisamente quería ha-blarle. Es muy posible que en breve, si no recibimos informes positivos de Buchholz, tengamos que endurecer las medidas y quizá necesitemos tanto de su trato con la madre como de su confianza con la exseñora Eigendorf —matiza el jefe de la Stasi.

—Por supuesto —contesta encantado tanto con el cometido como con la importancia de la misión conferida—. ¿Y de qué me-didas estaríamos hablando? —Se atreve a inquirir.

—Cuando llegue el momento, lo sabrá. Ahora puede retirarse —zanja Mielke.

—Sí, camarada. ¡Orgullo y Estado!

—¡Orgullo y Estado! —responden Mielke y Hess al unísono.


Gabi llega a casa aterida tras estar casi una hora en la cola de la carnicería. Ordena la compra y da de cenar a Sandy. Lo hace todo corriendo porque Peter llegará en cualquier momento. Habría querido darse una ducha para entrar en calor, pero suena el timbre. Recuerda entonces que mañana por la mañana ella se levantará pronto para trabajar y llevar a Sandy a la guardería y que probablemente Peter se quede solo en casa una hora más. Tras sus labores de ordenación del otro día, Gabi teme que vuelva a remover los objetos de la casa y dar con la carta a Lutz. Así que mientras grita «¡Voy!» a la puerta, deja a Sandy con un trozo de pollo taponándole la boca y corre a buscar el sobre. Al retirar el último cajón decide que, por el momento, guardará la carta en el bolso. Luego pensará en un escondite mejor.

Suena de nuevo el timbre, Sandy comienza a llorar, Gabi mete la mano en el hueco pero no palpa la carta. Al otro lado de la puerta oye a Peter preguntando si todo va bien. Probablemente el llanto de la niña y la ausencia de respuesta le están preocupando. Aceleradamente, rebusca a ciegas en el agujero dejado por el cajón descarrilado de sus rieles de madera, pero no encuentra nada. No tiene tiempo de coger una linterna y asegurarse de que el sobre no ha quedado de pie apoyado contra alguno de los laterales del mueble o atrapado en una rendija impredecible, así que coloca otra vez el cajón en su sitio y corre hacia la puerta.

Peter pregunta alterado si todo está en orden y Gabi le aplaca el nerviosismo con un beso. Luego corre hasta la cocina, donde hierven patatas.

—Tú ocúpate de eso, yo le acabo de dar de cenar a la pequeña —resuelve Peter.

Gabi, de espaldas a Peter y mientras pela una zanahoria, tiembla. ¿Es posible que él haya encontrado la carta? Y si es así, ¿por qué no la confronta y le pide explicaciones por conservar ocultas esas líneas de amor y súplica al que fuera su marido? Mientras sumerge los trozos de hortalizas en la olla, halla un remanso de paz convenciéndose de que Peter no tiene la carta en su poder. Debe de estar en algún lugar de ese pequeño nicho de madera. Mañana por la mañana, mientras Peter duerme y antes de despertar a Sandy, la buscará y seguro que la encuentra, resolviendo el misterio de por qué ahora no la ha localizado. Vuelve un segundo la cabeza y ve a Peter cortando el pollo en trozos más pequeños mientras Sandy le cuenta que ha sido el cumpleaños de su amiga Erna y que la clase se ha llenado de banderines y de pastel de manzana.

Ambos acuestan a la niña, que pide un beso de Peter para llevárselo a los sueños. Él la besa en la frente con los ojos cerrados y Gabi comprende que en ese amor no hay trampa. Antes de irse a la cama ven la televisión. Ella considera por unos instantes sacar el tema, preguntarle abiertamente si ha encontrado la carta y, si es así, por qué no se lo reprocha, por qué fingir. Gabi es una mujer sincera, nunca ha tenido un amante. Siempre que ha tropezado con un problema, tanto con su madre como con su padre cuando vivía, buscó encararlo. Y lo mismo con su marido. En todo momento pensó que la mejor solución para superar las adversidades era afrontarlas, sacarlas a la luz, analizarlas y luego intentar ponerles remedio. Así actuó cuando comenzó a sospechar hace unos años que Lutz tenía una aventura. Su marido, sin embargo, muchas veces optaba por obviar los conflictos, aparcarlos, esconderlos debajo de la alfombra con la esperanza de que el tiempo los barriese. Y muchas veces esa fórmula dispar de tratar los dilemas se convertía en un dilema en sí mismo.

Mientras en la tele retransmiten el mítico programa *El canal negro*, Peter comienza a besar el cuello de Gabi. Ella se tensa. Quiere entregarse, soltar el cabo de las dudas y volver a disfrutar del acercamiento sin miedos, sintiéndose protegida, deseada, afortunada. Ahora debe fingir. Si ha optado por no desafiar a Peter, debe ser consecuente y dejarse ir, cerrar los ojos y centrarse en cuánto lo quiere, no atormentarse con la idea de que el destino va a apuñalarla dos veces.

A la mañana siguiente, Peter no se queda durmiendo un rato más como esperaba Gabi. Se levanta con ella y le prepara el desayuno mientras Gabi pone en pie a Sandy y la arregla para ir a la guardería. El sol refulge. Cuando las chicas salen por la puerta, Peter pone a correr el agua de la ducha para acicalarse en un segundo turno.

Gabi acelera en lo posible sus tareas del día en la guardería para poder salir un poco antes. Se ha citado con Felgner en el parque porque quiere una opinión sincera sobre Peter. Ella no sabe qué pensar. La desconfianza hacia el chico mostrada por los padres de Lutz no es imparcial. Gabi necesita la visión de un verdadero amigo que se preocupa por ella, alguien capaz de aconsejarla sin contaminarse ni siquiera de su amistad por Lutz. Confía en la intuición de Felgner; es un hombre que ha conocido a todo tipo de personas, que tanto su vida dedicada al boxeo profesional como, sobre todo, su postrera experiencia sobreviviendo en diferentes trabajos y ambientes (muchos de ellos turbulentos) le han proporcionado códigos para descifrar a la gente.

Hace frío, ya termina febrero, pero ambos prefieren no gastar en un café. La economía de Gabi se ha debilitado desde la marcha de Lutz. El sueldo de Peter en el Departamento de Correos y algunos ahorros les están evitando ciertas carencias. Sin embargo, Gabi se siente mal siendo sostenida económicamente por su novio y se ha planteado ahorrar. El futuro es incierto. Por primera vez en su vida contempla el porvenir con vértigo. Siempre se adentró en los días confiada en que el Estado, Lutz, su propio trabajo proveerían. No le asustó la bancarrota, ni la monetaria ni la emocional. Hoy, por el contrario, se mueve con precaución en ambos terrenos, o al menos lo intenta. El mundo no es el mapa que creyó.

Felgner aparece cinco minutos tarde, con ese andar tambaleante de los exboxeadores, como si sus pasos fuesen sus últimos estertores en pie sobre la lona. Lleva las manos en los bolsillos de su raída cazadora de cuero negro. Hace al menos dos semanas que no se afeita. Gabi respira en él un aroma de derrota, nunca antes le había suscitado compasión. Y entonces piensa que quizá a él le esté pasando lo mismo al mirarla a ella.

Se dan un abrazo y Gabi huele el vodka. Felgner se extiende más de lo que ella habría esperado y deseado cuando le interroga por la marcha de sus trabajos. Cuando finalmente es él quien la escucha, Gabi le cuenta sus dudas sobre Peter, teme que pueda pertenecer a la Stasi; su padre estaba en el Ministerio de Seguridad y es conocida la predilección del Estado por reclutar a hijos de antiguos miembros. Le narra el incidente de la carta, los injustificados retrasos o las súbitas e imperiosas necesidades de ausentarse que a veces protagoniza. Felgner le toma las manos entre las suyas. Las de Gabi están enguantadas, mientras que las del exboxeador permanecen desnudas pero sin rastro de enrojecimiento. Felgner la insta a volver a mirar detenidamente el cajón, a descartar por completo que la misiva haya desaparecido. Y, en caso de ser así, le aconseja que hable cara a cara con él, que afronte la situación. Le repite que es peligroso, tanto para ella como para Sandy, proseguir una relación en la incertidumbre. Ambas se están encariñando con él, es un hombre tierno y detallista, enamorado de Gabi desde la adolescencia.

—E insoportablemente guapo —apostilla la chica.

Ambos ríen. Cuando están a punto de despedirse, Felgner le confiesa que también está preocupado por un presunto seguimiento de la Stasi.

—¿Por qué?

—He hecho algún trabajillo de contrabando, nada importante, pero creo que me he juntado con gente menos prudente de lo que pensaba.

—Pues cuídate mucho —le aconseja Gabi verdaderamente afectada—, no te metas en ningún lío, que yo te necesito. —Y cierra la frase con el punto y aparte de un beso en la mejilla.

Felgner se despide con un abrazo de oso y asegurándole que sabe protegerse bien, que ha invertido media vida en trabajar la guardia.

—La otra media, en el gancho de izquierda —bromea él.

Gabi llega a casa y se le acelera el corazón en cuanto deja el bolso en el atestado perchero de la entrada. Le toca buscar la carta. Coge la linterna del armario superior de la cocina, se arrodilla frente al cajón, lo saca de su espacio e ilumina el interior con un potente fogonazo. Allí está el sobre, descansando sobre el suelo, tal cual lo dejó. Sabe que es imposible no haberlo visto por la mañana de haber permanecido allí. ¿Lo ha cogido Peter y lo ha vuelto a dejar?, ¿o quizá de alguna manera se apoyó sobre el canto, quedó atrapado en alguna rendija y, tras colocar ella misma el cajón al finalizar la búsqueda, volvió a su posición original? En cualquier caso, le alivia encontrarlo.

Las dos siguientes semanas transcurren con relativa normalidad. Gabi escruta el comportamiento de Peter, intenta forzarle contradicciones, busca alguna traza oscura, pero él no se destapa. Sandy ha dejado de preguntar por Lutz. Ha pasado casi un año desde la última vez que se vieron. Gabi no sabe cómo interpretar esa amnesia, al menos ese silencio. Por un lado, lo considera positivo. Es muy probable que el recuerdo de su padre sólo le provoque sufrimiento, anhelo, vacío. Todavía es muy pequeña para padecer rabia o abandono, pero le parece claro que hasta su hija llega el frío de la ausencia. Pero, por otra parte, le entristece enormemente que ya no lo busque, que se haya acostumbrado a su falta, que haya perdido el aliento que Lutz siempre le transmitió. Ya no siente pena por él, porque haya disipado el incondicional amor de una hija, sino por la propia Sandy, que crecerá sin la memoria de un fabuloso amor correspondido.

Caminan Gabi y Peter frente al instituto donde estudiaron juntos. Entonces él la sujeta del brazo para detener su paso. Aúpa a Sandy sobre los suyos y le dice:

—Aquí es donde vi a mamá por primera vez, ¿sabes?

—¿Sí?

—Sí, justo ahí, en aquella esquina. Ella estaba sentada cantando con unas amigas. ¿Ves? Donde está ahora esa portería. ¿Y sabes una cosa?

—¿Qué?

—Era la más guapa.

Sandy ríe algo avergonzada.

—Mi mamá es la más guapa —constata la niña.

—Claro que sí, eso ya lo sé yo, ¿por qué te crees que la quiero tanto?

Gabi se emociona. Ella también le quiere. Hasta el momento no se lo habían dicho en voz alta. Todavía está padeciendo el luto por Lutz; en ocasiones le odia, en otras le ama, pero el regalo novedoso de los días es que, en muchos momentos, ya no piensa en él. Lo ha desterrado de su corazón como Lutz hizo con su propia patria. Siente todavía la herida, pero no a él palpitando dentro de su pecho.

Dejan a Sandy en casa de los sobrinos gemelos de Peter, dos niños de su hermana mayor, Brigitte. Peter es el pequeño de tres hermanos. El mayor murió durante un bombardeo cuando tenía seis. A Peter siempre le ha costado considerar a aquel niño muerto como su hermano mayor. Cuando tuvo constancia de su pérdida ya tenía más edad que aquel chico. Su madre vivió entre tinieblas durante muchos años. Peter recuerda que la posguerra nunca acababa de abandonar su casa. El alma de su madre y la de su padre permanecieron en ruinas mientras a su alrededor se recomponían los edificios, se erigían viviendas, ministerios y parques. Nacía un nuevo país, pero las vidas de los Hommann continuaban arrasadas, el espíritu escombrado. Sólo los niños de Brigitte habían devuelto la sonrisa a aquellos ancianos que se retiraron durante veinte años a vivir a Dresde. Hoy han regresado a Berlín para estar cerca de dos niños que tienen la edad de su hijo muerto por una bomba rusa.

Solos en casa, con una taza de café en la mano, Gabi llora. Peter la abraza pidiendo una explicación. Ella entonces le dice que le quiere. Que necesita decirlo en alto pero que no puede seguir entregándose, alimentando ese sentimiento sin estar segura.

—¿No estás segura de que te quiero? —pregunta Peter incrédulo.

—Sí…, pero a la vez no sé quién eres, ya no sé quién es nadie, no sé de quién puedo fiarme, estoy perdida y tengo miedo —gime.

Peter le quita la taza de café de la mano y la deja en la mesa frente al sofá, junto a la suya.

—Yo te quiero, eso es lo que tienes que pensar, a lo que tienes que agarrarte.

—¿Y cómo sé que no eres de la Stasi? Estoy vigilada las veinticuatro horas, soy repudiada por el Estado, soy la mujer del hombre más odiado del país.

—Pues deja de serlo —sentencia Peter conectando sus ojos azules con los nocturnos de Gabi—. Cásate conmigo.

Ella se limpia la mirada submarina de las lágrimas. Peter también tiene los ojos acuosos. Permanecen unos segundos mirándose. Gabi piensa en una tarde en el zoo junto a Lutz. Hacía una temperatura perfecta, una temperatura como nunca antes ni después se ha vuelto a experimentar en Berlín. Y viendo dormir a los koalas ella pensó que querría vivir para siempre en aquel instante, sin frío ni calor, acariciada por una tierna brisa, contagiada de la paz de un animal proveniente del otro lado del mundo, amando sin límite a un hombre que supo ya eterno en su vida.

—Sí, me casaré contigo.

# 12

La mañana en el gimnasio le hincha los músculos. Piensa en cómo se tensará la camiseta roja sobre su pecho cuando salte al campo. Los pantalones cincharán sus cuádriceps trabajados con progresiva intensidad. Los partidos con los juveniles le han otorgado otra clase de experiencias y conocimientos futbolísticos. Estar al otro lado de la charla en los vestuarios le confiere una mayor perspectiva sobre el juego, está seguro de que se ha convertido en un mejor futbolista durante estos meses en la recámara.

Hans le acompaña al concesionario. Se ha cansado de su Volkswagen y ha decidido comprarse un Renault nuevo. Un coche francés le parece más sofisticado. Y amarillo. A su amigo le resulta un dispendio, pero comprende que ahora Lutz está en una fase hedonista, lúdica, casi kamikaze. Así que permite que se gaste parte de sus ingresos como jugador de la primera plantilla sin realmente serlo. Con este coche correrá por las colinas de Kaiserslautern, por la autopista número 6 que corona el norte de la ciudad. Hoy Lutz añora más que nunca las carreras de Trabis, las cervezas sobre el capó en los aparcamientos de cemento mojado. El reflejo de los neones en las botellas, en los charcos, la risa en cascada de Felgner, las bromas de Frank, el olor de los puestos de salchichas mezclado con el aroma a gasolina. Las apuestas, los partidos improvisados con las latas, los cigarrillos ásperos arañando la garganta, aquella camarera de ojos planetarios. Y luego el regreso a casa donde Gabi, ya dormida, se abrazaba a él en un breve lapso de vigilia, saliendo del inconsciente como quien saca la cabeza para coger aire y volver al mar del sueño.

A Lutz le parece increíble poder llevarse inmediatamente el coche. Así que sube a Hans y le pide que escoja un destino, no importa si es Francia, a menos de una hora.

—Pues si quieres que te diga la verdad, quiero que me acompañes a la fiesta de cumpleaños de mi hermana; el peor plan de la ciudad en estos momentos, y nosotros con el mejor coche...

El piso es pequeño y por él probablemente paguen una fortuna. Eso piensa Lutz, acostumbrado al insignificante alquiler de las casas en su país. Gitta, la hermana de Hans, vive con dos amigas al sur del barrio de Lämmchesberg, cerca de la universidad. Aún no ha anochecido, pero está más oscuro dentro del piso que fuera. Han colocado pañuelos y telas en las ventanas. Parpadean velas. Perfuma la estancia una especia dulce que Lutz no puede identificar. Apenas hay espacio en la cocina, donde se han arracimado chicos y chicas mientras mezclan varios licores en un cubo. Lutz debe de ser solamente cinco años mayor que aquellos estudiantes, pero le resulta raro no ser el más joven. Por primera vez se siente viejo. Es cierto que la paternidad le ingresó en un estado más adulto, pero siempre se percibió como un niño, aquel chaval de Brandemburgo que jugaba al fútbol en los descampados, que aprendía electricidad y que saltaba al lago desde la tirolina en los campamentos de verano. Luego creció y el fútbol se hizo serio y los veranos duraron cada vez menos. Pero siguió gamberreando con los coches, guiñando a las chicas en los bares, riendo con los amigos en los parques. No tuvo un hermano mayor al que emular, una ventana a la vida madura. Así que poco a poco fue asimilando qué significaba asumir compromisos, dejar a los padres a los catorce años para fichar por un club, valerse por sí mismo. Y es posible que esa necesidad de confrontación temprana con un mundo alejado de la infancia le empujase a guardarse dentro de sí un iglú de niñez.

Bebe del extraño ponche confeccionado por los estudiantes y piensa en lo lejos que está Berlín, como si Berlín fuese otro planeta, otra galaxia, otro universo. Recuerda a Sandy y brota la congoja a sus pupilas, así que destierra ese pensamiento y da otro sorbo de un vaso de plástico blanco. Suena Rod Steward preguntando si crees que es sexy, chisporrotea la guitarra sincopada de Dire Straits proclamándose sultanes, Gloria Gaynor grita que sobrevivirá. El rock socialista de los Puhdys parecía verdadero al otro lado de la frontera. Cuántas cosas son verdad o mentira dependiendo del lado de la vida desde donde se contemplen. Y Lutz sabe que el amor a su familia es y será incontestable. No está dispuesto a reconocerse como un traidor a eso. Si no es verdad esa filia, esa pasión, entonces ya no sabe ni siquiera quién es. Pero también es cierto que hace justo un año que subió a un taxi color crema y su vida voló por los aires. En ocasiones tiene la sensación de que todo su pasado queda anulado. Le sobreviene la demoledora idea de que su amor, sus años junto a Gabi, la propia Sandy, no tienen sentido si el proyecto no ha continuado. Contempla su existencia como un plan fracasado, como una pérdida de tiempo, de energías, de emociones. Y eso le lacera. Lucha contra ese sentimiento, hace ejercicios mentales por validar ese pretérito aunque ya no tenga conexión con el hoy. No puede sucumbir a esa intolerable sensación de vacío, de derrota.

Lutz descubre que no le hace bien invocar en esos momentos a Gabi, así que bebe apurando el vaso y acercándose de nuevo al cubo a rellenarlo. Ha perdido a Hans. De pronto ve a una chica que le resulta desconcertantemente familiar sin recordar por qué. Enseguida cae en la cuenta de que es Gitta, a quien ha sido presentado hace apenas un rato. Decide seguir bebiendo y no cavilar, concentrarse únicamente en lo que le alegra en esos instantes: su coche amarillo, su nuevo tocadiscos, los satisfactorios entrenamientos con el primer equipo compaginados con las victorias de los juveniles, las cuatro semanas que restan para volver a jugar, la pizza que se comerá para cenar en aquel restaurante que cierra tarde, la serie de televisión de detectives cuyo desenlace es inminente, la marihuana que ahora alguien le pasa sin saber por qué.

—Oye, si vas a darle una calada, vale, pero si no, pásalo, porque se te está apagando en los dedos —le recrimina una chica.

—Voy —balbucea Lutz escuchando su propia voz etílica.

Da una profunda calada.

—Oye, casi prefería que te hubieras quemado los dedos, ¡vaya chupada!

Lutz ríe y la escucha reír a ella con una musicalidad absolutamente impensable en el Este. Es como si fuera una de las canciones que están sonando. Hay algo de alegría moderna, de riesgo, de riqueza, de abismo, de obscenidad, de aventura en aquella garganta. Y él se vuelve a mirarla pero todo está muy oscuro. Alguien sube la música, Lutz pasa el porro y observa la camisa rayada de un chaval bajito y con granos que baila dando saltos. El suelo está pegajoso, hace calor. Canta el grupo ese de las voces en falsete y todos parecen copiar la misma coreografía. Se divierte mirando el contoneo de las chicas, los cómicos ademanes de ellos. Y él también baila, a su modo. Siempre le han dicho que lo hace bien, que se mueve con armonía a pesar de su altura, que quizá coordina graciosamente el cuerpo debido al fútbol.

Hans le agarra por el cuello y le besa la mejilla. Siente su barba de dos días afilada contra la suya.

—¿Todo bien, amigo? —pregunta el rubio.

—Sí, claro.

—Perfecto. Además, ya veo que estás probando las drogas naturales de este país.

Lutz sonríe al entender que el perfume que apreció a su llegada a la casa no era incienso. No le hace gracia el comentario de Hans, pues cree que está comparando la hierba con los anabolizantes que supuestamente toman los deportistas en el Este. Sin embargo, él jamás ha tragado ninguna pastilla para potenciar su rendimiento físico.

Comienza a sentir la caricia de la marihuana en el cerebro, la relajación mental alejándole de los demonios de la melancolía, el abrazo de la dulce euforia, la necesidad de seguir fumando.

—Eh, Hans, ¿por qué decías que esta fiesta era una mierda?

—Porque mi hermana es una sosa, pero sus nuevas compañeras de piso… ¡joder, son unas enrolladas! Este cumpleaños no tiene nada que ver con los otros. Ésos sí que parecían de la RDA.

Los dos ríen y, a continuación, Hans suelta el cuello de su amigo para volver al corro de tres chicas con las que estaba hablando. Lutz piensa que deben de ser las compañeras de Gitta porque juraría que una de ellas es Gitta.

—Oye, Jim Morrison, ¿es verdad que tu amigo es futbolista? —le pregunta una chica alta y morena, con la nariz afilada y las orejas algo despegadas.

—Lo siento, te has confundido, yo no soy ése —responde Lutz aturdido.

—¿Ése, quién?, ¿el jugador?

—No, ese que has dicho.

—No he dicho nada —protesta la chica.

—Harrison.

—¿Jim Morrison?

—Sí, ése.

La chica se parte de risa. Se dobla sobre su vestido negro con cinturón; luego se endereza y se tapa la boca. Lutz entiende que ella también ha sumergido el vaso más de una vez en el cubo. Y entonces reconoce la risa de antes.

—Claro que no eres Jim Morrison, ¡ya quisieras tú!

—Pero ¿quién coño es Jim Morrison? —dice desconcertado y algo fastidiado.

La chica vuelve a carcajearse.

—Anda, dale otra calada a esto —dictamina ella mientras le arrebata el canuto a un chaval nauseabundamente gordo.

De la cocina sale entonces una ruidosa cofradía portando una tarta de chocolate erizada de velas. Todo el personal del salón, cuyos muebles han sido arrinconados contra las paredes como víctimas de un fenómeno *poltergeist*, aplaude. Gitta recibe la tarta de pie. La sostiene con las dos manos. Las diminutas llamas iluminan su cara barnizándola de juventud y belleza. Ahora en sus rasgos Lutz puede ver a Hans. En los de Sandy se vislumbraba a él mismo. Carola y Ralf insistían en lo parecida que era la niña a su padre. Lutz en algún momento pensó que eso podría molestar a Gabi, pero ella siempre sonreía ante el comentario, orgullosa. Y él calibró que quizá el segundo fuera un niño y se pareciera a Gabi. Eso le habría gustado. Ver a su mujer desdoblada en un pequeño, reconocer los gestos que tanto amaba en otro hijo. Un varón, ésa era su gran ilusión. Pero entonces comprueba que el alcohol ha levantado todas las esclusas del llanto, así que se borra las lágrimas con el brazo desnudo y canta «Cumpleaños feliz» junto al resto del coro de borrachos universitarios. Y quiere otra calada para que se parta en dos el caudal de tristeza, como si el porro fuese el báculo de Moisés.

Lutz busca a la morena alta de las orejas de soplillo, pero no está seguro de poder reconocerla, más bien de acordarse de su cara. Ella parecía controlar la marihuana. Hans está echando el humo de un cigarrillo a la noche fría sentado en el quicio de la ventana junto a una chica preciosa. Es una de las compañeras de piso de Gitta. La chica ríe y Hans deja que el humo caliente embalsame su boca y se evada con parsimonia.

Lutz ha adquirido, sin embargo, la costumbre de alejarse de las ventanas. Sabe que está todo el tiempo vigilado. Tiene miedo. Ha comenzado a vivir con el terror, pero un año no es suficiente para acostumbrarse a los seguimientos, a la posibilidad de ser abordado en cualquier momento.

La chica morena del vestido negro está ahora apoyada contra una pared mientras un chico parece contarle algo dramático. El chaval hace aspavientos y teatraliza el acontecimiento que describe. Ella, en cambio, cruza los brazos por debajo de un busto prominente en el que Lutz no había reparado antes. En la mano sostiene un cigarrillo casi consumido. Quizá sea su novio, piensa Lutz.

Como poseído por la misma fuerza sobrenatural que imantó los muebles a las paredes, Lutz se acerca a la pareja y le dice al chico:

—Perdona un segundo, pero esta chica y yo tenemos que solucionar un problema de identidades.

Acto seguido, Lutz la toma del brazo rompiendo la brasa del cigarrillo y formando una lluvia de diminutas pavesas. Ella se muestra por un instante violentada por el rapto, pero un segundo después sonríe.

—¿Era ése tu novio? —pregunta Lutz.

—No, ¡claro que no! —responde ella falsamente ofendida.

—Ah, es que como parecías tan aburrida…

La chica vuelve a soltar una carcajada que él secunda al darse cuenta de su involuntaria ocurrencia.

—Oye… —dice ella.

—Perdona —la interrumpe—, ¿puedes dejar de llamarme «Oye»?

Ella se queda un segundo seria, sin saber cómo tomar ese comentario, pero entonces vuelve a reírse y Lutz la imita.

—Supongo que a eso te referías con lo de resolver el problema de identidades —comenta ella.

—En realidad, no. Lo que teníamos pendiente es, en tu caso, saber si ese rubio de la ventana es un jugador de fútbol y, en el mío, quién es Jim Morrison.

La chica le mira seria con sus ojos pequeños de comadreja y le pregunta:

—¿En serio no sabes quién es Jim Morrison?

—¿De verdad no sabes quién es Hans Bongartz?

—Nop —contesta ella moviendo la cabeza e hinchando levemente los carrillos al cargar la pe, interpretando un gesto infantil de cándida ignorancia.

Lutz entonces piensa que es realmente guapa.

—¿Intercambiamos identidades? —pregunta él divertido.

—Hecho.

—Hans Bongartz es el mediocentro del Kaiserslautern, ha sido cuatro veces internacional.

—Jim Morrison es un actor de películas de acción, ha sido nominado dos veces al Oscar.

La chica ahoga la risa con la última calada de su cigarrillo. Luego propone ir a por más bebida.

—¿Y si conseguimos más hierba? —propone Lutz.

Ella sonríe con un gesto cómplice que derrite al futbolista. Le toma la mano y le conduce al dormitorio. La cama está sepultada de abrigos. La música llega amortiguada tras la puerta cerrada. Están casi a oscuras. Ella abre un cajón de la cómoda, levanta un montón de bragas y coge una bolsita transparente con marihuana.

—¿Cómo sabías que estaba ahí? —susurra Lutz.

—Porque mi prima lleva escondiendo la marihuana en la ropa interior desde los dieciséis.

Salen entonces los dos del cuarto y Lutz va a rellenar los vasos de plástico mientras ella consigue papel. Se lían el porro en el estrecho recibidor. Cada vez hay más gente en la casa, y la música y el humo condensado crean una atmósfera narcótica. Lutz da una calada profunda, le mira las tetas y le pasa el canuto.

—Oye, creo que tenemos otro problema de identidades que resolver —anuncia ella.

—¿Ah, sí? ¿Cuál?

—El nuestro. Si quieres que deje de llamarte «Oye», vas a tener que decirme tu nombre.

Lutz sonríe.

—Me llamo Lutz.

—Yo, Josi.

—Encantado.

—Anda, pasa el porro.

Gabi apenas puede dormir. Llevan dos semanas hablando de la boda. Está nerviosa, triste, ilusionada. Piensa que no le debe nada a Lutz, que está en su derecho de restaurar su vida, que se trata de una cuestión de supervivencia, es más una necesidad que un deseo. Anoche cerraron la fecha del enlace, se celebrará en dos meses. Peter quiere acelerarlo, insiste en que no hay razón para esperar, en que sus vidas mejorarán cuanto antes comprenda la Stasi que Lutz está olvidado, que no existe ninguna relación entre Gabi y él, ningún peligro de reunificación al otro lado de la frontera.

Gabi cree que uno de los principales motivos de la urgencia de Peter es emocional. Al margen de querer desprenderse de un constante seguimiento, desea espantar la impregnación de su ex-marido, atraparla sentimentalmente ahora que la tiene por fin en sus brazos tras media vida suspirando por ella. Mira los ojos de Peter y ve amor y ve ternura y ve voluntad de protección. No la engañan ni su mirada ni sus besos. La madre de Gabi está a favor de un súbito enlace. Ella, sin embargo, es consciente del salto al vacío. Apenas lleva unos meses con Peter, todavía no pisa un suelo emocionalmente estable. Antes de engastarse otro anillo dorado debería contrastar durante más tiempo la fiabilidad de su relación con su prometido y, por otra parte, tendría que cauterizar totalmente la herida provocada por Lutz. Pero quiere abandonar la soledad y la tristeza cuanto antes, así que ha decidido jugársela, ser valiente, tirar hacia delante, no perder el tiempo. Cada vez está más convencida de lo azaroso del porvenir, de la imposibilidad de predecir el buen camino.

Sandy necesita un padre. Ha comenzado a llamar papá a Peter. A Gabi se le volteó el pecho la primera vez que lo escuchó. Reprendió a su hija, le explicó que Peter no era papá, que papá estaba lejos, jugando muchos partidos de fútbol, buscando su pájaro rojo, pero entonces contempló con estupor cómo la niña no escuchaba, cómo evadía la mirada y no tardaba en cambiar de asunto. Quizá estaba pasando una fase de negación. Gabi ha pensado en llevarla a un psicólogo, pero nadie en su entorno es partidario.

Así que ahora opina que la mejor terapia, al menos tras la boda, es dejar que Sandy llame papá a Peter. Qué importa, al fin y al cabo Lutz, a todos los efectos, está muerto.

El número 28 de Strassmann está en una calle adoquinada en el barrio residencial de Friedrichshain. Es un edificio de cuatro plantas pintado de vainilla cerca del parque de Blankenstein, en una vía perpendicular a la concurrida Petersburgerstrasse. Un lugar tranquilo, tanto la calle como el domicilio en la segunda planta donde aguarda el mayor Wolfgang Franke. Ahora tiene cincuenta y ocho años. Desde 1959 hasta 1963 trabajó como voluntario en la Decimotercera Brigada del Ejército Popular Nacional destinado a la frontera de Berlín. Luego pasó a formar parte del Departamento XX/5 de la Stasi. Su primera experiencia en «actividad políticamente clandestina» (PUT) fue en el «tratamiento» de ciudadanos de la RDA que deseaban abandonar el país. Franke es un hombre bajo, sin labios, calvo a excepción de un pelo rubio, casi blanco, que flanquea sus parietales. Una prominente barriga le da cierto aire hitchcockiano. Su ceceo al hablar le confiere una feminidad inquietante.

Aguarda en el piso de seguridad de la Stasi vestido con un jersey de lana marrón hecho bolas, unos pantalones grises de franela y unos zapatos con el interior de los talones erosionado. Mira discretamente por la ventana, no sólo para comprobar si llega ya su cita, sino para asegurarse de que todo está en calma. Se sirve de nuevo agua en un vaso esmerilado, gastado como el ojo de un ciego.

Franke posee experiencia en el manejo de hombres sobre el terrero, diferentes espías, IM camuflados no sólo en territorio del Este sino en el Oeste, donde él mismo operó durante algunos años. No tiene familia. Nunca la tuvo. Quiso a una mujer mayor, una amiga de su madre. La quiso clandestinamente durante su infancia, durante su adolescencia, al principio de su etapa adulta.

Una pasión prohibida que primero lo frustró pero que, poco a poco, aprendió a tratarla dentro de sí. Aceptó con resignación la imposibilidad de proclamarla, no sólo a aquella mujer, sino a cualquier amigo. Llegó a hallar satisfacción en la renuncia, en el sacrificio, en su inquebrantable determinación de custodiar un secreto. Sus ardores los colmaba en prostíbulos. Su entrega al Estado, primero a través del ejército y más tarde de la Stasi, no le dejaron ni tiempo ni corazón para consagrarse a ningún otro amor. Aquella mujer a la que durante años miró con deseo y embelesamiento, a quien escuchaba tras la puerta del salón mientras hablaba con su madre y tocaba el piano familiar, se perdió un día al otro lado del muro.

Se adivina ya la primavera. Franke odia la primavera. Le parece que el verdadero estado del comunismo se cimienta en el frío. Le resultan una frivolidad el verde y la lluvia templada. Así que corre las cortinas y se sienta en un sillón con olor a naftalina mientras aguarda el sonido del timbre anunciando a su informante. Está a punto de quedarse dormido cuando finalmente llaman a la puerta. Se levanta con dificultad debido al sobrepeso. Escruta por la mirilla y abre.

—Llega usted tarde, Peter.

El novio de Gabi pasa al fondo de la penumbrosa estancia sin decir nada. Se dirige a la ventana, descorre levemente la cortina con el dedo índice para asegurarse de que nadie lo ha seguido y se sienta en el sillón aún contagiado por la temperatura de Franke.

—¿Para cuándo es la boda?

—En dos meses, el 25 de mayo.

—Bien. Nada de amigos, una ceremonia rápida.

—Si no quieren que Gabi sospeche, tendremos que invitar a un par de amigos por lo menos.

—Bueno, eso ya lo veremos. —Franke se coloca sus gafas diminutas de montura metálica y añade— : ¿Cree que ella sospecha algo?

—No.

—Bien, entonces… ¿la propuesta de matrimonio la ha dejado tranquila?, ¿se ha olvidado del asunto de la carta?

—Sí —aclara Peter al tiempo que se levanta del sillón con una agilidad insólita a los ojos de Franke—. Voy a necesitar más dinero.

—¿Más dinero? ¿Cuánto? —replica contrariado el mayor.

—Seiscientos marcos. Para los preparativos, para comprarme un traje, para…

—Le he dicho que la boda sea austera —le interrumpe Franke.

—Fue idea suya la de casarme con ella —protesta Peter—. Ya saben que todo tiene un coste, todo tiene un precio. Esto va en serio. Ya no me pueden seguir pagando con relojes y bicicletas.

—Pero ¡si a usted le gusta la chica, le ha gustado siempre! ¡Por eso le escogimos! Vamos, no será tanto esfuerzo acostarse con ella, ya le digo que yo lo haría encantado —se carcajea Franke.

—Quiero el dinero en efectivo esta semana —sentencia Peter.

El mayor no contesta, vuelve a servirse agua del grifo. Peter sabe que ese silencio es una respuesta afirmativa, así que se relaja y toma de nuevo asiento en el sillón. Franke se dirige a la mesa del comedor donde ha depositado su maletín. Saca un bloc de notas y un lápiz, coge una silla y la coloca frente a Peter. Una vez están ambos sentados, Franke le mira a los ojos y le pide que describa cómo ha sido la rutina de los últimos cuatro días.

Peter cada vez está menos cómodo en esta clase de encuentros, en su propio papel como espía. Hace esfuerzos por no encariñarse ni con Gabi ni con Sandy, pero le resulta casi imposible no querer a su amor de la infancia y a una niña que comienza a llamarle papá. Sin embargo, tiene claro que su compromiso es con el Estado, que se debe a su misión, una empresa que consiste en preservar al país de un mayor contagio o daño causado por un traidor. De momento mantiene el equilibrio. Con todo, su papel de Romeo, una figura repetidamente utilizada por la Stasi para obtener información tanto de objetivos femeninos como masculinos (en este caso se emplean «Julietas»), va exigiéndole más esfuerzo emocional y más cautela.

—¿Cómo es su relación con la niña?

—Buena, muy buena —asegura Peter con una sonrisa que borra inmediatamente para no delatar su emoción—. Ha empezado a llamarme papá.

Franke no le mira, simplemente sigue escribiendo con la vista puesta en el papel amarillo.

—¿Y cómo es la relación con ella? ¿Se mantiene la pasión?

—Sí.

—Por favor, sea más explícito. ¿Cuántas veces a la semana mantienen relaciones sexuales?

—Cuatro. Cuatro o cinco.

—¿Cómo son esas relaciones? ¿Qué clase de prácticas sexuales?

Franke no retira la mirada del bloc. La punta de grafito señala al papel lineado, flotando a apenas a un milímetro del folio como un péndulo de plomo. Peter piensa que a Franke, de algún modo, le avergüenza hacer esta clase de preguntas a las que está obligado. Aunque en el fondo cree que le produce cierta excitación su relato. No es la primera vez que se le requiere entrar en semejantes detalles. Tampoco es la primera vez que piensa que Franke es un reprimido, un voyeur, quizá un inconfeso homosexual.

—A ella le gusta que empiece con besos en el cuello. Creo que su marido era más directo, incluso más brusco. Ella agradece la ternura. Le gustan las caricias y ya tiene menos vergüenza al desnudarse con la luz encendida.

—¿Qué método anticonceptivo usan?

—Ella toma la píldora.

—¿Llega al orgasmo?

Las preguntas de Franke esta vez son más íntimas. Peter se violenta, pero hace un esfuerzo por ponerse en el papel del IM «Peter».

—Sí.

—¿Siempre?

—Siempre.

—¿Con la penetración?

—A veces, otras veces practicándole sexo oral o ella ayudándose de la mano mientras la penetro.

—¿Masturbándose?

—Sí, masturbándose —aclara Peter molesto.

—¿Le practica ella sexo oral?

—Sí.

—¿Diría que sus relaciones sexuales han ido a mejor con el tiempo o han perdido fogosidad?

—Yo diría que han ido a mejor —aclara Peter sin comprender por qué están tan oscuros en aquella rancia habitación de muebles de saldo.

—Otra cosa: ¿piensan ir a alguna parte en Pascua?

—No. Sandy está enferma, así que nos quedaremos en Berlín toda la semana.

—Si hay algún cambio de planes, infórmeme.

Peter asiente sumiso con la cabeza.

—Bien, de momento es todo —concluye Franke cerrando el cuaderno—. Nos vemos de nuevo aquí la semana que viene a la misma hora, y haga el favor de ser puntual.

Peter tiene calor, así que se quita el jersey. Aún le quedan veinte minutos para salir a la calle una vez que lo haya hecho Franke, quien se pone su trenca azul marino. Guarda el bloc de notas en el doble fondo del maletín y sale por la puerta sin decir adiós. Peter coge el vaso de agua usado y lo deja boca abajo en el fregadero.

# 13

Mielke asiste al partido del Dynamo contra el Dresde, su máximo rival por la liga. Un penalti pitado fuera del área del equipo local da el empate al club del jefe de la Stasi, que decide celebrar el liderato comiendo el exclusivo marisco traído del mar Báltico. En el reservado del restaurante dos agentes custodian la puerta. Allí se reúne Mielke con alguno de los principales artífices de la Operación Rosa: Wolfgang Franke y Heinz Hess. Podrían verse en el despacho de Normannenstrasse, pero en los últimos meses Mielke ha pasado demasiadas horas metido en el ataúd de pino de sus dependencias, especialmente debido a la coordinación de los fastos del treinta aniversario del nacimiento de la patria.

Parece confiado. Mete la cuchara en las tripas del centollo que yace boca arriba en el centro de la mesa sobre un lecho de hielo. Los intestinos oscuros del crustáceo manchan los dientes diminutos y corroídos del líder socialista. Franke siente repugnancia. Sobre un largo sillón corrido de terciopelo rojo Mielke pregunta con la boca llena cómo se desarrolla la operación en los diferentes frentes. Franke entonces le informa del día exacto de la boda de Gabi con Peter, además de comunicarle que la relación entre ambos progresa y está exenta de suspicacias. Mielke apenas llega con los pies al suelo. Se aboca sobre la mesa para atrapar un cuerpo de langosta que desolla con torpeza y ansiedad.

—No es suficiente. Hay que quitárselo todo.

Se hace un silencio en el reservado. Ninguno de los dos militares come, sólo observan cómo Mielke destripa unos animales marinos que les resultan intimidantemente prehistóricos.

—Bueno —se arranca Franke—, creo que los avances son de momento notables y…

—¡No es suficiente! —grita Mielke escupiendo carne blanca—. ¡Quiero joderle!, ¿entendido? Quiero que se arrepienta cada día, cada segundo. Quiero que esté tan jodido que no pueda comer, que no pueda dormir, que no pueda respirar, que no pueda jugar al fútbol.

Tanto Franke como Hess comprenden que la ira de su superior se debe al partido de fútbol de mañana. Eigendorf vuelve a saltar a un terreno de juego tras un año de sanción. No parece que Mielke vaya a poder soportar ver a su jugador predilecto vestido con otra zamarra, aunque ésta también sea roja. Las letras «BFC» y la gran «D» franqueada por las espigas doradas del escudo ahora serán sustituidas por las iniciales de un equipo de otro país. De un país capitalista.

Mielke come en silencio, probablemente visualizando esa estampa, preparándose para el desgarro de contemplar al futbolista insignia de su club portando un desconocido estandarte en el pecho. Él siempre sintió que corría con Lutz, cabeceaba con Lutz, cortaba balones deslizándose por los campos helados. Con Lutz. Cuando le observaba jugar, de alguna manera se imaginaba metido en aquel cuerpo musculoso y ágil. Inconscientemente se desdoblaba, volvía a sentirse joven y poderoso mirando a través de otros ojos, siendo el deportista en el que ansió convertirse durante sus primeros años de estudiante en Berlín. Luego la política le absorbió. Pero en Lutz estaban los dos Mielkes, el atleta y el político, el fútbol y el socialismo se aliaban en el escudo del Dynamo como lo hacen el martillo y el compás en el emblema de la República. Así se concebía Erich, aunado con Eigendorf en una misma persona invencible. Hasta que todo cambió.

Hess disipa el brutal silencio contagiado por los cadáveres

marinos informando al jefe de la Stasi de que Buchholz ya está sobre el terreno.

—El agente controla a Eigendorf las veinticuatro horas en coordinación con el operativo que ya teníamos desplegado en Kaiserslautern —explica—. Está preparado para establecer contacto si es preciso.

—De momento, no —dictamina Mielke, ya más calmado.

Ahora parece que aflora su lado compasivo, su lucha interna entre el amor y el odio por Eigendorf.

—Franke —llama Mielke.

—Sí, señor.

—IM «Peter» tiene que adoptar a la hija de Eigendorf. Se acabó ese apellido en Berlín. Hemos destruido su paso por el club, ayer se rompieron más de mil tazas con su firma. Y ya se ha borrado su paso por la Selección Nacional, como si no hubiera existido. Ahora tenemos que acabar con su apellido, no quiero un solo Eigendorf en Berlín, ¿entiende? Esa niña se apellida Hommann.

—Sí, señor —contesta Franke mientras se atusa la pelusa rubia de las sienes—. Hasta después de la boda…

—¡Hágalo ya!

—A sus órdenes.

—Y ahora déjenme comer tranquilo. ¿No ven que estoy celebrando la liga?


Gabi viaja a Brandemburgo. Las llamadas telefónicas desde los trabajos de Inge y de Jörg, así como la correspondencia, siguen controladas por la Stasi. Gabi cree que es mejor dar la cara, contarles personalmente a sus suegros que va a casarse con Peter. Es consciente de que esta noticia romperá definitivamente las relaciones con los Eigendorf. De momento habían llegado a tolerar el divorcio, pero siempre pensaron que Gabi tomó esa decisión presa de la furia. Conocen a la chica, saben cuánto quiere a Lutz y aún esperaban que él consiguiera contactar con ella para convencerla de que acudiera a la Delegación de Bonn en Berlín oriental para pedir viajar a Kaiserslautern. Los padres de Lutz han contribuido a mantener la llama del amor transmitiéndole a Gabi las indesmayables esperanzas de reunificación de su hijo. Incluso han manifestado últimamente alguna suspicacia respecto a Peter. Ahora los espías que siguen a Gabi a Brandemburgo confían en grabar la ruptura definitiva.

Gabi llama a la puerta del número 5 de Schärttner Brandenburger Strasse sin previo aviso. Desde el descansillo puede oler el asado de liebre. Se alisa la falda y se afianza el moño. Inge lleva puesto el delantal cuando abre. Tras disipar el gesto de sorpresa, besa a su exnuera y la invita a pasar. Jörg aún no ha vuelto del trabajo, tiene una asamblea extraordinaria, le informa Inge.

—Huele fenomenal —dice Gabi con los brazos cruzados.

—Hemos tenido suerte, la de detrás de mí en la cola se ha quedado sin liebre. Te quedas a cenar, ¿verdad?

—No, bueno, yo…

Inge entonces comprende que la chica no ha venido a hacerles una grata visita. El gesto de incomodidad y preocupación de Gabi se contagia. La madre de Lutz capta que porta malas noticias. No quiere escucharlas sola, así que finge no percatarse de la inminente tormenta y abre un par de cervezas.

Gabi encuentra a Inge envejecida. Siempre pensó que si se dejase el pelo largo y vistiese más moderna, todavía podría rescatarse a una mujer atractiva. Sin embargo, ahora ya no está tan segura. Alguna vez Inge le confesó que habría querido tener más hijos, pero la dificultad para engendrar a Lutz y su creciente trabajo en la fábrica dieron al traste con el proyecto. Inge fue una madre devota y una esposa perdidamente enamorada. En realidad, Gabi la había tomado como modelo de madre antes que a su propia progenitora. Erika, la madre de Gabi, quiso a su marido hasta que murió de un infarto, quizá le quiso más una vez muerto; no obstante, ella nunca deseó tener más niños, es una mujer más concupiscente, más egoísta quizá. Aun así, sus sueños de vivir la vida sin grandes ataduras a pesar de su trabajo se vinieron abajo con la muerte repentina de su marido. Tuvo que luchar como nunca imaginó por criar a una Gabi aún pequeña. Y, de alguna manera, le ha pasado factura a su hija por aquello. Cree que ahora Gabi le debe una vida sin sobresaltos. Piensa que no tiene derecho a hacerla sufrir con sus propios padecimientos, por eso y porque sabe lo difícil que es sacar a un hijo adelante sola, incluso en la RDA, le aconseja que avance en su relación con Peter, que vuelva a ser feliz cuanto antes e irradie esa paz a los que la quieren.

Jörg llega exhausto. Se esfuerza por ocultar la pereza cuando ve a Gabi en casa, en realidad está hambriento y con ganas de meterse en la cama.

Sentados ante una liebre de carne dura pero bien cocinada, Gabi suelta la bomba de su inminente enlace. Los Eigendorf se miran y callan. Un sentimiento de vacío invade a Inge. Comprende que algo se ha roto definitivamente entre ambas.

—Sabes que éste es el final —constata Jörg.

—El final ¿de qué? —pregunta Gabi sosteniéndole la mirada.

—El final de la lucha, el final de la ilusión de Lutz por que volváis a estar juntos, el final… el final de todo, el final de vuestra relación y también de la nuestra.

—El final ya ha llegado, Jörg, y no lo he puesto yo —se defiende Gabi—. El punto final lo puso Lutz cuando no subió al autobús que volvía a casa.

Inge llora.

—Creía que querías más a mi hijo, que lo querías de otra forma —escupe Jörg, y Gabi se siente injustamente juzgada con ese comentario.

—Yo sí que creía un montón de cosas que eran mentira. No nos olvidemos que aquí la más decepcionada soy yo.

—¿Y quién es ése?

—«Ése» se llama Peter Hommann y me quiere, y le quiero, y quiere a Sandy, y Sandy le quiere.

Inge aumenta el caudal de su llanto cuando oye mencionar a su nieta.

—Nosotros también queremos a Sandy, mucho más de lo que la puede querer ese hombre. No la separes de nosotros.

—Claro que no —conviene Gabi dulcificando su tono—, la niña siempre tendrá a sus abuelos, la niña os adora, podéis venir a Berlín cuando queráis y nosotros también vendremos a visitaros.

—Pero sin ese hombre —sentencia Jörg.

Gabi se calla. Hace esfuerzos por entender la decepción, la puñalada que supone para los padres de Lutz el destierro definitivo, emocional y matrimonial de su hijo.

—Lutz se va a morir… —gime Inge.

—No tiene por qué enterarse, no ahora, quizá dentro de algún tiempo —razona Gabi intentando consolarla.

—La Stasi se encargará de que se entere. Harán cualquier cosa para que vuelva, o, al menos, para hacerle daño —declara Jörg.

—Yo no lo hago con esa intención —se justifica Gabi—. Me… me caso porque soy joven y no quiero ser la mujer abandonada por Lutz Eigendorf toda la vida. ¿Me entiendes?, ¿me entendéis? No quiero sufrir ya más, no quiero un coche en mi puerta todo el tiempo, no quiero tener el teléfono pinchado, no quiero que me extorsionen, no quiero seguir esperándole, no quiero estar sola —gimotea.

—Lutz allí también está solo —le rebate Jörg mientras se levanta nervioso de la mesa—. Hablé hace poco con él, sigue buscando soluciones para la reunificación, quizá ahora que vuelve a jugar al fútbol puede que…

—Jörg —le interrumpe Gabi, ya más serena—, yo no quiero volver con él. Ya no. Ahora lo sé. Nunca podría perdonarle, para mí ya no es la persona que siempre creí que era, que siempre quise. Me ha decepcionado y no hay vuelta atrás. Si quieres que sea yo la que ponga el punto final, pues vale, éste es el punto final.

Inge mira a su esposo.

—Que te vaya bien —espeta el padre de Lutz—. Y que tengas siempre presente que él te habría esperado, que él te está esperando.

Gabi se levanta de la mesa y se dirige al perchero para ponerse el abrigo.

—Es a Lutz a quien le tiene que ir bien —dice Gabi con lágrimas en los ojos antes de cerrar la puerta tras de sí.


Informe de observación n.º XXII, 08/04/1980. Kaiserslautern

El número 19 de Breslauer Strasse se encuentra en el barrio residencial del nordeste de Kaiserslautern. La casa, de dos pisos, está casi en el arco de la curva que describe la calle de doble sentido y de unos 500 metros de longitud. La iluminación se realiza con lámparas de alta presión colocadas a intervalos de 50 metros. La vivienda posee un garaje semisubterráneo donde E aparca su coche. El garaje permanece abierto todo el día. Por la zona se observan numerosos coches de marca norteamericana. Desde la casa hasta el lugar de trabajo (estadio) se tarda entre 20 y 25 minutos en coche. Se atraviesan ocho semáforos. Generalmente, E conduce por el carril izquierdo de la carretera.

La puerta de su domicilio se mantiene cerrada, la cerradura es de tipo cilíndrico. La casa no tiene portero automático ni ninguna abertura automática de la puerta. La puerta del garaje utilizado por E también está equipada con una cerradura cilíndrica. Como se ha comentado, la puerta del garaje permanece abierta todo el día. En su interior no hay ningún otro coche, tan sólo algunos neumáticos usados.

E no cierra la puerta del coche al salir, tan sólo lo hace cuando va a estar largos períodos de tiempo sin volver.

El objetivo suele pasar su tiempo de ocio en diversos bares como el Texas Bar, el Oklahoma Bar, el Red-White, el Gambrinus y en el club de tenis.

El 5 de abril, a seis días de su próximo debut ante el Bochum, E llegó a las 11.00 de la mañana a las oficinas del club en el Betzenbergstadion. Comió en el restaurante del recinto, como de costumbre, sentándose cerca de la camarera y charlando con ella sobre el partido. A las 13.00 regresó a las oficinas del club. Aproximadamente a las 16.30 cogió su coche, un Peugeot rojo (comprado hace una semana). Le acompañaba un exjugador del MSV Duisburg que ahora juega en el Kaiserslautern hasta el centro de la ciudad. Debido al intenso tráfico se perdió la conexión.

A las 21.00 entró en su piso.

Éste es el último informe que mandó Buchholz al teniente coronel Heinz Hess antes de viajar de Kaiserslautern a Düsseldorf y de ahí a Berlín occidental. Pasó una noche en el Hotel Hardenberg y, al día siguiente, cruzó la frontera para reunirse personalmente con Hess en la casa de seguridad de la calle Friedrich en el Berlín comunista.

La reunión dura seis horas y media. Buchholz lleva semanas reportando los movimientos de Lutz, añadiendo en cada informe datos nuevos. Normalmente mecanografía una exhaustiva lista describiendo dónde come Eigendorf, qué personas frecuenta, qué tiendas visita, qué rutas transita; todo acompañado de las horas exactas. La citación en Berlín es protocolaria. Ante su superior hace un balance de la rutina del jugador y una valoración de su estado de ánimo.

—Últimamente parece más alegre —señala Buchholz con su voz áspera y fangosa.

Sus palabras salen tropezando con sus dientes cuadrados formando sobre una quijada que apenas trabaja. De vez en cuando se levanta de la silla y camina por la habitación para aliviar el dolor de la cadera. Cojea.

—Supongo que está contento por el partido de mañana, por volver a jugar —razona—. Y porque su equipo de juveniles ya es matemáticamente campeón de su liga.

—¿Y de sus sentimientos por su mujer? ¿Quiere volver? —inquiere Hess.

—No me parece que hable de eso ya mucho. De todas formas, no siempre puedo escuchar sus conversaciones, los micrófonos no son lo buenos que deberían y además él toma precauciones, sabe que está vigilado.

Hess se coge las manos a la espalda. Su cicatriz roja del cuello parece una serpiente amazónica. Buchholz lo observa con sus ojos caninos y piensa que aquel hombre está fuera de lugar, que esa estampa debería estar en la proa de una fragata, en la tienda de campaña de un destacamento, en un búnker antiaéreo. De repente tiene la sensación de que todo está desubicado: Eigendorf no debería estar en Kaiserslautern, Hess no debería estar en aquella habitación empolvada, él no debería estar en Berlín. Buchholz necesita el dinero. Lo perdió todo hace veinte años debido al alcohol. Y un día de lucidez comprendió que Magda, su mujer, no estaba y que esa vez no iba a volver. Y se quedó medio día sentado en el suelo observando el armario vacío, absurdo como un ataúd sin inquilino. Al final se levantó y cojeó hasta la nevera y bebió otra cerveza.

Hess pasea por la estancia como si velase armas.

—Pues déjese de micrófonos y entre en contacto con el objetivo —dictamina.

Buchholz parpadea. Mira la estampa espigada y rapada de su superior y por un momento parece que estuviera ahorcado.

—No hace falta que le recuerde que sea discreto —entona Hess sin completar la cadencia de la interrogación.

—Por supuesto que no —conviene Buchholz algo ofendido.

—Ésas son las nuevas órdenes de Normannenstrasse que quería transmitirle en persona. Quiero que hable con él, que conozca de primera mano su estado de ánimo, que redacte un informe después de mirarle a la cara. Confiamos en su profesionalidad. No le estoy pidiendo que se haga su amigo, simplemente que obtenga información sin un micrófono o un teleobjetivo por delante.

—Entendido.

—Puede volver a Kaiserslautern —concluye Hess mientras se aprieta el nudo de la corbata alrededor de su cuello de avestruz.

Buchholz imagina una soga estirando el gesto de su superior, luego se levanta renqueante de la silla, esboza una mueca de dolor y mira al oficial de reojo confiando en que no se haya percatado del gesto.

El IM «Buchholz» era el sargento Heinz Kühn en la Segunda Guerra Mundial. Dirigía un tanque cuando fue herido en la batalla de Kursk. Consiguió una pensión de invalidez en 1972 que compaginó con trabajos temporales conduciendo taxis y autobuses en Duisburgo. Lo sabía todo acerca de motores. Era capaz de reparar cualquier mecanismo de combustión. Pero lo que realmente le apasionaba era la conducción. Llevando autobuses a veces imaginaba estar a los mandos de aquellos ágiles carros de combate avanzando por la estepa rusa en el verano del 42. Si pensaba en sus camaradas caídos, se le punzaba el pecho. Pero si recordaba el olor de la nieve derretida y de las cartas de amor, sonreía.

Ya no tenía contacto con ninguno de sus tres hijos. Sabía que el mayor se casó y tuvo a su vez tres hijos en Breslau, su ciudad natal. Tina todavía le mandó una última felicitación navideña hace dos años. Era una tarjeta de cartón donde un perro sonreía entre dos velas y decía: «Feliz fiesta socialista por la paz». Ursula, enferma de neumonía, vive aún con su madre en Leipzig.

Desde hace casi tres años se dedica íntegramente a las labores de espionaje. Es uno de los agentes que opera en la «otra Alemania». Su honestidad y confiabilidad han sido contrastadas por la Stasi en numerosas ocasiones a través de misiones despiadadas. Ya no bebe. Sin embargo, reconoce una parte de su cerebro ya destruida por el alcohol o simplemente embalsamada aún en él. A esa región se encomienda cuando tiene que actuar con frialdad.

Se volvió a casar hace cuatro años, a los cincuenta y seis. Ahora está a punto de ser padre otra vez. Su segunda mujer tiene cuarenta, pero ambos se han regalado una última oportunidad. Ella será por fin madre y Buchholz un buen padre, un hombre entendiendo que la serenidad y el poco raciocinio son las claves de la paz interior. Desde que hace tres años se entregó plenamente a las operaciones de la Stasi ha ganado casi 45.000 marcos de la Alemania Federal más unos 4.000 marcos orientales. No es una gran fortuna, pero sí suficiente para comenzar una nueva vida.

Tras la larga reunión en Berlín, Buchholz llega a tiempo a Kaiserslautern para acomodarse en la segunda tribuna del estadio Betzenberg y ver el debut del número cuatro, Lutz Eigendorf. Es un viernes perfecto de primavera, el sol está azul como un estanque, detenido y entero. Es 11 de abril. El rival es el VfL Bochum, un equipo con menos de la mitad del presupuesto que los locales asentado en el ecuador de la tabla. El Kaiserslautern aún tiene ciertas posibilidades de hacerse con el campeonato, restan siete partidos de liga y es cuarto. Sus principales rivales por el título son el Bayern de Munich, el Hamburgo y el VfB Stuttgart.


Veintiséis mil quinientos espectadores, una marabunta para el aforo ante el que está acostumbrado a jugar Lutz. Es cierto que en los partidos de la Copa de la UEFA el Dynamo abandonaba el Sportforum Hohenschönhausen, de diez mil localidades, para batirse en el Friedrich Ludwig Jahn Sportpark, con una capacidad tres veces superior. Pero, en cualquier caso, este partido es el estreno soñado.

El Bochum viste con su indumentaria habitual, camisola azul y pantalón blanco. Eigendorf piensa que siempre recordará este partido, a este rival. Convenciéndose de que es uno de los momentos más importantes de su vida, escucha las últimas palabras de su entrenador, Karl-Heinz Feldkamp, quien ha decidido que no salga de inicio. En caso de entrar más tarde en el terreno de juego, lo hará como mediocentro. No es la primera vez que juega en la medular en lugar de en el eje de la defensa. En el Dynamo, ante la baja de algún mediocampista de contención o si el equipo se obturaba en la salida del balón, Lutz era demandado para avanzar de línea. Feldkamp, al que apodan Kalli, enseguida percibió en Eigendorf un valioso potencial ofensivo. Quiere aprovechar su envergadura para cortocircuitar el avance rival en la cintura del terreno de juego así como su magnífico desplazamiento en largo.

Kalli es un tipo de sesenta y cuatro años, bajito, rubio y con el pelo frondoso y alborotado, como si cada capilar de su cuerpo se hubiera contagiado de su carácter chulesco y furibundo. Desde que Lutz comenzó a ejercitarse de manera regular con el primer equipo, el entrenador le advirtió de que para él era uno más, de que no estaba dispuesto a sentar a ningún compañero por el simple hecho de que Lutz Eigendorf fuese el fugado de los «rojos». «Yo pongo al que mejor está, ¿entiende? Me da igual que venga del otro lado de la frontera o del otro lado de la galaxia», le espetó.

Kalli es precisamente conocido por su mano dura con la plantilla, por su indoblegable carácter ganador, por su rudeza y determinación. Ésta es la segunda temporada dirigiendo al Kaiserslautern. Hace dos años fue fichado del Arminia Bielefeld, con el que obró el milagro del ascenso a Primera División. Friedrich, Thines y Merks, los timoneles del club, concluyeron que una personalidad robusta y una dirección sin concesiones era lo que precisaba el club para ganar la liga veintidós años después del último triunfo. El año pasado, el primero de Kalli en el banquillo rojo, el equipo no logró el campeonato pero quedó en tercera posición, por detrás del campeón, el Hamburgo, y el Sttutgart, logrando la clasificación para la Copa de la UEFA. Iba a ser la tercera vez que el Kaiserslautern la jugaba en la última década. El equipo hace poco más de un mes sucumbió en cuartos de final de esa competición ante un intratable Bayern de Munich.

Kalli no alinea a Lutz. El propio jugador sabe que es la decisión más sabia, más prudente, aunque no deja de dolerle. No está acostumbrado a estar en la reserva. Desde pequeño ha liderado los equipos en los que ha jugado, ha sido la estrella o parte de la constelación de la plantilla, «la espada y el escudo del equipo en los partidos». Ahora, sin embargo, debe aprender a vivir en el banquillo, al menos hasta que se gane un puesto. Está seguro de que su suplencia será transitoria, confía en sí mismo para granjearse un hueco en el once cuando recupere la forma física y se adapte al equipo y al propio fútbol del Oeste. Así que mientras salta a calentar antes del pitido inicial se concentra en disfrutar del ambiente del Betzenbergstadion, de la sensación de volver a ser futbolista, de integrar un equipo, de vestir ropa deportiva en tarde de competición. Hace algunos malabares con el balón, participa en un rondo, atiende a algún periodista a pie de campo, bebe agua y se retira al banquillo a contemplar el primer partido de SU equipo.

El Kaiserslautern es manifiestamente mejor, pero no crea ocasiones. El Bochum se cierra bien, los laterales impiden el desborde por las bandas y los mediocentros se repliegan efectivamente impidiendo el juego frontal. El partido llega con el marcador inalterado al descanso. Kalli les grita en el vestuario. No pueden permitirse un empate si quieren soñar con el campeonato. Lutz cree que el equipo debería colgar más balones y sumar al defensa Briegel al remate de los córners para aprovechar su metro ochenta y siete y la pobre estatura de la defensa rival.

A los diez minutos de la reanudación marca Kaczor, el búlgaro, el único extranjero en las filas del Bochum. El Kaiserslautern cuenta con dos foráneos en su once, el portero Hellström y el delantero Wendt, ambos suecos. El estadio enmudece, sabe que la liga se esfuma. Lutz mira a la hinchada y no comprende por qué bajan los brazos, es ahora cuando hay que animar. Está convencido de que el partido se puede ganar, son claramente mejores, sólo hace falta más determinación, más aliento, más suerte, más tiempo. El míster entonces se dirige hacia Lutz y le dice: «Calienta». Se le acelera el corazón. Realmente confiaba en jugar, pero en el momento en el que se torció el marcador pensó que su debut se pospondría. No está en plenas condiciones físicas, no ha disputado un solo minuto con el equipo ni, por supuesto, en la Bundesliga. Sabe que va a necesitar un período de adaptación; sin embargo Kalli le pide que ayude a resolver el desastre inmediatamente.

Lutz trota por la banda. El público le aplaude. Como si esas palmas fueran piedras chasqueando entre sí, Eigendorf siente la chispa prendiendo en su interior. Se estremece. Se mezclan en sus piernas y en su pecho la emoción con el nerviosismo, con la euforia y con el miedo. Pero ese cóctel sabe a felicidad. Todavía no ha saltado al campo pero se reconoce mucho más futbolista que cuando calentaba antes del comienzo del encuentro. De alguna manera ya está jugando ese partido.

Mientras estira los abductores el estadio enmudece con ese silencio parecido al mutismo del mar justo antes de romper una ola. Luego el Betze celebra el empate de Melzer. Lutz salta de alegría en la banda y grita con todas sus fuerzas palabras de felicitación para su compañero. Entonces piensa que es posible que Kalli reconsidere su ingreso en el campo. Queda media hora de juego. Está claro que el empate es insuficiente para las aspiraciones del Kaiserslautern; no obstante, se luchará hasta el final, al menos por quedar entre los cuatro primeros con opción a UEFA el año que viene.

Cinco minutos después del empate, Kalli atrapa a Lutz en el momento de correr a su espalda para decirle que va a salir. Un escalofrío recorre al jugador cuando ve su dorsal anunciado en la lámina. El sustituido es Brummer, un prometedor delantero centro de diecinueve años recién llegado al equipo a quien Kalli ha estado utilizando intermitentemente y que todavía no ha marcado.

Lutz da ese ansiado paso que le ingresa por primera vez, de manera oficial, en un terreno de juego occidental. Corre hasta el centro del campo a ocupar su posición mientras escucha la algarada del público. Eigendorf surca el campo cegado por un sol a punto de ocultarse tras la tribuna, por un momento piensa que es el astro quien le da el relevo. Siente el nerviosismo en los músculos anestesiándolos. Se sube las medias y respira hondo.

A los tres minutos tiene la oportunidad de tocar por segunda vez el balón y en esta ocasión para botar un lanzamiento libre a dieciocho metros de la meta de Reinhard Mager. Hans Bongartz, que le secunda en el centro del campo junto a Melzer y Geye, le susurra que golpee por el palo largo. Lutz coge carrerilla y apunta a la crucera. El esférico supera la barrera y, cuando parece entrar, el portero del Bochum coloca la manopla blanca sobre la base del balón desviándolo por encima del larguero. El público aplaude y Lutz sonríe al sentir que por fin les pertenece. Tiene que darlo todo, vaciarse, se siente en deuda con este club y esta hinchada que ya le quiere sin merecerlo. Sin embargo, se asfixia. Confiaba en encontrarse en un mejor estado de forma. También tarda en hallar su posición, en tomarles las medidas a los espacios y los tiempos de un fútbol distinto.

A los diez minutos de su ingreso, Groh cabecea un preciso centro desde la banda derecha a la que Lutz había abierto inteligentemente el juego y marca el 2 a 1. Los jugadores se abrazan en la media luna del área. Eigendorf siente el calor húmedo de la hermandad y vuelve a palparse joven. Un hombre asumiendo un gran compromiso pero de nuevo respaldado por el grupo, esa sensación de responsabilidad compartida tan propia de la niñez. Ha cargado tanto tiempo y de forma tan pesada con sus propias decisiones que le alivia sobremanera participar de un engranaje al que se le atribuye tanto el éxito como la debacle.

A falta de diez minutos para el final, Hans Bongartz firma el tercero. Lutz le abraza y le besa en la mejilla queriendo expresarle su tremenda alegría por el tanto y por haber sido él quien certificase la victoria.

—Éste te lo dedico —le sonríe Hans trotando hacia su propio campo y Lutz le desordena la coronilla.

Un cuarto gol de Melzer a dos minutos del final rubrica el definitivo 4 a 1. El equipo se felicita entre sí antes de retirarse al vestuario. Kalli choca la mano de Eigendorf en el túnel. Sentados en los bancos próximos a las duchas, Lutz no puede ocultar su

sofoco. Sólo ha jugado veinticinco minutos, pero está derrenga-
do. El entrenador les aplaude.

—Quedan seis partidos —recuerda—. Vamos a ganarlos todos. Ya es tarde para hacer los deberes que no hicimos durante la
temporada, pero vamos a pelear hasta el final. Vamos a quedar ahí
arriba, como el año pasado, este público no merece ni una decepción más. ¿Entendido?

Todos asienten antes de meterse debajo del agua caliente.

# 14

Lutz y Hans acuden al Texas Bar a ver el partido de vuelta de las semifinales de la Copa de Europa. El Hamburgo se mide en casa al Real Madrid. Los españoles llegan con la renta de un 2-0 gracias a un doblete de Santillana en el Bernabéu. En la otra semifinal, el Nottingham Forest viaja a Amsterdam para defender también un 2-0 ante el Ajax.

Lutz habría preferido ver el partido en casa, pero Hans ha quedado con la chica guapa que conoció en la fiesta de su hermana. Sin embargo ahora, acodada en la barra, a Eigendorf no le parece tan bella, le favorecía el ocaso junto a la ventana de aquel piso alto. La chica ha llegado con un grupo de universitarios. Él no reconoce a ninguno, pero comprende que iba demasiado perjudicado aquella tarde. Hans pide y paga varias rondas de cerveza para todos los amigos y amigas de su ligue.

La mayoría de los clientes del bar va con el Hamburgo, pero hay un racimo de viejos que prefiere la derrota de quien fue uno de sus rivales por el título durante gran parte de la temporada. Así que casi todo el local jalea el gol del Hamburgo de penalti a los diez minutos. El partido se pone francamente bien para los alemanes cuando, siete minutos más tarde, Hrubesch empata la eliminatoria con un remate en plancha a bocajarro desde el borde del área pequeña.

Entre los brazos levantados por el segundo gol del Hamburgo Lutz vislumbra una cara familiar. Una chica con las orejas grandes sonríe a su llegada. Esa sonrisa le cautiva. Recuerda que se trata de la estudiante con la que fumó marihuana en la fiesta, pero no logra acordarse de su nombre. Hoy lleva el pelo recogido y viste unos pantalones vaqueros y una blusa roja. Parece más joven que en la fiesta, aunque igual de guapa. Lutz no entiende por qué no se suelta el pelo para disimular el vuelo de sus orejas, pero enseguida descubre que esa ausencia de complejos le seduce.

La chica se abraza con un par de amigos y pide una cerveza. Lutz entonces aprovecha el momento para acercarse.

—A ésta te invito yo, que tus amigos ya han desplumado a Hans.

—¿El jugador de fútbol? —pregunta ella con sorna.

—El mismo. Marcó un gol la semana pasada.

—Pues debí de ir al baño y me lo perdí. Una pena —bromea.

Lutz no está seguro de que ella se acuerde de él. Está tentado a recordárselo, pero luego considera que es más interesante jugar al despiste. Quizá lo estén haciendo ambos.

Son ahora los viejos del fondo del bar los que celebran el gol de Cunningham.

—¿Tú con quién vas? —pregunta Lutz.

—Con quien me paga las cervezas —dice ella con su sonrisa luminosa y guiñando uno de sus ojos negros.

La chica abandona a Lutz en la barra y se integra con su grupo.

Alexander Sippel llega al bar con un amigo y dos jugadores del equipo filial del Kaiserslautern. Lutz los saluda con un apretón de manos a la americana, un gesto que jamás habría hecho en su país. A Alex le regala un abrazo. Se siente un poco en deuda con el entrenador del segundo equipo. Nada más empezar a trabajar en el club, Alex fue un gran compañero, recuerda con especial cariño aquel viaje juntos a Suiza y a Francia. Pero luego fueron perdiendo el contacto. El entrenamiento de los juveniles fue más absorbente de lo imaginado e incluso ha llegado a confesarse a sí mismo que prefiere la compañía de Hans. El centrocampista lleva casado cuatro años. Se separó justo antes de fichar por el Kaiserslautern, así que su hijo se ha quedado con su madre en Gelsenkirchen, donde Hans jugó cuatro temporadas para el Schalke 04. A veces Lutz piensa que existe una conexión especial entre ellos porque ambos tienen un hijo en otra ciudad. Es cierto que Hans viaja de vez en cuando a Gelsenkirchen a ver a Julian y que Lutz, sin embargo, debe consolarse con una foto de Sandy donde Sandy probablemente ya ni siquiera se parece a Sandy.

En cambio, en Hans ya no hay rastro de amor por su mujer. Cuando Lutz contempla la oquedad dejada por aquella relación, se admira. Su amigo luce la herida totalmente suturada, quizá nunca llegó a ser una laceración muy dolorosa. Tan sólo un vacío seco, mudo, sin eco. Así que Hans salta a los terrenos de juego dedicando los goles a su hijo. Lanza un beso al cielo, y probablemente Julian, de nueve años, lo coge al vuelo donde quiera que esté.

Un impresionante tiro cruzado de Kaltz en el minuto cuarenta pone el marcador 3 a 1 para el Hamburgo, quien necesita al menos un gol más para alcanzar la final que acogerá precisamente el estadio Santiago Bernabéu. El bar está cada vez más lleno. Lutz mira a la chica de la fiesta; y la chica de la fiesta mira a Lutz y luego vuelve a mirar a la televisión.

Hans aprovecha la euforia del tercer tanto para besar de nuevo a la amiga de Gitta, que Lutz ha creído entender que se llama Siegrid. Eigendorf empieza a estar nervioso y borracho, así que abandona a su grupo de amigos y se acerca a la chica de la sonrisa cegadora.

—Para no saber hace unos días quién era Hans Bongartz, te veo muy interesada en el partido —bromea.

—Ahora el fútbol es mi gran pasión —dice ella antes de beber, continuando la ironía.

—Pues tengo una increíble noticia que darte.

—¿Ah, sí?

—Sí. Yo también soy jugador de fútbol.

Lutz se queda mirando los ojos profundos de la chica, algo rasgados.

—¡No puede ser! —contesta ella divertida—, no tienes tipo de futbolista.

Lutz está prácticamente seguro de que le está vacilando, pero duda. No sabe cómo seguir la conversación.

—Te digo una cosa: es complicado que encuentres un cuerpo mejor que éste para jugar al fútbol —resuelve también él con una sonrisa.

La chica ríe echando el cuello hacia atrás. El pequeño hoyuelo de la barbilla mira al techo. Está delgada, pero tiene un pecho poderoso; Lutz piensa en la cantidad de chicos que la desearán durante las clases de la facultad, mientras camina por los pasillos, cuando se tumba en las laderas de césped a fumar boca arriba.

Justo antes de finalizar el primer tiempo Hrubesch remata de cabeza, de nuevo en el borde del área pequeña, un balón colgado desde la banda izquierda. El 4 a 1 da el pase a los alemanes. El pitido anunciador del descanso genera una distensión en el aforo del bar. Los chicos aprovechan para pedir más bebida y Lutz para subir de tono la conversación con la morena:

—Y entonces ¿para qué crees que sirve este cuerpo?

—Las piernas para bailar y las manos para pagar cervezas.

—Bueno, acuérdate de que estas manos también liaron con asombrosa habilidad un canuto casi a oscuras. Y eso que lo hacían por primera vez.

—Pues en ese caso no me quiero ni imaginar lo que pueden llegar a hacer cuando cojan experiencia.

Lutz ha entendido que le gusta. Está renunciando a conversar con sus amigas y amigos y le está siguiendo el juego dialéctico.

—¿Qué estudias?

—Veterinaria.

—Claro, por eso te veía yo tan despistada con los cuerpos humanos.

—Bueno, de ésos no sé por estudio, sino por experiencia —replica ella mientras vuelve a reír elevando la barbilla.

Lutz hace esfuerzos por recordar su nombre, pero fracasa. La chica tampoco parece haber memorizado el suyo. El partido se reanuda y un gran grupo de clientes que había salido a tomar el aire en la primaveral noche de finales de abril vuelve a colapsar el bar.

—¿Qué te parece si hacemos lo contrario a la gente y los jugadores? ¿Por qué no salimos nosotros cuando ellos entran? —propone con el pulso acelerado Lutz.

—Pensé que te interesaba el partido, como eres jugador… —deja caer ella incrédula o jugando a serlo.

—Por eso mismo sé cómo va a acabar, el Hamburgo ya está en la final, el Real Madrid es incapaz de remontar esto.

—Pues vámonos de aquí —sentencia la chica apurando la cerveza de un trago.

Mientras Hans le roba besos a Siegrid y los amigos de Siegrid cervezas a Hans, mientras el árbitro italiano expulsa a Vicente del Bosque a falta de cinco minutos y mientras el Hamburgo remata el partido en el suspiro final con un quinto gol, Lutz besa a la chica con los ojos cerrados. Sentados en un muro de piedra, el viento llega del sur.

—Tengo algo que confesarte —susurra él—. No me acuerdo de cómo te llamas.

Ella contiene la risa posando el dorso de la mano en los labios.

—Josi. Pues, ¿sabes?, yo también tengo una confesión que hacerte.

—Adelante.

—Ya sabía que eras futbolista.

—Yo tengo una más —agrega el jugador.

—Venga.

—Quiero volver a verte.

Josi le acaricia con una mirada que delata emoción, y añade:

—Una última confesión por esta noche, que si no, no nos van a quedar secretos para el próximo encuentro.

Lutz la mira divertido y expectante.

—Dispara.

—Jim Morrison es un cantante.

En Frankfurt juega su segundo partido. La liga está prácticamente perdida. El objetivo es afianzar al menos el cuarto puesto. El Waldstadion es el primer campo de occidente, aparte del propio, donde disputa un encuentro. Le encanta conocer nuevos recintos, nuevas ciudades. Salta al césped a calentar y allí está Nachtweih, otro fugado del régimen comunista. En el Eintracht también juega Pahl, el portero, al que Lutz vio desde la ventana del Hotel Savoy nada más llegar a Kaiserslautern. Pero el guardameta finalmente no se ha recuperado a tiempo de una lesión en el hombro y no ha sido convocado.

La prensa ha estado hablando del reencuentro de dos «liberados». Lutz coincidió dos temporadas con Nachtweih, del 74 al 76, hasta que se fugó junto a Pahl aprovechando un partido de la Selección Sub-21 en Turquía. Ambos jugaban en el Chemie Halle. Hoy se dan un abrazo en el campo. Lutz querría preguntarle un montón de cosas, compartir sus miedos con él, saber si también ha sido acosado por la Stasi, si sigue vigilado. Nachtweih le palmea la espalda y le da la enhorabuena por el atrevimiento. «Sé que vas a triunfar en este fútbol», le asegura apuntándole con sus ojos entornados donde apenas asoma la pupila como si mirase a través de la cerradura de sus propios párpados. Nachtweih es alto, un mediocentro imponente y de gran clase, una enorme pérdida para la Oberliga, reflexiona Lutz. Su pelo largo rubísimo, casi blanco, le acaricia los hombros y la frente. Luego comienza el partido que acaba ganando el Kaiserslautern tras una espectacular remontada.

Lutz invita a Josi al siguiente encuentro en casa. El adversario es el Colonia, un rival directo por una plaza de UEFA. Él le ha hecho llegar un par de entradas a través de Gitta. Dentro del sobre, junto a los tíquets, ha incluido una nota escrita en azul:

Me encantaría que asistieras. Y, por favor, aguanta hasta el final para ir al baño. No te pierdas mi gol.

Besos,

LUTZ

Antes de que ruede el balón Lutz saluda a Josi. La chica le encanta, se han visto tres veces en la última semana, han ido al cine y se han reído mirando escaparates, han comido helado y se han dormido juntos después de acostarse. Ella le manda un beso desde su lugar privilegiado en la grada. Eigendorf corre detrás del esférico como si pudiese dejar atrás los errores y los recuerdos, los dulces y los afilados, como si el campo fuese una pista de una sola dirección y no hubiese posibilidad de dar media vuelta. Sin embargo, comprende que jamás se desprenderá de la membrana de nostalgia envolviéndole el corazón. Hay gente que vive con un tumor, con una bala alojada en la cabeza, con una orden de búsqueda. Él lo hará con la astilla de la melancolía, de la lástima, de la culpa clavándosele a cada carrera sobre el césped.

Geye marca un bonito tanto de vaselina a los dieciocho minutos. Lutz nota una gran mejoría en su juego comparado con el desplegado en su primer partido en el Betzenberg. Hoy Kalli le ha pedido que se atreva a subir más, no sólo al remate de los córners y las jugadas a balón parado, sino que pruebe con disparos a puerta desde fuera del área. Eso hace en el minuto cincuenta y dos, cuando golpea con fuerza un balón muerto tras un mal despeje. La pelota apenas se eleva del suelo, vuela a un palmo de la hierba trazando la diagonal del área y encontrando el final del viaje en la esquina inferior derecha de la red del Colonia. El estadio ruge y los compañeros le abrazan con un entusiasmo que no sólo responde a haber sentenciado el encuentro, sino que además premia su valentía, su paciencia, su constancia, su compañerismo, su dedicación al club. Se rompe las palmas la grada y, especialmente, la chica morena en pie junto a su prima.

Lutz fanfarroneó en la nota con su tanto; sin embargo, se ha estrenado con el gol en el momento idóneo. Kalli le hace un gesto de aprobación desde la banda y Josi le manda una cascada de besos desde la tribuna. Lutz entonces siente que todo va a ir bien. Sin saber atinadamente cómo, resolverá el conflicto de emociones, la encrucijada en su pecho.

Tras el partido, el entrenador alaba por primera vez a Eigendorf. Dice ante los micrófonos que es un jugador excepcional con una visión de juego y un tempo perfectos. «Lo tiene todo, es un futbolista muy completo y además es capaz de jugar en varias posiciones, y eso es muy valioso para un entrenador. Poco a poco está cogiendo forma y ritmo, va adaptándose al equipo y a este fútbol. Estamos encantados con su incorporación y yo creo que él también está cada vez más cómodo en el equipo.»

Es un jueves de mediados de mayo; el Kaiserslautern, tras el triunfo ante el Colonia, ha derrotado al Werder Bremen 2 a 4 y hace cuatro días goleó 4 a 0 al Uerdingen en casa. Lutz come solo en el estadio, son casi las cuatro de la tarde. Ha estado comentando y archivando con Norb los informes acerca de los juveniles en las oficinas del club y se les ha hecho tarde. Su amigo ha tenido que marcharse a una reunión con el estómago vacío y Lutz mastica un filete con champiñones en la tercera mesa, junto a la ventana. Un tipo bajo y robusto, con el pelo rapado al cero y olor a chucrut le pregunta si se puede sentar a su lado.

—Por supuesto.

El hombre, vestido con una cazadora de cuero marrón sobre una camisa de rayas azules y blancas, pide un café y un bollo al tiempo que se enciende un cigarro ofreciéndole otro a Lutz.

—No, gracias.

—Haces bien, soy yo el que hago mal fumando, cada vez respiro peor.

—Y también haces mal ofreciéndomelo a mí —bromea Lutz.

—Por supuesto —contesta Buchholz apurado.

—No, si el problema es que me tienta. —Ríe.

—Bueno, esto queda entre tú y yo. Por cierto, me llamo Heinz.

—Encantado, yo Lutz —dice el futbolista mientras le extiende la mano por encima del filete.

Buchholz ha dado el paso de contactar en persona con el objetivo. Mentalmente toma nota de toda la información a su alcance: la tercera cerveza pedida por el jugador, sus recientes canas entreveradas, su corte en el cuello, presumiblemente al afeitarse. Buchholz le dice que sabe muy bien quién es porque sigue todos los partidos del Kaiserslautern, que incluso acude a muchos entrenamientos. Lutz se muestra complacido por la entrega del aficionado, quien además añade que le parece muy valerosa su decisión de quedarse en la Alemania Federal.

—Creo que vas a ser muy importante en este equipo, en este club, en serio. El gol de hace unas semanas fue increíble. El equipo juega a otro ritmo desde que estás tú.

—Bueno, gracias, hago lo que puedo —responde abrumado.

Transcurridos veinte minutos, Lutz piensa que su improvisado acompañante, tras haber devorado el bollo y el café, va a abandonar el restaurante; sin embargo, comienza a hablarle del tiempo mientras señala con su dedo de uñas mordidas el cielo. «Qué largos son ya los días.» Eigendorf no tiene nada que hacer en toda la tarde, así que aunque no le parezca excesivamente agradable la compañía, prefiere continuar en el establecimiento poblado de algún otro jugador que estar solo en casa viendo la tele.

Una camarera con una verruga en la nariz de la que emergen dos pelos como rábanos le pregunta abiertamente a Lutz si se va a marchar al Ajax. Últimamente la prensa ha aireado ese rumor y la señora, ya familiarizada con el jugador, no tiene ningún pudor en sacar el tema.

—Dice la tele que allí te pagarían casi el doble de lo que ganas aquí. A mí me da pena si te vas, pero yo si fuera tú me iría, ¡ya te digo!

—Bueno… sí, pero yo no me voy a marchar. Yo pertenezco al Kaiserslautern, estoy muy a gusto aquí, me han tratado… me habéis tratado muy bien. Me siento en deuda. La verdad es que no quiero jugar en ningún otro sitio, no es cuestión de dinero.

—Ya me imagino, para ti debe de ser una pasta lo que te pagan aquí comparado con lo que ganabas en la otra Alemania.

—Sí, sí, eso es —sonríe Lutz retirándole la mirada para zanjar el tema.

—¿Echas de menos la RDA? —pregunta Buchholz mientras la camarera se marcha hablando sola.

—Echo de menos a mi familia.

—Tienes mujer y un hijo allí, ¿no? —inquiere el espía cambiando adrede el sexo del niño.

—Una hija.

—Debe de ser muy duro estar separado de ellos.

—Lo es —sentencia Lutz al tiempo que intenta desbloquear la congoja de su garganta con un sorbo de cerveza.

—Pero me imagino que ha valido la pena, que está valiendo la pena, ¿no?

El futbolista mira el dibujo de la mesa de contrachapado simulando el oleaje de la madera. Derrota la cabeza, hunde la barbilla en el pecho y Buchholz duda si está llorando.

—No ha acabado —asegura Lutz levantando la cabeza con los ojos secos.

—¿Qué no ha acabado?

—No se puede decir si ha valido la pena o no porque todavía no ha acabado todo esto, voy a conseguir que mi familia venga aquí.

El espía tiene que hacer esfuerzos por disimular su excitación al haber logrado semejante confesión.

—Eso sería genial, pero ¿cómo?

Lutz vuelve a dar un trago a su cerveza hasta que la última gota de espuma resbala por el vaso como una nube desmayada.

—¿Estás casado, Heinz?

Buchholz duda un segundo qué contestar.

—Sí.

—¿Tu mujer está contigo? Quiero decir, ¿estáis juntos?

—Sí. Nos... nos hemos casado hace poco.

Lutz sonríe, le enternece que alguien tan mayor y tan feo como Buchholz acabe de atravesar una ilusión tan impropia.

—Enhorabuena.

—Gracias. En realidad es mi segunda mujer.

—¿Tienes niños?

—Sí, tres. Están... están lejos, pero nos llevamos muy bien, los veo mucho —miente.

—Qué bien, me alegro —contesta Lutz pujando por que esas buenas noticias venzan su anhelo—. Perdona un segundo.

Eigendorf se levanta para ir al baño y Buchholz le sigue con la mirada. Mientras aguarda su regreso, atrapa las migas de su bollo salpicadas por la mesa con la yema del dedo índice para depositarlas sobre la punta de la lengua. Luego mira a través del sucio cristal y piensa que de verdad los días se están alargando mucho.

Lutz vuelve y se sienta frente a Buchholz. Ninguno dice nada. El jugador parece taciturno. Saca del bolsillo de los vaqueros 17 marcos y los deja encima de la mesa. Luego se levanta de nuevo, pone la mano en el hombro de Buchholz en señal de despedida y sale del restaurante.


No es el día soñado para una boda. Llueve. Ambos contrayentes han acordado que la ceremonia sea discreta, nada parecida a la protagonizada por Gabi exactamente cinco años antes. La novia lleva un vestido color crema y el pelo recogido. Ha invitado a su madre, a la tía Marie y al tío Gustav —hermanos de Erika—, a Carola, a Ralph y a Felgner. Incluso quiso que viniese al enlace una tía de Lutz y hermana de Inge, Helene, con la que Gabi siempre se ha llevado bien. Helen acude con su segundo marido, un rico peletero judío superviviente del campo de concentración de

Buchenwald. Por parte de Peter asisten sus padres, su abuelo paterno, sus cuatro mejores amigos, dos de ellos con pareja, y su hermana Brigitte con sus dos hijos gemelos.

Peter ya deseó casarse. Hace tres años se enamoró de una compañera de trabajo diez años mayor que él. Ella estaba esposada, pero de vez en cuando, en las mañanas de invierno, ella acudía a desayunar una segunda vez en la cama de Peter tras despedir a su marido en la puerta de casa y a los niños en la del colegio. Se manchaban los labios de besos y mermelada y fantaseaban con una vida juntos. Ella derramaba su pelo de miel por la almohada de Peter y Peter la contemplaba desnuda, bellamente dorada por la edad, mirándole desde el anillo de sus ojos verdes. Y en el fondo de Peter brotaba un eco de negación, una voz advirtiéndole de que aquella mujer alta y suave no era su destino. Pero él le hacía café y fumaban entre las sábanas, y luego ella volvía a ducharse y a vestirse con la misma ropa con la que había aparecido en la puerta como un relámpago, como un regalo de cumpleaños, como un milagro.

Tras la breve ceremonia en el juzgado comen en una terraza próxima al Checkpoint Charlie. Sandy, vestida íntegramente de amarillo, está feliz. Y Gabi piensa, mientras el sol encuentra una madriguera entre las nubes, que recordará ese día por el vestido de su hija y su inmensa sonrisa, por lo guapo que luce Peter en su traje oscuro, por su enriquecido convencimiento de que la vida le debe una segunda ronda de felicidad. Atribuye la apertura del cielo a una buena señal. Se esfuerza por descifrar en su entorno signos presagiando fortuna. Peter sienta a Sandy en su regazo y ella juega a trenzarle el flequillo. Gabi mira a su madre y la encuentra gorda y envejecida, pero le enternece el esfuerzo realizado para embutirse en el vestido turquesa. Y piensa en Lutz sin querer y el corazón sufre una descarga y abandona ese recuerdo como quien quita dolorido los dedos del interior de un enchufe.

Peter se siente un prisionero. Hoy ha representado una farsa no sólo delante de su flamante esposa, sino de toda su familia.

Piensa que es un fraude. Las causas de su papel como Romeo, el cometido para el Estado, la labor de castigo a uno de los traidores de la patria se desvanecen. Su padre entregó su vida a la Stasi a cambio de una jubilación sin amigos y una máquina para hacer ejercicio en casa. Antes quizá no tenía mucho que perder encomendándose a las misiones del ministerio. Aquellos pequeños encargos le reportaban regalos y favores que enriquecían una vida desocupada. Sin embargo, ahora ni el dinero ni la devoción al socialismo valen más que su amor por Gabi y su nuevo papel de padre. Así que charla con los invitados, bebe vino, disimula ante su público pero cada vez le cuesta más hacerlo ante sí mismo.

Debe romper la jaula de su conciencia por alguno de los costados. O le confiesa a Gabi su doble identidad o le presenta a Franke su renuncia. No sabe cuál de las dos consecuencias será más difícil de soportar. Lo que va clarificando, con el paso de los días y de su propia trayectoria, es que ha de ir buscando la salida a su encrucijada. Las paredes de su moral se van estrechando. Se le acaba el aire y cuanto más tiempo pase hasta liberarse, más graves serán los efectos de la implosión.


El Kaiserslautern ha perdido su penúltimo partido de liga por tres goles a dos frente al 1860 München; sin embargo, su clasificación para la Copa de la UEFA de la temporada siguiente no peligra. Lo único que dirimir en el último encuentro en casa ante el Dortmund es si quedará tercero o cuarto, por detrás del VfB Stuttgart. Quienes se juegan la liga son el Bayern de Munich y el Hamburgo, que acaba de perder la final de la Copa de Europa ante el Nottingham Forest por 1 a 0.

Al último entrenamiento del Kaiserslautern antes del partido de clausura, Lutz llega pronto en su nuevo Golf. Son las nueve menos diez de la mañana, así que se queda un rato leyendo el periódico dentro del vehículo. Buchholz toma notas y hace fotos desde su propio coche estacionado detrás de los árboles próximos al estadio. Cuando Lutz dobla el diario y lo deja en el asiento del acompañante, el espía sale rápidamente de su habitáculo con el banderín del equipo comprado cuatro días atrás. Aborda al jugador antes de entrar en los vestuarios y le pide que le firme el estandarte.

—¡Hombre, el recién casado! —exclama sorprendido Lutz.

—Sí, bueno…, hola. ¿Me puedes firmar el banderín?

—¡Vaya, un banderín! La gente está dejando de comprar estas cosas, ahora se llevan tazas y llaveros con la cara de los jugadores, pero a mí me gustan más estos recuerdos.

—A mí también, soy un clásico.

—Eso, un clásico —ríe el jugador—, yo iba a decir un antiguo.

—Bueno, en eso sí que yo lo soy más que tú —apostilla Buchholz con una sonrisa.

Lutz firma el banderín y su pretendido fan le estrecha la mano.

—Suerte mañana; aunque no nos juguemos nada, dadle fuerte al Dortmund, que me cae fatal.

El futbolista sonríe y le asegura que se despedirán de la afición con una victoria.

—Hasta luego —concluye Buchholz—, y suerte con la vuelta de tu familia.

El espía ya se está marchando cuando Lutz le llama.

—Perdona, ¿cómo te llamabas?

—Heinz.

—Heinz, ¿quieres entrar al vestuario?

Buchholz no da crédito al ofrecimiento. Piensa que es un acercamiento más íntimo de lo soñado, confía en que esa privilegiada información le reporte unos buenos marcos de más.

Una vez dentro, le sorprende la estrechez de la estancia. Había pensado que aquellas dependencias serían más amplias y lujosas. Allí huele a sudor y a linimento, a humedad. Lutz presenta a su invitado:

—Mirad, éste es un gran fan del equipo y de los que quedan pocos, ¡ha comprado un banderín!

Los compañeros ríen mientras se desvisten para enfundarse la ropa de entrenamiento.

—Es un aficionado de los..., ¿cómo decías?

—De los clásicos —apunta Buchholz avergonzado.

—Eso, de los clásicos, de los tiempos de Fritz Walter. —El vestuario sigue riendo—. Vamos, firmadle todos el banderín.

Buchholz toma nota mental de que la taquilla de Eigendorf es la segunda según se entra en el vestuario. Nunca se sabe qué utilidad pueden acabar teniendo estos detalles, piensa. Comprueba que Lutz es querido por el grupo, respira relajación en un conjunto que ya está fantaseando con las vacaciones.

—Por cierto, Heinz, ¿sabes que están pensando en cambiarle el nombre al estadio y llamarlo Fritz Walter? —pregunta Lutz.

—No sabía nada.

—Walter fue un grande, pero este estadio lleva llamándose Betzenberg desde hace sesenta años. Yo preferiría que lo dejaran así —apostilla Geye.

Buchholz no escucha porque en esos instantes se esfuerza en memorizar el lugar, las actitudes de los jugadores, el ambiente del equipo. Sabe que mañana será felicitado.


Fritz Walter es el mejor futbolista de la historia de Alemania y un mito presente en cada jugador que ha pasado por el Kaiserslautern en los últimos veinte años. Una foto suya de semiperfil, con la nariz aguileña, los pómulos marcados y su gesto de seductora bondad, mira desde la pared del despacho del presidente Friedrich.

El padre de Fritz Walter perdió un ojo en un accidente de tráfico que destrozó tanto su cara como el camión con el que trabajaba. Así que tuvo que reinventarse y lo hizo tomando, junto a su mujer, las riendas del restaurante del estadio del FC Kaiserslautern. El hombre odiaba el fútbol, pero sus tres hijos crecieron entre el olor de los guisos y el tumulto de la grada, amando aquella comida y aquel deporte. Fritz ingresó de niño en las categorías inferiores del Kaiserslautern y con diecisiete años ya debutó con el primer equipo.

Pero el mundo conoció verdaderamente a Fritz Walter tres años después del estreno con su club, en una calurosa tarde de 1940. Ya había estallado la Segunda Guerra Mundial cuando aquel chaval espigado marcaba un *hat-trick* para Alemania ante Rumanía. El responsable de la temprana convocatoria nacional de Walter fue el seleccionador Sepp Herberger, quien hizo lo posible por que Fritz no fuera llamado a filas. Fracasó. Sin embargo logró que varios jugadores consiguieran permisos durante el conflicto para disputar partidos amistosos contra naciones amigas, como el que tuvo lugar el 3 de mayo de 1942. Aquel día Alemania perdía al descanso un encuentro frente a su aliada Hungría por tres goles a uno. Herberger les dijo a sus hombres en el vestuario: «No dejéis que esto se convierta en una tragedia». Fritz Walter, el jugador más completo que había visto el fútbol, lideró desde su posición de delantero centro una apoteósica remontada por tres goles a cinco.

No obstante, Fritz Walter tuvo que participar en la guerra. Como paracaidista descendió sobre los frentes de Francia, Cerdeña, Córcega, Elba, Bohemia y Rumanía. Pero su lucha no fue sólo contra los aliados, sino frente a la malaria. Se sobrepuso a la enfermedad, aunque enseguida comprobó su secuela: cuando hacía calor le subía la fiebre y padecía dolores musculares. Pero tanto el fútbol como las esperanzas de vida en la contienda terminaron a pocos meses del final de la guerra cuando el ejército soviético le hizo prisionero.

Walter, junto con cuarenta mil detenidos más, fue conducido en un convoy hacia Siberia, rumbo a los gulags soviéticos, campos de concentración donde perecería sin remisión. El jugador comprendió que ni él ni muchos de sus camaradas lograrían ni siquiera llegar, pues morirían durante la fatigosa marcha a través del invierno ucraniano. Aquella peregrinación de soldados exhaustos y hambrientos hizo una parada en Maramures, en la frontera entre Rumanía y Ucrania. Y mientras los alemanes tomaban un poco de aliento, Walter se quedó hipnotizado mirando cómo los enemigos marcaban las líneas de un campo de fútbol, cómo delimitaban con troncos las porterías y se disponían a jugar. En ese instante, cuando algunos militares calentaban, el balón se escapó de los límites del improvisado campo y rodó hasta las botas rotas y enfangadas de Fritz. El jugador elevó grácilmente el cuero, hizo un par de malabares y lo devolvió de volea. Sus captores quedaron impresionados. Uno de ellos le preguntó: «¿Quieres jugar?».

Walter empleó sus escasas fuerzas en disputar un buen partido. Durante el descanso, un soldado húngaro —entonces en el bando aliado después de que su país cambiase de enemigo— le espetó: «Yo te conozco. Hungría 3, Alemania 5. Budapest, 1942. Nos ganasteis». Ese militar había estado en la grada durante el encuentro en que el seleccionador Herberger, en el medio tiempo, exhortó a sus jugadores a remontar, y aún se acordaba de la magnífica actuación del número diez. Al día siguiente, cuando se reanudó la marcha a Siberia, el nombre de Fritz Walter ya no estaba en la lista de los condenados al gulag. Aquel húngaro había convencido a los mandos de que conocía a Walter y de que éste no era alemán, sino austríaco. Le salvó la vida.

Tras firmarse la paz, Fritz Walter regresó al fútbol, al Kaiserslautern, el equipo de su corazón. La guerra le había robado sus mejores años, pero ya entrado en los treinta aún conquistó dos ligas como capitán de los diablos rojos. En el Kaiserslautern no ganaba lo suficiente para sobrevivir, así que alternaba los entrenamientos de los martes y los jueves con un empleo en un banco. Pero entonces arribaron suculentas ofertas del Nancy francés y del Atlético de Madrid de Helenio Herrera. El Kaiserslautern sólo pudo contrarrestar aquellos ofrecimientos brindándole la propiedad de un cine y una lavandería. Fritz se quedó en casa.

Y llegó el Mundial de 1954. Alemania, tras su derrota en la guerra, había sido vetada para participar en la Copa del Mundo de 1950 en Brasil. Pero se presentó por primera vez como Alemania Federal en la siguiente edición disputada en Suiza, país neutral en la contienda y con los estadios y la infraestructura en buenas condiciones para acoger el torneo en su regreso a Europa. Alemania, sin embargo, todavía estaba en reconstrucción física, psicológica y futbolística.

Herberger aún era seleccionador nacional y llamó a Walter para comandar esa escuadra. Entonces tenía treinta y tres años. Estaba en el ocaso de su carrera, pero era un hombre con carácter y calidad suficientes para dirigir al equipo fuera y dentro del césped. Y, contra todo pronóstico, Alemania Federal llegó a la final del Mundial. El problema era su último rival: la selección más potente que jamás había visto el fútbol: Hungría. El conjunto de Bozsik, Czibor, Kocsis, Hidegkuti y, sobre todo, Puskas, ya les había endosado un 8 a 3 a los germanos en la fase de grupos y acumulaba treinta y un partidos sin perder.

En la mañana del 4 de julio, día de la final, cuando los alemanes descorrieron las cortinas de sus habitaciones descubrieron un sol radiante sobre Berna. Era la peor noticia. El milagro de vencer a Hungría se desvanecía sin su capitán al cien por cien. El calor del verano suizo despertaría la fiebre y los dolores articulares de Walter, su juego se vería significativamente disminuido y Alemania le necesitaba. Fritz observó el cielo contrariado y entristecido. Luego paseó en barca con el grupo, comió y se echó la siesta. Una hora y media más tarde fue despertado azoradamente por Herberger, quien lo acercó eufórico a la ventana para decirle: «Tu clima, Fritz». Estaba lloviendo.

Puskas comenzó ganándole el sorteo de campos a Fritz Walter para, seis minutos después, marcar el primer gol. No se habían repuesto los alemanes del golpe cuando Czibor puso el 0 a 2 en el marcador. Sin embargo, los teutones empataron el partido antes del descanso. Herberger, como aquella tarde en Budapest en mitad de la guerra, convenció a sus jugadores de la victoria. Aquel día en Rumanía, Alemania ganó el partido y Fritz obtuvo la salvación gracias a haber maravillado al espectador que luego se lo encontraría camino de Siberia. La tarde de la final en Berna, Alemania Federal conquistó su primer Mundial después de que Helmut Rahn anotara el 3 a 2 a seis minutos del final. A partir de ese momento el fútbol se convertiría en el deporte más popular de Alemania y la frase: «Hace un tiempo de Fritz Walter», en sinónimo de chubasco.

# 15

Suena el timbre y, antes de abrir la puerta, Gabi olfatea el perfume dulzón de Schneider. El vicepresidente del Dynamo aparece en el umbral como un pretendiente: puerilmente peinado, surcando su calavera ralos y húmedos pelos canosos, el traje pulcro y anodino, las orejas como chuletas emparedando sus sulfatados ojos azules.

—Perdone que me presente así, pero no quería dejar de felicitarla personalmente por su enlace. Y, además, le he traído un regalo.

—El club no tendría que haberse molestado —protesta Gabi, contrariada por la visita.

—Bueno, en realidad no es el club, es... es un regalo en mi nombre, es decir, mío —balbucea al tiempo que le extiende el paquete guardado en una bolsa.

—Bueno, pero pase, pase.

Schneider percibe un cambio en la casa. Ya no se respira a guiso, a calefacción, a papilla, a cobijo. Ahora parece más amplia, el salón está recogido y la ventana abierta, unas flores amarillas alumbran la estantería. Huele a nuevo, a pintura aún fresca, a laca de peluquería.

Gabi desenvuelve con mimo el papel verde del regalo para descubrir un disco de Alexander Scriabin.

—¿Conoce a Scriabin? —pregunta Schneider ante la cara de desconcierto de la chica.

—No, lo siento.

—Es un compositor que a mí me encanta, es el músico ruso al que más admiro, especialmente este disco, *El poema divino*.

—Pues no… no lo he escuchado.

—Estoy seguro de que una mujer tan sensible como usted sabrá apreciarlo. ¿Sabe usted que Scriabin creía que estaba en el mundo con la misión de salvarlo?

—¿Ah, sí? Salvarlo ¿de qué? —responde Gabi fingiendo interés.

—Pues de la estupidez, de la maldad humana. Salvarlo de las guerras y de la destrucción, de lo mezquinos que somos y de nuestra falta de espiritualidad.

—Ah… eso, es interesante…

—Sí, además…

—Perdone, ¿quiere tomar algo?

—Pues un café sí le aceptaría, gracias. Por cierto, esta casa tiene muy buen aspecto —dice Schneider al tiempo que toma asiento en el sofá.

—Gracias, hemos pintado hace poco. Peter no tardará en llegar, ha ido a recoger a la niña a casa de sus sobrinos y…

—Debe de estar usted muy feliz aquí, con su nueva vida…, me refiero, con su nuevo marido, ¿no?

—Sí, claro, por supuesto que lo estoy —contesta Gabi, algo molesta por la intromisión en su privacidad.

—He oído que Peter es un buen chico.

—Lo es.

—¿Cómo dice?

—Que lo es —repite con fuerza Gabi desde la cocina, donde ha puesto a calentar agua.

—¿Y qué tal se lleva Sandy con su nuevo marido?

Gabi se violenta. No le apetece responder a cuestiones personales, hacerle confidencias a alguien de la Stasi.

—¿Le importa que ponga el disco? —sugiere Gabi para cambiar de tema.

—Por supuesto que no —exclama Schneider, perturbado por el quiebro en la conversación pero halagado ante la propuesta.

Braman los primeros compases apoteósicos, anunciadores de una epopeya, casi sobrecogedores.

—Suena a música de cine —apunta la chica.

—Sí, es cierto —ríe Schneider agitando sus lóbulos—, hay algo de fantasía, eso es lo que me gusta. Scriabin creía que se debía construir una gran esfera transparente en la cumbre del Himalaya y allí meter a miles de músicos. Una inmensa orquesta. Creía que esa música purificaría el mundo. Sufría sinestesia, o sea, él oía los colores o, mejor dicho, veía la música en colores. Hasta construyó un órgano que proyectaba una luz distinta según las notas que tocaba. Quería meter ese órgano también en la esfera.

La casa se embalsama de un tierno olor a café. La música también se ha dulcificado. La falsa información sobre la inminente llegada de Peter no parece incomodar a Schneider, que hunde en el sofá su traje prendido en la percha de su osamenta. Gabi reparte azúcar en las dos tazas y se sienta en el butacón.

—Esta sinfonía, la número tres, refleja la idea de Scriabin de que la voluntad es lo más importante en el hombre, y que a través de la voluntad comprenderemos nuestro destino y entenderemos enigmas como los de la existencia o la inmortalidad. Era un hombre muy filosófico, la verdad. Y con un toque esotérico, decía que el demonio había inspirado su sonata número seis.

Gabi parpadea con lentitud y bebe mordiendo la porcelana.

—Perdone, la estoy aburriendo…

—No, para nada.

—Es que no sé qué me pasa con usted, pero me siento especialmente cómodo, me gusta contarle estas cosas que no tengo oportunidad de decirle a nadie. Bueno, mi mujer no… no es una gran apasionada de la música, digamos, no comprende o, bueno, no comparte estas cosas. Quizá le pasó a usted algo parecido con su exmarido, que al ser futbolista no… no estuvo en sintonía con usted en algunos aspectos más, digamos, delicados o artísticos, ya me entiende.

—Le entiendo. Por cierto, enhorabuena por la liga.

—Muchas gracias; ya era hora de que este equipo quedase donde se merece, en lo más alto. Ha sido un año difícil, pero ya son dos títulos seguidos. Yo creo que esto es el principio de una larga racha triunfal —proclama Schneider riéndose del tono engolado de su discurso.

Gabi ha vuelto a cambiar de tema, pero enseguida comprende que hablar del Dynamo no es buena idea. No sabe por qué está en su casa el vicepresidente, qué es lo que busca. Quizá sólo un café, aunque lo duda.

—¿Le puedo ofrecer algo más?

—No, no, gracias, el café está delicioso —pronuncia Schneider con ese tono afectado, antiguo y afeminado que contrasta con la hosquedad de su otro registro como hombre de Estado—. Bueno, pues siento tener que irme y no conocer a Peter ni darle un beso a Sandy.

—Ya…

—Veo que de momento se apañan bien a pesar de haber perdido la contribución económica de su marido…, perdón, de su exmarido.

—Sí, nos va bien.

—Peter trabaja en el Departamento de Correos, ¿verdad?

—Sí —contesta Gabi, alarmada por su conocimiento y por el presunto destino de la conversación.

—Bueno, espero que todo vaya bien por allí a pesar de los recortes de personal de los que se empieza a hablar.

—¿Recortes de personal? —repite la chica entre desconfiada e inquieta.

—No es seguro, no me hagas caso… Perdona, ¿me habías dicho que podía tutearte?

—No…, o sea, sí, sí, claro, tutéeme, tutéame.

—Bien —sonríe Schneider—. Tengo un amigo en el registro postal, un alto cargo, y me filtró el otro día cierta información, pero poco concreta, no quería hablar mucho a pesar de que nos llevamos muy bien. No creo que le pase nada a tu marido, sobre todo teniendo en cuenta quién era su padre, pero con estas cosas nunca se sabe.

Gabi se mantiene en silencio apretando la taza.

—No le digas nada a Peter, no le preocupes sin necesidad. Si tiene que pasar, pues que pase. Yo, de todas formas, si me entero de algo más…

—Haga lo que pueda para que no le despidan. Por favor.

Schneider ríe artificiosamente.

—Ojalá estuviera en mi mano —dice—. Lo más que puedo hacer es hablar con mi amigo, pero no siempre es fácil, es un hombre importante, ocupado. Supongo que podría decirle que Peter es un padre de familia, porque, bueno, de alguna manera lo es, ¿no? Ya me entiende. Pero… en cuanto supiera que se trata de proteger a la hija de Lutz Eigendorf, me temo que igual no quiera o no pueda ayudar.

—¿Y cómo podríamos convencerle? —pregunta Gabi muy seria, odiándose y odiando a Schneider por meterla en el perverso juego.

—Bueno… no sé. Quizá… supongo que la mejor solución sería que Sandy dejase de ser hija de Eigendorf. A efectos legales, por supuesto. Es decir, que Peter la adoptase y le diese su apellido. Estoy seguro de que eso le ahorraría muchos problemas, no sólo a Peter, sino a la propia niña en el futuro.

Gabi aprieta con fuerza su taza. Sólo desea que este chantaje acabe pronto.

—Bueno, piénsalo, es sólo un consejo. Sabes que te aprecio y que… que pienso que eres una persona muy especial. Sólo quiero que te vaya bien, que os vaya bien —concluye con una musicalidad paternalista.

Gabi enmudece. Comprende la advertencia, la amenaza velada. Le dan ganas de gritar de impotencia. El olor del café se ha desvanecido por la ventana y vuelve a presentarse el obsceno perfume del vicepresidente. Siente repulsión.

—Considéralo, háblalo con tu marido. Además, estoy seguro

de que Peter estará encantado de que la niña lleve su apellido. Menudo regalo de boda, ¿no crees?

Gabi se levanta dando por concluido el encuentro. Schneider la sigue.

—Muchas gracias por el café.

—De nada.

—Mira, escucha, ahora entramos en el último movimiento, ¿te gusta?

—Sí, muy bonito —escupe Gabi ya en la puerta.

—¿Sabes que Scriabin dejó su puesto como profesor del conservatorio de Moscú, abandonó a su mujer y a sus cuatro hijos y se fue a vivir con una joven amante a una casa en los lagos suizos donde compuso esta sinfonía? ¿Sabes qué te digo? Que si tuviera su talento y alguien con quien fugarme de aquí, también me iría.

—Muchas gracias por su regalo, camarada Schneider.

—Llámame Günter.

—Muchas gracias, Günter, nos vemos pronto.

—Cuando tú quieras, sabes que a mí me encanta charlar contigo.

Gabi cierra la puerta borrando tras la madera la cara bobalicona y flácida del directivo. Se dirige a la cocina, tira por el sumidero el contenido de la cafetera y de las tazas, quita el disco, lo vuelve a meter en su funda y lo entierra bajo la pila de vinilos que jamás escucha.


Heinz Hess se ejercita todas las mañanas. Mantiene una rutina física desde hace treinta y cinco años, cuando ingresó en la Marina. A bordo del *Hans Lody* realizaba flexiones, fondos y dominadas. En la primavera de 1940 el sol centelleaba en el mar del Norte. De madrugada Hess salía en camiseta y calzoncillos a la cubierta superior y allí ejecutaba sus ejercicios mientras la primera luz escamaba el agua. La invasión de Noruega y Dinamarca estaba próxima. Así que Hess sudaba también sal sintiéndose parte del territorio azul del combate, un hombre llamado a vivir o a morir en aquellas latitudes, en aquel abril fulgurante como una bengala.

Experimentaba una plenitud casi mística cuando pensaba en la muerte cerca de los glaciares. Su vida se completaba como un eclipse ante el desenlace final. Toda su existencia se había forjado como un trámite para el momento cumbre de la batalla. Su mujer, sus hijos, eran figuras del paisaje por el que Hess transitaba firme y alerta. El destructor gemía como un ser vivo, estremecía su abdomen de acero y él golpeaba la barandilla como quien palmea el lomo de un caballo nervioso. Le daba la impresión de que el barco presentía la contienda, de que su piel de metal ya auguraba la herida, el abismo. Y Hess respiraba la primera comida de las cocinas y el despertar del buque, miraba por última vez el horizonte y se daba una ducha de agua dulce.

Con cincuenta y cinco años aún es capaz de colgarse de una barra y levantar a pulso su propio peso veinte veces seguidas. El vientre plano, los bíceps fibrosos, ni un atisbo de miopía. Sus ojos azules titilan tintados de ese mar que le vio vencer y le vio caer. Inmaculadamente rasurado, su cicatriz de serpiente de coral le abraza el cuello con viveza. Recto como un mástil y con los zapatos relucientes, saluda a Mielke en el despacho de Normannenstrasse.

Hess acude con una copia de los últimos informes de Buchholz previamente enviados a las dependencias de la Stasi. El general repasa de nuevo los papeles con sus ojos de alimaña mientras Heinz Hess, con un rapado al dos, observa conmiserativo la despoblada coronilla de su superior. Mielke, sentado tras su mesa y con Hess aguardando delante aún de pie y con las manos a la espalda, relee sobre las incombustibles intenciones de Lutz Eigendorf de reunir a su familia en occidente, sobre su buena actuación futbolística al final de la temporada, sobre la chica «de unos 25 años, de 1,70 a 1,75 de estatura, pelo moreno y ropa informal» con la que alterna en el Café Uhly, en el Café Capri, o en los clubes KA y 2000. Por supuesto, ella pasa la mayoría de las noches en casa de Eigendorf.

Mielke se quita sus gafas de hipermétrope y se levanta con esfuerzo de su silla. Hess le sigue por el amplio despacho hasta la mesa ovalada de reuniones. Ambos se sientan allí. El jefe de la Stasi derrama con desidia los informes por la pulida superficie de pino. Luego se frota los ojos. Parpadea varias veces y mira fijamente a Hess.

—¿Por qué? —le pregunta.

Su subordinado se queda unos segundos en silencio sin comprender la escueta demanda.

—Perdone, camarada general, pero...

—Ya sé lo que hace, sé lo que come, sé con quién se acuesta, sé los balones que toca en cada partido, pero ¿por qué?, ¿por qué es feliz allí?

—Señor, los informes...

—¡Ya he leído los informes! Lo que quiero saber no está en los informes, quiero saber por qué prefiere la vida de occidente, por qué prefiere esa comida, ese tráfico, esa corrupción. Por qué renuncia a su mujer y a su hija, por qué elige jugar en un club que no conoce de nada en vez de seguir defendiendo al equipo de su vida. ¿Qué pasa por esa cabeza?

La cicatriz de Hess parece humedecerse, como si la serpiente fuera a reptar.

—No es posible meterse en la mente de alguien así —razona Hess—. Es inútil intentar pensar como un traidor, como un vendido, pensar como alguien así de egoísta. No tratemos de comprenderle, sino de hacerle entender. Y si no, de castigarle.

—Pero le estamos castigando... —continúa Mielke con entonación abatida—, hemos logrado que su mujer se divorcie de él y ahora su hija va a perder su apellido. Qué más podemos hacer.

—Podemos hacer mucho más —dispara Hess.

—¡Claro que podemos hacer mucho más! Pero eso no sería una victoria. Tenemos que ganarle, no expulsarle de la partida, ¿entiende? Hay que derrotarle.

—Sugiero llamar a Fantasma.

Mielke interrumpe los golpecitos con el dorso de la mano sobre su frente para secarse el sudor y escruta el gesto pétreo de su interlocutor. Siempre hace calor en las dependencias de la Stasi; no importa si es verano o invierno, la calefacción siempre parece estar encendida y al máximo, como si los despachos se asentasen sobre una siderurgia.

—Siga manteniéndome informado —concluye Mielke, visiblemente perturbado por la recomendación.

Hess copia el gesto de su mando levantándose de la silla.

—¡Orgullo y Estado!

—¡Orgullo y Estado!

Mielke se retira a sus dependencias privadas detrás del despacho dejando los informes de Buchholz sobre la mesa como un ave desplumada. Y tumbado en su escuálida cama vuelve a mirar el cuadro y a experimentar el ansia de evasión. Y entonces comprende que no se ha roto totalmente la sintonía que siempre creyó tener con Eigendorf. Lutz se fugó, abandonó su vida, se reinventó despojándose de su identidad. Ése es, en el fondo, el anhelo que brota en Mielke cuando observa el paisaje lejano e invitador del lienzo. Entonces ¿quiere castigar a su jugador predilecto por atender a un deseo que también llama a las puertas de su propio pecho? Su respuesta es afirmativa, pero no puede ceder ante ese reclamo ni cesar en su misión de venganza por el hecho de empatizar con los sentimientos escapistas de Eigendorf. Ha de luchar contra la traición aunque eso suponga batallar también contra sí mismo. Llevamos un enemigo dentro que, sin embargo, es hermano del enemigo de otros hombres. Y matar esa voz interna es mutilarnos y es desligarnos del mundo. El gran duelo vital consiste en derrotar a nuestro íntimo adversario.


Gabi ha llamado por teléfono a Felgner durante dos semanas sin dar con él. Comienza a preocuparse. En el bar donde trabaja no saben nada, lleva ausente casi diez días. No ha tenido noticias de su amigo desde la boda y teme que le haya pasado algo. Recuerda sus últimos problemas con el contrabando. Primero lo buscó para contarle que Peter había aceptado la adopción de Sandy, que estaba de acuerdo en que todo sería más fácil para la niña y para ellos si se apellidaba Hommann, pero ahora ese tema le parece nimio en comparación con las dificultades que pueda estar viviendo su amigo.

Por eso Gabi se lanza a sus brazos cuando le ve esperándola a la salida de la guardería. Está demacrado, más delgado, incluso ha recibido un golpe en la frente. Gabi le acaricia la herida, una más en su mapa de cicatrices. Él sonríe. Suben al coche de ella. Gabi sugiere ir a su casa a tomar algo, pero Felgner insiste en que le parece más seguro hablar en el Trabant, en movimiento.

—¿Qué pasa? —inquiere Gabi nerviosa.

—La habitación estaba más oscura y era más profunda de lo que pensé. Esos hijos de puta…

Gabi mira al frente mientras sus manos dibujan las diez y diez sobre el volante.

—Me la han jugado. Parece mentira que después de tantos años, de la cantidad de rings en los que he estado y que me la cuelen así.

—¿Qué ha pasado, Felg? —insiste Gabi, cada vez más alterada.

—Me han traicionado, me han vendido esos cabrones. Me metí en negocios poco recomendables con gente poco recomendable y, cuando se ha ido todo a la mierda, me ha salpicado sólo a mí.

Gabi baja su ventanilla, el sol de junio en Berlín calienta como el propulsor de un platillo volante. También se suelta el pelo. El sudor se desliza por su nuca rubia, el vestido amarillo se le pega al cuerpo y Felgner no puede evitar fijarse en el brillo de su piel. Se ha hecho mayor, el exboxeador piensa que Gabi ha dejado de ser la niña que se casó con su amigo para convertirse en una mujer. Este último año parecen diez en las arrugas de sus ojos, en la comisura de la boca, en la frente. Sin embargo, ahora la felicidad del nuevo amor la ha restañado. Y esa combinación entre estrago y felicidad, entre madurez y lozanía, se ha resuelto en un atractivo más solvente.

—La Stasi me ha detenido. He estado diez días encarcelado, creía que no saldría de aquel agujero —se lamenta Felgner.

—¿Y cómo estás ahora?, ¿qué va a pasar?

—Me deportan.

—¿Cómo? —protesta Gabi.

—Me mandan detrás del muro.

—¡Qué dices! ¡No puede ser!

—Hijos de puta…

—Espera, seguro que podemos hacer algo, parar esto. El padre de Peter trabajó para la Stasi, igual él…

—Estoy jodido, Gabi, no hay solución. No sé qué voy a hacer fuera de este país —gime el exboxeador—, no conozco a nadie allí, qué voy a hacer con un sueldo de camarero en el Oeste. Me tiran detrás del muro como si sacaran la basura.

Gabi se queda unos segundos callada. Circulan por un Berlín esmaltado de verano, los árboles alfombran con su sombra las avenidas, los estudiantes besan a las estudiantes, las ventanas de los edificios son espejos. Gabi piensa que no hay lugar mejor en el mundo para vivir que el suyo. Siente lástima por Felgner, lástima por sí misma. Poco a poco va perdiendo a la gente más próxima, van cayendo los pilares de su vida, sin el andamiaje de Lutz ni de uno de sus confidentes se siente indefensa. Peter es ahora el hormigón de sus días, pero falta el amor añejo, la amistad cobijada en esos dos hombres.

—Bueno, si la gente deja mujeres e hijos para irse allí, algo bueno tendrá… —bromea Gabi.

Felgner sonríe y le acaricia la nuca húmeda.

—Y pensar que antes estaba loco por ir al otro lado… Hace cinco años hice mi última solicitud de emigración. Parece mentira. Lo intenté cinco veces y todas fueron denegadas. Recuerdo que me emborrachaba cada vez que me decían que no. Y llegaba a casa y golpeaba el saco hasta marearme y caerme al suelo. Pero ahora estaba bien, llevo ya años contento aquí. He perdido a Lutz, pero tengo muchos amigos, muy buenos amigos, y alguna amiga también, no te creas… —aclara, haciendo reír a Gabi—. Y te tengo a ti, a ti y a Sandy. No quiero perderos.

—No nos vas a perder, Felg, estaremos en contacto estés donde estés.

—Si es que la Stasi nos deja, no te olvides de que soy un apestado de la República.

—Pero, una vez allí, qué más les das, tú al menos no eres un enemigo nacional.

—En qué poco me he quedado… —ironiza, y ambos sonríen.

—¿Cuándo te deportan?

—No lo sé. No creo que tarden. Para estas cosas sí que son muy rápidos. No sé si voy a poder despedirme siquiera. Si no me dan la oportunidad, quiero que te cuides mucho, Gabi, y que cuides mucho a Sandy. No te fíes de nadie.

—Hace dos semanas vino a casa Schneider.

—¿Y qué quería? Odio a ese tipo.

—Quiere que Peter adopte a Sandy.

—Borrar el apellido Eigendorf, ¿no? Primero te lo quitan a ti y ahora a Sandy.

—Eso es.

—Bueno, podrán acabar con Eigendorf, pero no nos podrán quitar a Lutz.

A Gabi se le humedecen los ojos.

—¿Dónde te dejo?

—Da lo mismo, cualquier bar me vale.

—Pero luego no le pegues muy fuerte al saco.

—Hasta que no pueda levantarse.

—Vale —sonríe ella.

Gabi y Felgner se abrazan dentro del estrecho habitáculo. Él huele el sudor y el champú de la chica, siente el calor de su cuello contra su mejilla, la percibe frágil y pequeña entre sus brazos.

—Llama al menos para decir adiós —le pide Gabi a través de la ventanilla cuando Felgner ya ha bajado del coche.

—Por supuesto, todavía tengo que despedirme de Sandy —dice siguiendo la farsa.

Ambos saben que lo más probable es que no haya ocasión de volver a hablar. El exboxeador levanta el brazo en un gesto de despedida, Gabi le observa por el retrovisor y dice adiós con la mano. Luego vuelve a mirar al frente. Ahora Berlín está borroso a través de las lágrimas.

Bajo una gran carpa auspicia el Kaiserslautern la entrega de trofeos a las categorías inferiores. Lutz recibe una placa como entrenador del equipo campeón juvenil mientras el aroma del curri sobrevuela la pradera y los niños ríen observados por sus padres orgullosos. Lutz es un héroe esta tarde a las afueras de la ciudad. Josi ha hecho hoy su último examen de Veterinaria, así que llegará en cualquier momento, pero el futbolista teme el encuentro. Acaba de saber que Gabi se ha casado. Finge entusiasmo al apretar manos, pero en realidad está empapado de una desarticulante tristeza, gesticula como si estuviera preso en una armadura, le falta el aire, sus movimientos se ralentizan, la visión no es nítida. Quiere correr, correr con todas sus fuerzas en dirección al Este, atravesar la puerta de su casa, tomar a su mujer en los brazos, besarle la piel, estrechar a su hija y susurrarle al oído que la quiere más que a su vida porque su vida ya no vale nada sin su amor.

A veces piensa en la muerte y la concibe como una liberación. Fantasea con el cañón de un arma asomando por la ventanilla de uno de los coches que le acechan. Una bala certera en la cabeza y todo acabaría de manera súbita e indolora. «Eso sería fantástico», se dice Lutz silenciosamente. Abandonaría para siempre las incertidumbres, el dolor del recuerdo, la agotadora lucha por reinventar una vida. El alivio de la desaparición. Quizá obtendría el perdón de Gabi, el cariño de Sandy. Una bala que ni siquiera oiría llegar y su cuerpo se desplomaría como uno de esos edificios demolidos controladamente.

Es el final. Ya no depende de él restaurar su matrimonio, su vida familiar. Eso le consuela. Ni siquiera está ya en su poder hacer feliz a Gabi. Tanto tiempo vivió con esa responsabilidad, con la ventura de su mujer en la palma de la mano como un pájaro herido. En su decisión de regresar o no residía el drama o la euforia. Sin embargo, ahora ha perdido esa potestad. Ya no goza del superpoder de otorgar la dicha o las tinieblas. Esa pérdida de dictado sobre el corazón de Gabi, por un lado, le abate, pero, por otro, le libera. Porque no supo qué hacer con ese pájaro. No lo mató, no lo curó para que echara de nuevo a volar. Simplemente lo retuvo en su mano hasta que un día abrió el puño y ya no estaba allí.

Josi llega esplendorosa, con el pelo negro ondeando como una bandera pirata; su sonrisa cegadora y su caminar brioso, casi acelerado. Y besa los labios secos de Lutz y mira sus ojos cataráticos de tristeza. No es la primera vez que la chica se asoma al abismo de su alma, que ve pasear por sus pupilas los fantasmas de Gabi y de Sandy en lugar de verse ella reflejada. Josi hace esfuerzos por convivir con la pena de Lutz. Comprende que ha sido duro dejar una mujer y una hija, que un año y tres meses no es tiempo suficiente para suturar las heridas. No obstante Lutz no parece mejorar. Hay días en los que se entrega con ímpetu al presente, pero, aun así, la pareja se arrastra, la mayoría del tiempo, por el fango de la nostalgia.

Josi le pregunta por su gesto abatido. Lutz le cuenta la noticia. A veces el futbolista pretende hallar en la chica una complicidad imposible. Ella no puede ser la confidente de su herida de amor por Gabi; en todo caso, por Sandy. Josi le ha bebido las lágrimas en más de una ocasión. Está enamorada de él, pero, sobre todo, lo quiere con un amor adulto del que se creía impropia. Ha mantenido varias relaciones, pero nunca sintió una querencia tan sólida, tan profunda, tan verdadera. Es a veces psicóloga y otras amiga y amante. Lutz la completa. Él apenas es dos años mayor, pero su condición de padre y de futbolista profesional le confieren una madurez determinante. Lutz es un hombre tierno y a la vez rotundo. Es alegre cuando no le apresan sus fantasmas, tiene sentido del humor y carisma. Josi cree haber encontrado el amor de su vida, pero sabe que aún es pronto, que ha de testar muchas cosas, que el tiempo tiene que dictar muchos veredictos y despejar incertidumbres. Sin embargo, está convencida de su intuición, de sus sentimientos, y dispuesta a hacer los esfuerzos necesarios para saldar con éxito su apuesta.

—¿Qué tal el examen? —pregunta Lutz casi afónico por el disgusto.

—Bien —responde Josi sin mirarle a los ojos y encarándole seguidamente para decirle que cree que está perdiendo el tiempo con él.

—No digas eso…

—No sé qué estoy haciendo contigo, Lutz. Sigues enamorado de tu mujer, creo que he sido comprensiva contigo estos meses, pero no quiero estrellarme. Tengo que pensar en mí, en mí la primera, tengo que ser un poco egoísta. Estoy enamorada de ti y cada día que pasa el batacazo va a ser mayor. Al final intentarás volver, al final regresarán ellas de alguna manera o, si no, seguirán aquí como están ahora, como fantasmas entre los dos. Entiendo que las eches de menos, no quiero ni puedo borrar vuestro pasado, pero no podemos avanzar juntos con tu drama siempre en medio.

Lutz calla porque sabe que Josi tiene razón. Le parece una chica emocionalmente muy sabia para su edad. A veces ve en ella sólo a una niña, cuando baila desnuda al borde de la cama cualquier canción de la radio o cuando hace ruido con la pajita al sorber el batido del McDonalds. Lutz ahora la mira cegado por el pantano de luz de la pradera y ve a una mujer bella y cariñosa, vivaz y entregada, a la que no soporta herir. Ya ha cubierto el cupo de culpa. No acepta un grado más de pecado.

—Quizá es mejor que lo dejemos —susurra Lutz.

Josi lo mira con el gesto desencajado, su boca tiembla.

—Pero no quiero dejarte, y no quiero que me dejes.

—Ya, pero no aguanto hacerte daño.

—Lo que tienes que hacer es dejar de hacértelo a ti mismo.

Lutz la mira con los ojos entornados. Odiándose.

—Ayer recogí los billetes a Francia e Inglaterra. Nos vamos la semana que viene y nos olvidamos de todo —propone la chica.

—No sé, Josi, no soy bueno para ti.

—Sí que lo eres —le contradice ella tomándole las manos.

—Deja que me cure yo primero. No quiero arrastrarte, no quiero hacerte más daño, como tú dices.

—Si es eso lo que quieres… o lo que necesitas, de acuerdo. Pero no tardes mucho en aclararte, no voy a estar siempre esperándote en la grada.

Josi da media vuelta llevándose un gesto de resignación. Desaparece despacio por el mismo sendero que hace unos minutos recorrió pletórica. Lutz la mira marchar y no sabe si la volverá a ver más, no sabe nada del futuro, nada de sí mismo, es un náufrago. Oye las carcajadas de los niños y los vítores por megafonía. Suena una canción en inglés. Cierra los ojos. Daría la vida por abrirlos en aquella tarde con Gabi en el zoo de Berlín.

# Tercera parte

# TIEMPO DE DESCUENTO

# 16

En París piensa en Josi; en su pelo moreno derramándose por la espalda cuando duerme, en la canción de los Doors sonando en el apartamento de estudiante. Repasa las conversaciones sobre el comunismo y el capitalismo, los diálogos rozando la discusión y resolviéndose en besos. Recuerda las películas que vieron juntos y las que ella le contó. Lutz prefería escuchar el relato de Josi que ir al cine. Sus manos gesticulando como gaviotas, su boca palpitando a cada palabra emocionada, sus onomatopeyas al describir las escenas culminantes.

Rememora constantemente cómo se sintió hace apenas unas semanas cuando conoció a sus dos hermanas. Y de repente se imaginó casado con ella, parte de una nueva familia. Y se conmovió. Alejado de sus padres, de Gabi y de Sandy, Lutz está huérfano. Y entonces comprendió que podía volver a integrar un núcleo familiar. Las hermanas de Josi eran altas y con los pies grandes, y sus sandalias croaban al andar y reían las ocurrencias de Lutz y tenían las orejas de Josi pero no sus dientes ni su frescura. Se encontró cómodo tomando aquel sándwich en Stiftsplatz y oyendo hablar de la casa familiar y de su padre, que se dormía en las cenas navideñas, y de su madre, que las seguía llamando a gritos desde la ventana de la cocina.

Lutz sabe que no puede hacer sitio en el corazón para las dos. Y volando por encima del canal de la Mancha rumbo a Londres fabula con querer siempre a Gabi, con hacer de ese amor una misión, una empresa, como esos personajes mitológicos que custodian guaridas, como el feligrés tocando las campanas de una iglesia derruida por un bombardeo. La guardará en la hornacina del pecho, su alma será la vitrina de un amor taxidermizado, sin penitencias ni esperanzas, sin duelos ni recompensas. Quizá pueda lograr que no le duela, que su memoria irradie a baja frecuencia proporcionándole un leve aliento de melancólica ternura. No es capaz de desprenderse del recuerdo, ni siquiera del amor por su mujer, pero tampoco lo desea. No puede dejar ir a Gabi. La abandonó una vez y ahora se arrepiente. ¡Cómo hacerlo de nuevo!

Ha pasado un mes desde que vio la final de la Eurocopa de Italia y no pudo evitar sentirse identificado con la República Federal de Alemania. Percibió a aquella selección un poco suya, porque aquel fútbol era el que practicaba, porque allí estaba Hans-Peter Briegel, el único representante del Kaiserslautern. Así que celebró el triunfo final ante Bélgica por 2 a 1 y lamentó no poder participar de esa selección imparable.

Ahora, cenando en la habitación de un hotel londinense, contempla la final de fútbol de los Juegos Olímpicos de Moscú. Son los primeros Juegos acogidos en un país del Este. Un campeonato saboteado por sesenta y cinco países que se han negado a disputarlo en señal de protesta por la guerra soviética en Afganistán. Sin embargo, Lutz hace tiempo que soñaba con estar allí, en ese mismo instante, en el Lenin Stadium ante ochenta mil personas, con la llama olímpica fulgiendo arrebatadora contra el ocaso morado. Ve formar a cinco de sus excompañeros del Dynamo. Esta noche el rival es Checoslovaquia, un equipo más competitivo que aquella Polonia contra la que la Alemania Democrática conquistó el oro en la pasada final de los Juegos Olímpicos de Montreal.

Lutz se emociona al ver de nuevo a sus viejos camaradas, especialmente a Frank Terletzki, a quien por primera vez encuentra incluso guapo. Tumbado sobre un edredón de flores, en medio de una isla, en el corazón de la otra Europa, ve caer a su antigua selección por 1 a 0. En la ceremonia de entrega de medallas, el público moscovita pita a su propio equipo, que sube de traje al escalón más bajo del podio para recibir su bronce. Los anfitriones vencieron a Yugoslavia por 2 a 0 en el partido por el tercer y cuarto puesto, pero eso no parece suficiente para su afición. A Lutz le resulta injusta la crítica. Ahora, tras casi un año y medio fuera del Este, percibe con más nitidez la claustrofobia del comunismo, la inhumana exigencia de perfección. Se acaba su tercera cerveza de un trago y se alegra de estar en un hotel de Londres, lejos de Berlín e incluso lejos de Moscú, donde Frank, Netz, Trieloff, Ullrich y Rudwaleit ya le habrán secado las lágrimas a la plata. Piensa en la decepción de Mielke, en la de Honecker, en la de todo un país cada vez más pendiente de sus triunfos deportivos, cada vez más falto de afirmaciones, de elogios, de fastos. Y esa mirada a su patria le lleva a Zechlinerstrasse y a Gabi, y a Sandy, que todavía andaba aprendiendo los colores estampados en los pájaros de su sábana.

Doce días después de haber aprovechado los billetes a Francia e Inglaterra, comienza su segunda temporada en la Bundesliga, esta vez desde el inicio, ahora dispuesto a triunfar de verdad, a conquistar el título que le prometió a Norbert Thines cuando le acogió en su casa sin equipaje ni certezas. El reto empieza desde su nueva posición en el campo: lateral izquierdo. Kalli cree que Lutz, a pesar de su estatura y visión de juego, puede ser más desequilibrante subiendo por la banda y aprovechando sus centros enroscados al área. En el punto de penalti le esperará el sueco Benny Wendt con su metro ochenta y cinco. Sin embargo, el único gol del encuentro en Leverkusen lo marca el mediocentro Melzer de un potente disparo.

Aunque victorioso, Lutz no acaba satisfecho. Su demarcación le resulta extraña. Recibió como un halago las alabanzas del míster por su polivalencia al final de la campaña pasada. No obstante, no contaba con moverse del eje del equipo, ya fuese en el centro de la defensa o en la medular. Ante el Bayer Leverkusen contiene con cierta solvencia a su par, aunque pierde la marca en dos ocasiones que están a punto de costarles primero el gol de la derrota y, en la segunda parte, el empate.

Aún no ha llamado a Josi. Es consciente de que uno de los pasos decisivos que ha de tomar si decide acercarse a la chica es dejarla entrar definitivamente en su apartamento. Hasta el momento nadie ha ocupado su cama. Se han acostado en el piso compartido de ella, en una habitación estrecha y luminosa, con telas en las paredes prendidas con chinchetas. Por las mañanas desayunaban en la cama zumo de naranja y galletas de chocolate y ponían en una cadena polvorienta una cinta de un grupo inglés que Josi decía que hablaba de telescopios y amor. Ella al principio se quejó, pero no tardó en ceder. Respetó la intimidad de Lutz hasta que ésta colisionó con sus sentimientos hacia él.

Eigendorf le manda unas entradas para ver el segundo encuentro de la temporada en casa ante el Stuttgart. No obstante, Josi no contesta. No le llama por teléfono, no le devuelve ninguna nota. El día del partido Lutz mira al sector de la grada reservado, pero sólo encuentra un asiento vacío. El campo está lleno. Todavía hace calor a pesar de jugar tarde. Agoniza agosto y el viento del otoño empieza a colarse, aún tibio, por las rendijas del cielo.

Lutz ha estado ensayando toda la semana como media punta. Sin embargo, antes de saltar al campo, el entrenador anuncia que no jugará con ningún delantero, que el futbolista más adelantado será Eigendorf, un falso nueve con la responsabilidad de convertir los goles. Lutz mira al míster pero no acierta a decir nada. Le parece un error manifiesto. Él no tiene la capacidad goleadora de Wendt o de Hofeditz. Posee un buen remate de cabeza y un potente disparo, pero no está habituado al desmarque ni a anticiparse a los defensas. «Sé que contigo arriba ganaremos el partido», le espeta Kalli justo antes de saltar al campo.

Lutz piensa que el entrenador le somete a pruebas excesivas e innecesarias. Duda si se debe a su desconfianza en él o a una fe ciega. Lo mismo opina de su manejo del propio equipo. ¿Por qué ahora Kalli altera el sistema? La temporada pasada fue un éxito, el club alcanzó una cuarta posición clasificatoria para la Copa de la UEFA. En cambio, el entrenador parece no estar contento con la plantilla o con su rendimiento. Lutz, sin embargo, no pide explicaciones. Nunca lo ha hecho. No discute las órdenes del jefe, tanto cuando le son beneficiosas como cuando le resultan incomprensibles. Así que afronta el choque esperando tener suerte.

El duelo se atasca. A Lutz apenas le llegan balones y cada vez que baja a buscarlos contempla al entrenador en la banda recriminando su conducta. Así que espera algún centro aéreo y conseguir un buen desmarque para recibir al hueco, pero las pocas ocasiones obtenidas las desaprovecha. Kalli está exponiéndole al descrédito estrenándole en demarcaciones desiguales e inéditas para él. Ahora ya no sólo se le clava el vacío de la butaca de Josi, sino todas las localidades ocupadas que le exigen abrir el marcador.

A siete minutos para el descanso, un mal despeje de la defensa del Stuttgart a la salida de un córner deja un balón muerto, suspendido en el área pequeña, que Lutz aprovecha para rematar con inteligencia al lado opuesto del portero. No lo puede creer, ha marcado un gol y el Betzenbergstadion ruge. Hans le abraza con fuerza y le aprieta el pelo de la nuca al tiempo que choca su frente y le grita: «¡De puta madre!». Su amigo sabe la liberación que supone para Eigendorf el tanto. Ahora mucho se tiene que torcer su actuación para concluir en negativo. Incluso un empate o una derrota por 1 a 2 no tiene por qué señalarle. Piensa en Josi, en si ella le estará viendo desde casa, si habrá contemplado su diana de chico listo.

Tres días después del partido alquila un nuevo apartamento en el número 2 de Kalckreuthstrasse. La casa es más amplia que las anteriores, una segunda planta en la pequeña y tranquila localidad de Morlautern, al norte de Kaiserslautern. Un edificio amarillo a la salida del pueblo, junto a la carretera K2 que se escapa por el nordeste para ser flanqueada a la derecha por los llanos campos en barbecho y a la izquierda por la arboleda que acabará tragando la carretera un poco más al norte. Una residencia más alejada del estadio y del centro de la ciudad, pero serena y amplia y, sobre todo, nueva.

No tiene más que un colchón recién comprado, pero Lutz decide que ésa será la casa que comparta con Josi. Ella podrá pasar el tiempo que desee allí, no necesitará mudarse si no quiere, podrá seguir viviendo en su piso de estudiante, compartir noches de espaguetis y cervezas con sus amigas, porros y risas, cocinar descalza de madrugada, cuando regresan borrachas y alegres los sábados del Big Ben Bar.

Es posible que su decisión de volver con Josi sea precipitada, pero cree que debe desatascarse, apostar, y no hay oferta mejor que la de la morena, como siempre le recuerda Hans. Así que con una extraña mezcla de inseguridad y arrojo, Lutz aparca su Golf plateado en la calle de Josi. Llama a la puerta y abre la chica en pantalones cortos y con el pelo recogido. No la recordaba tan joven, tan guapa, tan sexy.

—Vengo a regalarte el gol del otro día —dice Lutz esgrimiendo su mejor sonrisa.

—No quiero tus goles, ¿todavía no te has enterado? —le espeta muy seria, aún con el canto de la puerta en la mano, capaz de estampársela en la cara en cualquier momento.

—También quiero regalarte la mitad del colchón que acabo de comprar.

—¿Y qué más? —exige ella contrayendo los labios.

—¿Qué más?

—¿No tienes para mí la mitad de nada más?

—Me he cambiado de piso y...

—¡Lutz! —exclama con desesperación y reproche Josi, como la profesora reprendiendo al niño que se niega a obedecer.

—Si quieres, quédate con mi corazón entero, pero no vale mucho, está bastante jodido —musita—, pero te puedo dar la mitad de mis días y de mi nevera y el asiento derecho de mi coche y…, ¡ah!, y mi cuerpo todo entero, que eso sí está bien.

Josi no aguanta más su gesto recio y suelta la puerta. Le rodea el cuello con los brazos y se pone de puntillas para alcanzar descalza sus labios.

—Pasa a comer, prefiero lo que hay en mi nevera.


Lutz vuelve a jugar de delantero, pero esta vez la suerte no está de su lado. Falla las pocas ocasiones de gol que es capaz de fabricarse y el partido se convierte en una pesadilla. Es la primera vez desde que llegó a la Bundesliga que pierde el gusto por el juego. Kalli le fulmina desde la banda con la mirada. Lutz es consciente de que no es su noche, pero invoca a la fortuna. A veinte minutos para el final nota el cansancio del rival y confía en aprovechar ese sofoco para anotar al menos el primer gol de su escuadra. Sin embargo, el entrenador hace un doble cambio: saca a la vez del campo a Eigendorf y a Hans. Las sustituciones permiten al Kaiserslautern marcar dos tantos insuficientes para superar los tres del Hamburgo.


El primer cielo escarchado de octubre obliga a Lutz a levantar el cuello de su abrigo de camino al coche. Allí ve a un hombre. Un tipo robusto y vestido de oscuro apoyado en su Golf. Eigendorf se paraliza, no sabe si salir corriendo o encararlo. Mira a su alrededor pero no ve a nadie más de aspecto amenazador. Algunos compañeros se pierden en sus propios vehículos, alejándose del aparcamiento donde el jugador decide dar una voz. Pero es en ese momento cuando el tipo de espaldas anchas grita:

—¡Lutz!

Eigendorf vacila. Reconoce vagamente la voz, como proveniente de un sueño. Entonces da unos pasos en dirección a su coche para encontrarse con la sonrisa de dientes desordenados de

Felgner. Aún con la sensación de estar viviendo una alucinación, Lutz corre hacia su amigo, que a su vez se apresura a cazarle con su abrazo de red pesquera. Felgner está más delgado, sus ojos brillan posados sobre unas pantanosas ojeras. Lutz vuelve a estrecharle sintiéndose en otro tiempo, como si se encontrara frente a una puerta entre dos dimensiones, ante un oopart.

—Pero ¡¿qué coño haces aquí?! —pregunta riendo Lutz.

—He venido corriendo desde el otro lado a felicitarte por tu gol.

Ambos ríen mientras vuelven a abrazarse.

Una vez en el apartamento de Lutz, sentados en el sofá de cuero, Felgner le relata los líos de contrabando que le han valido la deportación. También le cuenta que ha estado todo el verano en Berlín occidental, donde tenía algunos amigos, pero que no ha conseguido un buen empleo.

—Y además… ¡qué cojones!, ¡tenía ganas de verte!

Cenan unas salchichas e improvisan una cama en una de las habitaciones vacías, la que Lutz había destinado a Sandy.

—La niña está guapísima —suelta Felgner sin mirar a su amigo, sin percatarse de la turbación provocada por el comentario.

De momento el exboxeador se quedará unos días en casa de Lutz, luego decidirá si busca trabajo en Kaiserslautern o si opta por visitar a unos tíos en Bonn. Así que cuentan con tiempo para hablar sobre Berlín, sobre Sandy, sobre Gabi, sobre su nuevo marido, sobre cómo han cambiado las cosas en un mundo perdido.

# 17

Quizá no sea el momento más oportuno. Lutz lleva dos partidos sin jugar. Kalli le ha sentado en el banquillo sin explicación alguna. Así que el futbolista está desconcertado, se siente cuestionado por primera vez, no sólo desde que fichó por el Kaiserslautern, sino desde que comenzó a jugar al fútbol. La prensa también se muestra crítica con él. Por eso Felgner duda si ha de darle la noticia, pero finalmente decide que es mejor que tenga toda la información aunque le lleve tiempo digerirla.

—Han adoptado a Sandy.

—¿Quiénes? —pregunta Lutz con la boca llena de patatas fritas.

—Gabi y Peter, su nuevo marido.

Lutz se queda un segundo petrificado. Para de masticar y su carrillo izquierdo permanece hinchado como un tumor.

—Eso es imposible, no pueden adoptarla sin mi consentimiento, ¡yo soy el padre!

—Claro que eres el padre, Lutz; simplemente quieren que no lleve tu apellido, quieren borrarte del mapa, quieren joderte, pero no…

—¡Se llama Sandy Eigendorf!

—Ya, Lutz…

Entonces Felgner baja la cabeza y abandona la explicación. Están sentados en un bar del centro. Las sillas son de plástico.

—¡¿Y quién coño es ése?!

—¿Peter? Bueno, al parecer es un antiguo amigo de Gabi del instituto.

—¿Y ella le quiere? —pregunta compungido.

—No sé, Lutz, supongo que ella está sola. Y está dolida. Y piensa también en Sandy, y cree que así se sentirá más protegida. Lutz, sé que es jodido, pero no puedes echarle en cara a Gabi que haya encontrado otra pareja. Tú…

—Ya, ya lo sé —espira Lutz bajando la cabeza—. ¿Crees que si regresase, ella volvería conmigo? —inquiere clavándole las pupilas a Felgner.

El exboxeador se desconcentra.

—Pero ¿de verdad estás pensando en volver? —replica—. ¡No me jodas, estás loco! Lutz, de verdad, hazme caso, déjala ir. Tomaste tu decisión, ahora sólo te queda mirar hacia delante. No sé si la decisión fue buena o mala, supongo que tendrá sus cosas positivas y negativas, pero ya está hecho, hay que afrontarlo. Ha sonado la campana y hay que darse de hostias con el tipo de enfrente, no se puede volver al rincón.

Lutz mira con compasión sus salchichas cortadas con el tenedor y sabe que ya no tiene estómago para seguir comiendo.

—Joder, Felg, no sé cómo me he metido en este lío.

—Las cosas pasan por algo. Ahora… Yo creo que has mitificado todo, tu relación con Gabi, tu vida en Berlín, a la propia Gabi. Las cosas pasan por una razón, tomaste la decisión en un minuto, pero seguro que ya estaba dentro de ti. Si de verdad hubieras sido tan feliz como ahora recuerdas, te aseguro que no te habrías quedado en este país ni ahora estarías aquí sentado sin hacer nada.

Horas después Lutz habla con su madre por teléfono. Inge confirma la información de Felgner sobre la adopción, le explica que ya apenas tienen trato con Gabi pero, aun así, que sabe que se han agilizado los trámites y que se ha añadido alguna cláusula de excepción para poder cambiarle a Sandy el apellido sin el consentimiento del padre. Intenta convencerle de que el apellido no tiene la menor importancia, de que la niña le recuerda perfectamente; le miente diciéndole que ella tiene claro quién es su padre. Inge luego procura saltar a otro tema; le refresca que dentro de poco es el cumpleaños de Jörg y le confiesa que lo que más ilusión le haría sería una pistola de agua para lavar el coche.

—Se la mandaré —sentencia Lutz.

—Y a mí me vendrían bien unas zapatillas de deporte, pero sólo si tienes tiempo de ir a comprarlas.

—Claro, mamá.

Ambos acuerdan que volverán a hablar el viernes a las siete de la tarde, cuando Jörg esté disponible.

—Vamos, hijo, anímate. ¿No has encontrado ninguna chica por ahí?

Lutz vacila. Incluso le resulta una traición hacia Gabi confesarle a su madre su relación con Josi. Sin embargo, toma aire y mira hacia arriba, el mismo gesto que sirve de transición entre la desolación por el gol encajado y la determinación de ganar el partido.

—Sí, mamá, se llama Josi y a lo mejor me caso con ella.


Los siguientes dos meses son buenos. Lutz sustituye el alcohol por el café, reduce la comida basura, juega íntegramente todos los partidos. El equipo se mantiene en la cabeza de la tabla y las Navidades llegan silenciosas. Ahora ya tiene recuerdos de la Navidad en Kaiserslautern; los árboles engalanados, los villancicos, las coronas de adviento y las velas pueden ser una reminiscencia de lo vivido el año anterior. Poco a poco Lutz va cultivando un pasado en su nueva ciudad, un lugar poblado de referencias, un espacio donde posar la mirada postrera sin tener que lanzarla por encima del muro.

Ahora sí que está dispuesto a jugársela con Josi. Sacan unos billetes para Eilat, una ciudad turística israelita al borde del mar Rojo. Allí se pueden practicar deportes acuáticos. Lutz está falto de acción, de estímulos, de motivación. Acaba de inscribirse, junto con Felgner, en un rally en Australia organizado para el verano.

Le gusta la adrenalina; en Berlín las carreras de coches canalizaban ese impulso, pero ahora tiene una oferta mucho más sofisticada de emociones. A Josi le encanta el mar, desde pequeña ha veraneado en Mallorca. Los Müller cogían a las tres niñas y se las llevaban a España a disfrutar de una temperatura y una sal inéditas por el norte. Así que Josi está entusiasmada con el viaje. Pero, sobre todo, porque ha sido iniciativa de Lutz, porque entiende que esta invitación es, en realidad, un pase hacia su vida en común.

Eilat está al borde del desierto. El paisaje es árido, montañas y planicies rocosas se alternan en el horizonte bordeando el viejo puerto de pescadores convertido ya en un turístico resort. La temperatura del mar Rojo, incluso en invierno, no desciende de los diecisiete grados. En verano debe de ser imposible encontrar espacio en las playas o reservar una excursión de buceo a los arrecifes de coral. Ahora, en diciembre, una liviana y afrutada mescolanza de idiomas flota en el comedor del hotel donde se hospeda la pareja.

Lutz vive fogonazos de serenidad. Una paz relacionada nítidamente con la evasión, con estar lejos de Berlín, lejos de Kaiserslautern, lejos de la realidad, de la Bundesliga, de la Guerra Fría, de Lutz Eigendorf. Josi lleva un biquini negro con los bordes en blanco; esa fina cinta clara se prolonga en forma de lazo que anuda detrás de la nuca. Se ha recogido el pelo. Y Lutz la contempla cuando ella cierra los ojos tumbada en la playa. Y la desea y comprende que empieza a quererla. Y luego, en la habitación del hotel, el biquini parece diminuto tendido en el suelo junto a la cama donde ella se ha soltado el pelo para fustigar involuntariamente a Lutz cada vez que se agita sobre él, a cada espasmo y grito sofocado. Y él vuelve a mirarla en un fabuloso contrapicado, ella sulfurada por el sol y por el placer, el pelo enmarañado por el salitre y la convulsión; sus ojos siguen cerrados, pero su cuerpo está abierto, mirándole, sus pechos desafiantes, su cadera con la velada marca del biquini, sus hombros enrojecidos y sus labios mordidos por sus propios dientes como queriendo disfrutar ella también de sí misma.

El paraje submarino es espectacular. Josi se emociona. Es una chica sensible a pesar de esa seguridad de universitaria intelectual esgrimida en ocasiones. Lloró hace unos días la muerte de John Lennon y ahora no deja de recordar los colores, el reflejo de la luz desollando las profundidades.

Luego se deciden a hacer esquí acuático. Lutz ama la velocidad. Josi se muestra más cautelosa a la hora de pedir intensidad al piloto de la lancha. Surca el mar agarrada con inseguridad a la barra, su espalda está encorvada y su mueca delata grandes esfuerzos para mantener el equilibrio. Lutz, no obstante, enseguida se confía. Levanta el pulgar indicándole al conductor que aumente la potencia. Quien maneja la barca es un chaval italiano, de unos diecisiete años, que reconoció a Lutz inmediatamente. Además, es un apasionado del fútbol. Ambos charlaron sobre el fichaje de Schuster, la sensación de la pasada Eurocopa, por el Barcelona. Así que el chaval quiere complacer a Eigendorf en su aventura acuática, se esfuerza en hacerle disfrutar a cada viraje de la lancha, obedece a las demandas del jugador de incrementar la velocidad a pesar de navegar próximos a los arrecifes.

Lutz parece haber esquiado sobre el agua toda la vida, domina el equilibrio y poco a poco va arriesgando más empujando sus propios límites. Sin embargo, un esquí se queda incomprensiblemente atrás, hundido en el mar, como si hubiese introducido el pie en un socavón. El futbolista sale despedido con violencia y da un par de volteretas sobre la superficie antes de sumergirse. Josi avisa al conductor, quien inmediatamente reduce la marcha y da media vuelta para recogerle.

—*Cazzo!* —exclama el chico.

Josi no percibe la magnitud del desastre hasta que oye a Lutz gritar dentro del agua. La lancha se aproxima a una nube de sangre flotando alrededor de su novio. Lutz se retuerce de dolor, intenta ver el daño causado en la pierna, pero el tinte de su propia hemorragia se lo impide.

Josi está al borde de las lágrimas mientras le acaricia el pelo aún mojado en el asiento de atrás de un coche con pegatinas de surfistas. El jefe del negocio de esquí acuático y windsurf ha decidido trasladar él mismo a Lutz al hospital en lugar de esperar a una ambulancia. El muslo derecho está desgarrado. Un torniquete impide que mane más sangre por una herida que claramente precisa sutura. El hueso también parece afectado, según el propio Lutz. No ha sido buena idea esquiar a tan poca distancia de las rocas.

Le operan en el hospital de Homburg, a cuarenta kilómetros al sudoeste de Kaiserslautern. Necesitan restañar el fémur, el menisco y suturar el tejido muscular. Los médicos predicen tres o cuatro meses de baja. Desde la ventana del hospital Lutz puede ver la nieve petrificada sobre los tejados y siente escalofríos, se tapa con la sábana áspera y respira el aire caliente y narcótico de los hospitales, el tufo a puré y a cloroformo. Josi duerme a su lado la noche siguiente a la operación. Lutz se enternece, aprecia que el amor de la chica hacia él es más hondo de lo imaginado. Y desearía poder quererla así, con esa simpleza y esa rotundidad, con esa bravura y esa inocencia.

Le duele la pierna. Nieva. En un par de días se irá a casa, pero no está seguro de que casa sea ningún sitio. Está dividido, para siempre fragmentado en un juego de muñecas rusas: dos Alemanias, dos Berlines, dos Eigendorfs. No volverá a ser una unidad, un hombre sólido, hermético, proporcionado y de una pieza. Percibe que, ya de por vida, continuará con una mitad ausente, con un pedazo de sí mismo perdido, como una de esas esfinges egipcias. Una parte del alma allanada, un perfil que todo el mundo intuye, que se espeja con el real a modo de holograma. Medio Lutz Eigendorf se quedó en Berlín arropando a su hija con pájaros de colores, haciéndole el desayuno a una rubia aún dormida, sacando de centro en el Sportforum Hohenschönhausen.


Buchholz ha entrado en casa de Lutz aprovechando su ausencia. Ha realizado un detallado informe de las estancias y los enseres, ha hecho fotos, ha dibujado un plano de la calle tranquila donde se ubica la nueva residencia. Por la cantidad de paquetes de Jacobs Krönung almacenados en la despensa deduce que es un bebedor compulsivo de café. También observa numerosas tabletas de Reactivam, un medicamento para maximizar el rendimiento físico.

La reunión con Hess tiene lugar en la casa de seguridad de Berlín, como de costumbre. Buchholz ha sido padre. Su mujer ha dado a luz un niño con mucho pelo. A pesar de ser madre primeriza con cuarenta años, todo ha salido bien. El nuevo padre pretende impresionar a Hess con sus informes y pedir un receso, una excedencia de unas semanas, quizá unos meses para regresar a Duisburgo con su familia. Aunque, en realidad, lo que desea es la jubilación. Con sesenta años y tras una vida castigándose el hígado con el alcohol y con el plomo aliado alojado en la pierna, cree que es momento de parar.

Confía en que la lesión de Eigendorf relaje a la cúpula de la Stasi. El jugador está ya inhabilitado, varado en su casa. No tendrá disposición de salir y su vigilancia será más rutinaria y cómoda. Piensa que bastará con el equipo oculto en la furgoneta de la lavandería, con los agentes desplegados a la salida de los entrenamientos. En realidad, Buchholz no cree que sirva de nada el control del jugador. Si la Stasi quiere actuar en su contra, debe hacerlo ya. Lutz no propicia ninguna acción o comentario especialmente relevante sobre sus propósitos de volver a Berlín oriental o de traer a su familia a la República Federal de Alemania. Los informes sobre el jugador, reflexiona, deben de estar acumulándose en las catacumbas de cualquier edificio en Berlín, engrosando otro montón de papeles, toda una pirámide ingobernable de datos inanes sobre otros cientos de miles de supuestos enemigos de la patria.

Hess viste un traje gris claro. Pulcramente afeitado a navaja, enhiesto, con la mirada calibrada como un rifle de precisión. Así escruta los informes de su subordinado. De vez en cuando estornuda y se suena con un pañuelo blanco que inmediatamente esconde con un ademán prestidigitador. Como avergonzado de estar constipado, como si el resfriado fuese un síntoma de debilidad.

—Siga sin perderlo de vista.

—Camarada Hess… —carraspea Buchholz—, querría que transmitiera al alto mando mi deseo de retirarme de la operación. He cumplido ya sesenta años, tengo una pensión de invalidez por una herida de guerra que cada vez soporto peor. Me siento cansado, creo que lo he dado todo por la patria, pero ya no soy tan útil. Ya quisiera yo seguir con la fuerza de antes. No sé si sabe que pilotaba carros de combate, estuve en la batalla de…

—Transmitiré su petición —sentencia con sequedad Hess.

—Gracias.

Buchholz está tentado de informarle del nacimiento de su hijo, pero desiste ante la insensibilidad del teniente coronel. Hess, sin embargo, añora todo lo contrario: la acción. La burocracia, el espionaje indirecto, las reuniones clandestinas con otros IM, las citas protocolarias en Normannenstrasse, todo eso le fatiga y aburre. Su enorme cicatriz, su fibrosa musculatura, su paso marcial piden explosiones, movimientos tácticos, sangre y gloria. Pero Hess envejece en pisos francos, en despachos, solo en su casa cenando atún.

Tres semanas después Buchholz recibe una negativa a su petición de excedencia. Arruga el papel con las tres líneas que borran su esperanzadora vacación junto a su retoño y a su mujer, y vuelve a comer en el coche frente al Club KA. Hastiado de su labor y sin más estímulo que demandar en breve su jubilación, continúa vigilando a Lutz durante sus tres meses de inactividad. Los informes siempre hablan de lo mismo: Eigendorf bebe mucho alcohol, engorda, está desmotivado; en definitiva, atraviesa el peor momento desde que escapó. De repente se desmorona su acicate para la huida: el fútbol. Coge a Felgner por los hombros apoyado en la barra de los bares y le confiesa su intención de dejar el deporte. Occidente ha perdido ya su encanto, la novedad se ha esfumado, ha disfrutado de los placeres prohibidos por el comunismo. Así que, borracho, habla con su amigo también borracho de abandonar la profesión y cobrar el seguro por lesión, quizá montar una tienda de deportes.

Josi le llama, pero no coge el teléfono. Últimamente la esquiva. No quiere que se quede a dormir, sólo se encuentra a gusto en su tristeza y autocompasión. Bebe en casa, ve la tele, recibe a Hans y le tortura durante toda una tarde tratando de explicarle que su presente está impregnado de una melaza de tristeza, como una hormiga presa en una gota de resina. Hans le incita a ver a Josi, pero Lutz insiste en que todavía no la merece, en que ella no debería estar con alguien aún enamorado de otra chica. «No sé, Hans —le dice—, ni siquiera sé de quién estoy enamorado, porque Gabi probablemente ya no es Gabi, la Gabi que recuerdo. Ya no sé quién es, en qué la he convertido. A veces me sorprendo hablándole y no sé quién está al otro lado del silencio.»


Erich Mielke ha visto los cuatro partidos del Kaiserslautern sin Eigendorf —tres empates y una derrota— en una de las salas de la segunda planta del edificio número 1 de Normannenstrasse. Rodeado de algún político, de algún militar, del invierno agonizando, no ha sabido qué desear. Los fracasos del Kaiserslautern hieren a Lutz, así que son buenos; sin embargo, constatan el estrago de su ausencia en el equipo y eso refuerza su ego de futbolista, eso es malo. Mielke sufre cada vez más ardores estomacales. Da sorbos a un jarabe rosáceo que guarda en el bolsillo del uniforme. El Dynamo tiene la liga encarrilada, nada parece impedir su tercer título consecutivo. Mielke posee una prodigiosa capacidad para blindarse de convencimientos que le son convenientes. Así que está seguro de que su equipo se llevará el torneo por méritos propios. Es muy complicado que le punce la conciencia. Ni siquiera le atormentan los asesinatos de dos policías cometidos hace cincuenta años, cuando pertenecía a una facción comunista en una

Alemania debatiéndose entre la violencia de grupos de extrema derecha y de la izquierda radical.

A mediados de marzo la pierna ya está curada; sin embargo, Lutz teme que su temporada sea irrecuperable. Apenas juega minutos sueltos en las siguientes seis jornadas. No acaba de estar repuesto ni física ni psicológicamente. No se cuida, come mal, engorda y está triste. Pero el 2 de mayo llega uno de los encuentros más importantes de su vida: la final de la Copa de Alemania. Es la cuarta vez que el Kaiserslautern llega al último partido de esta competición. Ha perdido los tres anteriores. El conjunto rojo tiene una cuenta pendiente con la Copa y Lutz con el propio Kaiserslautern al que prometió darle títulos.

La final se disputa en Stuttgart a las cuatro de la tarde. El sol restalla contra setenta y un mil espectadores. El rival es el equipo de Pahl y Nachtweih, el Eintracht de Frankfurt, que hace justo un año ganó la Copa de la UEFA. Lutz ha hecho un esfuerzo en la última semana por perder algo de peso y entregarse en los entrenamientos. Confía en que Kalli le dé una oportunidad. Pero durante los noventa minutos ve sentado en el banquillo cómo su equipo sucumbe una vez más.

En el autobús de vuelta asume que su temporada está perdida. Le tienta hablar con el míster, pero sabe que no tiene derecho a exigirle nada. No se ha cuidado, no está mentalmente centrado. Tampoco habla con Josi. Se suman ya muchas semanas de silencio. Esperaba volver a ella cuando se encontrara fuerte en el terreno de juego, confiado y algo alegre. No obstante está desolado. Su ausencia en la final y la derrota le merman. No sabe cuál es el siguiente paso. Únicamente adivina que se siente solo e incomprendido. El fútbol no ha logrado proporcionarle la autoestima necesaria para acudir a Josi, así que, desesperado, decide hacerlo al revés. Quizá el amor de la chica pueda darle el combustible precisado para volver a ser el futbolista que era.

Entra en la peluquería de la calle Ker recomendada por Hans, donde se corta el pelo, y pide que le afeiten. Luego pasea por las tiendas de Fackelstrasse acordándose de aquella camisa horrorosa de estampados hawaianos que le obligó a ponerse Alex en sus primeras salidas nocturnas por la ciudad. Esta vez vuelve a presentarse en la puerta de la chica acicalado, con un jersey nuevo rojo y un ramo de flores. Josi no está. Su prima le sugiere que la busque en la biblioteca de la universidad. Lutz se pone unas gafas de sol y deja el ramo en el banco de una parada de autobús porque no quiere llamar la atención de los chicos en el campus. La liga se ha parado quince días, y hasta dentro de una semana no hay partido. Se presentan unas pequeñas vacaciones en las que confía raptar a Josi e irse a un lugar lejano y tranquilo, quizá Cerdeña, donde olvidarse de todo, como hicieron durante un tiempo en Israel. Mayo brinda buen tiempo, un calor tímido pero penetrante como la rozadura de una medusa.

Lutz reconoce a unas amigas de su chica fumando en la puerta de la biblioteca y les pide que la avisen. Por sus gestos percibe que Josi no va a salir de buen humor; sin embargo, emerge del edificio, más que enfadada, abatida. Se pone sus gafas de sol de aviador y se suelta el pelo. Luego se lo vuelve a recoger en una cola de caballo. Le han salido algunos granos en la barbilla, no está especialmente guapa. A Lutz le ha dado tiempo a adivinarle ojeras.

—Estaba estudiando —protesta la chica.

—Vamos a tomar algo, quiero hablar contigo.

—No me puedo ir a tomar nada. Ya te he dicho que estoy estudiando, mañana tengo examen.

—Ya.

Lutz estaba preparado para lidiar con la rabia, no con la decepción.

—Sé que he estado raro y distante estas semanas…

—Meses.

—Vale, estos meses, pero es que…

—¿Va a ser esto muy largo?, porque tengo mucho que estudiar.

Lutz se queda callado. Por un segundo cree que ella bromea, pero luego comprende su equivocación.

—No, no, Josi. Yo... no he conseguido volver al equipo, no me han salido bien los partidos y eso me deprime, no sé cómo manejar todo esto... Yo...

—Lutz, el problema no son los partidos, no es el fútbol —sentencia mirándole a través de los cristales tintados.

—Ya, ya, ya sé que a veces el tema de Gabi...

—El problema tampoco es Gabi, deja ya a Gabi, ¡estoy harta de Gabi! El problema eres tú. El problema es que no quieres estar bien, no quieres dejarla ir. Y así es imposible, así es imposible que estemos juntos, es imposible que estés con nadie. Hasta que no pases página...

—Han sido muchos años, Josi, entiéndelo.

—No te estoy pidiendo que la olvides, Lutz. No soy tan insensible... ni tan imbécil. Sé que es imposible que la olvides y tampoco lo quiero. Lo que quiero es que la recuerdes con cariño, pero que la recuerdes como eso, como un recuerdo, como parte de una vida que ya ha pasado.

Josi le mira suspirar. Él cree que ella se va a conmover, que le acariciará la coronilla y le abrazará. Pero la chica persiste impasible, con los labios secos y el pelo tenso.

—Ahora estoy yo, Lutz, lo tomas o lo dejas —prosigue—. Pero que sepas que no voy a estar esperándote siempre. Yo no salgo con la gente para romper y volver a reconciliarme; hay parejas a las que les va ese rollo, a mí no. Yo, si estoy con alguien, es para ser feliz, para quererle, para reírme, para abrazarle, para verle perder y para verle ganar, en lo que sea que haga. Y más aún si estoy enamorada de ese alguien como lo estoy de ti. Nunca he sentido nada por nadie como lo siento por ti, y por eso mismo no voy a jugar a este juego ni voy a permitir que estés conmigo a medias. Porque yo contigo lo doy todo. Y quiero que sea así, quiero un amor al cien por cien. Así que no quiero verte hasta que de verdad estés dispuesto a dármelo todo. Yo no puedo ayudarte, Lutz, es posible que nadie pueda ayudarte. Eres tú, tú solo. No sé cómo se hace, no he estado en tu situación y ojalá no lo esté nunca. Tienes que arreglarte, que curarte tú solo, y cuando estés bien, si de verdad quieres quererme, seré la mujer más feliz del mundo.

Por debajo del marco dorado de las gafas de Josi se desliza una lágrima. Lutz está impresionado ante el discurso de la chica. Le han conquistado su sensatez, su lucidez, su entereza, su sabiduría, su amor hacia él. Y quiere decirle que la amará para siempre, que jura que a partir de ahora todo marchará bien. Pero se queda callado, porque en el fondo sabe que esa promesa está vacía.

—Me tengo que ir a estudiar. Suerte en el próximo partido.

Josi desaparece con su coleta vivaracha como una ardilla. Lutz le mira el culo embutido en los vaqueros negros y la desea y la quiere. Ella no vuelve la cabeza. Se borra detrás de una enorme puerta de cristal.

El día sigue soleado. También en Cerdeña.


Lutz no juega ninguno de los últimos partidos hasta el final de temporada. Suspende el rally en Australia, no tiene ánimos. Pasa el verano bebiendo con Felgner, compartiendo taxis y chicas, viendo la televisión. Reserva fuerzas para la temporada que viene, la última que tiene firmada con el Kaiserslautern. Y un día de julio, sin querer, cumple veinticinco años.

# 18

Cuando Mielke fue nombrado ministro para la Seguridad del Estado en 1957 comenzó a reestructurar la Stasi para convertirla en un duplicado del KGB. Empezó entonces a tejer una red interna de espías —IM— que escudriñaban a sus congéneres, a confeccionar una paranoica sociedad de autovigilancia. No denunciar a tu vecino o amigo por alguna acción o pensamiento contra el Estado, como, por ejemplo, la intención de fugarse del país, estaba penado con hasta cinco años de prisión. Se instauró la pena de muerte para crímenes capitales como el asesinato, el espionaje o el fraude económico. Sin embargo, casi todas esas sentencias eran silenciadas y ejecutadas en secreto, primero mediante la guillotina y, actualmente, con un tiro en la nuca. La mayoría de las veces no se informaba a los familiares de estos ajusticiamientos, ni siquiera de la propia sentencia. Los cuerpos eran incinerados y las cenizas enterradas en lugares secretos, en ocasiones en los cimientos de nuevas construcciones.

Los tentáculos de la Stasi, por supuesto, también se han introducido en la Alemania vecina. Dos mil funcionarios escuchan cien mil líneas telefónicas las veinticuatro horas del día. Pero los espías de Mielke están infiltrados en todos los ámbitos de la propia RFA: en el gobierno, en cada partido político, en las industrias, en los bancos, en las iglesias, en la policía, en las universidades, en los medios de comunicación. Cerca de treinta mil alemanes del Oeste espían para la Stasi.


Agosto claudica. El verano ha pasado rápido pero los días aún son largos. Ya ha comenzado la liga en occidente. Desde hace dos años Mielke está más pendiente del fútbol de la otra Alemania que del de la suya. Quizá porque la competición en el Este ya no tiene emoción, no tiene sentido. El Dynamo de Berlín ha vuelto a conquistar el título, el tercero consecutivo. Con la manifiesta ayuda arbitral podrían encadenar diez seguidos.

Al general no se le han apilado los asuntos de Estado, sino los del alma y los de la libido, así que visita a Ada en su piso al sur de la ciudad. El sol está cayendo, desangrándose a través de los cristales. La estancia se ilumina místicamente, con un baño de rojos y malvas, con alguna pincelada amarilla. Huele a incienso y Mielke no desea otra cosa que estar allí, que vivir allí, que acostarse en aquella cama copada de cojines y no pensar en nada más. Ada le acaricia la sien nacarada y él cierra sus ojos de murciélago. El atardecer refresca el aire. La ventana permanece entreabierta y Erich siente la brisa enredándose en los pelos del pecho. Desnudo. Ha vuelto a fracasar. No ha sido Ada, con su baile y su sensualidad, con su música y su saliva; ni siquiera él, en su deseo y su esfuerzo por erigir su excitación. Ha fracasado su miembro, que se comporta con autonomía, como un disidente, como un díscolo camarada negando la marcialidad.

Mielke le cuenta a Ada sus temores. Cree que la mala marcha de Eigendorf en el equipo pueda avivar su deseo de reunificación con la familia. Sabe de su ruptura con Josi y de los escasísimos minutos disputados en los tres primeros partidos de liga. El entrenador parece haber perdido toda la fe en el chico y, sin ilusión ni compromiso amoroso, su familia debe de ser su única esperanza. Recuperarlos, llevarlos consigo a occidente para restituir su vida. Eigendorf se ha convertido en una cuestión capital para Mielke a pesar de invertir gran parte de su tiempo en importantes asuntos de Estado. Su fuga es un agravio personal, siente que a cada partido del Dynamo al que acude, la gente le mira burlonamente pensando: «Aquí ya nadie quiere jugar, ¿dónde está tu Beckenbauer?». El público del Sportforum Hohenschönhausen es cada vez más escaso. El Dynamo ha perdido crédito al tiempo que ha ganado copas.

Mielke se mostraba en público muchas veces junto a Eigendorf; posó a su lado en la foto promocional de inicio de campaña, se retrató dándole la mano en el vestuario tras la victoria ante Bulgaria. Los berlineses eran plenamente conscientes del apadrinamiento futbolístico de Lutz por parte del general, de su predilección hacia el chico, tanto deportiva como personal. Quizá la ascensión del jugador al primer equipo fue precipitada, aún no había cumplido los dieciocho años. No obstante, Mielke presionó al entrenador, Harry Nippert, para que le hiciese debutar en Primera División. Erich llevaba ya siguiéndole de cerca cuatro temporadas en el segundo equipo. Incluso había asistido a alguno de los partidos del filial sólo para disfrutar de aquel chaval larguirucho fichado del Motor Süd Brandenburg. Era insólito ver al jefe de la Stasi y presidente del Dynamo de Berlín en el campo semivacío de la división juvenil. Sin embargo, el viejo general volvía a sentirse enérgico en la grada de cemento, con el frío vidriando las pupilas que veían correr al fornido deportista que él nunca llegó a ser. Y cuando al año siguiente de ingresar Lutz en el primer equipo el Dynamo quedó subcampeón de liga, igualando la mejor marca de su historia, Mielke se emocionó. Su intuición, su querencia, su pasión habían sido recompensadas. Su arriesgada apuesta se saldó en positivo. Lutz no le había decepcionado.

Ada huele a una flor que Mielke imagina púrpura y acristalada, unos pétalos frutales, de otro hemisferio, escasísimos y narcóticos. Y escucha su voz arrastrando las eses y las erres, su acento eróticamente antiguo.

—Te preocupas por lo que desea Eigendorf, pero ¿qué hay de lo que quiere su mujer?

—Su exmujer —la corrige el líder esbozando una sonrisa aún con los ojos cerrados.

—Ella puede no desear volver con él. Da igual lo que él quiera mientras ella no quiera regresar a su lado.

—Ella está contenta con Peter, se han casado.

—Eso no es suficiente.

—¿Ah, no?

—El alma de una mujer es muy profunda. No sabemos dónde guarda su amor por Eigendorf.

—Pues haremos que lo odie, le diremos a Gabriele que Lutz se niega a pagarle la manutención de su hija, interceptaremos ese dinero, podemos inventarnos muchas otras cosas —escupe Mielke mirando al techo, al último racimo de sol.

Ada sonríe amotinando arrugas.

—Erich, es mejor intervenir donde puedes. Controlar lo que puedes controlar. Ahora no puedes hacer que Eigendorf se convierta en un hombre malo, en un hombre que no quiere a su mujer. Él habla con sus padres, ellos pueden decirle a Gabriele lo que son mentiras, pueden decirle que él aún la quiere. Eso no puedes impedirlo, no puedes pararlo.

—¿Entonces?

—Donde sí puedes intervenir no es en Eigendorf, sino en Gabriele. Haz que ella no desee volver jamás con él.

—¿Cómo?

—Tiene que tener un hijo de Peter.

Mielke se reincorpora del regazo de Ada. Mira sus ojos oscuros y milenarios. La idea le resulta maquiavélicamente genial.

—Y… ¿cómo? —balbucea avergonzado, incapaz de pergeñar en su mente el mecanismo para llevarla a cabo.

Ada se levanta. Su cuerpo es bello y largo. De un cajón extrae una pequeña caja de cartón. La abre frente a Mielke y le muestra unas pastillas azules.

—Peter sólo tiene que cambiar las pastillas que ella toma por estas otras.

—¿Éstas no tienen efecto? —pregunta el jefe de la Stasi.

—No.

—¿Y cómo tienes tú unas pastillas así?

—Nunca se sabe cuándo tienes que quitarte a una compañera de encima.


El Kaiserslautern ha empatado dos partidos y ha perdido uno. Su cuarto enfrentamiento de liga es en casa ante el Stuttgart. Kalli, sin dar explicaciones, pone a Lutz de titular tras haberlo tenido durante un mes en el banco. Cuando el partido se tambalea con una escueta victoria de los locales por 2 a 1, Eigendorf conecta un disparo desde el vértice del área que supone el tercer gol, el de la tranquilidad, el que hará inútil un postrero segundo tanto del rival.

Lutz no sabe si la confianza del míster —certificada con un gol— supone su definitiva instalación en el once inicial. Tampoco lo pregunta. En cambio sí solicita hablar con él después del entrenamiento del día siguiente. En poco más de veinte días jugarán la primera ronda de la Copa de la UEFA ante el Akademik Sofia. El partido será en casa. Sin embargo, Lutz no está dispuesto a viajar a Bulgaria para la vuelta. Su madre se lo pidió por teléfono, le recordó que allí no hay tratado de extradición, que saltar al bloque comunista sería exponerse a un rapto seguro. El jugador quiere dejarle claro al míster sus intenciones. Si su negativa conlleva su salida del equipo, está decidido a asumirlo. Cree que lo honesto es informar a Kalli con tiempo. Desde luego, lo que no tiene sentido es arriesgar su vida por un partido de la primera ronda de la UEFA.

El entrenador le apunta con su barbilla cuadrada. Ambos están en el vestuario y sus voces rebotan en los azulejos. El míster ladea una sonrisa. Lutz aún tiene el pelo húmedo por la ducha.

—Lo comprendo —asegura Kalli—. Esto no afectará a su alineación en la liga, pero comprenda que, por respeto a sus compañeros, no le ponga en el partido en casa ante el Akademik.

—Claro, por supuesto —dice Lutz sonriendo, contento por haber encontrado entendimiento y complicidad en su entrenador—. Gracias.

—No me dé las gracias y siga metiendo goles.

Lutz es titular en los dos siguientes partidos de liga, un empate en Mönchengladbach y una victoria por 4 a 0 ante el Arminia Bielefeld. Luego, el partido de UEFA, con Lutz en la grada, lo solventan sus compañeros con un 1 a 0. Todo parece marchar bien hasta el siguiente partido en Munich. Eigendorf tiene una tarde desastrosa: se equivoca en las anticipaciones, yerra en los pases largos y compromete en numerosas ocasiones a su propio portero. El Kaiserslatuern pierde por 4 a 2. Se le señala a él como el culpable de la derrota, un sector de la prensa se ceba especialmente. También le acusan de haberse borrado del partido de UEFA y de haber abandonado al equipo en el último tramo de la pasada campaña.

Lutz comprende que su etapa en el Kaiserslautern ha terminado. Una facción de la grada del Betze opina igual que la prensa más crítica. Se concibe especialmente vulnerable. Tiene opción de renovar su contrato por un año más, pero quizá la temporada que viene sea momento de contemplar otros horizontes. Decide entonces llamar a Jürgen Pahl; consigue el teléfono del jugador del Eintracht de Frankfurt y le pide consejo sobre el equipo. Pahl, otro desertor de la República Democrática Alemana, le habla maravillas del club, del buen ambiente, del afable entrenador. El Eintracht ganó la Copa de la UEFA dos años atrás y la pasada temporada no sólo conquistó la Copa de Alemania, sino que quedó quinto en la liga, justo por debajo del Kaiserslautern. Pahl le asegura que encajaría perfectamente en el equipo, pero también le recomienda que, en estos momentos, se blinde a las críticas. Le confiesa que él también sintió una presión extra por ser un fugado, aunque reconoce que tuvo la suerte de compartir esa presión con Nachtweih. «Pero ahora céntrate en tu equipo —le aconseja—, queda toda la liga por delante. Y, además, tenéis la suerte de jugar la UEFA. Disfruta del fútbol, somos jóvenes, nos quedan muchos partidos.»

Esa noche Lutz baila en el In. Felgner le observa acodado en la barra; el exboxeador dice que él sólo danza en los rings. Eigendorf no bebe nada. Está dispuesto a que le vean divirtiéndose en una discoteca, pero no hasta tarde y no consumiendo alcohol. No quiere más insultos. Firma algunos autógrafos a los chicos y flirtea con algunas mujeres. Se desfoga moviéndose en la pista; lo hace armónicamente y con gracia, desinhibido, libre. Se siente observado por un grupo de chicas sentadas a una mesa al fondo de la sala. No quiere mirar mucho hasta que lo hace y ve a Josi. Se ha cortado el pelo, parece mayor. Está distinta y, por tanto, menos familiar, menos suya. Y siente un pinchazo. Un dolor invisible por su pérdida y, a la vez, una insólita emoción por recuperarla. Sabe las condiciones. De la misma manera que fue honesto con Kalli, ha de serlo con ella, consigo mismo. Su sentimiento más sincero en ese momento, en una discoteca del centro, con la autoestima futbolística en camilla y con un amigo borracho de cervezas, es estar a su lado. No sabe qué sentirá mañana, dentro de un mes, el año que viene. No puede jurarle amor eterno, pero también sabe que una promesa así por parte de ella sería aventurada. Así que se acaricia su nuevo bigote y se acerca.

Ella se pone visiblemente nerviosa cuando le ve aproximarse con su aire de Travolta. Las amigas ríen pero no la dejan sola. Está claro que no se lo va a poner fácil.

—Hola —dice Lutz.

—Hola.

—Te has cortado el pelo.

—Te has dejado bigote.

—Me gusta tu pelo.

—Yo no estoy tan segura de que me guste tu bigote.

—¿No? Me hace más seductor, ¿no me parezco a Magnum?

Las amigas de Josi ríen ante el vacile. La chica se contagia.

—Te falta la camisa de flores y el Ferrari.

—Ya me puse una camisa estampada nada más llegar aquí y me fue fatal, pero no descarto probar lo del Ferrari.

—A mí no me gustan los coches deportivos.

—Pues entonces tengo un Audi de cuatro puertas que te va a encantar.

—Vas un poco rápido, ¿no, Magnum? ¿No deberías primero invitarme a una copa?

—Hecho —dice Lutz feliz.

—Bueno, que sean cuatro, mis amigas también tienen mucha sed.

Felgner, desde luego, prefiere el plan de ligar con las amigas de Josi que el de contemplar las piruetas de su amigo. Durante toda la noche ríen y beben los seis. Lutz cada vez está más convencido de su deseo. Josi es la mejor apuesta, es la puerta buena tras la que se esconde el premio de los concursos. Piensa entonces en Gabi para calibrar el magnetismo de su melancolía. Y Gabi ahora parece lejana como un buque. Y Lutz se pregunta si sería capaz de quererla en persona. Ha comprobado que la ama en la distancia, en el silencio, pero ya no está seguro de poder hacerlo a su lado. Algo le separó de ella, una sombra innombrable, un hastío, un elemento hoy evaporado pero con posibilidades de volver a manifestarse en caso de reproducirse el contexto.

Felgner insiste en acompañar a una de las amigas de Josi a casa a pesar de que cualquiera en la discoteca con menos de diez cervezas se daría cuenta de que el exboxeador no tiene ninguna posibilidad. Lutz lleva en el coche a Josi y a sus tres amigas, a quienes deja primero en sus casas. Luego se queda solo con la morena. Estaciona el Audi frente al portal de Josi y es entonces cuando Lutz le confiesa sus sentimientos, le explica que hoy no quiere en el mundo otra cosa que estar con ella, pero que no puede responder por mañana, que quizá deban centrarse en el día a día, no hacer planes a largo plazo, vivir el momento, dejarse llevar, disfrutar y quererse y reírse y estar juntos en las derrotas y en las victorias, «como tú me dijiste», le recuerda él. Josi le besa escuetamente en los labios.

—Si mañana sigues queriendo estar conmigo, llámame. Yo sí sé que estaré deseando esa llamada —dice ella antes de salir del coche y despedirse con una sonrisa.


El 30 de septiembre Eigendorf no viaja a Sofía, pero lo hace a Zurich. Allí juega su antiguo equipo un partido de la Copa de Europa. Lutz, quizá acomplejado por su cobardía al evitar Bulgaria, decide intentar un acercamiento con sus excompañeros. Una aventura noble y arriesgada a pesar de que Suiza es un lugar mucho menos peligroso que un país del Este, un escenario donde la Stasi tiene un margen de maniobra más reducido. Por supuesto, los hombres de Mielke están al tanto del movimiento del jugador y han reforzado las medidas de seguridad para el Dynamo.

Josi le ha pedido que no vaya, sin embargo él ha tranquilizado en lo posible a su recuperada novia antes de subirse al coche con Felgner. Al lado de su amigo se siente más seguro. No todo el mundo puede contar con un exboxeador de copiloto. En cuatro horas están en un hotel de Zurich. A veces Lutz necesita la adrenalina de la temeridad. Como cuando bajó a la recepción del Hotel Savoy para intentar llamar a unas prostitutas, como cuando hacía carreras de Trabis o pedía más velocidad sobre los arrecifes de Eilat. En ocasiones se siente muerto, como si el cuerpo disminuyera las revoluciones, los latidos, en una especie de coma emocional, casi físico. Y precisa del chute de una actividad que le asome, aunque sea tímidamente, a la muerte. Así ve él la vida.

Es consciente de que le han seguido por la autopista, pero está convencido de que podrá burlar tanto la vigilancia establecida para el Dynamo como la suya propia. Conoce los protocolos de seguridad del equipo en los desplazamientos al extranjero. Sabe dónde están las fisuras, a no ser que en estos dos años y medio hayan cambiado notablemente los dispositivos. La hora de la comida es el mejor momento para introducirse en las habitaciones. Toda la guardia estará custodiando el comedor. Ahora sólo queda resolver dos problemas: saber cuál es la habitación de Frank Terletzki, el capitán, y conseguir entrar en ella. Lutz asume la imposibilidad de reencontrarse con todo el equipo. Sin duda, su gran motivación es volver a ver a su amigo Frank. Siempre han jugado juntos, desde que llegó al Dynamo. Frank y Moni compartieron con Lutz y Gabi innumerables cenas y comidas, escapadas al campo, noches de baile y cervezas.

—Por abrir la puerta de una habitación de hotel no te preocupes —le consuela Felgner—, ya sabes que, aparte de boxeador, segurata y camarero, he tenido alguna que otra ocupación.

Felgner saca una gorra de su bolsa de viaje. Decide salir por las cocinas del pequeño hotel donde se aloja. Una vía de escape, la puerta de atrás, probablemente imperceptible a los agentes de la Stasi. Mientras tanto, Lutz se tomará algo en el bar del hotel, concentrando así la atención de los espías. Felgner llegará en taxi hasta el hotel del Dynamo y se registrará. El equipo siempre ocupa la primera planta, de modo que sólo deberá recorrer los pasillos para localizar la habitación de Frank, que, seguramente, esté cerca de la que presida el corredor, donde se hospedan los directivos de la expedición. ¿Cómo sabrá exactamente cuál es el cuarto de Frank? Su perfume le dará la clave. La manía o superstición de su amigo de ambientar olfativamente el cuarto delatará qué puerta deberá forzar. El perfume es Troinói, una típica agua de colonia soviética, así que Felgner no va a tener ningún problema en reconocerla. El exboxeador dejará la puerta entornada, y, poco después, entrará Lutz en el hotel y, posteriormente, accederá a la habitación de su amigo. La estancia que alquile Felgner servirá de escondite para Lutz en caso de tener que huir rápidamente de la de Frank.

Lutz utiliza la misma ruta de escape de su propio hotel que Felgner. Coge un taxi y llega hasta la recepción del Hotel Abassador. No cree que lo hayan seguido. Pregunta por el número de habitación del señor Müller, el apellido de Josi y el nombre en clave de Felgner. Luego simula dirigirse a esa habitación, pero, en realidad, aprieta el número uno en el ascensor.

La habitación aparentemente cerrada es la 112. Lutz puede oler nítidamente el perfume antes de traspasar la puerta, un olor arrolladoramente familiar. Le enternece ese aroma y, ya dentro de la estancia, quisiera ser el compañero de habitación de Frank y jugar junto a él el partido de esa noche.

Se esconde en el baño y espera a que su excompañero regrese de la comida para dormir la siesta. No tiene que aguardar más de veinte minutos hasta ver aparecer a Frank y a Rainer Troppa, su actual pareja hotelera. Los dos sofocan un grito cuando ven a Lutz, quien sonríe ampliamente debajo de su grueso bigote. Eigendorf abraza a sus compañeros y se siente feliz, como si hubiera cumplido una deuda pendiente. Frank está más calvo y enrojecido por la emoción. Los tres bajan el tono de voz y abren el grifo de la ducha para camuflar el volumen de sus palabras. Se meten en el baño y hablan atropelladamente sobre sus vidas. Frank le cuenta a Lutz que cada vez acude menos gente al estadio, que la liga está claramente amañada. Pero también le confiesa que Moni espera un niño, que por fin parece que este embarazo progresa y que, si todo sigue yendo bien, su hijo nacerá en primavera. Lutz abraza a Frank y siente su físico huesudo y fibroso, y como si hubiese accionado un proyector, durante un segundo le ve jugando, organizando la circulación del balón, dando el último pase.

—¿Qué tal están Gabi y Sandy? —pregunta Lutz, quien puede ver el gesto de ternura que su interés provoca en su amigo. Frank no le juzga, Frank no le acusa, Frank no le condena.

—No sé, no nos dejan verlas. La Stasi nos prohibió tener relación con tu familia. Moni lo ha sentido mucho. Y yo también, claro. Han hecho lo posible para que ya nadie hable de ti.

Lutz baja la cabeza. Imagina la cantidad de contratiempos sociales y burocráticos que les ha podido causar a Gabi y a Sandy su fuga. Se siente culpable. También lo lamenta por Frank al comprender que lo ha dejado un poco solo.

—¿Tú no tendrías que estar jugando en Bulgaria?

—Prefiero estar aquí con vosotros. Pegadles una paliza a esos suizos por mí.

Esa noche el Dynamo de Berlín pierde 3 a 1 ante el FC Zurich. El Kaiserslautern, sin embargo, vence al Akademik Sofia por 1 a 2; este resultado, junto con la victoria por 1 a 0 de la ida, da el pase a los alemanes para la segunda ronda de la Copa de la UEFA. Lutz escucha el partido por la radio en la habitación de su pequeño hotel. Mientras, Felgner hace abdominales en la alfombra.

# 19

Los cinco meses siguientes son, quizá, el mejor período de Eigendorf en occidente. Juega todos los partidos de titular, el equipo marcha bien en la liga. Su rendimiento es alto y la buena relación con Josi le ha centrado. Lutz todavía no está curado de su melancolía, pero, al menos, está decidido a combatirla. No piensa en el futuro, así no tiene que tomar decisiones definitivas ni asunciones irrevocables. Se desliza por el presente como lo hacía sobre las aguas del golfo de Aqaba.

Josi es consciente del duelo interior de su chico, pero lo siente cauterizar. Se conforma con eso, con ir ganándole día a día, beso a beso, igual que si rescatase a un ser querido de un coma, de una amnesia, de una ceguera. Cada vez es más suyo, o al menos Lutz cada vez es menos un fantasma, un espíritu doliente y desubicado. Ella está convencida de que ese hombre es su porvenir. Así que acude a todos los partidos en el Betzenberg y, por fin, viven juntos. Incluso se han comprado una perra, un cruce entre keeshound y chow chow a la que llaman Sandra. La adopción de la perra es claramente simbólica para ambos aunque no lo manifiesten verbalmente. Supone un compromiso, una alianza nueva, una responsabilidad compartida, un test para su convivencia y, quizá, futura paternidad.

El progreso del equipo en la Copa de la UEFA también está siendo esperanzador. Tras superar al Akademik Sofia, el Kaiserslautern se emparejó con otro equipo comunista, el Spartak de Moscú. Lutz volvió a ausentarse en el partido de ida en Rusia, donde vencieron los locales por 2 a 1. Eigendorf no contaba con disputar el duelo de vuelta, según las condiciones de Kalli. Sin embargo, el entrenador le alineó durante noventa minutos que concluyeron con una contundente remontada, 4 a 0.

En la tercera ronda acechaba el Lokeren belga, un equipo, en teoría, asequible. No obstante, las cosas se complicaron en el encuentro de ida, donde el Kaiserslautern perdió por 1 a 0. De nuevo tocaba remontada en el Betze. Y de nuevo los rojos marcaron cuatro goles por uno del rival pasando a cuartos de final. Ahora aguardaba el subcampeón de la Copa de Europa del año anterior, el Real Madrid.

La nueva casa de seguridad está en Schoneiche, una pequeña población al sudeste de Berlín. Franke espera acariciándose la barriga, consciente de que debe adelgazar. Se mira en el espejo del recibidor, se contempla de perfil. Así será difícil que encuentre pareja. Se acerca mucho al cristal y se quita las gafas. Escudriña su rostro vencido por la edad y el aburrimiento, por todos los viajes y las comidas y los orgasmos que no disfrutó. Vuelve a ponerse las diminutas lentes y se aleja de su contrariado reflejo.

Peter llega tarde. Frank está a punto de recriminárselo, pero lo encuentra inesperadamente guapo. La fiereza que Franke mostró en el pasado contra quienes intentaron cruzar el muro no es más que un odio interno hacia sí mismo. La identidad hallada en la Stasi, en la devoción a la República, se impone en los momentos más duros para acallar otra clase de sentimientos que le definen.

—¿Entonces? —pregunta Franke intentando sonar contundente.

—Está hecho —responde Peter con pesar.

—¡Enhorabuena, camarada Peter! No sólo por su gran trabajo, claro, sino porque va a ser padre.

Peter siente náuseas. Se encuentra absolutamente fuera del juego. No desea seguir trabajando para la Stasi, pero sabe que es imposible desligarse. Quiere a Gabi, quiere a Sandy. Están felices por el futuro nacimiento, y Peter daría lo que fuera por que toda su vida fuese real. Él también anhela ser el padre del próximo hijo de Gabi, pero de manera limpia. Desconoce si alguna vez podrá lavar su conciencia, vivir en plenitud y con tranquilidad su amor por las chicas, por el bebé en camino. El disfraz de amante, de marido perfecto, le ha devorado. Ya no pretende que sea un papel, sino su destino. Secretamente aspira a que la Stasi deje de necesitarle y, poco a poco y con tiempo, su realidad se tiña de verdad.

Peter daría lo que fuera por no tener que dar cuentas al ministerio. Considera romper con su misión, fantasea por un segundo con decirle a Franke que se ha acabado, que no piensa ofrecer ninguna confesión más sobre una familia que hoy es verdaderamente la suya. Pero entonces el mayor se dirige con su caminar patizambo hacia el maletín que descansa en la mesa del comedor y de su interior saca un sobre inusualmente voluminoso.

—Se lo ha ganado, semental.

Peter le mira con odio, borrando la sonrisa burlona de su superior. El IM se da cuenta de la temeridad que supone insultar con la mirada a Franke. Si quiere librarse del yugo de la Stasi, debería granjearse, para empezar, su simpatía.

Peter cuenta 2.000 marcos. Cada vez es más difícil justificar ante Gabi sus altos ingresos. Su deseo es gastar ese dinero en la familia, en viajes o en una nevera nueva, pero le cuesta hacerlo sin levantar sospechas.

Sin embargo, consciente de la imposibilidad de desligarse de su cometido y resuelto, por tanto, a llevar de momento su odiado encargo de Informante No Oficial hasta las últimas consecuencias, le dice a Franke:

—Necesito otro trabajo.

—¿Cómo dice?

—Dígale al camarada Mielke o a quien proceda que necesito otro empleo para poder gastar este dinero, un puesto donde, en teoría, me paguen más y me den primas de vez en cuando.

Franke escudriña con incredulidad a Peter y, en el fondo, siente compasión. Ladea una sonrisa con sus labios finos como orillas y se pone su trenca verde.

—¿Qué hace usted para estar delgado, así, en forma? —pregunta Franke de camino a la puerta.

Peter se queda en silencio, procurando esconder la rabia de sus ojos.

—En fin, siga con ello, le sienta bien —apostilla el mayor antes de dar un portazo.


Hans-Peter Briegel se encuentra en su mejor momento futbolístico. Tiene veintiséis años; mide casi metro noventa, es robusto y potente, un central infranqueable. En la Selección de la República Federal de Alemania ha jugado de lateral izquierdo y puede hacerlo tanto de interior como de centrocampista. Pero es en el centro de la defensa donde Kalli decide ponerlo esa noche en Madrid. A pesar de estar lesionado.

El entrenador ha estado dudando hasta el último momento. No es que Briegel tenga molestias, es que, directamente, cojea. Todo el equipo se sorprende cuando Kalli le alinea. El central lleva seis temporadas en el Kaiserslautern, es el motor de la escuadra. Ya ganó la Eurocopa de Italia dos años atrás y tiene la determinación de conquistar la Copa del Mundo en ese mismo estadio dentro de cinco meses. Lutz también está especialmente excitado por jugar en el Santiago Bernabéu. El recinto, que estrena videomarcadores, es la casa del campeón de seis Copas de Europa. El Kaiserslautern lleva ochenta y dos años suspirando por la primera.

Antes de saltar al campo, Kalli les recuerda en el vestuario que es un partido que dura ciento ochenta minutos, que existe un enfrentamiento de vuelta en casa y que ahora las remontadas del

Betze están de moda. El equipo ríe. «No vamos a arriesgar —determina—, vamos a jugar cerrados y esperando el contraataque; intentaremos mantener nuestra puerta imbatida. Ya les meteremos cuatro en casa como hicimos con el Spartak y el Lokeren.» El entrenador parece especialmente confiado en el equipo, hasta el punto de sacar a un renqueante Briegel.

En efecto, el Kaiserslautern se atrinchera en su área, entregándole la posesión y la iniciativa al Real Madrid. El muro alemán contiene a los blancos durante media hora, hasta que Cunningham remata un balón en la línea de gol tras un pase desde la izquierda de Ángel que ni Briegel ni el portero consiguen neutralizar. Los teutones se descolocan, confiaban en llegar imbatidos al descanso, y ese desconcierto les vale un segundo tanto cuatro minutos después del primero.

En la segunda parte el Real Madrid se muestra menos agresivo. El balón circula lento y apaisado hasta que Ángel roba un balón en el centro del campo, pasa en profundidad a Juanito y éste, tras avanzar unos metros, chuta fuerte marcando el tercer gol. Luego les dedica a los alemanes un corte de mangas. El público del Bernabéu le afea el gesto.

Briegel aguanta hasta el minuto setenta y dos. Su lesión le paraliza y es reemplazado por Dusek. Un 3-0 parece una renta casi definitiva para el Real Madrid a pesar de que los conjuntos alemanes son su bestia negra en Europa. Kalli es consciente de la dificultad de la remontada en casa, así que pide a sus hombres un último esfuerzo. El Kaiserslautern se estira y en los estertores del partido consigue acercarse a la meta de Agustín. A falta de cinco minutos para el final, Hübner penetra en el área e Isidro sólo llega a darle caza cometiendo falta. Penalti. El Kaiserslautern sabe que la oportunidad es crucial; marcar este gol significaría jugar la vuelta con cierta esperanza. El Bernabéu vocifera. El mediocampista Eilenfeldt posa el balón en el punto fatídico. Agustín se frota los guantes. Eilenfeldt toma carrerilla y bate al portero. Eigendorf se abraza al resto de sus compañeros. El árbitro pita el final y el resultado de la eliminatoria queda emplazado para dentro de quince días.

Felgner vuelve a ser portador de malas noticias: Gabi espera un hijo de Peter. Lutz se desestabiliza, deambula en los entrenamientos, es una sombra al lado de Josi. Ella está decepcionada, confiaba en que su novio estuviese más repuesto de su nostalgia. Sin embargo, ha tomado la determinación de no volver a dejarlo, de luchar junto a él hasta el final.

En el partido de liga anterior a la visita del Real Madrid, Lutz sólo disputa el último cuarto de hora. La mañana del duelo de vuelta de los cuartos de final de la Copa de la UEFA, habla con Kalli. Desea jugar ese encuentro, está convencido de que el Kaiserslautern puede remontar la eliminatoria y sabe que si eso sucede, la copa será suya. Rompe su norma de no pedir explicaciones ni por las titularidades ni por las suplencias; lo hace porque este combate es distinto, su situación anímica es excepcional. De la misma forma que la estabilidad amorosa ayuda a su rendimiento deportivo, la confianza del míster y sus buenas acciones en el campo son un trampolín para restaurar su relación con Josi.

Después del último entrenamiento, el día del partido, Lutz le pide a Kalli charlar a solas. El resto de los futbolistas salen del vestuario. Mientras, el entrenador y Eigendorf se recogen en una esquina del rectángulo de juego. Sopla el viento de mediados de marzo.

—Ya sé que estos días he estado un poco disperso, pero ya me encuentro mejor. Estoy seguro de que hoy, si juego, voy a hacer un gran partido.

Kalli le mira escéptico, molesto incluso por tener que mantener esa conversación.

—Eso lo piensan todos sus compañeros.

—Ya, ya, ya lo sé... Sólo digo que este partido, que esta UEFA es especialmente importante para mí porque no sólo se trata de fútbol. He estado algo deprimido, usted sabe que mi situación tiene a veces momentos difíciles. Pero eso también me da una fuerza extra, una motivación que, por mis circunstancias, mis compañeros no tienen. No quiero decir que...

—Entonces ¿a quién dejo fuera para que usted juegue? ¿A Funkel? ¿A Eilenfeldt?

—No lo sé, eso no puedo decirlo yo. Sólo puedo asegurarle que me voy a dejar la piel en el campo.

—Sí, pero no sé si el alma.

Kalli es más inteligente de lo que Lutz pensaba. Es perfectamente consciente de su problema.

—Yo sólo pongo a los que están mejor, mejor en todos los sentidos.

—¿Como a Briegel en Madrid?

Kalli mira irritado a Lutz. Ha sido un golpe bajo. El jugador se arrepiente del comentario, simplemente porque sabe que ha sido poco inteligente.

—Algunos jugadores al sesenta por ciento son mejores que otros al cien por cien. Cuando usted llegue al sesenta veré si juega.

Con esta frase Kalli da por zanjada la conversación y comienza a andar de camino al aparcamiento. Lutz se queda parado en el césped, con las manos dentro del abrigo azul de entrenamiento, el que sabe que llevará esta noche durante el partido.

Pocos aficionados recordaban así el Betze —completamente lleno, rugiente, tapizado de banderas rojas y blancas— para presenciar un duelo europeo digno de la Copa de Europa. El Real Madrid llega con la renta del 3-1, pero un 2-0 los dejaría fuera. Parece una ventaja cómoda, pero sólo el devenir del partido lo atestiguará. Los dos equipos salen a la vez al campo formando en fila india. Las cámaras alemanas se centran en el jugador germano del Real Madrid, Uli Stielike, con el diez a la espalda y una venda en el muslo izquierdo. Mientras los blancos forman una piña en su propio campo para conjurarse, el Kaiserslautern, todo de rojo, se coloca tranquilamente en su posición.

El Real Madrid no plantea nada. Interrumpe el juego con faltas y pierde tiempo. Lutz observa la grada vociferante y masca chicle para tranquilizarse. Es una noche para la gloria o para el desastre. Piensa que éste es uno de los partidos por los que merece la pena haberse fugado. Eso no anula su arrepentimiento por haberlo hecho, pero, al menos, puede sentir la recompensa a su sufrimiento, incluso sentado en el banquillo.

El Kaiserslautern monopoliza el cuero. El Real Madrid lo pierde rápidamente ante la presión de los locales en el centro del campo. La motivación alemana es máxima. Bongartz abre casi todos los balones a la banda derecha, por donde llega el peligro germano una y otra vez. A los siete minutos de juego Funkel dispara a puerta desde el costado diestro, apenas sin ángulo; sin embargo, a Agustín, que esta noche juega sin dorsal, se le escurre el balón entre las piernas. Nadie se explica el fallo, ni siquiera los propios jugadores rojos que abrazan al centrocampista con barba. El Kaiserslautern parece haber encontrado el camino del gol. Hoy el mando del juego lo ostenta Hans Bongartz, quien saca las faltas y oficia de director. El costado protegido por Sabido es el punto débil del Real Madrid y por donde los teutones inciden.

Los españoles practican un marcaje al hombre donde casi siempre fracasan. Los rojos son mejores. Su actitud no tiene nada que ver con la exhibida en el Santiago Bernabéu; hoy han salido a ganar desde el primer instante. Siete minutos después del tanto inicial, Wolf abandona su posición de lateral derecho para subir toda la banda y centrar. Breheme consigue rematar al larguero; el balón se eleva tras el impacto en la madera y cae a los pies de Funkel, quien a escasa distancia vuelve a batir a Agustín. La megafonía del estadio pronuncia heroicamente el nombre del bigoleador y el Betzse le aclama. En un cuarto de hora el Kaiserslautern le ha dado la vuelta a la eliminatoria y está en semifinales. No obstante, Kalli pide desde la banda concentración; Queda mucho encuentro y él conoce bien las traiciones de este deporte.

El Real Madrid ya no tiene guion. Su estrategia de trabar el juego y desangrar el cronómetro se ha venido abajo en quince minutos. Ahora pierden. La impotencia de verse superados por los alemanes desquicia a San José, quien patea innecesariamente a un contrario cerca de la banda. La entrada es fuerte, con las dos piernas por delante y desde detrás. El árbitro húngaro muestra la tarjeta roja directa. Lutz Eigendorf sonríe. El partido se pone ahora muy de cara. Ha transcurrido media hora y nadie podría haber imaginado un desenlace tan favorable.

Mientras el portero del Kaiserslautern saca en corto, Agustín rifa en largo cada balón. El Real Madrid está perdido, no sabe cómo contrarrestar el marcador y la inferioridad numérica. Ni siquiera su desesperación. A cinco minutos del descanso Cunningham galopa por el círculo central cuando es trabado por un rival; sortea la entrada, pero Eilenfeldt le obstruye aprovechando su desequilibrio. El inglés pierde los nervios ante el segundo obstáculo y agrede con una patada al mediocentro germano, que cae al suelo retorciéndose de dolor. Tarjeta roja directa. El Betze se pone en pie y salta, corea, disfruta viendo cómo agoniza el Real Madrid.

Lutz confía en aparecer en la segunda mitad. Sin embargo, Kalli no hace ningún cambio en el descanso. Bongartz vuelve a tomar los mandos. Ahora cabalga por la banda izquierda, llega al vértice del área, finta a Del Bosque, le amaga a la izquierda pero sale por su derecha, se abre un pequeño espacio para el disparo y cruza el balón al palo largo. El esférico pasa entre Stielike y Gallego y se cuela pegado al palo largo. Agustín simplemente mira cómo entra el balón. Sólo han transcurrido cinco minutos desde la reanudación. Kalli está en cuclillas frente a su banquillo. El público comienza a sentir que ésa es una noche especial. Lutz espera entonces que el míster le pida calentar, pero nadie le ordena levantarse.

La banda izquierda blanca sigue siendo un butrón por donde penetran los alemanes. Esta vez lo hace Gaye para centrar al punto de penalti donde Eilenfeldt se adelanta a Del Bosque y, al primer toque, pone el balón en el rincón de las mallas contrario al de la trayectoria de la asistencia. 4-0. El Betze comienza a corear: «¡Oh, qué día tan hermoso, y qué hermoso es todo esto!».

Tras el cuarto tanto en contra, incomprensiblemente, el Real Madrid reacciona. Ahora es Gallego quien se atreve a chutar a puerta, el balón golpea en un defensa y rueda hasta las botas de Pineda, quien dispara a la escuadra, un tiro imposible para el portero. El balón vuela directamente hacia la red, pero, justo antes de entrar, Funkel lo saca con las dos manos. Penalti. Por un momento el Kaiserslautern ve peligrar una eliminatoria que estaba ganada. García Cortés posa el esférico en el lunar de cal. Hellström intenta hacerse grande bajo los palos. Lutz se levanta del asiento y se aboca junto con el resto del banquillo al balcón del rectángulo. El madridista coge una breve carrerilla y descerraja un potente disparo a su izquierda, pero el portero sueco le adivina las intenciones y se lanza interceptando la trayectoria. Los blancos se echan las manos a la cabeza y los alemanes se echan encima de su guardameta. Hoy los dioses parecen vestir de rojo.

El Real Madrid encaja mal los contratiempos. En un principio la jugada no es más que un hombre del Kaiserslautern protegiendo un balón sobre la banda; no obstante, Pineda no soporta tener que lidiar con el culo del contrario, se desespera ante el blocaje y lanza una fortísima patada a la espinilla quieta del alemán. El delantero se convierte en el tercer madridista en enfilar el túnel de vestuarios antes de tiempo. Ahora sí que parece todo decidido. Kalli, sin embargo, no sonríe aún. Boskov intenta recomponer el desastre quitando a Sabido y metiendo a Carcelén. Quedan veinte minutos de partido. El Kaiserslatuern va ganando 4 a 0 y juega contra ocho. Kalli manda calentar a Lutz.

Eigendorf salta al campo. Mira a la grada. El Betze canta al unísono, agita las banderas. El público aplaude a Lutz, quien está haciendo una gran temporada. Ha jugado casi todos los encuentros, ha marcado tres goles. Se merece esta ovación, se merece participar en un partido histórico para el Kaiserslautern al que tanto debe. Ésta es su casa, su gente. Quizá todavía le queden muchos años en este equipo, ante esta afición que considera la mejor del mundo.

Un minuto después de su ingreso en el campo Geye marca el quinto en una jugada calcada a la del cuarto gol; la única diferencia es que ahora quien centra desde la derecha es Hofeditz y es él quien remata cerca del punto de penalti, de primeras y sin ninguna oposición. Los últimos veinte minutos del partido no tienen historia. Camacho pide un último esfuerzo, pero el Real Madrid está reventado física y psicológicamente. Han sido humillados. El árbitro decreta el final y Lutz sonríe. Nunca olvidará esa noche a pesar de no haber sido titular. Se acerca a Hellström y le felicita, en su parada estuvo gran parte de la victoria. Luego intercambia su camiseta con la de Stielike. De camino al vestuario se cruza con Kalli. Busca una mirada de complicidad, espera expresarle su agradecimiento con un gesto. Sin embargo, el entrenador no le mira. Quizá no quiere darle a entender que su participación se debe a la charla mantenida por la mañana. En cualquier caso, Lutz canta y se ducha con sus compañeros. Bajo el agua caliente Gabi es un dinosaurio.

# 20

Nada más entrar por la puerta, Sandy le pide a Peter que observe sus pasos de ballet.

—Voy a ser bailarina. Sólo sé tres pasos, uno no me sale muy bien, pero mira, éste...

—Perfecto, ése lo haces perfecto.

—Éste... éste es que no me sale muy bien, pero bueno...

—Bueno, no pasa nada, ya te saldrá bien, tienes sólo cinco años...

—¡Cinco y medio!

—Vale, cinco y medio —sonríe Peter.

Gabi sale de la cocina y se limpia las manos en su abultado delantal. Se pone de puntillas para besar los labios de su marido. Sandy protesta por la atención robada y vuelve a pedir que Peter mire cómo levanta tímidamente un pie mientras gira sobre sí misma sin demasiado equilibrio. Prestándole tan sólo un ojo, Peter deposita un paquete en la mesa del salón.

—¿Qué es eso? —inquiere Gabi mientras apaga el fuego.

—Dulces.

—¿Qué quieres?, ¿que me ponga aún más gorda?

—No estás gorda, mamá, es que tienes un bebé en la barriga —corrige Sandy.

Peter y Gabi ríen.

—No, es para celebrarlo.

—¿Te lo han dado? —pregunta Gabi emocionada.

—Sí, ya soy gerente del Berlin Sports Club.

Gabi abraza a Peter y se estrecha contra él todo lo que le permite el embarazo. Entonces, con los ojos cerrados, mientras rodea el torso atlético del futuro padre, sabe que todo va a ir bien. Por primera vez en mucho tiempo Gabi tiene la certeza de que puede volver a ser enteramente feliz. El bebé no ha sido buscado, aún no comprende qué pudo fallar, pero ya se ha hecho a la idea y le parece una gran noticia. Sandy se muestra muy ilusionada por tener un hermano y Gabi está convencida de que el nacimiento será la radiante inauguración de una nueva etapa. La relación con Peter es muy buena, a él se le ve nervioso pero emocionado. Sus carreras profesionales prosperan y la primavera ya ha llegado a Berlín.

Comen los dulces con la ventana abierta. Es cierto que el embarazo del nuevo niño le recuerda al de Sandy. Y Gabi hace esfuerzos por no pensar demasiado en Lutz, en aquellos meses, en aquella satisfacción teñida de inseguridades, en aquel amor puro. Peter, por otro lado, muchas veces se olvida de que su ingreso y sus avances en su nueva vida forman parte de un plan. Disfruta entre sus chicas, acariciando la barriga de Gabi. Quizá hay algo de autoengaño en él, una amnesia casi involuntaria que le permite dormir por las noches y soñar con que algún día dejará de reunirse en sórdidas casas de seguridad.

Eigendorf no recupera la titularidad en la liga, o no juega o disputa los minutos de la basura. Luego llega la ida de la semifinal de la Copa de la UEFA en casa ante el IFK Göteborg. Kalli no le pone. El partido termina con empate a uno. Días después arriba la vuelta, el partido más importante de la temporada y uno de los más trascendentes en la historia del Kaiserslautern. Está en juego el pase a una final a doble partido. En la otra semifinal, el débil equipo yugoslavo, Radnicki Nis, ha vencido 2 a 1 en la ida al Hamburgo. Si alcanzan la final, las cosas se pondrían fáciles para que el Kaiserslautern levantase su primer trofeo europeo.

El conjunto de Kalli viaja a Suecia confiado. Esta vez no le favorece el factor campo, pero cree en sí mismo, el empate a uno de la ida deja la eliminatoria muy abierta. Eigendorf comienza el choque en el banquillo. El Göteborg marca un gol al borde del descanso; un tanto psicológico duro para los alemanes. Kalli está nervioso. En el escueto vestuario del Gamla Ullevi recuerda a sus jugadores que están ante una ocasión trascendental, les asegura que se acordarán de ese encuentro todas sus vidas, sobre todo si lo pierden. Están a cuarenta y cinco minutos de una final europea. Ese partido hay que ganarlo.

Ocho minutos después de la reanudación, el banquillo rojo y la pequeña sección de seguidores alemanes pegan un salto para celebrar el empate de Geye. Lutz está seguro de que la final es de su equipo. Ahora quedan treinta y cinco minutos cruciales donde no se puede cometer ningún error, donde hay que aprovechar cualquier oportunidad. Sin embargo, ninguno de los equipos arriesga. Transcurren veinte minutos más y el marcador no se altera. Entonces Kalli mira a Lutz. «Caliente, sale ya.»

El jugador nota la inseguridad provocada por la intermitencia de sus actuaciones, ha perdido el ritmo de los partidos, pero ahora no hay lugar para los lamentos ni las carencias. El tiempo reglamentario termina. Al final Lutz va a disputar más minutos de los pensados. Kalli arremolina al equipo. Con el puño golpea la palma de su otra mano para ilustrar la fuerza física y mental que sus hombres deben aplicar en la prórroga. El árbitro hace sonar el silbato y los equipos cambian de campo.

Han transcurrido doce minutos del tiempo extra cuando un mediapunta del Göteborg consigue dar un pase al hueco dentro del área del Kaiserslautern. El balón pasa a escasos centímetros de la pierna derecha de Lutz, quien estaba en el eje de la adelantada defensa. Corren a la vez el delantero centro sueco y su marcador trazando una diagonal dentro del área. Cuerpo contra cuerpo el delantero se deja caer. El árbitro, de la Unión Soviética, pita penalti. Lutz y sus compañeros se echan encima del colegiado, el contacto ha sido claramente insuficiente para producir el derribo. El estadio se viene arriba.

Fredriksson, un defensa de veintiséis años de la cantera del IFK Göteborg, coloca el balón en el punto fatídico. El portero es Hellström, también sueco, lleva ya ocho temporadas en el Kaiserslautern. Fredriksson se sitúa al borde del área y desde allí inicia el trote hacia el balón. Hellström primero amaga con dos pasos hacia la izquierda y, justo antes de que patee el defensa, se estira a su derecha adivinando la trayectoria del potente lanzamiento. El balón vuela a media altura, impacta contra sus guantes y se eleva, pero no lo suficiente para esquivar el arco. El esférico entra por la escuadra. Mientras el defensa sueco corre a celebrarlo, Hellström golpea enrabietado con los dos puños el césped. Lutz se tira del pelo largo y alborotado. El desastre se hace visible.

Durante los quince minutos restantes el Kaiserslautern pelea por el empate que le daría el pase a la final. Sin embargo, la segunda parte de la prórroga transcurre más rápido de lo que cualquier alemán imaginaría. El partido concluye con el definitivo 2 a 1. El Kaiserslautern está eliminado. Los hombres rayados del Göteborg se abrazan y el público canta. Lutz siente unas espinosas ganas de llorar. Ahora de verdad comprende que se ha acabado un ciclo.

Tras la eliminación de la UEFA apenas juega los siete partidos restantes de liga. El equipo termina la temporada otra vez cuarto. El campeonato lo gana finalmente el Hamburgo, que también consigue llegar a la final de la Copa de la UEFA tras remontar el resultado adverso de la ida ante el Radnicki Nis. La final a doble partido, no obstante, se la adjudica el IFK Göteborg.

Lutz y Josi están de acuerdo en buscar otro destino. Saben que un cambio de equipo y de ciudad será un paso adelante futbolístico y amoroso. La ciudad tiene demasiados recuerdos, demasiados días lastimosos. Y Eigendorf ya no parece tener cabida en el club. La relación con Kalli no es buena. Ella, por otra parte, acaba de licenciarse, puede buscar trabajo como veterinaria en cualquier parte. No hay nada que la ate allí más que una familia y un grupo de buenas amigas.

Lutz queda en casa con Hans Bongartz para ver la final del Mundial de España que enfrenta a la Alemania Federal con Italia. Antes de que comience el partido en el estadio Santiago Bernabéu, Lutz habla con su amigo y le comenta su deseo de marcharse. Hans intenta convencerle para quedarse una temporada más; cree que ahora tienen un buen equipo y que de verdad pueden aspirar a grandes cosas el año que viene. Sin embargo, Lutz está decidido a cambiar de aires. Hans, resignado, le dice que mañana le presentará a Andreas, su agente. Hasta el momento Eigendorf no había necesitado de un representante; los problemas y las peticiones de aumento de salario eran asuntos que trataba directamente con Norbert Thines, su amigo.

La final mundialista la juega un compañero de ambos, Hans-Peter Briegel. Cuando suena el himno nacional y le enfocan, tanto Hans como Lutz desearían ser él. Ahora están a salvo de la presión, refugiados en un cómodo sofá de Kaiserslautern a mil setecientos kilómetros de una calurosa noche en Madrid. Sin embargo, nada los excitaría más que jugar un partido en el rectángulo de la historia. Unos anhelos y unas esperanzas de triunfo que poco a poco se ven contrariados por los goles italianos. El partido finaliza con una contundente victoria *azzurra* por tres goles a uno.


Mielke entra en el edificio de Normannenstrasse. Respira el olor a desinfectante y tabaco barato que contrasta con el aire floreado de mayo. Se sienta en su despacho, donde ha convocado a Hess. El teniente coronel le expone la situación: Eigendorf se quiere ir de Kaiserslautern. Todo el operativo de espionaje desplegado en esa ciudad tendrá que mudarse, reestructurarse. O quizá sea el momento de abandonar la Operación Rosa.

—¡De ninguna manera! —brama Mielke cuando Hess sugiere cancelar el seguimiento a Eigendorf—. ¡Ahora es cuando hay que estar más encima! Quiero ser el primero en saber dónde va, y no me importa dónde sea, ¡porque seguiremos vigilándole, escuchándole, sabiendo qué come y qué caga!

Mielke está especialmente agitado. En los últimos meses el departamento internacional de la Stasi ha trabajado en un detallado informe sobre el nuevo presidente de Estados Unidos, Ronald Reagan. El amplio dossier consiste, básicamente, en un análisis *top secret* del KGB y del servicio de inteligencia cubano. Lo que de verdad le irrita y le mantiene en un alto estado de tensión no es sólo la coordinación de dicho documento, sino el propósito de su redacción. El jefe del Partido Comunista de la Alemania del Este y jefe del Estado, Erich Honecker, pretende viajar a Estados Unidos para entrevistarse con el presidente norteamericano con el fin de ganar prestigio para su propia persona y de lavar la imagen del país. Mielke desaprueba por completo este gesto. La vigilancia sobre Ronald Reagan cuando era candidato ya le ha proporcionado suficientes motivos para odiarle, para considerarle un declarado enemigo del comunismo. Reagan ha criticado a los países comunistas por su «falta de libertad política, de libertad de expresión, por sus restricciones en materia de religión y viajes y por su fracaso económico». En su primer año y medio en la presidencia, Reagan ha endurecido su «combate» en la Guerra Fría.

Honecker es partidario de suavizar las posturas, al menos de cara al mundo. La Stasi sigue arrestando y encarcelando a cientos de ciudadanos, pero cada vez ha de tener más cuidado con las cabezas visibles. La oposición ha aprendido a utilizar a los medios de comunicación occidentales. Antes de cualquier protesta pública, los periódicos y las televisiones de la Alemania occidental son avisados. Mielke y Honecker saben que cualquier arresto saldrá al día siguiente en los titulares del país vecino. La Stasi ahora sólo detiene a los rebeldes más significativos durante un día o dos para mantenerlos alejados de las calles coincidiendo con las jornadas festivas, cuando las protestas públicas suelen tener lugar. De cuando en cuando el régimen expulsa a un ruidoso disidente al otro lado del muro.

El general, sin embargo, está convencido de la superioridad práctica y moral del comunismo y aboga por luchar por sus creencias y sus principios hasta el final. Le duele en lo más hondo tener que contener, aunque sea mínimamente y de cara al exterior, la represión. El corazón del pequeño Mielke parece bombear directamente en sus sienes y a su estómago. Da un trago de su antiácido rosa. Se ha reunido en varias ocasiones con Honecker, pero sus intentos de disuadirle del viaje a Estados Unidos han fracasado. El máximo mandatario de la RDA ha expuesto numerosas razones para maquillar ante el mundo un régimen que cada vez tiene peor prensa. Honecker suma setenta años de edad. Fue encarcelado durante una década por los nazis, acusado de comunista peligroso, hasta su liberación al final de la Segunda Guerra Mundial. Su pelo ya es totalmente blanco y abultado en las sienes, despoblado en la parte superior del cráneo. Ha mudado sus míticas gafas de pasta por otras con una montura más liviana. Hoy tiene un aspecto aún más tierno a pesar de ser indoblegable. Mielke, frustrado y colérico, ahora se centra en su lucha casi personal en el terreno donde manda sin oposición, así que le pide a Hess que azuce a Buchholz; quiere ser el primero en saber el nuevo destino de Eigendorf, antes incluso que el propio jugador.

Esa noche Mielke se cita con Ada en el apartamento del sur de Berlín. Ella está más fría, distante. Parece ausente y su falta de concentración la avejenta a los ojos del general. Hoy el jefe de la Stasi la encuentra demasiado humana, vulnerable. Pero, al mismo tiempo, contemplarla mental y casi físicamente lejana, la revaloriza. Mielke no quiere sexo. Está abatido. Le cuenta sus desavenencias con Honecker y el inminente fichaje de Eigendorf por otro club. Ada es consciente de su influencia sobre Erich, pero al igual que él no desea un contacto físico, a ella tampoco le apetece volver a ser su consejera. Escucha callada y medio vestida los lamentos y las iras de su cliente. Luego le espeta:

—¿Lo quieres o lo odias, Erich? Debes decidirte y actuar de una vez.

Erich la mira con sus pupilas miopes. Aprieta los labios. No sabe qué contestar.

—¿Qué es lo que quieres hacer con él? —prosigue Ada—. Si pudieras elegir, aunque sea un deseo imposible, ¿qué querrías que sucediera mañana?

—Que jugara en mi equipo —responde impulsiva y lastimosamente.

—Pues participa en la puja. Haz tú también una oferta.

—Pero es humillante.

—A veces es mejor la humillación que el remordimiento. Vamos, Erich, sé más listo, déjate de protocolos y de orgullos. Escúchate. A Eigendorf no lo derrotas con el odio, no lo has derrotado hasta ahora. Prueba con el amor.


El representante de Lutz, un tipo bajito y con patillas, huele a sudor y a gomina. No se quita la chaqueta. El sol restalla en la mesa de cristal de la casa de Lutz y Josi. Allí están sentados los tres. Andreas se atusa las patillas y se seca la frente con la manga. Aleja con una mueca forzada las carantoñas de Sandra, quien no para de darle la pata. Abre un maletín de cuero negro, extrae unos papeles mecanografiados y desenfunda una pluma.

—Bien —dice y, a continuación, carraspea—. Tenemos varias ofertas. Como ya os comenté el otro día, por un lado está el Werder Bremen. Creo que es nuestra mejor baza. Han quedado quintos este año, justo por debajo de vosotros pero con los mismos puntos; además, Bremen es una gran ciudad, no os aburriréis —matiza con una pícara sonrisa que no encuentra complicidad—.

Y otra cosa: lo dirige «El niño de la Bundesliga»; ése sí que te va a valorar, Lutz.

Eigendorf comprende que Andreas sacará más comisión si realiza el traspaso a un club mayor. Lo que sí es cierto es que tiene curiosidad por trabajar con el niño prodigio y estrella de los banquillos del momento, Otto Rehhagel. El Werder Bremen jugó en Segunda División el año pasado; un descenso, el primero en su historia, que sólo duró una temporada. En la campaña recién concluida, ya de nuevo en Primera, tomó los mandos Rehhagel, de cuarenta y cuatro años, quien ha colocado al equipo en puestos de UEFA. El último gran triunfo del club fue su única liga, conquistada hace diecisiete años, en la temporada 64-65.

—Otra oferta es la del Eintracht de Braunschweig —continúa el representante con la garganta seca—. El sueldo sería menor a pesar de que éstos han inventado el patrocinio en la camiseta.

El Braunschweig, diez años atrás, recibió una oferta de 100.000 marcos por parte de la bebida alcohólica Jägermeister a cambio de llevar el nombre y el anagrama de la marca en la zamarra. Entonces fue una estrategia publicitaria novedosa y levantó una gran polémica. El Braunschweig aceptó, convirtiéndose en el primer equipo de la Bundesliga en llevar publicidad en el pecho.

El club tuvo su tiempo de gloria hace quince años, cuando ganó la Bundesliga. Hace un lustro volvió a acercarse al quedar tercero. Sólo ha disputado dos temporadas en Segunda División, la 73-74 y la pasada. Pero en la campaña recién finalizada, la del retorno a Primera, ha terminado en undécima posición.

La tercera posibilidad que expone el representante es la marcha al VfL Bochum, el equipo de la pequeña ciudad del mismo nombre situada entre Essen y Dortmund. Esta temporada el equipo ha quedado décimo, justo por encima del Eintracht de Braunschweig. En la última década el club se ha movido entre la octava y la decimoquinta plaza. Es el equipo contra el que Lutz debutó con el Kaiserslautern y por eso le tiene un especial cariño.

—Bueno, tengo dos grandes sorpresas —anuncia Andreas excitado—. Hay una oferta de última hora de un equipo que ni os imaginaríais; me ha costado muchísimo la negociación, pero creo que merece la pena.

Josi y Lutz miran con inquietud al representante pero sin pronunciar la pregunta que desea.

—Vale, os lo digo: la oferta es de la Liga de Estados Unidos, la NASL. Lutz, tienes la opción de jugar para un equipo de Florida, el Fort Lauderdale Strikers. Me he informado y Fort Lauderdale es conocida como «la Venecia de América»; está llena de canales, creo que es preciosa y tiene unas playas que son el paraíso. Es verdad que la liga americana no es tan competitiva como la nuestra, pero la oferta económica es buena y el equipo es de los mejores de la NASL, hace dos años quedaron subcampeones. Hasta hace nada jugaba en el equipo Gordon Banks, y Bobby Moore en los Seattle Sounders, o como se pronuncie. Y, bueno, Beckenbauer, el del Oeste —bromea sin gracia Andreas—, vuelve el año que viene al New York Cosmos, ya se ha confirmado que se va del Hamburgo. Vale, ya no están Pelé ni Cruyff, pero la liga sigue teniendo a las mejores glorias. Que no quiero decir que tú lo seas, que te quedan muchos años de fútbol, de buen fútbol, estás en lo mejor de tu carrera, vamos, aunque esta temporada no te haya ido tan bien. Joder, ¡que tienes veinticinco años! Y que bueno, el lugar es... Vamos, ¡ya me gustaría a mí irme a vivir a Florida!

—¿Y la otra sorpresa? —inquiere Josi.

—El Dynamo de Berlín —sentencia el agente.

La pareja muda la expresión y se mira. Lutz no puede creerlo.

—Ofrecen cien mil marcos anuales —añade Andreas—. Es la oferta más baja de todas, pero imagino que es todo un esfuerzo económico para el Dynamo. En realidad no pensaba ni mencionárosla, pero, bueno, aquí está. Supongo que ni loco vuelves a la Alemania Democrática, pero que sepas que allí, al parecer, aún te quieren. Aunque no sé para qué, a mí me daría miedo —ríe.

Lutz y Josi se quedan con la documentación ofrecida por Andreas. Estrechan su mano pequeña y húmeda y le despiden en la puerta. Lutz echa un vistazo a la casa. El sofá amplio y mullido, la televisión grande y en color, el teléfono que aún le estremece cuando suena. Todo va a quedar atrás. Se pregunta si seguirá siendo vigilado en Estados Unidos. Quizá sea la mejor opción. Así se libraría de la Stasi, aunque sabe que Mielke no le dejará jamás en paz.

Deliberan durante horas. Han de tomar una decisión con urgencia. Las tres ofertas de los equipos de la Bundesliga ya las conocían. Realmente la única oferta nueva es la de Florida. Y, por supuesto, la del Dynamo. Lutz ni siquiera la contempla en el debate con Josi; sin embargo, en su cabeza fabula involuntariamente con volver al equipo de su vida, a la vida con su equipo, junto a Gabi y Sandy. A veces tiene la visión de un futuro muy parecido al pasado. Le sobrecoge un placentero alivio viéndose de nuevo al lado de sus chicas; contándose lo que han sufrido y comprendiendo, de alguna manera, el sentido de su padecimiento. Gabi le hablaría de lo duro que fue mantener la esperanza y él le explicaría a Sandy lo difícil que resulta encontrar un pájaro rojo. Pero Lutz en el fondo sabe que el regreso a Berlín es una fantasía imposible. Josi probablemente no sería feliz en aquel mundo gris. Él comprende lo demencial de tratar con dos amores, con dos hijos, con dos Lutzs, el del pasado y el del futuro colapsando en un mismo espacio.

Sentados en el sofá vuelven a repasar los equipos, las ciudades donde vivirían, tanto ellos como los hijos que quizá no tarden en llegar. Desde que Lutz supo que Gabi estaba embarazada pensó que la mejor forma de combatir esa noticia era teniendo él también un niño. Josi primero se aseguró de que la voluntad de su novio no fuera consecuencia del despecho. Ella es joven, acaba de terminar los estudios. Pero está preparada. Tampoco quiere perder a Lutz, y un hijo es la forma de soldar el lazo. Confía en que un niño en común le cambie la cabeza a Lutz, le centre en el presente, le arranque de la ciénaga del recuerdo. De momento han abandonado los métodos anticonceptivos y ambos, cada uno con sus miedos, han apostado por caminar hacia delante.

Casi está acabando junio. Lutz acude al Betze por última vez. Allí le espera el presidente del Kaiserslautern, Jürgen Friedrich, el director general, Norbert Thines, y el director deportivo, Rudi Merks. Lutz los abraza. Revive la charla en el bar del Savoy con Rudi, las noches de pesadillas durmiendo junto a Norb, las rápidas y efectivas soluciones ofrecidas por Friedrich la primera vez que le recibió con una sonrisa en su despacho. Les dice adiós. Norbert le pide medio en serio medio en broma que reconsidere una vez más quedarse. Sin embargo a Lutz ya le esperan en Braunschweig para firmar el contrato. Cobrará 400.000 marcos por dos años.

—Este club no te olvidará —sentencia Friedrich.

Lutz se emociona. Dice que él también llevará al Kaiserslautern para siempre en el corazón, que será eternamente un diablo rojo. Norb le sonríe con su boca de tortuga, con su expresión de payaso antiguo.

—Visítanos de vez en cuando, que no te veamos siempre en los partidos después de ganarte —bromea Rudi.

—Claro que sí —responde Lutz—. Y espero volver a jugar aquí algún día.

Felgner aparece por casa de Lutz la mañana previa a su partida. El piso está barricado de cajas de cartón. Sandra salta sobre el exboxeador, quien acaricia sus grandes orejas castañas. Ha traído un pack de doce cervezas.

—Vamos a emborracharnos —le ordena Felgner—. Me lo debes. Me dejas aquí solo, así que haz el favor de honrar los viejos tiempos y bebe conmigo, cabrón.

Lutz ríe mientras destapa la primera lata. Salen a la puerta de casa donde brilla el sol. Justo en la curva Eigendorf se percata de un coche sospechoso. No puede ver si hay alguien dentro. A la tercera cerveza ya no le importa.

—Igual yo también me voy de aquí —confiesa Felgner, a quien los músculos ya se le empiezan a descolgar por debajo de la manga corta de la camiseta.

—¿Adónde? ¿A Bonn?

—No sé. Sí, quizá a Bonn con mis primos.

—Ven a vernos cuando quieras. Tendré la nevera siempre llena de cervezas esperándote.

Felgner se carcajea.

—Espera, a ver si me voy a meter en una de esas cajas y me voy ya para allá con vosotros.

Lutz también ríe cerrando los ojos, sintiendo el calor del alcohol y del verano.

—Lo bueno es que ya no hay muros. Podemos vernos cuando queramos. No estamos tan lejos. Habría sido peor si nos hubiéramos ido a Florida. Teníamos una oferta para jugar en la liga de Estados Unidos.

—¡¿Y no os habéis ido?! Lutz, te pierde este país de mierda.

—Bueno, más que nada sus cervezas.

# 21

Los campos rubios de cebada tapizan el horizonte. Vastos bosques de hoja caduca rompen la paz de los cultivos mecidos por el viento de junio, amarillos y verdes. El cielo parece más azul, de un tonalidad uniforme y casi sólida en Grassel. Lutz y Josi alquilan una casa en un pequeño pueblo de poco más de setecientos habitantes al nordeste de Braunschweig; un lugar tranquilo, un chalecito nuevo de techo de pizarra con un pequeño jardín para que corra Sandra. El número 21 de Heegblick Strasse, una vía de una sola dirección que acaba en un punto muerto. Se oye el viento y los pájaros; de noche, los grillos y el latido de tu propio corazón.

La pareja ha decidido buscar serenidad, cierto aislamiento, fuga. Para pasar más tiempo el uno con el otro, para acrecentar la sensación de cambio. Hoy Lutz ya no ansía la vida frenética del Oeste. Sólo quiere paz, concentración, volver a empezar. Apenas tarda veinte minutos en llegar al campo de entrenamiento. Allí conoce a sus nuevos compañeros y al entrenador, Uli Maslo. Sin gran relevancia como futbolista, Maslo se forjó en la dirección de equipos en el banquillo del Schalke 04; ésta es su tercera temporada al frente del Eintracht de Braunschweig. Un tipo pecoso, de ojos pequeños y labios inexistentes, pelo rubio y lacio, acerado de canas, con aspecto de príncipe alopécico a sus cuarenta y cinco años. Maslo tiene fama de jugar defensivamente; sin embargo, nada más acabar el primer entrenamiento ya le deja claro a Lutz que ha venido al equipo a crear, a divertirse, a ser el protagonista. Luego le sonríe y Lutz puede ver sus dientes ordenados y diminutos como granos de arroz.

Josi busca trabajo de veterinaria en Braunschweig, una ciudad de unos doscientos cincuenta mil habitantes. Habla personalmente con la dirección de un par de clínicas y queda a la espera de una vacante. Entretanto se dedica a atender la casa, un hogar que siente por primera vez suyo, suyo y de Lutz. Ya no se percibe como una invitada en el piso de su novio. Esa vivienda la han escogido juntos y quiere que Lutz regrese feliz cada día.

La liga comienza en dos meses, a finales de agosto. Lutz está dispuesto a entregarse al máximo al equipo, a perder un par de kilos, a ponerse en forma de verdad. Cuenta con la confianza del entrenador y con el buen recibimiento de la plantilla y de la prensa. Incluso empieza a gustarle vestir de amarillo. Aquí, además, ha conectado perfectamente con el presidente, Hans Jäcker. Hoy es un hombre algo grueso, y lo más llamativo es que ha decidido cubrir su calva con los pelos largos que ha dejado crecer en el lado derecho de su cabeza, haciéndolos surcar por todo el cráneo a modo de esterilla capilar. Jäcker jugó once temporadas en el Braunschweig como guardameta y capitán, de 1956 a 1967; hoy tiene cuarenta y nueve años. En su última temporada de amarillo fue campeón de liga. Éste es su tercer año como presidente de un club saliendo de una grave crisis económica que le condujo el año pasado a la Segunda División.

Durante el mes de julio el equipo juega algunos partidos de pretemporada. Lutz va encontrando su sitio en el grupo. Josi ha empezado a trabajar por las mañanas en una pequeña clínica veterinaria. Por las tardes pasean por Braunschweig, exploran los restaurantes y las terrazas donde beben cerveza. Transitan el barrio de Magniviertel, recorren sus calles adoquinadas y sus tiendecitas y cafés a la sombra de la iglesia de San Magnus. Lutz también descubre un aeródromo a las afueras de Braunschweig, de camino a su casa en Grassel. Se queda fascinado viendo despegar y aterrizar las avionetas y comprende que quiere pilotar. Necesita contrarrestar la calma de su diminuto pueblo con acción. Así que pregunta por los precios de las clases de vuelo a pesar de que teme la desaprobación de Josi. En el aeródromo le explican que la formación dura de tres a cinco meses y que las tarifas oscilan entre los 11.500 y los 15.000 marcos. El coste le parece muy elevado, pero está dispuesto a pagarlo, a estudiar. Está convencido de que se le dará bien.

Cenan en un italiano el día del vigésimo sexto cumpleaños de Lutz. El resplandor de las velas colorea a Josi, quien dice que tiene dos regalos. Eigendorf está contento. Josi parece por fin confiada, entregada a él, lejos de los miedos. La chica saca un disco de The Doors, y ambos recuerdan la broma sobre Jim Morrison la noche en que se conocieron en la fiesta de la prima de Josi. Lutz siente que, de alguna forma, con ese regalo se cierra un círculo. Le da las gracias y la besa por encima de la mesa. Está a punto de prender fuego a su camisa blanca.

—Perdona que no te lo haya envuelto, pero acabo de comprarlo, es que no lo tenían y lo he encargado —se excusa ella.

Lutz se enternece. La ve más guapa que nunca, más suya que nunca.

—Me encanta.

—Me alegro. Pues aún te queda el segundo.

—Aunque no creo que pueda superar al primero. Bueno, sólo si está envuelto —bromea Lutz.

—Sí, sí que lo está —sonríe Josi.

—Bueno, a ver.

—Lo tienes delante de ti.

Lutz mira a su chica desconcertado. Levanta la servilleta y otea debajo de la mesa.

—No lo veo.

—Soy yo.

—¿Tú eres el regalo?

—No, yo soy el envoltorio.

Lutz se queda un segundo desconcertado. Luego ve brillar la emoción en la pupila de Josi, una excitación donde titila el reflejo de la vela.

—¡No me lo puedo creer! —exclama Lutz entre el regocijo y el pánico.

Se levanta de su silla y se acerca a ella. Le toma la cara entre sus manos y pregunta:

—¿Estás embarazada?

Josi asiente conteniendo la emoción y él la besa y luego la abraza.

Lutz les da la noticia por teléfono a sus padres. Inge llora. Llora de felicidad y de pena por no poder disfrutar de su futuro nieto, por ganar y, en el mismo instante, perder a un ser querido. Jörg le felicita y le conmina a que haga de ese nacimiento una casilla de salida. Luego Inge vuelve a ponerse al aparato y le pide a Lutz hablar con su chica. Por primera vez conversan las dos. Josi también se conmueve ante las felicitaciones de la madre de Lutz. Cuando cuelga el teléfono, Josi mira fijamente a Lutz y le espeta:

—Tengo que conocerlos, quiero conocer a tus padres. Voy a ir a Brandemburgo.


El Departamento 26 de la Stasi desplegado en Brandemburgo aprovecha una salida al cine de los Eigendorf para entrar en el bungalow y sembrarlo de micrófonos. Una pareja de agentes vigila la salida del cine, otra hace guardia aparcada frente a la casa de piedra. Mientras tanto, cuatro hombres colocan los aparatos de escucha en las plantas, el techo y los muebles. Tras oír las conversaciones telefónicas desde la casa de Lutz y Josi, preparan todo un dispositivo de espionaje en la vivienda de los padres del jugador, quienes, hasta el momento, sólo tenían intervenido el correo y el teléfono. Quizá la conversación de Josi con los Eigendorf pueda revelar alguna intención oculta de Lutz sobre planes de incursión en la RDA o de raptar a su familia.

El correo y la línea telefónica del futbolista también están controlados por la Stasi. El servicio secreto de la Alemania oriental ha desplegado sus tentáculos en Braunschweig. No sólo ha intervenido las comunicaciones y ha salpicado de agentes secretos los lugares frecuentados por la pareja, sino que ha comenzado a tejer una red de informadores. Mielke se siente especialmente dolido por el rechazo a su oferta. Lutz Eigendorf no ha querido volver al Dynamo, a la República Democrática Alemana, a casa.

Josi tarda dos horas en conducir hasta Brandemburgo. Inge ha preparado todo un festín. Lutz ya le ha advertido a su chica que estará vigilada en todo momento, especialmente cuando cruce la frontera. Pero ella no teme por su integridad, lo que le da miedo es lo que Erich Mielke pueda hacerle al futuro padre de su hijo.

—Eres más guapa de lo que pensaba, y mira que Lutz dice que eres guapa —le piropea Inge.

Pasan la tarde juntos, comiendo y bebiendo. Inge le enseña a Josi varios álbumes de fotos de Lutz. En muchas de ellas aparece con un balón en los pies, con heridas en las rodillas por jugar en campos de tierra, pero siempre sonriente. Josi se enternece.

—¿Para cuándo es el bebé? —pregunta Inge.

—Para finales de enero o principios de febrero.

—Intentaremos ir a veros —pronuncia con determinación Jörg, con más emoción que sentido común.

—Ahora vivimos en un lugar precioso, en un pueblecito pequeño y muy tranquilo. Ojalá podáis venir. Hay sitio de sobra, tenéis una habitación para vosotros, además de la que hemos reservado para el niño.

Inge y Jörg saben que están pensando lo mismo, recordando las noches en Berlín cuando Sandy era pequeña. Ahora la ven menos, pero no han abandonado el contacto. Pasan el día en la capital y luego regresan a casa. Han perdido un poco a su nieta y casi totalmente a su hijo. Y ahora viene otra persona a un mundo demasiado fragmentado.

Andreas, el representante de Lutz, queda con el jugador en el amplio comedor del restaurante anexo al estadio. Quiere comentarle una oferta de patrocinio.

—Bueno, Lutz, sabes que los tiempos están cambiando, están cambiando para bien. El fútbol cada vez tiene más repercusión, cada vez se mueve más dinero y las marcas lo saben y quieren estar ahí. Ya has visto lo de Jägermeister, fue un escándalo y ahora todos los grandes equipos tienen publicidad en las camisetas. Por cierto, ¿sabes que ahora le han ofrecido al equipo, por una pasta, pasar a llamarse Eintracht Jägermeister?

—Estás de broma… —responde Lutz escandalizado.

—No, es verdad. Dicen que el futuro es que los equipos se llamen como las marcas. Pero en fin… —resuelve el agente sacudiendo la cabeza—, no creo que el club acepte. Lo que sí sería interesante es que tú aceptases una buena oferta que me ha llegado de una marca de ropa deportiva. Quieren que lleves sus botas. Es mucho dinero.

—Pero yo estoy contento con mis botas.

—Ya, Lutz, pero también lo puedes estar con éstas. Mira, las tengo en el coche. Nos las han dado para que las pruebes. Te las pones en un par de entrenamientos y en el próximo partido de pretemporada. Si te sientes cómodo, firmamos el contrato, ¿te parece? Seguro que a Josi sí que le parece una buena idea ganar un dinero extra —apostilla con su sonrisa mefistofélica.

El siguiente partido amistoso es contra el Gebhard, un pequeño conjunto de la zona; el club ha colocado gradas suplementarias en el campo. Ya es agosto; la liga comienza en dos semanas. Los días son largos, la luz va destensándose poco a poco en el firmamento, el aire es seco y caliente. El Braunschweig viste su primera equipación: camiseta y pantalón amarillos y medias azules. Lutz, además, lleva sus botas nuevas. Se siente algo raro con ellas, le presionan en exceso, pero imagina que han de darse de sí. También le resulta algo desconcertante no lucir el escudo del equipo; la zamarra únicamente exhibe el anagrama circular de Jägermeister en el centro del pecho y, debajo, el nombre de la marca.

Ahora juega de centrocampista, de organizador, y eso le gusta. Durante la temporada pasada en el Kaiserslautern también ocupó en numerosas ocasiones esa demarcación. Cambia la orientación de banda a banda, determina la velocidad del juego, levanta la cabeza y decide. Nota una ligera bajada de calidad en sus compañeros respecto al Kaiserslautern. De todas formas, supone que el equipo aún está calentando, cogiendo ritmo y conociéndose.

Josi sonríe en la grada, lleva un recogido estilo años cuarenta. Está guapa y feliz. Lutz la mira de vez en cuando, en los momentos en los que el partido se interrumpe. Juega suelto y confiado, queriendo demostrar su calidad, dándole la razón a Jäcker y al resto de los directivos que apostaron por su fichaje. De momento vencen a los locales por 0 a 2. Lutz arranca a por un balón muerto en el centro del campo; sin embargo, en el instante en el que inicia la carrera, la bota parece quedarse clavada y escucha un chasquido tras de sí. Piensa que alguien le ha tirado algo desde la grada. Un punzante dolor en el tendón de Aquiles le hace imaginar una pedrada. Cae al suelo. El filo del dolor desaparece y se convierte en un sufrimiento sordo y romo. Lutz mira desde el suelo su posición y comprende que nadie le ha agredido por detrás. Está tumbado en el círculo central, oliendo y saboreando la hierba seca del pequeño estadio del Gebhard. Sabe que la lesión es grave. No le duele mucho, pero el ruido del tendón le alarma, ha sonado claramente a rotura. Los compañeros le ayudan a levantarse y pisa temeroso con el pie lastimado. Puede apoyar la punta. Nada más. Sujeto a los hombros de dos jugadores abandona el terreno de juego.

El médico deja entrar a Josi al vestuario. Ella ve en los ojos de Lutz, más que dolor o frustración, incredulidad. Él la mira como esperando a que su novia o el doctor le desmientan la situación, que le expliquen que no puede estar pasando. Sin embargo, ambos le observan con lástima y preocupación.

—Vamos a llevarte al hospital a que te hagan pruebas. Con suerte no está totalmente roto y se puede evitar la operación —dictamina el médico.

—Roto ¿el qué? —pregunta Josi alarmada.

—El tendón de Aquiles —sentencia Lutz tumbado boca arriba en la camilla, con el pie lesionado en alto y sepultado en hielo.

Lutz es operado en la clínica Grossburgwedel de Hannover. La ciudad está a sesenta y cinco kilómetros de Braunschweig y cuenta con un doctor especializado en este tipo de lesiones. El tiempo de baja estimado es de cuatro meses. No obstante, Lutz está dispuesto a trabajar duro y conseguir volver antes; se niega a llegar a las Navidades inactivo, a perderse toda la primera vuelta.

Josi está increíblemente solícita. Reduce su jornada en la clínica veterinaria para permanecer el máximo tiempo posible al lado de su novio en los días de hospital. Sabe que ha de levantarle el ánimo, algo que también se ha fracturado y donde no alcanza la cirugía. Justo cuando él comenzaba a ilusionarse con el futuro se ve postrado en una cama y con el pie suturado.

El primer mes y medio es el más duro. Ha de guardar reposo y desde casa ve cómo el equipo, de sus seis primeros partidos, gana dos, empata tres y pierde uno. El calendario se ve alterado por la suspensión de la tercera jornada debido a una huelga. Justo cuando tocaba que el Kaiserslautern visitara Braunschweig. Es un pequeño consuelo para Lutz, quien a finales de septiembre ya puede iniciar la rehabilitación. Los doctores le recomiendan ejercicios en el agua y en la arena. «Sería bueno hacerlos en un sitio donde hubiera playa», le receta el médico.

Ischia es la isla más grande del archipiélago de Nápoles. Una gran extensión de tierra volcánica encrestada de colinas y rodeada de aguas transparentes. El tiempo es perfecto a finales de septiembre y principios de octubre. Lutz y Josi creen haber aterrizado en un paraíso cuando se instalan en el hotel de lujo que preside las termas de Casamicciola, una pequeña ciudad al norte del islote. Los días son de un calor grato e intenso y las noches recogen el hálito del Tirreno.

Lutz puede caminar con normalidad, pero aún siente dolor al correr. Un equipo médico le dicta una severa disciplina: ejercicios en las piscinas de las termas, baños con bruscos cambios de temperatura, largos paseos por la arena de la playa y natación en el mar. Por las tardes, cuando el sol comienza a ponerse por detrás de los acantilados de Forio, Lutz realiza ejercicios con pesas en el gimnasio y sin ellas en una de las terrazas del complejo. Mientras hace flexiones, estiramientos y contorsiones observa las gaviotas planeando sobre las barcas de colores que regresan de faenar. Poco a poco se van encendiendo las luces de las habitaciones y de los bares de la rivera y llegan hasta lo alto de la terraza del hotel las voces de las mujeres sentadas en la puerta de las casas y los graznidos de las aves sombreadas por la primera noche.

Josi y Lutz cenan a veces en el hotel y otros días prueban el pescado recién capturado en algún restaurante con mantel viejo y farolillo tenue. Escuchan el mar cansado golpear contra el vientre de las barcas amarradas en el puerto, cabeceando mansas como becerros. Y beben vino y luego regresan a su habitación donde se desnudan riendo y se abandonan a un sexo salado y meloso, intenso y alegre. Y se duermen con la ventana entreabierta, dejando entrar el soplido del golfo, tan lejano.

Una pareja de ancianos constituye una divertida compañía en las comidas y, en ocasiones, en la piscina. Los viejos inhalan vapores y luchan contra el reuma y, esencialmente, contra la muerte. Saben un poco de alemán y a Lutz y a Josi les resulta muy gracioso escucharlos hablar con acento italiano. Nadie los reconoce. Lutz disfruta del anonimato, de vivir unos días en un limbo donde se ha despojado incluso de su personalidad como jugador.

Prolongan su estancia es Ischia una semana más. El tendón mejora considerablemente. Lutz se ha puesto moreno. Eso le dice Josi mientras toman un lambrusco en una terraza del oeste de la isla, contemplando los destellos metálicos de las parras al atardecer. «Estás guapo», le piropea ella. Y Lutz la mira y le parece la mujer más bella del mundo y observa su abultado vientre y comprende que allí también reside un poco él, que allí está su mejor versión, que ese planeta diminuto y oscuro alberga la ilusión, la pasión, la fortaleza, la vida que tanto le faltó en estos últimos años. Y tomando el vino fresco y rojo, sintiendo el alcohol como un narcótico de futuro, escuchando a Josi, paladeando el mar detenido y dejando que la brisa le meza el flequillo, roza por fin la felicidad. Y comprende que ese momento es el inicio de una nueva etapa. Piensa en Gabi y en Sandy y, por primera vez, no le duelen. Experimenta un insólito sentimiento: el alivio del olvido. Ahora, desde la cumbre de una colina volcánica flotando en el Mediterráneo, consigue la distancia suficiente, la perspectiva anhelada. Ellas, además, probablemente vivan más felices sin él, quizá les benefició su ausencia. En cualquier caso, nada importa, nada importa tanto cuando se mide con un instante de suma esperanza.

Inéditamente, sin una demanda de ella, Lutz le dice a Josi que la quiere, que la quiere de verdad. Y nota el estremecimiento en las pupilas de la chica. Y comprende lo afortunado que es por ser amado tan plenamente. Josi posa el vino sobre sus labios para sentir su aroma y su temperatura, su beso. Se apoya en el respaldo, entorna los ojos y se acaricia el vientre. Y Lutz entonces le pide que se case con él. Josephine Müller parpadea tres veces en silencio. Luego le mira y dice: «Sí, claro que sí».

# 22

Informe de observación n.º XIX, 07/10/1982. Braunschweig

Eigendorf posee en casa un vídeo que, a juzgar por las cintas, utiliza para grabar partidos de fútbol y concursos de la televisión. Las cintas VHS almacenadas en la estantería del salón también contienen películas, algunas de ellas de temática pornográfica.

El perro pernocta fuera, en un jardín rodeado de abetos. Allí dispone de una caseta. Quizá por motivos de higiene lo mantiene fuera de la casa por las noches.

En estos momentos Eigendorf conduce un Volkswagen Golf, matrícula KL-NX 95; sin embargo, se han registrado conversaciones donde el sujeto manifiesta su deseo de adquirir de manera inminente un nuevo coche más veloz, pues el límite de 130 kilómetros por hora que alcanza el Golf le resulta insuficiente.

Josephine Müller, según la documentación médica encontrada en el segundo cajón del aparador del salón, está embarazada de cinco meses.


Buchholz aprovecha la ausencia de Josi y Lutz para entrar en su casa y realizar un pobre informe. En cualquier caso, el agente nota cierta relajación por parte de la Stasi cuando la pareja regresa de Italia y anuncia su matrimonio.

Lutz y Josi piden que les manden a Alemania una caja del lambrusco que bebieron en el «epifánico» momento de sellar su futuro matrimonio. Han vuelto renovados. Durante la segunda mitad de septiembre y la primera de octubre, Josi prepara la boda y Lutz comienza a entrenar al margen del equipo. El tendón ha mejorado, pero cuando se mide a la disciplina del día a día comprueba que aún le queda un tiempo para volver a jugar. Esa decepción la compensa apuntándose a clases de vuelo. De momento recibe lecciones teóricas los martes y los jueves de siete a ocho de la tarde. Desde la pequeña aula puede ver las pistas. A veces se desconcentra observando cómo aterrizan los planeadores o ascienden los ultraligeros. Lutz sueña con el momento de elevarse, de subir sobre el asfalto, sobre los campos y los bosques. Intenta imaginar su pulso acelerado a cada metro que el aparato le aleje del suelo. Siempre quiso volar con un coche, pero ahora lo hará definitivamente con un par de alas.

Los Eigendorf realizan una petición de salida a la RFA para atender a la boda de su hijo, pero les es denegada. Josi acepta realizar un acto sobrio y con poca gente. Así que el 25 de octubre acuden a prometerse amor eterno al Ayuntamiento de Kaiserslautern. En la sala principal están Rudi Merks, Jürgen Friedrich, Norbert Thines, Alex Sippel, Hans Bongartz y Felgner por parte de Lutz; Josi ha invitado a sus padres, a sus dos hermanas, a su prima y a cuatro amigas más. En el momento del enlace a Lutz le alegra volver a ver a sus amigos, comprobar que ha conseguido rodearse de gente que le quiere de verdad. Y entre ellas, sobre todo, y por supuesto, destaca Josi. La novia sonríe con su gesto luminoso y un vestido claro. Lutz puede detectar la emoción en su mano. Hoy se siente poderoso por hacer feliz a una persona, a una persona tan exquisita como Josephine Müller.

Después de pronunciar las palabras ceremoniales, Lutz besa a Josi y el formalismo se disuelve. Pero antes de abandonar la sala del ayuntamiento, el jugador repara en una de las paredes. Se acerca a ella para descubrir un grabado diminuto en la madera: un compás y un martillo, el escudo de la República Democrática Alemana. Quién podría haber previsto que, tres años y medio después de realizar aquel dibujo con su anillo de boda, acabaría casándose en ese mismo lugar con otra persona. Lutz recuerda aquella mañana en el ayuntamiento. El equipo aburrido mientras el alcalde de la ciudad y los directivos del Dynamo intercambiaban protocolarios piropos y presentes. Tres años y medio que a Eigendorf le parecen una vida, quizá porque lo son. Todo un planeta de emociones, de retos, de sinsabores, de entusiasmos. Y mirando el boceto comprende que no desea volver allí, a oriente. No quiere un compás ni un martillo en su presente. Ahora sabe que sería incapaz de dejar a Josi, de renunciar a su futuro hijo. Lo último que se perdonaría en el mundo es abandonar a otra familia. Debe asumir los errores y aprender de ellos. Ahora construir el futuro representa un mayor desafío que enmendar el pasado.

Un mes después de la boda, Lutz, tras disputar dos buenos partidos en Stuttgart y Karlsruher, por fin afronta su debut en el Eintracht-Stadion. El público llena las gradas una fría tarde de diciembre para ver, entre otros jugadores, al número cuatro, a «el Beckenbauer del Este», a Lutz Eigendorf. La nieve ha sido retirada del césped y yace vejada en la pista de atletismo que abraza el terreno de juego. Lutz calienta. Siente los aplausos de su público. Siente la responsabilidad. Siente la ilusión y el privilegio de ser jugador de fútbol.

El encuentro ante el Hertha BSC se pone muy a favor cuando a los diez minutos marca para los locales Franz Merkhoffer, toda una institución: es la decimoquinta temporada de este veterano defensa en el Braunschweig. Tiene treinta y seis años, pero aún es capaz de soltar zurdazos como el que penetra en la portería de los berlineses. Lutz disputa un buen partido, algo más mate que el anterior, pero al menos el equipo se lleva la victoria con ese solitario tanto.

Al día siguiente, el *Braunschweiger Zeitung* habla de la desorganización del equipo, pero resalta la actuación de Lutz: «Eigendorf tiene una espectacular visión de juego, detecta rápidamente los espacios libres y es capaz de oxigenar la circulación de balón y ampliar el campo con sus magníficos pases largos a las bandas. Está claro que ha entendido su papel y que asume con garantías su función de torre de control. Lástima que no haya podido jugar antes, pero parece que ha llegado a tiempo para reconducir al equipo».


La casa está llena de adornos navideños. Sandy ha insistido en coparla de luces y guirnaldas. Su madre le ha concedido todos los caprichos para remediar sus celos ante la llegada de Klaus. El bebé duerme rojizo y arropado cuando llegan Inge y Jörg para conocerlo. Es el hermano de su otro nieto y lo sienten algo suyo; acercarse a él es, de alguna manera, una compensación por no poder visitar al futuro hijo de Lutz.

Peter está simpático y atento; se nota su esfuerzo por ganarse a los exsuegros de su mujer. Los Eigendorf poco a poco van relajando sus prejuicios hacia él, de modo que la velada navideña, comiendo bizcocho y pasas, discurre agradablemente. Sandy juega con sus abuelos al ajedrez pero con unas reglas inventadas. Todos ríen en el acogedor piso de Zechlinerstrasse. A Gabi, sin embargo, se le cambia el gesto cuando Jörg le cuenta que Lutz se ha casado y espera un hijo. Enseguida finge que se alegra y cambia de tema comentando en alto si Klaus tendrá demasiado calor. Inge mira a Jörg con reprobación, recriminándole haber soltado una noticia tan desestabilizadora. Jörg, en el fondo, está dolido. Aún percibe como una traición que Gabi rehiciese su vida tan rápidamente. Le da rabia observar la felicidad de un hogar, de alguna manera, usurpado por otro hombre. Peter debería ser Lutz, y Klaus debería ser el hijo que hoy espera su descendiente en la otra Alemania. Nada parece estar en su sitio. Dos familias reestructuradas pero a las que se les notan los remiendos, los improvisados contrafuertes, el apuntalamiento. Eso cree Jörg, quien también ha tenido que volver a armar su vida sin su hijo.


La visita sorpresa en casa de Lutz y Josi es la de Felgner. Durante su viaje relámpago a Kaiserslautern para casarse, Lutz le insistió en que pasase las Navidades con ellos en Braunschweig. Felgner no se mostró muy decidido, pero finalmente se ha plantado en Grassel. Lutz aún no tiene buenos amigos en su nueva ciudad, así que agradece la presencia de su colega en casa.

Josi luce una barriga inmensa. Le queda un mes para dar a luz, así que no se mueve de casa, pero invita a sus hermanas y a sus padres a despedir el año. La mayor no puede acudir, pero sí lo hace la hermana pequeña y los padres. Así que los nuevos Eigendorf, Felgner, los Müller y Ana brindan por un gran 1983.


El instructor de vuelo estrecha la mano sudorosa de Lutz. Ya es piloto. Es lunes 24 de enero, el primer día en que volará solo. Hace frío pero poco viento, condiciones ideales para estrenarse. Eigendorf está ufano; ha invertido mucho dinero y esfuerzo en esta nueva pasión que sabe que disfrutará. Así que sube a la avioneta y se despide con un gesto de su profesor, quien le observa desde las gradas de piedra del pequeño aeródromo.

Lutz asciende. Tira de la palanca y el aparato se levanta obediente y estable. Ni siquiera mira al frente, pendiente del cuadro de mandos, asegurándose de que todos los instrumentos dan la información esperada. Cuando alcanza la altura de crucero se relaja. Se acomoda en el asiento y poco a poco toma pleno control del aparato. A medida que se apaciguan sus latidos pasa a oír exclusivamente el motor de la avioneta. Ojea por las ventanillas y descubre un paisaje espectacular: los tejados naranjas de las casas, la cuadrícula de los cultivos, el destellante lago Bienroder, la autopista, los bosques como parches de un tapete vegetal.

Vuela al sur sobre el pueblo de Querum hasta llegar al norte de Braunschweig, donde se ubica el estadio de su equipo. Mira el campo, el escenario de su mejor fútbol. Sobrevuela la ciudad hasta su término sur. Justo encima del gran Bürgerpark observa las canchas de fútbol y tenis. Luego vira al este, copiando el recorrido que normalmente traza con su instructor. Regresa hacia el norte contemplando la frondosa reserva natural de Riddagshausen coronada por los tres lagos. Sin embargo, en vez de girar al oeste y dirigirse de nuevo al aeródromo, sigue recto, hacia el norte, atravesando el triángulo formado por las poblaciones de Sydikum, Hondelage y Dibbesdorf. El sol comienza a velar las nubes cuando a su izquierda divisa Grassel. Desciende. Pasa a poca altura de su calle. Puede ver desde el cielo el jardín de su casa donde probablemente duerma Sandra. Y bajo ese tejado oscuro también descansa ahora Josi. Y Josi nunca será Gabi, nunca será todo lo que él jamás llegó a ser con Gabi, pero es otro camino, otra vía alternativa a su vida, como ahora ve desde el aire que se ramifican las rutas al final de las grandes calles. No sabe si es mejor o peor esta senda, pero ya no hay otra. Y lo importante es que sigue avanzando, volando, con metas e ilusiones como balizas.

Lutz pide entrar en el paritorio. Enfundado en ropas de quirófano, toma la mano de Josi. Quiere vivirlo todo, no desea volver a perderse tantos momentos trascendentales como le ocurrió con Sandy. Ahora ya no juega ninguna competición europea, ahora ya no viaja con la Selección Nacional. Vive una vida tranquila en un pueblo tranquilo, en un equipo tranquilo. Ambos padres lloran cuando ven por primera vez a su hijo: Julian. Lutz ha querido llamarlo igual que el hijo de Hans Bongartz. Es un homenaje a su amigo. Siempre que oyó hablar de Julian pensó que él, si algún día tenía un hijo, lo querría al menos tanto como Hans al suyo, pero no permitiría que el destino los alejase.

Sandra recibe bien al bebé; la perra también se alegra de tenerlo en casa. Súbitamente parece que la vivienda se ilumina. El bebé es todo calor y claridad. Lutz se queda horas mirándolo, pensando en cómo ha tardado tanto en llegar a ese estado de plenitud. Creyó que jamás alcanzaría una paz, un entusiasmo como el de ahora. Le cuesta incluso respirar. Josi también está encantada. Mira a Lutz y comprende que ya es definitivamente suyo, suyo y de Julian. Y que los tres forman una trinidad indestructible.

—Lo hemos conseguido, Lutz —susurra Josi tirada en el sofá, aún recuperándose del parto—. Hemos vencido. Juntos.

Erich Mielke llama a su despacho de Normannenstrasse a Markus Wolf. Hasta el momento se ha resistido a contar con los servicios de su número dos en la Stasi y uno de los espías más impávidos e inteligentes que haya conocido la Guerra Fría. Wolf tiene sesenta años y lleva media vida al frente del espionaje en el extranjero. Ha logrado infiltrar a más de cuatro mil agentes en países «enemigos», la mayoría de ellos en la Alemania vecina. Es un consumado experto formando Romeos, espías que seducen a secretarias solteras que trabajan para el gobierno federal de Bonn, para diversos ministerios, para compañías de la industria armamentística o para partidos políticos. La mayor hazaña de Wolf fue conseguir que uno de sus agentes, Günter Guillaume, llegase a convertirse en el secretario personal y estrecho colaborador del canciller de la República Federal de Alemania, Willy Brandt. Wolf y su mujer, también espía, incluso pasaron las vacaciones de verano con los Brandt en Noruega en 1974. Poco después se descubrió la identidad de Guillaume y el canciller dimitió.

Hasta hace tres años y medio Wolf no tenía cara. El servicio secreto de la RFA lo llamaba «El hombre sin rostro». Nadie sabía qué aspecto poseía el gran espía comunista. Su alias más repetido, Mischa, o el de Magnus o Marius, se leía en diferentes notas interceptadas, pero todos desconocían cómo era físicamente. Sin embargo, en una misión en Estocolmo, alguien le fotografió junto a su mujer. En la lejana instantánea aparecía un hombre alto y espigado, con entradas, caminando distraído con gafas de sol y un elegante traje de corte occidental. Meses después se le identificó como Markus Wolf y esa ansiada foto apareció publicada en la portada de *Der Spiegel*. Ése fue uno de los peores días en la carrera de Erich Mielke.

Wolf estrecha la mano del general, hacía mucho tiempo que no se veían. Mielke parece diminuto y gordo al lado de su número dos. Lo conduce hasta la sala de mapas y allí toman asiento. Wolf conserva su seductora mirada de miope. Erich pone al día a su camarada sobre la vida de Lutz Eigendorf. Tras fracasar en el último intento de ficharlo para su equipo, ha concluido que es hora de actuar con mayor contundencia.

Mielke le muestra a Wolf, sobre los grandes paneles corredizos de la pared, el mapa de Grassel. Le enseña informes de Buchholz, incluido, por supuesto, el de los últimos vuelos en solitario del futbolista.

—Hasta el momento lo he tenido controlado —informa el jefe de la Stasi—, pero a partir de ahora no va a ser tan fácil. Si el cabrón se sube a un avión, no puedo pararlo. Grassel está a doscientos treinta kilómetros de Berlín, puede hacer ese recorrido en una avioneta. Antes, en Kaiserslautern, estaba tres veces más lejos de su familia.

—Pero ahora tiene una nueva familia, me informa de que acaba de tener un hijo —apunta Wolf.

—Sí, es cierto, pero nadie nos asegura de que no quiera juntar a sus dos hijos. ¿Por qué escogió entonces Braunschweig en vez de irse a otros equipos? El Werder Bremen es mejor y tenía una oferta encima de la mesa. Pues porque Braunschweig es el destino más cercano a Berlín, más que Bremen o Bochum, y, además, tiene un aeródromo. Camarada Wolf, no puedo correr el riesgo de que aterrice en Berlín.

—No se preocupe. ¿Qué quiere hacer?

Mielke se queda unos segundos mirando los ojos diminutos de Wolf, su nariz judía, su gesto tranquilo y fulminante. Y no sabe qué contestar. No tiene valor. Siente que aún no ha llegado el momento. No está preparado, no del todo. O quizá sí y no lo sabrá hasta que dé la orden. Duda. No responde y esa indecisión también le humilla frente a su número dos, un hombre mucho más hierático y decidido. Mielke también lo es, siempre lo ha sido, no le ha temblado el pulso a la hora de dictaminar detenciones, torturas, incluso ejecuciones. Pero el caso de Lutz Eigendorf es distinto.

—Bien, le propongo algo, camarada —resuelve Wolf rompiendo el tenso silencio—, vamos a vigilarlo estrechamente. Voy a mandar a varios de mis hombres a la zona; los coordinaré con los suyos y los tendré listos para actuar en el momento en que dé la orden. Accidentes de avioneta suceden todos los días.

Mielke vuelve a tomar asiento. Se alisa el uniforme.

—El camarada Honecker no quiere mala publicidad del Estado. No podemos mostrarnos a occidente como asesinos despiadados —manifiesta Mielke.

—Porque no lo somos.

—¡Claro que no lo somos! ¡Simplemente mantenemos el orden, mantenemos los códigos, el honor!

—Por supuesto —paladea Wolf—. En el caso de intervenir con Eigendorf no vamos a mancharnos las manos. A veces la mejor arma no es la que deja un cadáver, sino la imagen del propio cadáver. La «muerte accidental» de Lutz Eigendorf mandará un claro mensaje a nuestros compatriotas: nadie sale ileso de una traición.

—Sí. Desde fuera nos deben respetar, pero desde dentro nos deben temer.

—Bien, camarada, pero no nos ganaremos la fidelidad de nuestra gente únicamente a través del miedo, sino de la admiración.

—¿Y acaso cree que nuestros compatriotas no nos admiran?, ¿no admiran al Estado?, ¿no admiran la figura de Lenin o Marx?, ¿no admiran la solidaridad del comunismo?

—Sí, pero quizá no lo hagan siempre. Occidente nos mirará con respeto cuando nos abramos más al mundo y comprueben que el pueblo nos quiere. Así que debemos mostrarnos fuertes pero no violentos, seguros pero no confiados. De alguna manera hay que mostrarles que la fuga de Eigendorf fue la de un loco disidente. Y si su final es trágico, entonces fue el destino quien hizo justicia.

—Organicemos otro partido amistoso en el Oeste —propone Mielke levantándose súbitamente—. Un partido que ayude a lavar nuestra imagen, tal cual quiere ahora el camarada Honecker, que nos haga parecer amistosos y aperturistas pero donde regresen todos nuestros jugadores y, además, con una victoria. Eso hará olvidar un poco el maldito caso Eigendorf.

—Me parece una buena idea —sonríe Wolf—, pero debemos escoger bien la ciudad y doblar la seguridad del Dynamo. Además, no creo que ese partido resucite mucho el recuerdo de Eigendorf, ya apenas la gente se acuerda de él, juega en un equipo menor, su carrera en occidente se está apagando. De todas formas, nuestra vigilancia y un nuevo partido amistoso en la Alemania Federal ayudarán a controlar la situación, eso seguro.

—Muchas gracias, camarada Wolf —se despide el general.

—Siempre es un placer verle, camarada Mielke.

—¡Orgullo y Estado!

—¡Orgullo y Estado!


Lutz está agotado. Jugó ayer un duro partido en Kaiserslautern que acabó perdiendo por 3 a 2. Además, Julian ha pasado una mala noche. Así que corre como un zombi para descolgar el teléfono a las diez de la mañana y preservar el sueño de Josi al menos una hora más.

—¿Diga?

—Buenos días, querría hablar con el señor Borg —pronuncia formalmente una voz femenina.

—Lo siento, se ha confundido —explica Lutz frotándose los ojos.

—Imposible, reconocería su voz y sus pantalones de tenis ajustados en cualquier sitio.

Lutz se queda unos segundos en silencio, intentando zafarse de la melaza de su somnolencia para poder comprender esa respuesta.

—¿Borg, el tenista? —acierta a balbucear.

—Ja, ja, ja, ja. No, yo me refiero al Borg del fútbol, ese que en una cancha de tenis no tendría nada que hacer contra mí.

Lutz entonces reconoce a Lena. Él también se ríe y le confiesa que le hace mucha ilusión saber de ella. La periodista comparte su entusiasmo por el reencuentro y después le cuenta que ha conseguido volver a Berlín trabajando para la cadena de televisión SFB.

—Ya no podía más con Kaiserslautern.

—Pues resulta yo estuve ayer por allí —comenta Lutz.

—Pues déjate de provincianismos y vente para acá.

—¿A Berlín? ¿Qué hago yo en Berlín?

—¡Pues qué va a ser, darme una entrevista! Me la debes, ¿te acuerdas? —dice Lena en tono cómplice.

—Claro, claro que me acuerdo… ¿Y por qué ahora?

—Pues por el partido, ha sido anunciado hoy, ¿no te has enterado?

—Es que vivo en otro mundo, Lena, el mundo de los padres, el mundo de los padres somnolientos; he tenido un niño.

—¡Lutz, cuánto me alegro! Me alegro un montón de que te vaya todo bien, de que estés contento. Veo que estás avanzando y eso es bueno, muy bueno. Disfruta ahora a tope de tu nueva vida, de tu nueva familia.

—Gracias, Lena, yo también me alegro de que te vaya bien —responde Lutz mientras se sienta en el reposabrazos del sofá desperezándose por fin—. Y… ¿de qué partido me hablas?

—Un nuevo amistoso del Dynamo en territorio hostil, en Stuttgart. Para dentro de tres semanas, el 8 de marzo.

Lutz se descoloca. No es capaz de ordenar las emociones. No sabe si siente rabia, preocupación o cierto alivio ante ese nuevo partido del Dynamo en la RFA. Finalmente se da cuenta de que no siente nada.

—¿Y cuándo quieres hacer la entrevista?

—¿Te viene bien la semana próxima?

—Eh… vale. Jugamos el sábado en casa contra el Eintracht de Frankfurt, pero puedo estar allí el lunes, que libramos.

—¡Perfecto! —exclama Lena con una emoción infantil—. Además, tengo muchas ganas de verte.

—Y yo a ti.

—Lo del tenis lo dejamos para más adelante.

—Pero seguro, luego no te rajes, que aún guardo mis pantalones.

—Ja, ja, ja, ja. Ésos sabes que no me los pierdo.

—Un beso, Lena —concluye cariñosamente Lutz.

—Un beso, guapo. Y muchas gracias. Y cuida de tu pequeño.

—Siempre.

# 23

En los días siguientes a la conversación, Lutz piensa en Lena. Le congratula que se acuerde de él, aunque sea para cobrarse una entrevista. De verdad la siente una amiga a pesar de haber intimado muy poco. Se encontró muy a gusto con ella durante aquella comida donde acabaron confesándose frustraciones y anhelos. Tiene ganas de sentarse tranquilamente en un restaurante de Berlín y hablarle del gran amor que siente por Julian.

Su revisión del tiempo con Lena también le hace acordarse de su Alfa Romeo. Lutz hace tiempo que quiere cambiar el Golf, así que sube en él a Felgner y van juntos al concesionario. Eigendorf le ha conseguido a su amigo un trabajo de media jornada como utillero en el club, por lo que, de momento, Felg se queda en Braunschweig. El coche de Lena no era especialmente deportivo, pero Lutz busca velocidad, así que encarga un Alfa GTV-6 gris oscuro. Un precioso coche italiano capaz de volar casi tanto como las avionetas que ahora pilota.

Cuatro días después vuelven para recogerlo. El Alfa Romeo brilla como un submarino recién emergido. Lutz se sienta a los mandos y conduce velozmente por Güldenstrasse hasta girar a la derecha por Lange que se convierte en Hagenmarkt y luego en Fallersleber y luego en Humboldt. Y, finalmente, da un volantazo a la izquierda para enfilar Hagenring mientras Felgner se agarra al asiento disfrutando de la inercia, sobre todo cuando su amigo toma la autopista que los saca de la ciudad por el este. Lutz está feliz. Ya casi ha pasado la hora de comer conduciendo, pero tienen suerte de que les sirvan una pizza recalentada en un sucio y pequeño restaurante de Boimstorf.

—¿Me dejas conducirlo de vuelta? —pregunta Felgner con la boca llena.

—Ni de coña.

Esa noche es Josi la que tiene que atender tanto a Julian como a Lutz, que no para de vomitar. A Felgner también le ha sentado mal la pizza. Eigendorf se queda en cama, yendo cada diez minutos al baño. Está débil, le duele todo el cuerpo. Por supuesto, no juega el partido del día siguiente ante el Frankfurt, que gana el Braunschweig por un gol a cero. Tumbado en la cama y luego en el sofá, febril, piensa en cómo debe de sentirse Julian. Hace un esfuerzo por meterse en su cuerpo, en su mente. Debe de encontrarse así de vulnerable. También contemplando el mundo tumbado sobre su espalda, sin posibilidad de moverse ni de decir apenas nada. A Lutz le divierte el juego. Le acerca aún más a su hijo, fantasear con ser él, con establecer una conexión sensitiva y casi irracional con el entorno. Los dos, en el fondo, ahora dependen tanto de Josi para sobrevivir…

Tres días después de la intoxicación Lutz sigue débil. Ha perdido cuatro kilos. Sin embargo se va a Berlín. Le anuncia a su entrenador que estará de vuelta el martes para el entrenamiento, pero nota desaprobación en su voz. Maslo no considera profesional que Lutz le haya robado cuatro días de trabajo al equipo, incluido uno de partido, y que ahora gaste sus fuerzas en hacer un viaje.

Lutz goza de cada uno de los kilómetros conducidos. El viaje en el Alfa es uno de los motivos por los que se ha negado a cancelar la entrevista. Lena le cita en un restaurante en Prenzlauer Berg. A Lutz le da cierto reparo viajar a Berlín, supone que la Stasi también le seguirá hasta allí. Sabe que es peligroso, pero prefiere no pensarlo. Ya ha salido de muchas iguales, ya ha pasado mucho tiempo. Está convencido de que ahora el destino está de su lado.

Lutz encuentra a Lena cambiada, con el pelo más corto y más oscuro, algo envejecida pero igualmente atractiva. La chica también le ve mayor, pero no se lo calla y le hace un comentario sobre la cantidad de canas que comienzan a nevarle el pelo. Ella se pide una ensalada gigante y Lutz un filete a la plancha. En favor de su delicado estómago renuncia a las patatas fritas y a la mostaza. Bebe agua. En una larga comida y la sobremesa posterior se ponen al día sobre sus vidas. Lutz le habla de su marcha de Kaiserslautern, de su lesión, de su estancia en Ischia, de su buena temporada en el Braunschweig, de su boda, de su creciente amor por Josi y de su desmesurada pasión por Julian. Lena le cuenta que adora estar en su ciudad, ver crecer a sus sobrinos, compartir tiempo con sus hermanos y con su novio. Lleva un año y medio saliendo con un marchante de arte. «Estoy contenta, los dos lo estamos, pero no pienso cometer los mismos errores que cometí en mi matrimonio. De momento, cada uno en su casa y ya veremos hasta cuándo», confiesa con una sonrisa.

Tras la comida, que «paga la tele», según la periodista, Lutz pregunta dónde será la entrevista.

—Aquí mismo. Hemos quedado con el cámara en cinco minutos. Vamos para allá.

Lutz se sube el cuello de la gabardina y camina junto a Lena hasta dar con el muro.

—Aquí es perfecto —dictamina ella.

Justo detrás de la gran pared «grafiteada» emerge una de las grandes columnas de focos del Friedrich Ludwig Jahn Stadion, el recinto donde el Dynamo de Berlín juega sus competiciones europeas, donde Lutz ha disputado tantos partidos, donde el equipo de la Stasi ha celebrado sus últimas cuatro ligas consecutivas. Eigendorf mira a Lena contrariado. Es consciente de que una entrevista con el muro y el estadio del Dynamo a su espalda es una provocación. Porque sabe que las preguntas, si las contesta sinceramente, le harán decir que prefiere estar de este lado del cemento.

El cámara es un tipo bajito y joven con una chaqueta de cuero con chapas de los Rolling Stones y los Who.

—Estoy listo —dice el chaval pisando la colilla del cigarro que acaba de ahogar con una profunda calada.

Luego se echa la gigantesca cámara al hombro con un gesto inesperadamente ágil, como si en realidad estuviera hueca.

—Lena, ¿crees de verdad que éste es el mejor sitio para la entrevista?

—Bueno, Lutz, te soy sincera: periodísticamente, sí. Vas a hablar sobre el partido de dentro de dos semanas, sobre el enfrentamiento entre dos equipos de las dos Alemanias, de los dos lados del muro. Qué mejor escenario que éste. Pero si tú no te sientes cómodo…

—No, no… no pasa nada —balbucea Lutz dubitativo y empezando a sentir los estragos del filete en su maltrecho estómago—. Venga, vamos con ello. No tengo muy mala cara, ¿no?

—Claro que no, estás un poco pálido pero muy guapo.

Lutz sonríe y se ajusta su corbata amarilla sobre el cuello de la camisa blanca. Se abrocha la gabardina hasta el penúltimo botón, se coloca el flequillo y dice:

—Listo.

El cámara comienza grabando un plano cerrado de los focos anidados en lo alto de una torre de luz del estadio del otro lado del muro. Luego, poco a poco, va abriendo el plano hasta que se puede ver la copa de un árbol desnudo y la gran pared manchada de unas pobres pintadas en azul y rojo. Entonces Lena, fuera de plano, habla a su micrófono diciendo que hoy el programa *Kontraste* cuenta con Lutz Eigendorf a tan sólo dos semanas de un nuevo partido amistoso entre el Dynamo de Berlín y el Stuttgart, un encuentro similar al que utilizó el jugador para fugarse del mismo equipo comunista hace casi cuatro años.

—¿En qué situación cree que se encuentra el fútbol de la República Democrática Alemana en estos momentos?

Lena nunca aparece en plano, sólo Lutz, su escorzo izquierdo y la burbuja de gomaespuma azul del micrófono.

—Bueno, creo que en los últimos años tres o cuatro clubes de la República Democrática Alemana han hecho un mayor esfuerzo en la preparación de sus jugadores y eso se ha notado en la calidad de la Oberliga y de la propia Selección.

—¿No es verdad que lo que importa en el fútbol es el rendimiento colectivo y que quizá la Oberliga se centra en potenciar exclusivamente el rendimiento de ciertos jugadores y equipos?

—Usted pone en primer lugar el beneficio del colectivo, pero, en mi opinión, cada vez son más importantes las individualidades en los equipos. El fútbol necesita de individualidades, pero a veces los equipos no les dejan espacio.

—Hábleme de los cambios estructurales del fútbol de su país, de la reducción de equipos prevista en la Segunda División; parece que van a pasar de sesenta a treinta y seis equipos.

—Ésas son decisiones que toma la burocracia del fútbol y no siempre es beneficioso, dudo que esa medida traiga los resultados deseados. La reducción de equipos sólo hace que al final estemos siempre hablando de los mismos clubes. Hay que dar oportunidad a los pequeños, a que se desarrollen equipos con menos medios.

—¿Qué es lo que más le atrae del fútbol occidental comparado con jugar en la Oberliga?

—Bueno, no le voy a negar que ganar más dinero es uno de los atractivos de jugar en la Bundesliga, pero para mí el gran estímulo ha sido jugar en una liga más competitiva, con un rendimiento claramente superior al de la Oberliga.

—Pero imagino que también habrá cosas en el Oeste que no le gusten, cosas que eche de menos de su país y de su fútbol.

—Sí, por supuesto. Cuando llegas a este país, que sólo conocíamos por la televisión, te das cuenta de que no es oro todo lo que reluce. Pero cada país tiene sus cosas buenas y sus cosas malas, desde luego. Yo estoy muy a gusto aquí; esta gente, este fútbol me han acogido muy bien y les estoy muy agradecido.

—Bueno, y una última pregunta, ¿qué opina del próximo encuentro entre su exequipo, el Dynamo de Berlín, y el Stuttgart?

—Me alegra que se sigan jugando partidos amistosos, encuentros entre equipos de las dos Alemanias. Creo que es bueno que los dos países se vayan acercando.

—¿Y quién cree que va a ganar?

—Ganará el mejor.

—¿Como sucedió en último partido entre el Kaiserslautern y el Dynamo?

—Exacto.

—Muchas gracias, Eigendorf, no le entretenemos más y suerte en el Braunschweig.

—Gracias, muchas gracias a usted.


Mielke se levanta del sillón y apaga la televisión de un puñetazo. Llama a gritos a su secretario, que todavía, a las diez de la noche, sigue trabajando en Normannenstrasse. Le pide un analgésico para el dolor de cabeza. Acaba de ver la entrevista y su paciencia se ha agotado. Deambula por el inmenso despacho apretando los pequeños puños sudorosos. Entra en el aseo alicatado de azul cielo y se refresca la cara. Se mira en el espejo. Ve las gotas deslizarse por su pálida piel perfectamente rasurada, recorrer sus mejillas flácidas, su papada, quedar suspendidas en la baranda de sus cejas canosas. Golpea con fuerza el espejo, astillándolo.

Regresa a su despacho. De pronto suena el teléfono.

—Camarada Mielke, soy Wolf. Acabo de ver a Eigendorf frente al muro, frente al Friedrich Ludwig Jahn Stadion. Estamos listos para actuar. Le repito que creo que se nos ha escapado una preciosa oportunidad para cogerlo en Berlín esta tarde, ahora ya está de vuelta en Braunschweig.

—¡¿Cómo íbamos a raptarlo en Berlín?!, ¡¿está usted loco, Wolf?! ¡¿No ha entendido nada?! ¡¿No se acuerda que hablamos de discreción, de guardar las apariencias, de cuidar la imagen?! ¡¿Se imagina los titulares de mañana en occidente si Lutz Eigendorf desaparece en Berlín cuando iba a dar una entrevista frente al muro?!

—Cierto, señor, pero también me imagino los titulares de mañana después de haber dado la entrevista —responde Wolf haciendo un enorme esfuerzo por no igualar el tono iracundo de su superior.

—¡Es un ultraje, es una provocación, es un insulto y una humillación! —despotrica Mielke con el auricular en la mano, pero, en realidad, lo hace para sí mismo.

—¿Cuál es el siguiente paso, camarada? —pregunta el agente intentando ocultar su ansia de acción.

Durante unos segundos la línea se queda en silencio.

—No quiero ni una sola parada desde Berlín hasta Stuttgart —ordena Mielke—. ¡Nadie baja del autobús!

Wolf es ahora quien provoca el silencio. Está desconcertado por el cambio de tercio del general.

—Camarada, son casi siete horas de trayecto —apostilla Wolf.

—¡Pues que instalen váteres en los autobuses!

Wolf es consciente de que esa orden no es para él, de que Mielke está fuera de sí y, en consecuencia, está evitando encarar la cuestión crucial: qué hacer con Lutz Eigendorf.

—Señor, aquí está su pastilla —dice tímidamente el secretario asomando por la puerta del despacho.

—¡Llame al chófer!

Mielke cuelga el teléfono sin despedirse de Wolf, casi ha olvidado que había alguien al otro lado del auricular. Se toma la pastilla de un trago, echando su desvencijada espalda hacia atrás para favorecer la llegada directa de la píldora al estómago. Sale por la puerta lateral del despacho que da directamente al ropero, recoge su abrigo largo y su sombrero y baja por las escaleras a la primera planta. El Volvo negro le espera bajo el porche de hormigón. Se sube detrás y ordena al chófer que le lleve a casa. Hace frío. El coche apenas ha tenido tiempo de calentarse. A medida que surcan Berlín, de noche, Mielke comienza a entrar en calor y se desabrocha el abrigo. Mira por la ventanilla y se siente viejo.

—No vaya a casa, lléveme al sur.

—Sí, señor.

El Volvo da un giro a la derecha corrigiendo radicalmente el rumbo. El chófer conoce perfectamente la orden, dónde desea ir Mielke cuando habla de «el sur». Poco a poco abandonan las avenidas principales de la ciudad para adentrarse en barrios más humildes, pequeños y menos iluminados. Finalmente el coche aparca en el callejón oscuro de un gran edificio, majestuoso pero decadente.

Mielke se pone el sombrero pero no se abrocha el abrigo. Son sólo tres pasos hasta llegar al portal. Llama al telefonillo del último piso. Ada, sin embargo, no contesta. Puede haber salido, aunque la mayor parte del tiempo lo pasa en su amplio apartamento trabajando o simplemente descansando, leyendo novelas decimonónicas y escuchando polvorientos vinilos. La principal ocupación de su amante es la espera, o eso es lo que imagina Erich, pues esta mujer está preñada de misterios. Ahora vive holgadamente con el sueldo mensual engrosado por cuatro altos mandatarios del buró, dinero administrativamente adjudicado a gastos de Estado.

Mielke vuelve a insistir. Comienza a sentir frío y decide abrocharse el abrigo. Llama de nuevo al interfono, deja el dedo enguantado pegado al botón mientras escucha un pitido sordo. Desea con todas sus fuerzas que Ada esté en casa. No obstante, su llamada acaba en silencio. Alguien entonces sale del portal y le permite entrar. Mielke coge el ascensor y sube a su piso. Llama al timbre de la puerta. Nadie responde. La desolación comienza a hacerle sudar. La necesita, necesita hablarle, gritarle, sollozarle, necesita desahogarse con ella, contarle lo que ha sucedido en la televisión esa noche; es preciso que le aconseje, que le confirme si le parecen bien las acciones que ha pensado llevar a cabo y que todavía no ha compartido con nadie. No puede regresar a casa, su mujer no le sirve de ayuda. No tiene hambre, no tiene ganas de hablar con Gertrud, sabe que se acabará metiendo sólo en la habitación mientras su mujer ve la tele. Y pasará la noche sin dormir.

Aporrea la entrada y grita el nombre de Ada a cada puñetazo. Es imposible que no esté, siempre está disponible, siempre está para él. No ahora, no hoy, no puede fallarle en este instante.

—¡Ada! ¡Ada! ¡Ada!

Un vecino con aspecto de pescadero abre una puerta del mismo pasillo:

—¡Por favor, deje de hacer ruido! ¡Son las once de la noche!

Mielke se da la vuelta y le mira con pupilas fulminantes.

—¡Métase en su casa! —grita furioso.

—Voy a llamar a la policía como siga haciendo ruido.

—¡Yo soy la policía, imbécil! ¡Y puedo joderle la vida si me da la gana, ¿entiende?! —vocifera Mielke dando unos pasos amenazadores hacia el vecino.

El hombre comprende que está hablando con la Stasi, así que se apabulla, baja la mirada al suelo y pide perdón. Cuando está a punto de cerrar la puerta de su casa, aterrado por las consecuencias de su amenaza, intenta arreglarlo con unas últimas palabras:

—Si busca a Ada Kellner, se ha ido.

—Eso ya lo veo. Se ha ido ¿adónde?

—No lo sé, se ha ido. Sacó un montón de maletas y se marchó.

—¿Maletas?

—Sí, tenía baúles y maletas, un montón de equipaje. Llamó a un taxi y no cabían y luego tuvo que llamar a otro y…

—¿Y… adónde se ha ido? —balbucea Mielke compungido.

—Ah, eso no lo sé, no lo dijo. No se lo dijo a nadie. Lo he comentado con algún vecino del edificio, pero a nadie le dijo nada. Se fue hace tres o cuatro días. Ahora el piso está vacío. No hay nadie dentro.

Mielke regresa abatido a su coche. Se sienta en el asiento de cuero, se arrincona contra la fría ventanilla y pierde la mirada. El chófer espera una orden, pero sólo hay silencio. Se escucha el arrullo del motor que mantiene caliente el habitáculo, el conductor nunca lo apaga cuando el general sube a ver a Ada. Mielke siente que se ha acabado algo, que ha muerto algo. Tiene la sensación de que todo el mundo avanza menos él, quizá en las direcciones equivocadas, pero al menos se mueve, toma riesgos. El mundo gira y él, siempre orgulloso de ser su epicentro, es el único que no siente la inercia, que paga la soledad de estar inmóvil. A veces hace girar los destinos, tiene el poder de impulsar la rueda, pero en otras ocasiones es el destino quien se da impulso a sí mismo. Él, sin embargo, no parece ser capaz de propulsarse. Pasan los años, pasan las décadas y sólo se ve envejecer en el pequeño espejo de su pequeño cuarto de baño de Normannenstrasse. Su casa en miniatura reproducida en un edificio gubernamental, su existencia repetida y diminuta. Quisiera viajar a aquel valle que alguien pintó en el cuadro de su habitacioncita de descanso. Huir, desaparecer, no ser más él mismo, mutar como lo hacen las semillas o las mariposas. Pesa mucho el escudo del Estado, pesa mucho la espada del Estado. Pero, desde luego, no va a perder ahora la batalla. No va a soltar las armas, no va a claudicar. Morirá, si hace falta, sentado en su sala de mandos. Su gran alteración será grandiosa y definitiva, será cambiar una vida de lucha por una muerte en paz.

—¿A casa, señor?

—No, a Normannenstrasse.

Mielke no puede caer en la tentación de cuestionarse a sí mismo, a su Estado. Sólo tiene el honor y las leyes, la verdad y los bustos de mármol como aliados eternos e insobornables. No puede desoírlos ahora; es precisamente en este instante de deserciones y silencios cuando ha de prestar más atención a las voces de los estadistas, a los emblemas y a los eslóganes. Él y el socialismo jamás se traicionarán.

Desde su despacho, apenas iluminado por la isla de luz del flexo, piensa en llamar a Markus Wolf. No obstante, confía más en la discreción y la fidelidad de Heinz Hess. Wolf nunca le cayó bien.

—¿Teniente coronel? —pregunta Mielke cuando una voz agarrotada por el sueño contesta el teléfono.

—Sí, dígame.

—Soy el camarada Erich Mielke.

Enseguida se oyen ruidos apresurados y torpes al otro lado de la línea.

—Sí, señor, a sus órdenes —dice Hess tratando de ocultar su voz ronca.

—Tengo una misión para usted.

—A sus órdenes.

—Llame a Fantasma.

—Sí, señor.

—Buenas noches.

—Buenas noches, camarada Mielke.

Hess cuelga el teléfono sin comprender. Se frota los ojos e intenta recobrar la lucidez. Entonces se levanta de la cama como un resorte y se queda tenso y firme en medio de la habitación. Se enfrenta a la misión más importante de su vida. No puede fallar.

## 24

Ahora a Lutz se le hace especialmente duro viajar; ya le pasó cuando nació Sandy. No quiere separarse de Josi y de Julian. Pero ha de ir a Dortmund. No está del todo repuesto de la afección estomacal; aunque han desaparecido las molestias, todavía se siente débil. Uli Maslo duda hasta el último momento si alinearlo. Apenas ha entrenado un par de días en la última semana y todavía le ve delgado. Aun así, sabe que necesita de la calidad de Eigendorf para intentar sacar algún punto. El Borussia es quinto y el Eintracht de Braunschweig octavo en una liga de dieciocho equipos. Descienden directamente los dos últimos y el antepenúltimo juega la promoción.

Nada más llegar al Westfalenstadion, aún con el chándal puesto y la bolsa de deporte en el hombro, Lutz se cruza por los pasillos con Kalli. Su antiguo entrenador en el Kaiserslautern ahora dirige a su rival de esa tarde; Lutz no llegó a despedirse de él, su salida de la ciudad fue más o menos precipitada y cada vez que pensó en llamarle algo se interpuso. Desconoce cómo va a reaccionar Kalli, su relación no acabó siendo buena. Tampoco está muy seguro de cómo actuar. Sin embargo, Feldkamp, en cuanto le ve, se tira a sus brazos.

—¿Cómo vas, Lutz?

—Bien, míster, bien.

—Gran temporada, enhorabuena.

—Gracias, tú también. Menudo equipazo tenéis este año.

—Bueno, podrían ser mejores si trabajaran más, ya lo sabes, siempre se puede ser mejor.

—Claro.

—Suerte con todo, Lutz.

—Gracias.

—Suerte después de hoy, me refiero —bromea Kalli perdiéndose por el pasillo de camino a su vestuario.

Lutz se cambia abstraído, pensando en lo amable y cariñoso que ha sido su exentrenador. Súbita y naturalmente han pasado a hablarse de tú. A lo mejor resulta que es una persona afable y simpática después de todo. Siempre que no sea tu jefe.

Eigendorf juega un partido desastroso. No está aún repuesto físicamente y es uno de los grandes responsables de la derrota. Uli Maslo se muestra decepcionado con el grupo, queda un tercio de campaña y teme sufrir hasta el final por mantener la categoría. Aun así, no le recrimina nada a Lutz. No es preciso. Tampoco eran necesarias las fieras críticas de la prensa, pero el jugador lee cómo el periódico le acusa de falta de compromiso, de concentración. Algún artículo llega a atribuir a su flamante paternidad su bajo rendimiento en Dortmund. Es la primera vez que deja de sentirse un héroe local. Ha sido un mal partido, eso es todo. Este mantra es su terapia, pero sabe que el entrenador desaprobó su viaje a Berlín y ahora su mala actuación le ha dado la razón. Teme perder la titularidad, los fantasmas del final de la temporada pasada le acosan. Josi se encarga de espantarlos, de asegurarle que es importante para el equipo y, por consiguiente, para el míster. «Estás aún curándote del estómago, no seas tan duro contigo. El próximo partido lo harás bien, seguro, eres el mejor. Es un partido en casa y contra el Bochum; es fácil, te vas a salir, ya lo verás», le consuela Josi mientras pasean empujando el carrito por las tranquilas calles del pueblo.

Durante la semana entrena con intensidad procurando lustrar su imagen delante de Maslo. El jueves decide salir a volar. La soledad le relaja. En el cielo se siente en paz, como si físicamente estuviera por encima del bien y del mal. La aviación, comparada con los coches rápidos, tiene una extraña pero atractiva mezcla de excitación y pausa. Alquila una avioneta a pesar de que el tiempo está nublado y amenaza lluvia. Antes de subirse al aeroplano habla con su instructor, confirmándole su destreza a los mandos y su disfrute en el aire.

—¿Vas a salir con este tiempo? Parece que va a llover.

—Es sólo una vuelta corta, lo necesito —apunta Lutz.

—Ten cuidado. Y ya sabes que cuando quieras planificamos un vuelo más largo.

—Claro, lo estoy deseando.

Lutz despega hacia un cielo que parece una plancha de plomo. Cree que va a estrellarse contra una superficie sólida cuando atraviesa las primeras nubes. La avioneta se tambalea, pero enseguida la estabiliza. Es consciente de que no dispone de mucho tiempo, así que da otra vez su paseo rutinario sobrevolando los pueblos de la zona. Efectivamente, siente que se le queda corto el recorrido. Ya domina las maniobras y ansía volar más lejos. Piensa entonces en hacerlo en ese mismo instante. La tormenta se acerca por el oeste. Podría dirigirse en dirección contraria y volver justo en el momento en el que comience a descargar sobre el aeródromo. Duda unos segundos, pero finalmente decide regresar. Cuando toma tierra, ve la primera gota estrellándose contra el cristal.

El día antes del partido ante el Bochum pasa por correos a recoger un paquete proveniente de Italia. Es la caja con las botellas de lambrusco. Han tardado mucho tiempo en enviarlas, incluso Josi y él se habían olvidado de ellas. Pero Lutz ha entendido que la velocidad de gestión de los países mediterráneos difiere claramente de la alemana. Mete contento la pesada caja de vino espumoso en el maletero del Alfa Romeo y se va al entrenamiento vespertino.

Eigendorf se siente completamente recuperado de su intoxicación, se ha ejercitado con eficiencia durante la semana y hoy luce un espléndido día de principios de marzo. Presiente que va a ser un gran partido. A veces tiene esa sensación, en el momento de salir de casa hacia el estadio o cuando se ata las botas en el vestuario o en el instante en que el árbitro pita el inicio del encuentro. Un mensaje le llega al cerebro, al corazón, un presentimiento nítido como un telegrama: «Hoy vas a jugar bien». Así que se viste de corto en las entrañas del Eintracht-Stadion cuando Uli Maslo da la lista de los once titulares. No pronuncia su nombre.

Su ausencia de la alineación inicial le afecta más de lo pensado. No puede creer en la crueldad del entrenador, en que le esté haciendo pagar su viaje a Berlín, su afección estomacal, su mal partido frente al Borussia Dortmund. ¿Cómo puede ser tan rencoroso?, ¿cómo puede no entender su merma física?, ¿cómo puede obviar el gran esfuerzo en los últimos entrenamientos y su clara voluntad de comandar de nuevo el equipo? Lutz está tentado de hablar con el míster, pero acata su suplencia en silencio. Se pone el chándal amarillo y sale al terreno de juego para sentarse en el banquillo. ¿Es esta suplencia el principio de muchas otras?, ¿el inicio de una mala relación con el míster?, ¿la primera constatación de que el Braunschweig tampoco es su sitio?

El choque termina 0-2. Maslo, en rueda de prensa, habla de «día negro». Un periodista le pregunta por la ausencia de Eigendorf. «Lutz aún no está en perfectas condiciones tras su intoxicación y sus problemas de estómago. Después de varios días sin entrenar, todavía tiene que coger el ritmo de sus compañeros», explica el jefe del equipo.

Lutz no quiere hablar con nadie. Está triste y furioso. Se echa la bolsa a su espalda ancha y algo vencida, y cuando se dirige al aparcamiento para subirse a su coche, Hans Jäcker le pide unos minutos para charlar. El presidente del club siempre ha mostrado una gran empatía con los jugadores, y con Lutz especialmente. El futbolista no puede dejar de mirarle el ridículo peinado que pretende tapar su calvicie ni de verle en la foto de su despacho vestido de portero, sosteniendo aquel balón antiguo mientras posa bajo una portería de entrenamiento. Jäcker intenta animarle y le invita a unirse al equipo por la tarde en el bar Conny para tomarse unas cervezas y relajar tensiones.

Una vez en casa, a Lutz se le pasan las preocupaciones mirando a Julian, acariciándole la mejilla con la yema del dedo índice, meciéndole y viendo cómo Josi le da el pecho. Son las siete de la tarde, pero no le apetece salir a ver al equipo. Prefiere quedarse en casa. Su mujer le insiste, cree que es bueno, tanto mental como profesionalmente, integrarse un poco más con la plantilla. A Lutz, sin embargo, lo que le despeja la mente es pilotar, así que llama a su instructor de vuelo y le pregunta si pueden quedar para planificar un trayecto más largo. Quiere salir mañana mismo, darse un buen paseo aéreo y olvidarse de los problemas en el terreno de juego. Finalmente deciden verse en el aeródromo a las nueve de la noche. Eigendorf ha pensado en volar a Westerland, una isla al norte, justo a la altura de la frontera con Dinamarca. El viaje es algo peligroso para un piloto principiante.

Lutz obedece a su mujer y sale sin ganas rumbo al bar. Además, se ha puesto a llover. Le dice a Josi que regresará para cenar antes de reunirse con el instructor. En el Conny encuentra a un puñado de compañeros y al masajista, un tipo gracioso con el que ha empezado a congeniar. Pero el ambiente es tenso. La decepción flota en el aire y nadie tiene ganas de bromear. De todas formas, se alegra de haber ido, de formar parte del equipo también en los malos momentos dentro y fuera del terreno de juego. A veces son precisamente los infortunios los que forjan las amistades, más aún que los triunfos. Así que se toma un par de cervezas y charla con alguno de sus compañeros con los que, poco a poco, se siente más confiado. Echa de menos a Hans, a Norb, a Alex, pero piensa que es cuestión de tiempo, que seguro que al final de la temporada ha fraguado nuevos amigos. Josi tenía razón, merecía la pena vencer la pereza y confraternizar. De momento no ha llegado el entrenador. Lutz no sabe si lo hará, pero tras pasar allí una hora regresa a casa tal como le prometió a su mujer.

Mientras come una tortilla y Josi intenta dormir a Julian, mira relajado los deportes en la tele. No sólo ve el resumen de los partidos disputados ese sábado en la Bundesliga, sino también en la Oberliga. El Dynamo ha vuelto a ganar y encarrila su quinta liga consecutiva. Lutz, en cambio, no echa de menos ese fútbol, esa competición. Se esfuerza por recordar el privilegio de jugar en occidente, la gran recompensa al salto mortal de su vida. Luego besa sigilosamente en la frente a Josi, quien le pide que se lleve un paraguas, y sale en dirección al aeródromo.

Sobre una de las mesas del Cockpit, el restaurante con vistas a las pistas, el instructor de vuelo despliega un gran mapa con las rutas aéreas. Intenta disuadirle de hacer el viaje; es una distancia de cuatrocientos kilómetros, mucho mayor que cualquier otra travesía realizada anteriormente.

—Quizá deberías hacer un viaje intermedio y, una vez superado, ya volar a Westerland —aconseja el experimentado piloto.

Lutz le mira contrariado. En ocasiones su obstinación le convierte en un hombre intratable.

—Escucha, vamos a hacer una cosa: yo te acompaño —propone el instructor—. Vamos juntos a Westerland si es que te has empeñado en ir allí, pero no quiero dejarte ir solo. Es peligroso, en serio, Lutz.

El jugador baja la cabeza, escudriña el mapa y cede. Los dos apuran sus cervezas y concertan el viaje para el día siguiente a las diez.

Lutz se despide del instructor en la puerta y se dirige a su coche. Está satisfecho. Ha dejado de llover y parece que el cielo volverá a clarear en doce horas. Cuando está abriendo la puerta del Alfa escucha que alguien le llama. Es Felgner. Se acerca nervioso. Lutz piensa que le ha pasado algo o que quizá venga a advertirle de algún peligro. Felgner le dice que tiene algo importante que decirle pero que teme que alguien los escuche. El aparcamiento del aeródromo está desierto y en penumbra, apenas hay media docena de coches aparcados y, probablemente, uno de ellos sea el del instructor que se ha quedado en el Cockpit tomándose una segunda cerveza.

—Vamos a tu coche, pueden estar escuchándonos con micrófonos —le advierte Felgner.

Una vez dentro del Alfa, Lutz siente en la nuca un hierro frío. Alguien le encañona. Felgner, que está sentado a su lado, no reacciona. El exboxeador mira al pistolero, al que Lutz no puede ver, con aprobación y luego le pide a su amigo que conduzca hasta la zona de los hangares, más oscura y capotada por la vegetación. Lutz primero no comprende y luego, simplemente, no puede creerlo. Mira desconcertado a su amigo; tiene ganas de pedirle ayuda y, a la vez, de matarlo.

—Tranquilo, Lutz —le dice Felgner—, haznos caso y no te pasará nada.

El jugador arranca el coche y obedece. Aparca en un lugar alejado del edificio del aeródromo, allí nadie los puede ver ni escuchar. El futbolista sabe que está a merced de sus captores, pero aún confía en que Felgner cumpla su promesa. En ese instante de pánico e indefensión agradece que uno de esos hombres dentro del coche sea su «amigo».

—Bébete toda esta botella —le ordena Buchholz mientras le extiende el vidrio con una mano y sostiene la pistola con la otra.

—Pero Felg...

—¡Bébetela, joder, Lutz! —grita Felgner.

Lutz da unos tragos de whisky. El licor está caliente.

—¡Bébetela toda o te pego un tiro! —amenaza Buchholz.

Lutz protesta y se da la vuelta para encontrarse con una cara familiar. El pánico le nubla la razón, y también el alcohol, que comienza a encharcar las venas. Sin embargo, algo le dice que tiene que saber de quién se trata, reconocer al hombre del arma puede ser la clave para salir de esa situación. Pone toda su concentración en hacer memoria, cierra los ojos mientras da otro trago y finalmente encuentra la respuesta. El tipo que ahora amenaza con matarle es aquel hombre bonachón al que firmó un autógrafo en

Kaiserslautern y al que luego invitó a pasar al vestuario. También recuerda que compartió con él una comida en el restaurante del estadio. Ahora comprende que es un agente de la Stasi. Sin embargo, Felgner…

—¡La puta botella, acábate la puta botella! —grita Buchholz clavándole con más fuerza el cañón mientras el exboxeador inclina el licor sobre la boca de Lutz.

—¿Qué queréis? —pregunta Lutz asustado—. ¡Felgner, joder, qué coño es esto! Si ahora pu…

—¡Calla, coño, calla! —ordena Felgner como queriendo tapar las palabras del futbolista con más alcohol, palabras de incomprensión y súplica que se le clavan.

Lutz comprende que es imposible el diálogo, así que comienza a calibrar un combate cuerpo a cuerpo. Son dos contra uno. Y esos dos son un exboxeador campeón del peso pluma y un tipo fornido, aunque algo mayor, probablemente bien adiestrado por la Stasi. Pero no sólo es eso: una pequeña contracción en el dedo posado en el gatillo y todo habrá acabado. Y un último inconveniente para empezar una pelea: Lutz comienza a estar borracho.

Eigendorf entonces piensa que si quisieran matarlo, ya lo habrían hecho. Tan sólo pretenden obnubilarle con el whisky. Quizá sólo sea una advertencia. Lutz concluye que todo es una represalia por la entrevista junto al muro. Ahora se arrepiente por haberse confiado tanto. Y piensa en Josi y piensa en Julian, y sólo desea volver a casa y refugiarse entre las dos personas a las que más quiere en el mundo. Sólo ansía irse a casa como siempre, como todas las noches, y que no pase nada más.

Cuando ha ingerido toda la botella, Buchholz dice: «Ya está, vámonos». Lutz mira a Felgner, pero éste coge la botella vacía, y sale del coche con celeridad corriendo detrás de su socio hasta que ambos se pierden en la oscuridad. Lutz baja la cabeza, se frota la nuca magullada. Su corazón va a estallar. Se siente mareado pero aliviado; se han ido. No lo puede creer, pero se han marchado, le han dejado en paz como prometieron. Pone las dos manos sobre el volante y procura calmarse. «Se acabó, se acabó…», repite. Piensa en salir del coche, pero tiene miedo. Las ventanillas siguen subidas. En cuanto recupera un poco la serenidad comprende que es peligroso seguir parado. Así que arranca y pone rumbo a casa.

El corazón continúa desbocado, golpeando en el pecho y las sienes, en la nuca, en la frente. Le tiemblan las piernas cuando embraga, quiere encender las luces pero acciona el limpiaparabrisas. Chispea. No sabe si le siguen. Sólo quiere llegar a Grassel y confirmar que está vivo, que está bien. Sube la intensidad del limpiaparabrisas pero comprende que su visión borrosa no se debe a la lluvia. Lutz se da cuenta de que su falta de lucidez le ha hecho tomar un camino más largo. Los brazos comienzan a pesarle. El cóctel de whisky y pánico no debe de ser excesivamente bueno para la conducción, reflexiona mientras se frota los ojos procurando recobrar la nitidez. Conduce rápido, todo lo rápido que puede. No mira el retrovisor, sólo piensa en seguir adelante y entrar por la puerta de casa y llorar en los brazos de Josi. Algún coche con el que se cruza le pita, no sabe si va sin luces, pero tampoco tiene reflejos para comprobarlo, para retirar ni siquiera por un segundo la vista de la carretera. Cuando enfila la curva de la estación de Querum, un potentísimo fogonazo proveniente de la cuneta izquierda le ciega. Lutz, instintivamente, da un volantazo al lado contrario, saliéndose de la carretera y estrellándose contra un olmo.

# 25

A la una de la madrugada suena el teléfono en Heegblick, 21. Josi se levanta de la cama, donde se ha llevado a Julian porque no paraba de llorar. Al otro lado de la línea una voz masculina le informa de que su marido ha sufrido un accidente de coche y está ingresado en la clínica Holwedestrasse. La chica toma asiento en el sofá, apenas iluminada por la luz del pasillo. Todo su cuerpo tiembla.

—Pero... ¿es grave? —balbucea.

—Tiene importantes lesiones en la cabeza.

Josi se echa la mano a la boca para sofocar el llanto. En esos instantes cree flotar, se halla en un estado de semiinconsciencia, de irrealidad.

—Pero... pero... quiere decir...

—Lo más seguro es que no sobreviva —dicta la voz en tono impasible.

Josi cuelga el teléfono y comienza a sentirse físicamente mal. Su estómago se descompone, corre al baño donde le sobrevienen vómitos y diarrea. Experimenta cómo su cuerpo también se muere un poco, se necrosa, se desarma. Julian llora. Ella no es creyente, pero reza. Intenta calmar el llanto de su hijo mientras pronuncia alborotadamente oraciones inconexas. Procura no llorar. Toma al niño en brazos y vuelve junto al teléfono. Llama a sus padres, pero no cogen la llamada. Marca entonces el número de su hermana mayor y pide en alto que esté en casa. Tampoco obtiene respuesta. Deja aceleradamente a Julian en su cuna y regresa al baño. Siente que ha perdido todas las fuerzas, está mareada, le cuesta andar, le cuesta pensar. Mira a su alrededor como esperando despertar de un sueño, como aguardando a que, de un momento a otro, el paisaje se transfigure, a que alguien entre por la puerta y disipe la situación.

Retorna al salón y busca en la agenda el teléfono del presidente del Eintracht, Hans Jäcker. Él sí responde. Josi hace un enorme esfuerzo por contarle lo que ha pasado, su voz es débil y trémula. El presidente le dice que va a llamar a Uli Maslo inmediatamente, pues el entrenador vive a poca distancia de Grassel. Josi acepta el plan, quiere salir cuanto antes hacia el hospital.


Dos horas antes de la llamada nocturna a Josi, la policía llegó al lugar del accidente. Lutz Eigendorf aún estaba dentro del coche, cuya puerta izquierda había impactado contra uno de los árboles que circundan la carretera forestal que comunica Braunschweig con Querum. La cabeza de Lutz colgaba por fuera de la ventanilla rota. Eran visibles las heridas en el cráneo que le habían dejado inconsciente. La mano izquierda estaba atrapada entre el volante y la puerta. La policía fue incapaz de sacar el cuerpo del habitáculo destrozado y llamó a los bomberos. Mientras esperaban su llegada, un par de agentes tomaron nota del escenario. Apuntaron el lugar exacto del impacto, las lesiones que se apreciaban a simple vista en el conductor, la marca del vehículo, la matrícula y la gran cantidad del cristales rotos y vino espumoso derramados en la cuneta.


El matrimonio Maslo no tarda en llegar a casa de los Eigendorf. Encuentran a Josi desfigurada, con los ojos hinchados, el pelo revuelto, pálida y encorvada. Mientras la mujer de Uli se queda en casa con Julian, Josi y el entrenador aceleran de camino a la clínica. Allí el doctor los confina en un despacho para explicarles la gravedad del estado de Lutz y los pocos detalles que posee sobre el accidente.

—Quiero verlo —solloza Josi.

—Está en la unidad de cuidados intensivos, intubado e inconsciente. No creo que sea bueno que…

—Déjeme verlo, doctor, por favor…

El médico se conmueve. No puede negarse.

Josi se asoma con pánico a la cama donde yace Lutz rodeado de cables. Le flaquean las rodillas. Aprieta con fuerza las mangas de su camisa a cada paso que la aproxima a la cama. Al principio no lo reconoce. Está segura de que se ha equivocado de paciente. El hombre acostado tiene la cabeza vendada, pero se puede apreciar la fractura del cráneo que también afecta a toda su expresión. La cara, con los ojos cerrados y numerosos cortes, es la de alguien que ya no está. Ésa es la impresión que recibe Josi. Lutz ya no es ése, Lutz se ha ido. Ahora contempla un rostro deformado, un cuerpo inerte atravesado de tubos. Comprende que lo ha perdido para siempre.

Se sienta a su lado en la cama y le toma los dedos. Oye el respirador artificial que le mantiene con vida, la máquina que respira por los pulmones que ya no gritarán goles ni cantarán nanas. Se lleva la mano desmayada a la mejilla y posa en ella sus lágrimas. El médico entra en la habitación para decirle que el tiempo de visita en la UCI se ha terminado. Josi acaricia a Lutz, su anillo de matrimonio. Luego se inclina sobre él, le abraza y le susurra unas palabras al oído. Parece confesarle todo el amor que él ya sabe, parece entregarle todo el que tenía reservado para el resto de los días, de la vida. Nadie puede estar seguro de que Lutz oiga; lo más probable, por las indicaciones del doctor, es que ya esté en otro territorio, en un planeta silencioso y lejano. Pero Josi sigue hablándole, tocándole la cabeza abollada, sus cejas encostradas de sangre, los labios secos. Confiada en que cualquier destino al que Lutz haya viajado o esté viajando se llevará su tacto, su aliento de entrega y verdad.

El médico vuelve a recordarle que ha de abandonar la habitación. Josi aprieta la mano de Lutz, le besa la palma herida. Luego se pone en pie y le mira una última vez antes de irse.


Erich Mielke recibe temprano, en casa, la confirmación del accidente. A las diez está reunido en Normannenstrasse con Heinz Hess. El teniente coronel se presenta especialmente delgado y su espalda se endereza como un mástil para saludar al jefe de la Stasi cuando éste le hace pasar a su despacho. En la pulcritud del uniforme de Hess, en la protuberancia de su yugular, en sus titilantes ojos azules se puede percibir la satisfacción.

—Tome asiento, camarada —le invita Mielke.

Los dos hombres se miran con la mesa del despacho de Erich de por medio. Sobre ella Hess extiende una carpeta donde se puede leer «Operación Rosa».

—Aquí están los detalles de la última fase de la operación. Todo ha salido a la perfección. Fantasma ha desmontado los focos del Mercedes con los que deslumbró a Eigendorf y luego ha desguazado el coche. Ya ha regresado a Checoslovaquia. Buchholz está de camino a Berlín y Felgner está oculto en Munich. Espera el pago final por sus servicios.

—Ese palurdo nos va a costar más de lo esperado.

—Son casi cuatro años trabajando en la operación, señor.

—Ya, ya lo sé… Bueno, da lo mismo. Lo importante es que ya está hecho, ¿verdad, camarada Hess? —pronuncia Mielke clavándole sus pupilas de roedor.

—Por supuesto. Eigendorf no sobrevivirá.

Mielke oculta un escalofrío al oír esa aseveración. Se levanta de la mesa, pasea por el despacho, mira por la ventana cómo el viento zarandea los árboles esqueléticos.

—Ahora creo que podemos estar seguros de que ningún jugador del Dynamo se escapará pasado mañana —apostilla Hess.

—Puede retirarse.

—Sí, señor. A sus órdenes. ¡Orgullo y Estado!

—Orgullo y Estado —contesta Mielke desganado y sin apartar la mirada del paisaje gris.

Luego, ya a solas, abre la carpeta. Lee detalladamente, con la burocrática redacción ministerial, los detalles sobre el nitrato de talio mezclado con el whisky, un veneno insípido, incoloro e inodoro que paraliza las extremidades. La Stasi lo ha utilizado en numerosas ocasiones contra sus enemigos, al igual que el KGB. Puede administrarse de diferentes formas: añadiéndose a la comida y la bebida, en forma gaseosa o como veneno de contacto camuflado en objetos personales como cremas, perfumes o vaporizadores. El nitrato de talio actúa con celeridad afectando al sistema nervioso y anulando así los sentidos, especialmente la vista. Luego ataca los órganos vitales causando la muerte. Es indetectable para cualquier análisis médico.

Después de repasar tanto el propio plan como los informes del accidente y el parte médico de Eigendorf filtrados desde Braunschweig, firma dos papeles concediéndoles a Hess 1.000 marcos por la consumación del atentado y 2.500 a Felgner. Mielke conoce perfectamente el precio de la traición.


Las treinta y cuatro horas siguientes a la visita de Josi a la clínica de Holwedestrasse transcurren como una pesadilla. Julian y ella se rodean de los padres de Josi provenientes de Kaiserslautern, de Uli Maslo y su mujer y del matrimonio Jäcker. Josi se extraña de no ver a Felgner. Piensa que quizá esté excesivamente conmocionado y no tenga fuerzas para presentarse. O, a lo mejor, está fuera de la ciudad o del país y todavía no se ha enterado. A las nueve y cuarto de la mañana del lunes 7 de marzo recibe la noticia de que Lutz ha muerto. De alguna manera esas palabras no la derrumban. Llevaba dos días haciéndose a la idea, dos jornadas ya de luto. Desde que salió de la clínica comprendió que su marido no sobreviviría. Así que por fin ha acabado una espera agónica, las horas sin esperanza pero sin descanso. Josi mira a Julian. La vida ya nunca volverá a ser como era ni como imaginó que sería.

Gabi está planchando mientras mira sin mucho interés un canal occidental en la televisión. Está esperando que terminen las noticias para ver una película. Entonces la pantalla muestra una foto sonriente de Lutz. Gabi deja la plancha y sube el volumen. El presentador ofrece la última noticia del telediario: Lutz Eigendorf ha muerto en un accidente de coche. La tasa de alcohol en sangre era de 2,2, lo que justifica que su vehículo se saliera de la carretera, informa el presentador con bigote.

Gabi se sienta en el sofá. No puede creerlo. De alguna manera, para ella Lutz ha vuelto a morir. Una segunda muerte, otro alejamiento más entre ambos, otro abandono aún más profundo y definitivo. Ella ya había perdido toda esperanza de volver a verle, incluso casi todo el deseo. El nacimiento de Klaus la ha ingresado fatalmente en una vida ajena a la que compartió con él. Está enamorada de Peter, se quieren y se llevan bien, los dos son felices como pareja, como amigos, como amantes y ahora como padres. Gabi tardó algún tiempo en ubicar a Lutz en su recuerdo, en hacerle un hueco en su nueva vida. Y ahora debe volver a recolocarlo. ¿Más cerca?, ¿más lejos del corazón? Siente que se le ha muerto una parte. Se ha perdido una esperanza, una candela oculta en el fondo del alma como ese último generador que sigue encendido en las entrañas del pecio.

Buchholz se reúne con Hess en su casa de seguridad habitual. Diluvia sobre Berlín. El teniente coronel sabe perfectamente por qué ha solicitado su IM el encuentro. Buchholz recibe su dinero, pero, acto seguido, vuelve a realizar su petición de jubilación.

—No creo que pueda ser realmente útil al Partido —le confiesa a Hess—. Estoy viejo, tullido, cansado. El Estado siempre podrá contar conmigo para lo que necesite, he estado a su servicio toda mi vida, pero ahora...

—Váyase.

—¿Cómo?

—Váyase a casa, está usted jubilado. Sea leal al Estado como prometió y no olvide y no hable.

Buchholz no puede contener una enorme sonrisa. Ahora podrá volver con su mujer y con su niño pequeño. Inaugurará —esta vez de verdad— una nueva existencia. Ya dejó el alcohol, y ahora abandona la Stasi. Estrecha la mano huesuda y firme de Hess, esconde el sobre con los billetes en el bolsillo interior del abrigo y sale del piso polvoriento. Se aleja un par de calles y entonces cierra el paraguas. Mira al cielo y ve caer la lluvia. Se queda así un buen rato, empapándose, dejando que las gotas se estrellen contra su cara arrugada y macilenta.


El mayor Wolfgang Franke también tiene con Peter una última reunión. En esta ocasión, sin embargo, es el superior quien toma la iniciativa para zanjar la relación con su Informador No Oficial.

—Ya está, Peter —declara—. Es usted libre. A partir de mañana se anulará su matrimonio con Gabriele. También quedará exento de cualquier responsabilidad paternal. Ha hecho un gran trabajo, el Estado le está agradecido.

Peter se atusa el flequillo. Se odia a sí mismo, evita su reflejo en el espejo de la habitación.

—Ha sido un placer tratar con usted. Es una pena que nos hayamos conocido en estas circunstancias tan... —Franke suspende la frase esperando que su interlocutor la termine por él—, tan delicadas —remata.

Peter permanece en silencio y con la mirada abatida.

—Bien... pues yo voy a tener que irme. Me muero de hambre. ¿Ha comido usted? —inquiere Franke.

—No quiero romper mi matrimonio con Gabriele —sentencia súbitamente Peter—. No anulen nada. Y quiero seguir siendo el padre de Klaus y cuidar de él. Yo quiero a Gabi, quiero a Sandy. Ahora son mi familia. Mi familia de verdad.

—Pero, Peter, no se engañe, todo es una farsa. Si su mujer supiera que…

—Ya lo sé, ha sido una farsa, pero ya no —le interrumpe Peter—. Ahora es una vida de verdad, va a ser una vida de verdad. Al menos para mí. Estoy orgulloso de haber servido a la patria, a los intereses del Estado, orgulloso de haber contribuido a que se haga justicia y a castigar a un traidor. No me arrepiento de nada —miente—, y ahora que soy libre, como usted dice, decido seguir como estoy. Como estoy pero sin engaños.

Franke se queda mirándole con una mezcla de incredulidad y compasión. Y quizá de envidia.

—Como quiera, Peter, pero usted se merece algo mejor que una vida de encargo.

Con estas palabras Franke abandona la estancia. Peter sabe que debe aguardar media hora más hasta salir de allí, un tiempo que se le hace irrespirable. Pero a medida que pasan los minutos, el odio hacia Franke, hacia la Stasi, hacia sí mismo se va derritiendo. Y aflora un alivio fresco, va sintiendo poco a poco cómo se apaga la culpa, el fuego de la mentira drenándole las venas. Y puede ver su propia sonrisa reflejada en el cristal de la ventana. Todo ha acabado. Ahora es por fin libre, se terminó el remordimiento. Hoy regresará a casa para ser sinceramente feliz.

Una semana después de la muerte de Lutz se organiza un funeral en Braunschweig. Una ceremonia religiosa al aire libre que congrega a más de quinientas personas, incluido todo el *staff* del club y muchos aficionados que acuden con banderas y bufandas amarillas y azules. Los compañeros de Lutz visten el uniforme de gala: traje azul marino con el escudo de Jägermeister bordado en la chaqueta a la altura del corazón, camisa blanca y, esta vez, corbata negra. Sopla el viento pero hace sol.

Tres días más tarde el féretro es trasladado a Kaiserslautern para ser enterrado. Inge y Jörg han solicitado un permiso especial para viajar; contra todo pronóstico, les ha sido concedido. Así que los Eigendorf y su viuda presiden una congregación de mil personas que se agolpan en el precioso Cementerio del Bosque. En primera línea están Inge, Jörg, Josi y su familia, Hans Bongartz y el resto del equipo, Norbert Thines, Rudi Merks, Jürgen Friedrich, Alex Sippel y Lena Köhler, quien ha venido desde Berlín. Los cientos de aficionados y algún que otro espía de la Stasi ni siquiera pueden contemplar cómo cae el pálido ramo de flores que Josi lanza al foso donde descansa Lutz.

Inge se achica las lágrimas y la nariz con un pañuelo, Jörg se mantiene sereno pero ido. Todavía no han aceptado la idea de que no volverán a verle. Por fin conocen su mundo, a su gente, y les parece inconcebible que en ese preciso instante falte el núcleo de todo ello, el núcleo de sus propias vidas. La lápida muestra un grabado con un pelícano dando de comer a sus crías. Bajo ese antiguo símbolo eucarístico está el nombre de Lutz Eigendorf y las fechas de su nacimiento y su defunción.


Mientras tiene lugar el entierro, Markus Wolf espera impaciente la resolución definitiva de Mielke. Ya está cursada la orden de arresto para Inge y Jörg Eigendorf, pero hace falta llevarla a cabo. Wolf le recuerda a su superior que la presteza es vital.

—Los Eigendorf pueden darse a la fuga en cualquier momento. Deberíamos actuar pronto. Ya son nuestros, ahora tenemos potestad para detenerlos, acusarlos y encarcelarlos —explica Wolf nervioso mientras camina junto a Mielke por los pasillos del ministerio.

El general no le mira, avanza con su andar escueto pero marcial.

—La lección, el ejemplo va a ser completo, perfecto —continúa Wolf—, los traidores a la patria mueren y sus familias pagan las consecuencias. Ya hemos visto cómo a ningún jugador se le ha vuelto a ocurrir fugarse aprovechando un partido amistoso.

Ambos hombres llegan hasta la cafetería privada del segundo piso de Normannenstrasse.

—¿Quiere un café? —pregunta Mielke.

—Sí, bueno… eh, no, no, lo que le quiero decir es que quizá todo este asunto de Eigendorf haya sido positivo porque aho…

—Dejemos en paz a los Eigendorf —sentencia Mielke mientras vierte el café en una taza de porcelana blanca.

Wolf le observa estupefacto.

—¿Leche? —pregunta Mielke.

Wolf no contesta, no entiende la decisión, esa condescendiente rectificación a última hora.

—Pero, camarada… —balbucea el agente.

—Ya hemos golpeado. Ya hemos hecho daño, el daño necesario, el daño útil, como usted sugiere.

—Pero los Eigendorf…

—A los Eigendorf les hemos quitado a su hijo, no creo que les podamos hacer mucho más daño. No queremos que el pueblo nos vea como a unos sádicos.

—Pero el pueblo no tiene por qué…

—¿Y nosotros?, ¿no somos nosotros el pueblo?

—Claro que sí, noso…

—Pues entonces ¿cómo se quiere contemplar usted a sí mismo?, ¿a quién quiere ver cuando se mire en el espejo?

Wolf está obnubilado ante las profundas palabras de Mielke, ante su filosófica reflexión pronunciada con calma y cierto abatimiento mientras sorbe con cuidado el café hirviendo.

—Camarada, no creo que sea una buena idea —se atreve a opinar el segundo de la Stasi.

—¿Usted duerme bien, Wolf?

—Sí, señor, y si usted no lo hace, debería dejar el café.

Llaman a la puerta en casa de Gabi y Peter. Ella acude con rapidez para evitar un segundo timbrazo que despierte a Klaus. Son las cuatro de la tarde, una hora para la que no puede imaginar visita.

—¿Quién es?

—Buenos días, soy Günter.

—¿Perdone?

—Günter.

—Günter…

—Como habíamos decidido tutearnos…, ¿no, Gabi?

Gabriele abre la puerta y encuentra la sonrisa sarrosa de Günter Schneider, el vicepresidente del Dynamo. Viste un traje ridículamente claro y una corbata con el nudo diminuto.

—Pase…, Günter.

Schneider deja el maletín sobre la mesa del comedor y se pasea por la estancia con las manos a la espalda. Se acerca entonces a la cuna de Klaus. Gabi disimula su incomodidad.

—¡Oh, pero bueno, si es un bebé precioso! —exclama con artificiosidad.

—Muchas gracias —responde la madre entre aburrida y halagada.

—Se parece a…, espera, no me lo digas, deja que lo mire un poco más… ¡Se parece claramente a ti!

—Bueno, no sé, es pronto todavía. Yo sí diría que tiene mis ojos, pero la boca es de Peter —dice Gabi asomándose más a la cuna y sonriendo al mirar a su bebé.

—Desde luego, si el niño sale la mitad de guapo que tú, ya va a tener mucha suerte.

—Bueno, no… Gracias…, Schnei…

—Günter —la corrige él con una sonrisa.

—Günter, Günter.

—Bueno, Gabi, te preguntarás a qué se debe esta visita… —Gabi no contesta—. Pues bien, a muchas razones. En primer lugar quería darte el pésame personalmente por la muerte de Lutz. Yo también lo he sentido mucho. Ya sabes que el club, después de lo que pasó, debe mantener su postura seria y oficial y no manifestarse. Pero yo, sinceramente, conocía a Lutz y no puedo evitar lamentarlo, sentirme triste. Era un hombre bueno que, no sabemos por qué, tomó una decisión equivocada. Quizá creas que todos en el Dynamo seguimos a pies juntillas los dictados del club y que todos pensamos y sentimos igual, pero no es verdad. Cada uno tiene su corazón y yo, de verdad, sentía aprecio por tu exmarido.

—Gracias —responde secamente.

—No te interrumpo nada importante, ¿verdad? Puedo volver en otro momento —se excusa Schneider al observar a Gabi de pie frente a él sin ofrecerle asiento o un café.

—No, claro que no, perdón, no le he preguntado si quiere tomar algo.

—Ah, no te preocupes, ya me imagino que estarás a muchas cosas a la vez, con el niño. Por cierto, ¿cómo se llama?

—Klaus —contesta Gabi mientras abre la nevera—. ¿Una cerveza?

—Eh… sí, sí, perfecto, una cerveza —acepta Schneider.

Al poco la chica regresa al salón con una sola bebida.

—¿Tú no tomas nada? —pregunta él decepcionado.

—No, no, no me apetece; además, ahora no puedo beber alcohol, ya sabe…

—Claro, claro, es verdad. No sé, hace tanto tiempo que mis hijos se hicieron mayores que ya no me acuerdo de lo que es tener un niño pequeño. ¿Sabes?, el tiempo pasa muy deprisa, pero lo importante es sentirse joven. Yo hago deporte todas las mañanas, supongo que algo me contagian esos futbolistas. No creas, estoy en muy buena forma.

—Le creo —asiente Gabi sentada en el butacón enfrentado al sofá donde perorata el vicepresidente.

—Todavía soy joven para hacer un montón de cosas, para vivir, para probar, para arriesgar. ¿Me entiendes? —inquiere al no recibir ninguna señal de asentimiento.

—Sí, claro, por supuesto —canturrea Gabi mientras se frota las manos pensando en cuánto tiempo tardará Günter en marcharse.

—Verás..., mira, siéntate aquí conmigo, quiero contarte algo importante.

Gabi duda un segundo, pero le parece grosero negarse. Así que se levanta del butacón y se sienta en el extremo más alejado del sofá.

—Verás —repite Schneider—, yo tuve una crisis hace poco tiempo. Una crisis personal. Me parecía que mi vida no iba a ninguna parte. El equipo no ganaba ligas, no estaba a gusto en el trabajo, la relación con mi mujer estaba agotada... Pero luego comprendí que hay que aceptar lo que te da cada cosa y cada persona en la vida. La felicidad no puede venir toda de un trabajo o de una pareja. Hay que ir montándola poco a poco, como un puzle, y cada pieza está en un lugar distinto. Y cuantas más piezas tengas, más grande y más rico será ese puzle, ¿entiendes?

—Sí, supongo que sí. Es... es una buena reflexión —balbucea Gabi sin entender adónde quiere llegar su interlocutor.

—Te estoy aburriendo...

—No, no, para nada —miente.

—Bien, vale, me alegro. Por ejemplo, tú estabas bien con Lutz, pero también necesitabas a tu hija, a tus padres y a tus amigos y tu trabajo. Y luego encontraste a Peter, pero has tenido otro hijo. Cuando menos te lo esperas aparece gente en tu vida que puede aportar nuevas cosas, completarla un poco más. Yo, simplemente, querría... querría tener el privilegio de poder darte algo que quizá nadie más puede, porque todos somos únicos, especiales, ser una piececita en tu puzle —pronuncia con melosidad Schneider al tiempo que se acerca felinamente a Gabi—, devolverte aunque sea sólo un poco de lo que tú me das.

Gabi se encoge. Mira las orejas derretidas del vicepresidente, sus ojos de gas azul, el motín de sus arrugas. Se siente violentada y acorralada.

—Pero... yo a usted no le doy...

—¡Claro que me das, Gabi! —aclara Schneider tomando la mano de la chica entre las suyas—. Me das mucho más de lo que imaginas, y estoy seguro de que a ti también te faltan cosas, a todos nos faltan cosas, por eso nos necesitamos. Yo a veces…

Gabi retira sus dedos de la ostra que ha creado Günter con los suyos.

—Creo que no le estoy entendiendo, que no nos estamos entendiendo —protesta Gabi desconcertada.

—Pero, por favor, Gabi, tutéame… —suplica Schneider con una sonrisa—. En realidad es muy fácil lo que intento decirte. Es simplemente que me gustaría que nos conociéramos más porque siento que tenemos una conexión especial. Como cuando te regalé el disco de Scriabin, tú supiste apreciarlo de verdad. Creo que compartimos cosas, más cosas de las que creemos, de las que nos hemos dado cuenta por ahora.

—Perdona, pero yo no estoy tan segura —contesta Gabi envalentonada, dispuesta a zanjar cuanto antes la conversación.

—¿Ves?, ése es el problema, que no estás segura. No estamos seguros de lo que las personas nos pueden dar, todos somos un misterio hasta que alguien profundiza en nosotros. Y cuando entras en una persona, puede sorprenderte gratamente, maravillarte, o puede decepcionarte. Yo quiero correr esa aventura contigo.

—Lo siento…, Günter, pero yo ya he profundizado en las personas suficientes y adecuadas, y a mí me alegra haberle conocido…, haberte conocido, pienso que eres un gran hombre, pero no creo que nuestra amistad pueda evolucionar mucho más. Muchas gracias por venir a…, por darme el pésame y por el disco que me regalaste. Y por… por todo lo demás. Pero también pienso que es mejor que sigamos estando a la distancia que estamos —concluye Gabi levantándose del sofá y aprovechando para llevarse la cerveza llena de Schneider a la cocina.

Mientras, su invitado la mira decepcionado, con una cara más de incredulidad que de tristeza. A continuación, Schneider también se levanta del sofá, se acerca a la cuna de Klaus y le mira con una sonrisa. Gabi le observa como una pantera desde la puerta.

—Qué clase de persona será, ¿verdad?, ¿en qué se convertirá?, ¿quién será?, ¿a quién querrá? Cuántas preguntas ante alguien tan pequeño.

—Sí.

—A eso me refería, al misterio que encierra cada persona. Él… Klaus, ¿verdad?, Klaus todavía no puede decepcionar a nadie; si esperamos algo de él que luego no llega a ser, será culpa nuestra; el problema es cuando alguien finge ser quien no es. Por eso te decía, que a algunas personas, si se las conoce de verdad, pueden sorprendernos para bien o para mal.

—Ya, bueno, muchas gracias, Günter. Ahora tengo que darle de comer al niño. Quizá nos veamos en otro momento.

—Claro, claro —dice Schneider recogiendo el maletín y dirigiéndose a la puerta—. Lo que más me dolería sería que esa gran decepción la sufriera alguien tan inocente como Klaus.

Gabi se queda un segundo quieta, intentando entender qué quiere decir.

—Desde luego, siempre podrá contar con sus padres, y haremos todo lo que podamos por mantenerle a salvo de los hipócritas —replica Gabi.

—Por supuesto, eso no lo dudo. El problema es cuando el enemigo está en casa.

—¡Qué insinúas! —protesta Gabi indignada—. Que Lutz se haya marchado no quiere decir que yo también vaya a fallarle a mis hijos. ¡Yo he sacado adelante a mi hija sola durante mucho tiempo, no le ha faltado de nada y daría mi vida por ella, por ella y por Klaus! ¡Ten por seguro que jamás les fallaré!

—Pero, Gabi, querida, claro que no… ¿Cómo puedes pensar que creo que no eres buena madre o que…? Pero ¡si pienso que eres una mujer maravillosa, maravillosa en todos los sentidos!… El problema quizá sea Peter.

—¿Peter? ¿Qué pasa con Peter? —gruñe Gabi.

Schneider baja la cabeza en un gesto de lamento exagerado.

—Mira, Gabi, no sé si será bueno o malo esto que te voy a decir, pero creo que tenemos confianza y no querría que algún día me echases en cara que no te lo conté. No quiero que un día, más adelante, cuando estés confiada, de repente veas que a ti o a Klaus, o a Sandy, os falta una pieza del puzle.

—¿De qué hablas?

—¿Podemos sentarnos?

—Preferiría terminar esta conversación cuanto antes y aquí.

—Bien —carraspea Schneider—, si quieres ir al grano, vayamos al grano: Peter trabaja para la Stasi.

Gabi se queda callada. Inmediatamente recuerda el episodio de la carta escondida, rememora sus dudas, pero enseguida las disipa con la seguridad en él adquirida en los últimos tiempos.

—Eso es mentira —sentencia la chica.

—¿Podría sentarme ahora un segundo? Es sólo para enseñarte algo —dice Schneider mostrándole el maletín.

Gabi se quita de en medio y le franquea el paso desde la puerta de entrada hasta el salón. Schneider toma asiento en el sofá y abre con mimo el maletín, como si contuviese una bomba. De ahí extrae un sobre de cartón con el sello de la Stasi y el membrete de «Alto secreto».

—Mira.

Gabi toma el sobre y de él saca unas fotografías. En ellas están Gabi y Sandy en Binz, en aquellas vacaciones de Navidad en el Báltico. Las fotos están hechas con una cámara oculta y desde un ángulo lo suficientemente cercano como para haber sido capturadas únicamente por Peter. Gabi las ojea incrédula. Luego revisa el resto del contenido del sobre. Lee los informes redactados por Peter sobre su relación con ella y sus progresos como Romeo. Observa la firma de su marido al final de unos documentos escritos por Wolfgang Franke tras los interrogatorios efectuados en las casas de seguridad.

—Siento decirte, cariño, que Peter formaba parte de un plan.

A la Stasi le gusta llamarlo Romeo, aunque yo, la verdad, lo encuentro un poco cursi. Cómo se volvió a encontrar contigo después de los años, el cortejo, el matrimonio, la adopción de Sandy y ahora Klaus… Todo son órdenes del Ministerio para la Seguridad del Estado. Y ha tenido suerte, estoy seguro de que no le ha costado nada llevar a cabo el plan, porque con una mujer como tú…

Gabi se queda callada con el sobre en la mano, incapaz de devolverle la mirada. Una tormenta de sentimientos se estrella en su interior: incomprensión, furia, pena, odio, desesperación, ira.

—Yo no digo que él incluso se haya enamor…

—¡Váyase de aquí y llévese esta mierda! —grita Gabi lanzándole el sobre.

El vicepresidente recoge los papeles y las fotos y las introduce en el maletín. Se levanta dejando a Gabi abatida, al borde del llanto, sosteniendo su cara encarnada entre las manos.

—Ahora te duele y me odias, pero algún día me lo agradecerás. Y cuando quieras hacerlo, ya sabes dónde encontrarme —dice Schneider antes de cerrar la puerta como si fuera su maletín.

# 26

«Es una preciosa tarde de abril», dice el locutor en la tele para presentar los prolegómenos del partido amistoso que está a punto de enfrentar al Kaiserslautern y al Eintracht de Braunschweig. El Betzenbergstadion poco a poco se va llenando. Se han agotado todas las entradas para asistir al encuentro homenaje a Lutz Eigendorf.

La idea de la velada ha sido de Norbert Thines. El director general del Kaiserslautern se ha ocupado esas últimas semanas de los Eigendorf como lo hizo de su hijo cuando se presentó por sorpresa en su despacho. Les ha conseguido un apartamento cómodo y está gestionándole un trabajo a Jörg como profesor de Educación Física en un colegio. Los padres de Lutz han decidido no regresar a Brandemburgo, no volver a la República Democrática Alemana. Por un lado, huyen de los recuerdos, de las imágenes de su hijo aún corriendo por los pasillos de casa, por las calles, por los campos de la ciudad. No estaban desencantados con su vida, pero es que su vida, su vida tal cual la conocían, ya no existe. Así que emprenden una nueva aventura en un nuevo sitio. Aquí, en Kaiserslautern, también está Lutz, pero un Lutz menos real, menos doloroso.

Junto a Norbert visitan las casas donde vivió su hijo, el club de tenis, las instalaciones del equipo, el centro de la ciudad y alguno de los bares. Poco a poco, día a día, van asimilando la pérdida. Ir tras el rastro de Lutz lo revive, lo convierte en un fantasma amigo. Otra de las razones de su estancia indefinida en occidente es, precisamente, huir de oriente. Han hablado con algunos de los compañeros de Lutz en el Eintracht, incluso con el instructor de vuelo. Todos les dijeron que su hijo no bebió mucho la noche del accidente. Sobre Jörg e Inge, como sobre muchos de sus amigos y conocidos, planea la duda de que la muerte de Lutz haya sido obra de la Stasi. No están seguros, pero, en cualquier caso, no quieren seguir viviendo en un lugar gobernado, vigilado y dirigido por un partido capaz de semejante asesinato. El hecho de que Berlín les haya permitido viajar a occidente y quedarse también parece señalar a Normannenstrasse como culpable. Ahora da la impresión de que la Stasi se arrepiente o quizá, de alguna manera, quiere limpiar sus manos permitiéndoles la «deserción».

Además, por fin viven en la misma ciudad que su nieto. Con la marcha de Lutz a la otra Alemania perdieron algo de contacto con Sandy, pero hoy pueden ver casi todos los días a Julian. Josi y los Eigendorf se llevan bien. Congeniaron en aquel primer encuentro en Brandemburgo y ahora están empezando a tejer una amistad. Ambos se necesitan. Inge, Jörg y Josi se entienden entre sí como nadie. Es difícil que cualquier otra persona sintonice de la misma manera con su dolor, de modo que se sienten unidos por la pena, por el vacío; los tres sufren el mismo viento frío barriéndoles el alma.

Josi ha vuelto a trabajar. Julian aún es pequeño, pero todo el mundo le ha recomendado que salga de casa, que se distraiga, que ocupe su rutina con varias actividades. Da largos paseos por la mañana con su hijo y con la perra y, por las tardes, queda de vez en cuando con los Eigendorf o con un par de chicas de la clínica veterinaria. Empieza el buen clima y los días se alargan. Mira Josi el perfil dorado de los campos de cebada a las afueras de Grassel y se dice que ahora el tiempo será su aliado.

Mielke ve en la tele de su casa la previa del partido en Kaiserslautern. Está vestido de cazador. En pocos minutos pasarán a recogerle para ir a abatir venados a las afueras de Berlín. Gertrud le habla desde la cocina, menciona algo de la boda de la hija de alguien, pero él no le presta atención. Enseguida reconoce a los padres de Lutz y a Josi cuando la cámara los enfoca en el palco. Ha visto esos rostros numerosas veces en fotografías tomadas con objetivos ocultos en bolsos, en maletines, asomando por ventanillas semibajadas o periódicos doblados.

El locutor explica que la recaudación del partido será tanto para la viuda de Lutz Eigendorf como para sus padres. Ese dinero los ayudará a iniciar una nueva vida en un país libre, apunta la voz del reportero. Mielke se revuelve en su sillón y despotrica con unas palabras inaudibles para su mujer.

—¿Qué dices, cariño? —pregunta Gertrud asomando la cabeza al salón.

—Capitalistas… ¡¿Has visto eso?! ¡¿Has visto eso!?

—¿El qué, Erich? No llevo las gafas.

—¡Ese traje, ese escudo! Ni siquiera llevan el escudo de su ciudad, prefieren manchar la camiseta con la marca de una bebida alcohólica, ¡es una vergüenza! A eso le llaman ser libres, un país libre…, a prostituir los emblemas, los escudos, a que todo se pueda vender, los colores, las pasiones… En esos países todo está en venta, vale más un maldito marco que un sentimiento.

En la televisión los jugadores del Eintracht de Braunschweig calientan en chándal. El estadio ya está prácticamente lleno. Ahora el plano muestra a la plantilla del Kaiserslautern tocando balón, haciendo un rondo y saludando a algunos espectadores de las primeras filas. Suena entonces el timbre.

—Ya están ahí, Gert, me voy.

—Vale, cariño, suerte, y ten cuidado.

Mielke no responde. Se levanta con dificultad del sillón y apaga la tele. Se pone el abrigo a juego con el uniforme de caza y se coloca el rifle en bandolera. Sale de casa pensando que le gustaría pegar un tiro a cada uno de los ciervos dibujados en el pecho de los jugadores del Eintracht.

A la entrada de la casa saluda a los camaradas que le acompañarán en la cacería y sube al coche oficial que le saca de la ciudad. Sentado en el asiento de cuero y enfilando el coto de Fürstenwalde entiende que ya nunca más dirá: «Al sur». Se acuerda de Ada, de sus párpados de mariposa, de su vientre celado y su sabiduría procaz. Y por un momento le inunda la melancolía. Luego rememora a Lutz Eigendorf con dieciséis años, corriendo la banda, con ese gesto de intensidad y concentración. Y ve sus goles con el Dynamo y sus goles con la Selección ante Bulgaria. Revive su cara de satisfacción cuando le felicitó en el vestuario tras ese gran partido internacional diciéndole que era el orgullo de la patria. Su propio orgullo. Y piensa que, de alguna manera, ahora Lutz está en el mismo lugar que Ada y que Frankuschka. Los tres ya se hallan para siempre fuera de su vida, en universos distintos pero igualmente desconocidos e invisibles. Y su propia existencia está más vacía pero a la vez más llena, porque ahora percibe con una inédita nitidez la proximidad de ese lugar al que él también, algún día, viajará. Y sin darse cuenta se empapa de un craso anhelo contra el que lucha mentalmente mientras acaricia distraído el arma que descansa en su regazo. Como si borrara una mancha de sangre.

El comentarista recita las alineaciones, pero su voz es un incomprensible murmullo dentro de la habitación donde se ha confinado Peter. Su hermana Brigitte le suplica, a través de la puerta, que salga a cenar.

—Tienes que comer algo —gime—. Tus sobrinos te están llamando.

Sin embargo, Peter continúa boca abajo sobre la cama, con el rostro sepultado en la almohada bajo la que esconde los brazos. No quiere levantarse, no quiere salir, no quiere comer, no quiere respirar. Su vida ha estallado en pedazos. Ahora ya no es de nadie, ya no sabe quién es. Gabi le ha dejado, lo ha volatilizado todo. Súbitamente ha perdido una esposa, una casa, un hijo, un futuro. Por un momento se olvidó de que su placentera existencia se edificaba sobre un arsenal de mentiras. Hubo un momento en que dejó de acumular dinamita, pero él nunca fue el único dueño del detonador. Confió en que su lealtad a la Stasi y el éxito de su misión como Romeo le granjeasen la libertad, la posibilidad de neutralizar esa pólvora, de desactivar el mecanismo explosivo tanto en su vida como en su propio pecho.

Se equivocó.

Y ahora ha vuelto a casa de su hermana porque no tiene dónde volver. No puede estar solo; no puede estar con nadie. La congoja actúa como un triturador de basuras, presionándole a cada minuto sin dejar espacio para los demás, ni siquiera para sí mismo.

Le parece una pesadilla. Intenta dormir con la esperanza de no despertarse en ese sádico presente. Gabi, Sandy, Klaus… Peter comprende que es imposible el perdón, que su pecado es un viaje irrenunciable a los infiernos. Y tumbado en la cama, como en un potro de tortura, se entrega al castigo, al dolor, al desastre. Se rinde. Abandona toda lucha por la salvación, por la felicidad. Sabe que es inútil. Pasa los días encerrado. Y, al despertar, comprueba una y otra vez que los gusanos siguen comiéndole el alma. Constata que ha perdido el pulso con las tinieblas.


Los dos equipos están alineados sobre el terreno de juego. Forman una raya continua. Entre ellos, el presidente del Kaiserslautern, Jürgen Friedrich, pronuncia unas palabras que retumban en la megafonía del estadio. Habla de la valentía de Lutz para apostar por un futuro más rico y menciona su ansia por vivir, por disfrutar. Dice que el mundo es de los valientes y que Lutz lo fue. «Arriesgó y, aunque hoy estemos aquí echándole de menos, ganó. No les quepa duda a todos de que Lutz era un luchador y un ganador, dentro del campo y fuera de él. Este club siempre le llevará en el corazón igual que él llevó en el corazón nuestro escudo.»

Felgner escucha el discurso desde un hotel de Munich. Es el lugar más lujoso donde haya estado nunca. Debe permanecer escondido un tiempo y ha decidido moverse por el país, pero, eso sí, fastuosamente. El dinero ganado con la Operación Rosa le quema en los bolsillos. No son billetes limpios, no son billetes para gastar en nada honrado, digno, prudente. Así que de momento lo derrocha en alcohol, en hoteles de cinco estrellas, en buenas comidas y en prostitutas. La última se ha marchado hace poco. Todavía está el baño encharcado tras su ducha y las sábanas templadas. Desnudo, ve la televisión, un aparato gigante y en color que no deja de fascinarle.

Karl-Heinz Felgner nació en Mulhouse, un pequeño pueblo francés próximo a la frontera con la República Federal de Alemania. La Segunda Guerra Mundial obligó a su familia a emigrar. Una vez establecida la paz, él acabó trabajando de camarero. Su familia nunca tuvo dinero. Sus padres murieron pronto, y a su hermana le perdió la pista cuando huyó del comunismo a principios de los años sesenta. Nunca encontró su sitio. Hizo sus pinitos como tipógrafo durante un tiempo. Pensó que ésa podría ser una buena profesión, un buen futuro hasta que su adicción a la bebida y al boxeo acabaron llevándole a la cárcel acusado de asalto múltiple, agresión sexual y robo. La condena fue de veinticinco años.

La Stasi recluta tipos duros en sus prisiones. El perfil de Felgner era perfecto: joven, violento, sin escrúpulos, sin familia, sin ataduras, sin nada que perder. El Ministerio de Seguridad para el Estado le ofreció reducir su condena a cuatro años a cambio de trabajar como IM. Felgner, por supuesto, aceptó. Ya en 1969 se le asignó el nombre en clave de Klaus Schlosser.

Nada más salir de la cárcel en 1970 se dedicó en profundidad a su gran afición, el boxeo. De vez en cuando hacía algún trabajo de vigilancia y pasaba cierta información requerida sobre personas de su entorno. Pero su entrega primordial fue pegar puñetazos dentro de un ring. Y así logró ser campeón de la República Democrática Alemana en la categoría de peso pluma. Su carrera profesional duró sólo tres años. Las lesiones, la bebida y la necesidad de dinero le llevaron a trabajar de nuevo de camarero y guardia de seguridad. En uno de los clubes nocturnos de Berlín, cuya puerta custodiaba, conoció a Lutz en 1977.

Felgner es un hombre divertido y arriesgado, con un lado cariñoso y fraternal. Pero todas esas virtudes son arrasadas por su impulsividad y su descontrolada pasión por el alcohol, el juego y las mujeres, generadora de inmensas deudas económicas. Cada vez necesitó más de los trabajos de la Stasi para pagarse sus vicios y sus agujeros económicos. Desde 1980 ganó 30.000 marcos por sus servicios. Fue un IM muy bien pagado, un informador y esbirro asombrosamente útil para la Stasi.

Ahora come unas patatas fritas del minibar mientras ve cómo también pronuncia unas palabras Hans Jäcker, el presidente del Braunschweig. Mastica con fuerza para distorsionar en sus oídos los elogios a Eigendorf. Ha vuelto a beber con desmesura. Está borracho. De hecho, lleva borracho varios días. El alcohol le evade de los remordimientos. Se repite una y otra vez que él no es el responsable de la muerte de su amigo, que tan sólo le obligó a beber una botella de whisky. Se dice que es únicamente una pieza de un gran entramado, que los responsables son en realidad Hess y Mielke, que son ellos quienes deberían limpiarse la sangre de las manos.

Da otro trago a la diminuta botella de ginebra del minibar y se siente utilizado. «Todos utilizamos a todos», piensa; el mundo no es más que un juego de títeres donde a veces manejas la cruceta y en otras ocasiones te descubres con cuerdas en las muñecas. Bebe. Se convence de que él no es peor que muchos otros, que el destino es un hijo de puta, que a veces la muerte es mejor que ciertas vidas.

Lo que más le entristece es que echará de menos a Lutz. Ya le está echando de menos. En ocasiones, en el marasmo de la embriaguez, siente el impulso de llamarle para contarle que se arrepiente de haber traicionado a Lutz Eigendorf durante tantos años, de haber participado en su final. Como si el Lutz del que pasó informes, al que obligó a beber una botella de whisky, no fuese el mismo con el que compartió carreras de coches, confidencias, ligues y lágrimas. Quizá su capacidad de dividirse, de ser amigo y a la vez IM de la Stasi, le lleva ahora a realizar un desdoblamiento en Lutz. El Lutz hermano, el Lutz enemigo.

A veces le sucedía en el ring, de repente veía en el rival a un compañero. Toda la terapia psicológica previa, el odio y la furia contra el otro púgil azuzada en el vestuario mientras le vendaban los puños, se diluía. Y en el rincón de enfrente sólo podía ver a un igual, a un tipo con sus mismos miedos y sus mismas ambiciones. Otro hombre al que percibía incómodamente próximo. Sonaba la campana y se acercaba a un espejo. Haría todo lo que pudiera por romperle la cara, por reventarle el hígado a ese otro boxeador que, en realidad, no difería en nada de él. ¿No se estaba castigando a sí mismo en ese cuadrilátero? ¿No estaba intentando derribar todo lo que él era, todo lo que ansiaba ser? Qué complicado era discernir entre el amigo y el adversario. Todos llevamos dentro un cómplice y un traidor. Y, sin saber, salvamos a un malvado o matamos a un amor.

La televisión muestra a Josi llorando, sentada junto a los padres del futbolista. Viste de gris oscuro y lleva el pelo recogido. Felgner concluye que está guapa de oscuro y piensa entonces en la última puta, pero no puede recordar su cara, así que se acaba la botellita de ginebra y la tira con fuerza contra la pared. De pronto siente curiosidad por ver el rostro de los padres de Lutz, pero, justo cuando la cámara los enfoca, él está quitándose las migas del ombligo.


La casa de Zechlinerstrasse está algo cambiada. Más ligera, más vacía, más triste. Gabi no puede dejar de ver la oquedad en las estanterías, en los armarios, en el sofá; agujeros negros aspirándole el corazón. Peter se ha ido. Le ha echado de casa y de su vida para siempre. No le importó su imploración, su súplica, sus lágrimas. Sabe que no podría vivir con su traición, con las sospechas y las dudas que ya jamás disiparía. Como cuando un día entendió que el regreso de Lutz sería inútil, que el daño ya estaba hecho y que no había reparación posible.

De nuevo es un niño el gran perjudicado. De nuevo la vida se le viene abajo. Su madre va a instalarse un tiempo con ellos para ayudarla con Klaus. Y con su alma hecha jirones. Gabi no sabe si tendrá fuerzas para volver a levantarse. Tiene dos niños, y por ellos debe pugnar. Esa cantinela la escucha incesantemente por parte de su madre y de Carola. Pero ahora el problema no son sólo las fuerzas, sino las ganas, la voluntad de salir adelante. En esos instantes ni siquiera desea pelear. Ya no sabe cómo hacerlo.

Llora en casa mientras fija la mirada en la televisión. No quiere ampliar su campo de visión. La casa sin Peter es una trampa, es un cepo de tristeza. Así que, mientras Klaus escruta hipnotizado las sombras de la pantalla en el techo del salón, Gabi y Sandy observan el último homenaje en el Betze antes de que comience el partido.

—No llores, mamá —le pide dulcemente Sandy.

Gabi se seca las lágrimas con la manga de la camisa y le promete a su hija que está bien. Ahora se le acumula la congoja. Peter y Lutz, los amores fracasados de su vida. Uno dejando recientemente huérfana la casa, y otro entrando ahora por la pantalla de nuevo. La retransmisión enseña unas fotos suyas en el Kaiserslautern y en el Braunschweig. En una de ellas controla un balón con el exterior del pie derecho, en otra sonríe mirando a la cámara mientras Funkel le pasa el brazo por los hombros, en otra espera un saque de córner abrazado al palo de la portería.

—Mira, hija, ése es papá.

—Ya lo sé, mamá —protesta Sandy.

—Él te quería mucho, cariño.

—¿Y tú quieres a papá? —pregunta la niña con los ojos muy abiertos.

—Claro, mi amor, claro que le quiero. Le quería muchísimo. Siempre he querido a papá. Papá fue muy bueno con nosotras —explica Gabi con la voz temblorosa—, él nos cuidó y nos dio todo su amor, era cariñoso y nos hacía reír, y te llevaba al parque de los columpios y por las noches te cantaba canciones.

—¿Sí? ¿Y a ti también te cantaba canciones?

Gabi ríe.

—A mí también —susurra para sí misma—, a mí me hizo muy feliz, muy feliz durante mucho tiempo. Y, además, te tuvimos a ti. Él te adoraba, Sandy.

—¿Y por qué ya no?

—¡Ahora también, por supuesto! Él siempre te querrá, eso no lo dudes.

—¿Y nosotras le vamos a querer siempre? —inquiere con preocupación la niña.

—Nosotras seguiremos queriéndole juntas, ¿vale?

—Sí, vale. Y a Peter.

—Por supuesto, y a Peter.

—¿Y él nos quiere?

—¡Un montón! —responde Gabi con el corazón roto—. Aunque ya no estén ni papá ni Peter, nos seguirán queriendo, especialmente a ti porque eres lo más bonito que existe. Tú y Klaus sois mi vida, sois lo más importante que tengo y os quiero y os querré eternamente. Eso lo sabes, ¿a que sí?

—Mamá… no llores.

—Si no lloro, hija —se excusa Gabi limpiándose la nariz con el dorso de la mano—. Sólo quiero que sepáis que…

—Mamá, yo también te quiero mucho y no te voy a dejar nunca —musita Sandy.

Gabi abraza con todas sus fuerzas a su hija mientras convulsiona por el llanto. Entonces Sandy intenta distraerla pidiéndole que atienda a la televisión.

—Mira, mamá, que ya va a empezar.

Antes del pitido inicial, Derek, el capitán del juvenil B del Kaiserslautern y al que Lutz entrenó durante su sanción, tal cual contextualiza el locutor, se dirige al círculo central con una jaula. El audio explica que, en honor a las ansias de libertad de Lutz Eigendorf, se va a liberar una paloma teñida del color encarnado del Kaiserslautern. Un primer plano muestra cómo el chico abre la compuerta de la caja y sale volando un pájaro rojo mientras el público aplaude. La televisión lo sigue en su ascenso al cielo nublado. La paloma realiza un giro extraño, al principio desorientada, hasta hallar el rumbo en vertical. Batiendo con fuerza las alas se aleja del estadio mientras el zoom intenta alcanzarla en su huida. El ave colorada, sin embargo, es cada vez más pequeña en la pantalla. Las cámaras la pierden virando al este.